Boris Hillen

AGFA LEVERKUSEN

Roman

S. FISCHER

FSC
www.fsc.org
MIX
Papier aus verantwortungsvollen Quellen
FSC® C083411

Erschienen bei S. FISCHER

Satz: Dörlemann Satz, Lemförde
Druck und Bindung: CPI books GmbH, Leck
Printed in Germany
ISBN 978-3-10-002282-0

Für Helena

»Ich weiß, du magst keine Geschichten, aber vielleicht
brauchst du keine. Erinnerungen sind ja scheiße,
aber Geschichten halten das Leben zusammen.
Manchmal, wenn du den großen Horror hast, ist
eine gute Geschichte das einzige, was noch hilft.«

Jörg Fauser, Der Schneemann

»… one man's mundane and desperate existence is another
man's Technicolor«

Kathryn Bigelow, Strange Days

Am meisten liebte Kishone den Moment, in dem sich im Entwicklungsbad zum ersten Mal die Konturen des späteren Bildes zeigten. Um im schummrigen Licht der Dunkelkammer besser sehen zu können, beugte er sich näher an die Wanne heran. So nah, dass ihn der chemische Geruch in der Nase kitzelte. Die Aufnahmen waren phantastisch. Das Ilford-Barytpapier verlieh dem Tag ein Strahlen, wie es die Wirklichkeit allein niemals vermocht hätte. Abgesehen von diesem Strahlen war alles genau wie in seiner Erinnerung: das leuchtende Rot der Markise, das tiefe Blau des Himmels, das Gelb der Girlanden, das zarte Rosa der Blüten, die das Gesicht des Bräutigams verdeckten. Die in der Sonne glitzernden Gold- und Silberstickereien auf dem Kleid der Braut. Schon meinte Kishone auch die Gerüche des Festes wahrzunehmen. Da waren das wohlriechende Sandelholz und die schweren Öle, mit denen sich die Frauen parfümierten, im Kontrast zum scharfen Rauch des Feuers und den Ausdünstungen des Viehs in den Gassen, sogar das Wasser des Sees konnte er riechen, wenn er sich darauf konzentrierte. Jetzt setzten auch die Töne ein: Das Lachen der Frauen, das dumpfe Gemurmel der Männer, die Schreie der Kinder, die gesungenen Mantras.

Kishone nahm das Bild aus dem Entwickler. Mit dem Finger rieb er an einer bestimmten Stelle der schleimigen Oberfläche, um einige Falten im Sari eines Blumenmädchens besser herauszuarbeiten. Dann bestaunte er die Aufnahme erneut. Eine Fotografie, wie sie auch die großen westlichen Fotografen – vielleicht mit Ausnahme David Baileys – nicht besser zustande gebracht hätten. Er tauchte das Bild in das Fixierbad, versetzte die Wanne in leichte Bewegung und beobachtete, wie die Flüssigkeit das Papier in kleinen Wellen gleichmäßig umspülte. Das Fixierbad war das Wichtigste überhaupt. Der schönste Moment wurde unwiederbringlich fleckig und brüchig, wenn man sich nicht auf den Gebrauch des Fixierbades verstand.

Kishones Momente würden die Jahrzehnte überdauern. Er war mit sich und seiner Arbeit zufrieden. Der Anblick der von ihm gemachten Bilder erfüllte ihn mit Stolz. Für seine Kundschaft jedoch hatte die Sache seit einiger Zeit einen Haken, einen so großen Haken, dass Kishone, sofern er nicht bald etwas änderte, sich gleich selbst würde daran aufhängen können. Mochten für ihn seine Fotos perfekt sein, in den Augen der fortschrittsbesessenen Hinterwäldler Rajasthans waren sie nicht mehr als schwarzweiß.

Bis vor wenigen Monaten lief sein Geschäft, das Luckystudio, das er etwas abseits vom Trubel des Basars eröffnet hatte, noch wie geschmiert. Wollten die Leute in

Pushkar ein Fest feiern, was sie häufig wollten, dann wollten sie dieses Fest auch im Bild verewigt wissen, und als Verewiger war Kishone unschlagbar, seit er vor drei Jahren mit einer zweiäugigen Rolleiflex und einer gebrauchten einundsiebziger Canon-FI aus Panjim zurückgekehrt war, wo er in Palmira Coutinhos Hollywood Studio das Fotografenhandwerk von der Pike auf erlernt hatte. Kishone war besser als die Fotografen in Ajmer mit ihren alten Leica-Kopien, den Reid-I- und Reid-III-Kameras, die noch aus der Zeit der Besatzung stammten, das hatte sich herumgesprochen. Noch bis vor kurzem waren die Leute aus Ajmer zu Kishone gereist, um ihn persönlich um seine Dienste zu bitten, sogar aus Jaipur und Jodhpur riefen sie an.

Kishone war Fotograf, Kundenberater, Entwickler und Auslieferer in einer Person. Erzogen im hinduistischen Glauben, gehörte er im Grunde seines Herzens jedoch der in Rajasthan seltenen Gruppe der Agnostiker an, was das Geschäftliche in diesem oder jenem Detail durchaus vereinfachte. So hatte Kishone einen Teil seines bescheidenen Vermögens damit gemacht, dass er Freunde als Götter verkleidet oder in Heiligenposen ablichtete, die Bilder danach mit goldenen Rahmen versah und sie unter der Ladentheke als Abbildungen Brahmas, Jehovas, Allahs, Jesus Christus', Mohammeds und wie all diese Götter und Inkarnationen sonst noch hießen verkaufte. Ein Geschäft, das in Pushkar, der Stadt mit den vierhundert Tempeln, von Beginn an florierte und geradezu explodierte, als er sein Angebot noch um den elefantenköpfigen Gott Ganesha erweiterte. Je stärker die Religion des Kunden verbot, sich ein Bild von seinem Gott zu machen, desto begieriger waren die Gläubigen auf die Fotografien, und desto mehr bezahlten sie. Das ging so lange gut, bis eines Tages die Polizei im Luckystudio auftauchte und mit der Schließung drohte, sollte Kishone nicht umgehend sein blasphemisches Handeln einstellen sowie fünfzig großformatige Fotografien der stolz hinter ihrem klapprigen Einsatzfahrzeug, einem alten Hindustan Ambassador, posierenden Polizeimannschaft Pushkars anfertigen.

Kishone folgte der Aufforderung widerstandslos. Er war kein rebellischer Mann. Er hatte mit seinen Heiligenbildchen in der letzten Zeit genug verdient, und wer wusste schon, wofür es einmal gut sein würde, die Götter nicht über Gebühr strapaziert zu haben.

Die ersten Anzeichen dafür, dass die rosigen Zeiten nicht ewig währen würden, begegneten Kishone vor einem guten halben Jahr. Ein Tourist hatte ihn auf eine Ausgabe des Time magazine aufmerksam gemacht. Die Zeitschrift bot demjenigen, dem es gelinge, den traditionellen indischen Seiltrick fotografisch zu belegen, unfassbare zehntausend Dollar. Kishone zeigte die Ausschreibung Amitabh.

»Sie wollen die klassische Nummer? Vom Anfang bis zum Ende?«

»So habe ich es verstanden.«

Amitabh ging wieder in die Knie, um seine Arbeit am Motor des Motorrads fortzusetzen.

»Mit allem Drum und Dran? Mit einer aufgebrachten johlenden Menge, einem Fakir, attraktiv wie Amitabh Bachchan, inklusive Helferlein, Kampf gegen die Mächte der Finsternis und herabregnende blutige Gliedmaßen?«

»Das wäre gut.«

Amitabh kratzte sich im Bart.

»Wo ist das Problem?«

Bei dem traditionellen indischen Seiltrick handelt es sich um eine Illusion. Ein Fakir erscheint, begleitet von einem Jungen, auf einem öffentlichen Platz. Schnell sieht er sich von Schaulustigen umstellt, die er zunächst mit harmlosen Taschenspielereien unterhält. Hat er damit seine Zuschauer in Stimmung gebracht, kündigt der Zauberer an, nun zum Höhepunkt seiner Vorführung, dem indischen Seiltrick, zu kommen. Einem Sack oder einem Korb entnimmt er ein dickes Seil und wirft es mit allerlei Brimborium und großen Gesten in die Luft, wo es sich zum Erstaunen des Publikums bis hinein in den Himmel verlängert und starr stehen bleibt. Auf Befehl des Fakirs klettert der Junge an dem Seil empor, bis er nicht mehr zu sehen ist. Da er die Aufforderung, wieder herabzusteigen, ignoriert, gerät der Meister in Wut. Mit einem Messer zwischen den Zähnen folgt er dem Jungen, bis auch er verschwunden ist. Kurz darauf hören die Zuschauer einen markerschütternden Schrei, und aus dem Himmel beginnt es blutige Körperteile zu regnen: Arme, Beine, Rumpf und zuletzt der Kopf des Jungen. Die

Menschen sind schockiert. Sprachlos beobachten sie, wie der Fakir zur Erde zurückkehrt, um die auf dem Boden verstreuten Körperteile in seinem Korb zu verstauen. Ist dies geschehen, schließt der Fakir den Korb, setzt sich mit überkreuzten Beinen neben ihn und fällt in eine Trance, aus der heraus er Zaubersprüche und Beschwörungsformeln zu murmeln beginnt. Zu guter Letzt – inzwischen steht er wieder auf seinen Beinen – versetzt er dem Korb einen Tritt, und aus ihm heraus windet sich der Knabe, noch immer ein wenig verwirrt, aber ansonsten an einem Stück, quietschfidel und unverletzt.

Gegen Ende des neunzehnten Jahrhunderts erregte der als vertrauenswürdig eingeschätzte Politiker Seward H. Williams in den USA einige Aufmerksamkeit, als er nach einer Indienreise berichtete, einer ähnlichen Vorführung persönlich beigewohnt zu haben. Am 18. August 1890 meldete die Chicago Tribune, dass zwei Männer, unter ihnen ein gewisser Fred S. Ellmore, einen solchen Vorgang fotografiert hätten, auf den entwickelten Bildern jedoch lediglich das auf dem Boden liegende Seil des Fakirs zu sehen gewesen sei, woraus die Tribune erstens schloss, dass der Fakir sein Publikum hypnotisiert habe und es sich ergo, zweitens, bei der gesamten Angelegenheit um eine Illusion handeln müsse. So weit die Theorie.

Zunächst weihten Kishone und Amitabh Robert Mulder in ihre Pläne ein. Mulder war ein ausgedienter Oberst der Royal Navy, der seit einigen Jahren ein Graphikatelier in Ajmer betrieb. Im Erfolgsfall versprachen sie ihm dreihundert Dollar in bar sowie eine Kiste besten schottischen Whiskys. Mulder willigte ein. Danach fuhren sie zu Hritik Khan, einem alten Fakir, der, wie man sich erzählte, seine Hochphase in den Kindertagen Gandhis gehabt habe und den man inzwischen für Geburtstage und andere Familienfeste buchen konnte. Mit ihm verabredeten sie sich für den nächsten Morgen bei der großen Treppe am See, von der sich alljährlich beim Kamelfest die Gläubigen zum rituellen Bad in die Fluten stürzten. Die betonierte Plattform direkt am Wasser war für den Seiltrick die perfekte Bühne, das Licht kurz vor Mittag ideal.

Am darauffolgenden Tag sah man Amitabh sein schwerbeladenes Motorrad langsam durch den Basar steuern, gefolgt von Kishone, zu Fuß und seinerseits beladen mit einem Packen Flugblätter, auf denen mit rotem Filzstift »Come and see the miracle« stand. Mehr war nicht nötig, um die Neugierigen, vor allem Müßiggänger und Kinder, dazu zu bewegen, sich ihnen anzuschließen. Als sie den See erreichten, waren dort bereits an die hundert Menschen versammelt, und bald hatte sich die Menge verdreifacht, so dass sie für zwanzig Rupien Männer engagierten, die dafür sorgten, dass auf der Plattform eine ausreichend große Arbeitsfläche blieb.

Als Hritik Khan mit halbstündiger Verspätung auf der Bildfläche erschien, begann Kishone mit den Aufnahmen. Fünfzehn Filme hatte er in seiner Tasche. Zunächst hielt er fest, wie der tattrige Fakir den schweren

Korb auf die Plattform schleppte, dann, wie er seinen staubigen Teppich ausrollte und auf der Flöte zu spielen begann. Während der Minuten, in denen Amitabh die rostigen Stangen verschraubte, an denen Hritik Khan später das Tau aus seinem Korb befestigen sollte, machte Kishone keine Aufnahmen.

Dann war es so weit. Aus dem schweren Korb ragte Hritik Khans Seil in die Höhe, und aus einer Entfernung von mehr als zwanzig Metern konnte nur noch ein sehr aufmerksamer Beobachter sehen, dass es von einem Gestänge gehalten wurde. Hritik Khan machte sich nun daran, sein Seil zu erklimmen. Vielleicht mochte das ihm als jungem Mann leichtgefallen sein, jetzt jedoch stöhnte er so laut, dass Kishone befürchtete, den Fakir würden auf halber Strecke die Kräfte verlassen. Doch nach drei Minuten hing Hritik Khan an der Spitze seines schwankenden Seils, dessen im Korb verankerter Ständer gefährlich ächzte, und es gelang ihm tatsächlich, sein verwittertes Schwert aus dem Gürteltuch zu ziehen und einige müde Hiebe in die Luft zu setzen. Kishone knipste und knipste. Von unten schimmerten die Adern auf Hritik Khans dünnen Beinen wie blaue Schlangen, unter seinem Lendenschurz sah man sein baumelndes Geschlecht. Dann war es vollbracht. Was machte es, dass das Publikum sich betrogen fühlte, dass es nach Leibeskräften buhte? Seine Rolle hatte Hritik Khan erfüllt. Schwer atmend nahm er seine sauer verdienten zweihundert Rupien entgegen, und während er an einem schattigen Plätzchen bei einer Limonade verschnaufte, fotografierte Kishone Salman, einen Jungen, der sich für den Preis zweier Coca-Cola bereiterklärt hatte, ebenfalls das Seil hinaufzuklettern.

Eine Woche später lieferte Bob Mulder Ergebnisse. Der Engländer mochte ein Säufer sein, doch die Qualität seiner Arbeit war bestechend. Aus den von ihm retuschierten Fotos klang die Musik der Flöte, mit der ein erstaunlich jugendlicher Hritik Khan, inmitten einer staunenden Menschenmenge, das Seil dazu brachte, langsam aus dem Korb zu wachsen, bis es, hoch und fest wie ein Baum, senkrecht in der Luft stand. Die nächsten Bilder zeigten den kleinen Salman das Seil erklimmen – an diesen Aufnahmen hatte Mulder nichts verändert – und schließlich im Himmel verschwinden. Jetzt kam der große Auftritt Hritik Khans. Mit einem zum Fürchten gebogenen Säbel an der Hüfte machte er sich daran, in luftiger Höhe das Verschwinden seines Helfers zu erkunden. Da er hierfür offenbar keine Erklärung finden konnte, wurde er wütend. Eine übersinnliche Macht musste im Spiel sein, eine Macht, die er nicht einfach mir nichts, dir nichts mit seiner Flöte bezirzen konnte, eine Macht, die Böses repräsentierte und die es zu vernichten galt. Entschlossen klammerte sich Hritik Khan mit seiner linken Hand an der Seilspitze fest. Mit der Rechten zog er seinen blitzenden Säbel und begann mit weit ausholenden Hieben die Luft zu zerteilen, bis es blutige Körperteile regnete. Arme, Beine, Rumpf, dann, als Höhepunkt, Salmans Kopf mit weit aufgerissenen Augen.

»Mulder hat sich selbst übertroffen«, sagte Amitabh, während Kishone ihm die Bilder in dessen Werkstatt präsentierte. »Selbst die Schatten hat er angepasst, da hätte ich nicht dran gedacht, das fällt mir jetzt erst auf.« Mehrmals wiegte er anerkennend seinen Kopf zwischen den Schultern. »Wir sollten ihm noch eine Flasche Scotch drauflegen. Die Bilder sind perfekt. Das müssen auch die Amerikaner so sehen. Auf welchem Weg bekommen wir das Geld? Schicken sie einen Scheck?«

Das Time magazine schickte keinen Scheck.

Zwei Monate nachdem er das Kuvert zur Post gebracht hatte, bekam Kishone die Bilder zurück. Ihre Qualität wurde von einer gewissen Rose Buttermaker zunächst gelobt, bevor darauf verwiesen wurde, dass der Wettbewerb sich leider ebenso ausdrücklich wie ausschließlich auf Farbfotografien beschränke, außerdem, so schrieb Rose Buttermaker abschließend, scheint uns ein See als Hintergrund für den Indischen Seiltrick ungeeignet.

»Die Ausschreibung des Time magazine bezog sich nur auf Farbfotografien, Amitabh.«

»Ja.«

Amitabh polierte den silbernen Tank eines Motorrads. Aus einiger Entfernung fotografierte ein Tourist die vor Amitabhs Werkstatt aufgereihten Maschinen.

»Was heißt hier ja?«

»Das war mir bewusst, es stand in der Ausschreibung.«

»Warum hast du mir nichts davon gesagt? Du weißt, dass ich keine Farbaufnahmen mache.«

»Ich dachte, du hättest es gelesen.«

Der Tourist kam herbei, um zu fragen, ob er einige Fotos aus der Nähe machen könne. Amitabh nickte.

»Und selbst wenn ich es gelesen hätte! Keine einzige Frage nach der Aufnahmetechnik, kein Staunen über die Authentizität! Farbe, Farbe, Farbe, das ist alles was sie interessiert. Ein fliegenumschwirrter Haufen Scheiße in realbraun ist ihnen lieber als meine Arbeit.«

»Diese Motorräder sind phantastisch«, sagte der Tourist und deutete auf das erste in der Reihe. »Das hier, was ist das für eins?«

»Eine Royal Enfield Bullet 500«, sagte Amitabh.

»Was finden diese Leute an ihrer farbigen Welt so abbildenswert? Die Sonne gelb, die Wiese grün, das Wasser blau. Wo bleibt der Raum für ihre Phantasie? Warum müssen sie sich beweisen, was sie ohnehin bereits wissen oder was sie sich ebenso gut, wenn nicht sogar besser, auch denken können?«

Wieder meldete sich der Tourist zu Wort: »Ich meine, was für ein Jahrgang, wie alt ist die Maschine?«

»Eine 73er«, sagte Amitabh.

»Wie reizvoll ist der Anblick einer verschleierten Frau beim Bauchtanz, und wie überaus ernüchternd sind oftmals die Fakten, nachdem der letzte Schleier gefallen ist. Alle Sinne, alle Körperöffnungen, jede einzelne der empfindlichen Poren, durch die ein Betrachter ein schwarzweißes Kunstwerk in sich hineinsaugt, werden durch die Farbe zugekleistert.«

»Über die Sache mit den Körperöffnungen muss ich nachdenken«, sagte Amitabh.

Der Tourist schaute irritiert. »Und die hier, was ist das für eine?«

»Eine 68er.«

»Ein farbiges Bild duftet nicht nach Sandelholz oder Rosenöl. Es duftet überhaupt nicht. Es ist geruchsneutral wie ein Tiger auf der Jagd, wie ein Stück Plastik, wie ein Stück Nichts. Farbe ist etwas für die Schnösel in Bollywood.«

»Ich mag die rote am liebsten«, sagte der Tourist.

»Wahrscheinlich ist doch erst für den Film die Farbe erfunden worden. Für diese Mistfilme, deren Macher mit Farb-, Kitsch- und Klangkeulen auf den Zuschauer einprügeln, bis er nicht mehr weiß, was er glauben soll. Die amerikanischen Filme sind da auch nicht besser, denk nur an ›Doktor Schiwago‹. Weißt du noch, wie wir den gesehen haben? Ein grauenhaftes Machwerk, eine Schmonzette übelster Sorte, jede Rolle eine Fehlbesetzung, mit dem hängelidrigen Omar Sharif als Schiwago, mit Geraldine Chaplin, die nur vom Ruhm ihres Vaters lebt, und Alec Guinness. Guinness dreht neuerdings Science-Fiction-Filme, wusstest du das? Und wie gut war er in ›Unser Mann in Havanna‹, und der ist schwarzweiß.«

»Ich finde, du übertreibst«, sagte Amitabh.

»Ich habe zu Hause auch eine Maschine.«

»Aha«, sagte Amitabh.

Der Tourist zögerte einen Augenblick.

»Eine BMW.«

»Schön für dich«, sagte Amitabh.

»Und dann das hier«, Kishone zog das zerknüllte Schreiben des Time magazine aus seiner Tasche.

»*Scheint uns ein See als Hintergrund für den Indischen Seiltrick ungeeignet.* Was für einen Dreck man sich anhören muss!«

Amitabh nahm Kishone den Brief aus der Hand und strich ihn glatt.

»Sie loben deine Bilder doch.«

»Das ist in Amerika so üblich. Das hat nichts zu bedeuten. Ich hätte die verwackelte Aufnahme einer kackenden Kröte einschicken können, und sie hätten meine Bilder gelobt.«

»Stell dir Rose Buttermaker einmal vor, wie sie dasitzt und ihre Absagen formuliert«, sagte Amitabh. »Mindestens fünfunddreißig, noch immer unverheiratet, sie beginnt zu welken. Fade wie amerikanisches Essen, sexuell frustriert, und draußen regnet es bei sieben Grad Celsius. Dafür, dass die Frau dermaßen gestraft ist, ist der Brief annehmbar.«

Kishone lächelte gequält.

»Du brauchst einen Whisky«, sagte Amitabh. Er zog Kishone in seine Werkstatt und verschloss das Tor vor der Nase des Touristen, der sich angeschickt hatte, ihnen zu folgen. Zu zweit tranken sie unter Kishones fortlaufendem Gejammer bis spät in die Nacht. Irgendwann rutschte Kishone vom Stuhl. Amitabh legte ihn auf eine Decke mitten im Raum. Bis zu Kishones Haus wären es nur wenige Fußminuten gewesen, doch in den Zeiten des politischen Umbruchs gab es bessere

Ideen, als während des Ausgangsverbots mit einem Betrunkenen unterwegs zu sein.

Heute, sechs Monate später, sah sich Kishone am vorläufigen Tiefpunkt seiner Karriere. »Ihre Fotografien sind doch selbstverständlich farbig«, hatte Akbar Darshan, der Vater der Braut, ihm gesagt, nachdem Kishone den ganzen Tag auf der Suche nach dem besten Licht, dem besten Motiv, der besten Einstellung gewesen war, nachdem er drei Hemden verschwitzt, einen Auftrag für ein Passbild abgesagt und siebzehn Filme verschossen hatte. *Selbstverständlich farbig*, als handele es sich um eine rhetorische Feststellung. Was bildete sich Darshan ein? *Selbstverständlich* waren seine Bilder nicht farbig, sie *konnten* selbstverständlich nicht farbig sein, weil sie mehr transportierten als ein bloßes Abbild der Gegenwart. Welcher große Fotograf arbeitete schon in Farbe, wenn er nicht dazu gezwungen wurde? Manuel Alvarez Bravo? Edward Weston? David Bailey vielleicht, aber David Bailey war Gott. Der Finger, mit dem er den Auslöser seiner Kamera drückte, glänzte aus purem Gold! Im Diesseits warfen sich ihm die schönsten Frauen aus drei Generationen nackt zu Füßen, und im Jenseits würde es sich ebenso verhalten – Gott hatte seine eigenen Gesetze.

Natürlich konnte Kishone farbigen Mist anfertigen, *selbstverständlich* konnte er das, aber hatten seine Kunden eine Ahnung, was das kostete? Für einen Schwarzweißfilm zahlte er, wenn er ihn in Bombay bestellte, acht Rupien, für einen Farbfilm satte achtzig, von der

Entwicklung ganz zu schweigen. Hunderte von Rupien würde er dafür auf den Tisch legen müssen. Hinzu käme der Zeitfaktor, denn wer konnte hier in der Umgebung schon Farbfilme entwickeln? Man müsste sie einschicken nach Bombay oder Delhi, und dann konnte man sich vorstellen, wie lange es dauern würde, bis sie von dort zurückkämen. Wochen, wenn nicht Monate, wenn sie denn überhaupt zurückkämen, bei ihrem überbürokratisierten und völlig verfaulten Postsystem. Sollten die Buntbildfanatiker doch zu den Verbrechern gehen, die neuerdings ihre Dienste mit Hilfe von Polaroidkameras anboten. Ein Haufen farbiger Matsch zu einem sündhaften Preis, das war es, was sie anzufertigen imstande waren.

Kishone schaltete die Deckenleuchte seiner Dunkelkammer an. Da hingen sie, seine Babys, jedes trug Kishones unverwechselbare, ganz persönliche Handschrift, seine Gene in sich, an jedem von ihnen klebte sein Herzblut. Bilder, die womöglich hier an der Trockenleine unter den hölzernen Wäscheklammern verrotten mussten, weil sie keiner mehr haben wollte.

Kishone griff zum Telefon. Ein weiteres Mal würde Bob Mulder helfen müssen.

* * *

»Ich sage es noch einmal, Saxona. Es ist wirklich schön, heute mit dir hier in Mumbai zu sitzen, auch wenn wir uns in Deutschland leichter hätten treffen können. Was möchtest du essen? Als Vorspeise empfehle ich die Krabbensuppe mit Hummerfleisch. Die gerösteten Hummerstücke werden erst am Tisch mit der heißen Suppe übergossen. Dann könnten wir die Basilikumgnocchi mit süßem rotem Knoblauch und Zwiebeln nehmen. Dazu einen trockenen Wein aus Europa – nicht nur, weil ich daran verdiene. Das Indigo ist das beste Restaurant Mumbais. Im Nachbarhaus hat es vor einigen Monaten Tote gegeben, als Terroristen Colaba angegriffen und das Taj-Mahal-Hotel besetzt haben. Sicherlich hast du davon gehört – es waren auch Deutsche unter den Opfern. Zu Hause in Deutschland könnte ich mir ein solches Restaurant nicht leisten, zumindest nicht so oft. Hier bezahle ich am Ende umgerechnet siebzig Euro für uns zwei. Meinen Ablass erkaufe ich mir auf dem Rückweg für fünfzig Rupien bei Salim, dem Mann auf dem Rollbrett, dessen verkrüppelte Beine aus seinen Hüften senkrecht nach oben stehen, als seien sie falsch herum montiert. Er kennt mich bereits, ich gebe ihm immer eine Kleinigkeit.«

* * *

»Sie scherzen, Sie nehmen mich auf den Arm. Das soll meine Tochter sein? Ich erkenne sie kaum wieder, was ist mit ihrem Gesicht passiert? Sie sieht aus, als habe sie einen Organschaden! Mein Schwiegersohn genauso, die ganze Hochzeit eine einzige Ansammlung von leberkranken Gelbsüchtigen. Die Blumen wirken wie billiges Plastik, und das Dreihundert-Dollar-

Brautkleid sieht aus, als hätte ich es aus dem Kostümfundus einer Wanderbühne. In Amerika haben sie inzwischen dreidimensionale Filme in Dolby Surround. Drei Dimensionen, pow, das ist was! Dolby Surround! Und Sie bieten mir diesen Mist hier. Keinen Paisa werden Sie dafür bekommen!«

Kishone dachte daran, wie er Mulder heute Morgen in seiner Küche vorgefunden hatte. Mit dem Kopf auf der Tischplatte. Nicht einmal auf das Feldbett, das er ihm aufgebaut hatte, hatte er es geschafft. Vor ihm die Bilanz seiner Nacht: ein überquellender Aschenbecher, zwei zerknüllte Zigarettenpackungen, eine leere Flasche schottischen Whiskys, eine Thermosflasche, eine Kaffeetasse mit Glasgow-Rangers-Logo und zweihundertfünfzig handkolorierte Schwarzweißfotos. Zweihundertneunundvierzig genaugenommen, denn das oberste hatte Mulder durch die Aufschrift ›Ich hasse dich, Kishone Kumar‹ unbrauchbar gemacht. Zweihundertneunundvierzig Fotos in einer Nacht, das war große Arbeit. Mehr Arbeit wahrscheinlich, als Darshan bei seiner diplomatischen Tätigkeit im gesamten letzten Monat geleistet hatte. Und die Bilder waren farbig, das konnte man nach Mulders Bearbeitung mit Fug und Recht behaupten.

»Von *Farb*filmen war nie die Rede gewesen, Mister Darshan, Sie wissen, dass Sie in ganz Indien keine Farbfotos von heute auf morgen entwickeln können.«

»Falsch, Kishone, ganz falsch. Kommen Sie heute Abend wieder, und ich werde Ihnen zeigen, was in Indien möglich ist.«

Darshan bluffte, im Umkreis von tausend Meilen würde er keinen finden, der ihm diesen Service bieten konnte. Er wollte den Preis drücken, er hielt sich für geschickt. Wie sollte Kishone ihm begegnen? Mit dem ausgemachten Preis pro Bild hatte er ohnehin nicht gerechnet.

»Mir ist es völlig gleich, was in Indien möglich ist und was nicht« antwortete Kishone. »Ich habe die ganze Nacht gearbeitet. Ich bin todmüde und möchte ins Bett, Mister Darshan. Wir haben fünf Rupien vereinbart, ich lasse ihnen ein Bild für vier.«

»Sie haben mir nicht zugehört, Mister Kumar. Ich zahle Ihnen keine einzige Rupie. Keine Rupie pro Bild und keine für den ganzen Satz. Null mal null bleibt null.«

»Dreifünfzig, wir einigen uns auf dreifünfzig. Ich habe meine Mitarbeiter zu bezahlen und meine Eltern zu unterstützen. Dreifünfzig ist mein letztes Angebot.«

»Ich werde Ihnen das Wort Null sowohl buchstabieren als auch erklären, Mister Kumar. N-U-L-L. Stellen Sie sich vor, Sie sind ein Fischer ohne Boot, ohne Netz und ohne Wasser. Wie groß wird Ihr Ertrag am Ende eines durchschnittlichen Arbeitstages sein?«

»Drei Rupien und fünf goldene Rahmen mit Passepartout, mein allerletztes Angebot.«

»Dann hören Sie jetzt mein Angebot, Mister Kumar. Es ist mein einziges und somit ebenfalls mein letztes. *Best Price* sozusagen. Wir feiern heute ein hohes Fest in meinem Haus, und ich will an einem solchen Tag keinen Ärger. Ich zahle Ihnen Ihre Auslagen, mit fünfzig Rupien sind Sie fürstlich bedient. Darüber hinaus biete ich Ihnen für eine halbe Stunde die Möglichkeit, sich unter die Hochzeitsgesellschaft auf der Dachterrasse zu mischen und sich am Buffet zu bedienen. Schauen Sie sich dabei meine Gäste ruhig noch einmal ohne den Sucher Ihrer Kamera an. Es sind Menschen, Mister Kumar, Leute aus Fleisch und Blut, die wenig Wert darauf legen, auf Fotos wie Comicfiguren zu wirken. Mein Schwiegersohn ist auf dem besten Wege, Botschafter in den Vereinigten Staaten zu werden. Wie soll er seinen Kollegen erklären, dass seine Familie nicht einem Schreckenskabinett entsprungen ist, wenn sie ihn – was sie ohne Zweifel tun werden – nach den Bildern seiner Hochzeit fragen? Ich gebe Ihnen den guten Rat, mein Angebot anzunehmen, die Alternative besteht darin, von meinen Mitarbeitern vor die Tür befördert zu werden.«

Kishone konnte sich nicht erinnern, jemals ein solches Gefühl der Demütigung empfunden zu haben. Die Kritik an seinen Bildern hatte ihn da getroffen, wo es schmerzte. Fotografieren war das Einzige, von dem er wirklich etwas zu verstehen glaubte. In diesem Metier war er nicht darauf angewiesen hochzustapeln, hier brauchte er keinen Pfusch und keine miesen Tricks, und griff er doch das ein oder andere Mal in die Kiste, um der Wirklichkeit ein wenig auf die Sprünge zu helfen, so war dies nur ein Zugeständnis an den Kunden.

Während er seinen Teller mit Garnelen, Brot und Früchten überlud, sah er sich um: Verschwender, die ihren Stolz gegen ein Konto bei der Bank getauscht hatten. Was war das für eine Hochzeit, die sie hier feierten? Von allem hatten sie sich ungeachtet jeder Tradition das Beste oder das, was sic für das Beste hielten, herausgepickt. Sie panschten ihre Religionen. Der Bräutigam trug den Turban, den Dolch und den Kara eines Sikh, jedoch keinen Schnurrbart. Dafür hatte er kurze Haare, wie sich im späteren Verlauf des Abends herausstellte. Diese Leute waren grotesk und neureich. Sie taten so, als gehöre ihnen die Welt, mit ihren dicken Söhnen, die schon im Alter von sieben, acht Jahren eine lärmende Miniaturkopie ihrer Väter darstellten, und ihren noch dickeren Frauen, die von den gekauften Hijras nur durch ihren spärlicheren Bartwuchs zu unterscheiden waren. Allesamt hatten sie zu viel Parfüm aufgetragen, so dass es auf der Feier bereits am frühen Mittag stank wie in einem Bordell. Ja, das passte, spätestens seit Ausrufung des Notstandes war ganz Indien zu einem Bordell verkommen. Alles eine Frage des Preises. In den letzten Jahren war Moral zu einer Ware in den AC-gekühlten Supermärkten der Reichen verkommen. Verpackt in kleinen Dosen, wartete sie dort zwischen Gesetz, Recht und Garnelen auf ihre Käufer, und nur die Garnelen gingen weg.

Darshan hatte also einen anderen Fotografen. Wer konnte es sein? Warum hatte Kishone ihn am Vortag nicht bemerkt? *Kommen Sie heute Abend vorbei, und ich werde Ihnen zeigen, was in Indien möglich ist.* Irgendwie war es Darshan gelungen, einen Weg zu finden, Farbfotos von einem Tag auf den anderen zu erhalten. Sicher, der Mann hatte Beziehungen, doch konnte sich Kishone keine Beziehung vorstellen, die es ermöglichte, die chaotischen indischen Fotolabore dazu zu bewegen, ihre Effizienz um ein Hundertfaches zu steigern.

Er nahm sich ein Glas von dem Tablett eines Bediensteten und las die Aufschrift des Flaschenetiketts. Ein Rotwein, und das unter den Augen des Bürgermeisters und des zur Feier des Tages aus Jaipur angereisten Polizeipräsidenten. Kishone schnüffelte. Er kannte sich nicht aus. In seinem ganzen Leben hatte er kaum mehr als zehn Gläser Wein getrunken, doch dieser hier roch hervorragend. Schwer und würzig. Gleich beim ersten Kontakt mit der Zunge schmeckte er fruchtig, nach Beeren eines fremden Landes mit einem leicht zimtigen Hauch. Vielleicht hatte Darshan aus Zufall eine gute Wahl getroffen, vielleicht verstand er aber hiervon ausnahmsweise wirklich einmal etwas. Diese Darshans hatten den ganzen Tag nichts anderes zu schaffen als sich Bäuche anzufressen und Wein zu saufen, da konnte es schon einmal passieren, dass selbst ein sonst sensorisch verkrüppelter Mensch eine gewisse Ahnung von etwas bekam. Um ihnen allerdings eine Ahnung von der Fotografie zu vermitteln, würden tausend mal tausend Jahre nicht reichen, dessen war sich Kishone sicher. Er leerte sein Glas in einem Zug. Es war ihm egal, dass der an den Mundwinkeln austretende Wein auf sein letztes sauberes Hemd tropfte.

Das Essen schmeckte Kishone ebenfalls, so dass er

in sich hineinstopfte, was er in die Finger bekam. Bei der nächsten Gelegenheit griff er sich gleich zwei Gläser Wein, obwohl ihm nicht einmal eines angeboten worden war. Binnen zwei Minuten hatte er sie geleert, doch als er seinen Arm abermals nach einem Glas ausstreckte, bekam er von schräg hinten eine Flasche Wasser in die Hand gedrückt.

»Versuchen Sie es einmal hiermit, ich glaube, es ist besser für alle Beteiligten.«

Das Mädchen, das plötzlich neben ihm stand, war ihm bereits gestern aufgefallen. Er hatte sie nicht richtig zuordnen können, sie aber letztendlich für eine Kollegin des Bräutigams gehalten, obwohl sie sich von den anderen Diplomatinnen und Diplomatengattinnen durchaus unterschied. Sie sah aus wie eines der ausländischen Hippiemädchen, die sich zu Hunderten hier und in Goa herumtrieben. Zu einer weiten schwarzen Leinenhose trug sie ein naturfarbenes Oberteil mit abgestickten Blumenmustern, das so kurz war, dass es ihren Bauch freiließ, um den sich eine silberne Kette schlang.

»Ich habe mich in Ihre Geschäfte eingemischt, Mister Kumar, das wollte ich nicht. Ich könnte versuchen, das mit meiner Herkunft zu entschuldigen. Wir Amerikaner neigen mitunter dazu, uns in anderer Leute Geschäfte einzumischen.«

»Sie kennen meinen Namen?«, fragte Kishone.

Sie antwortete, dass sie sich nach ihm erkundigt habe, da sie glaube, ihm eine Erklärung zu schulden.

»Mir eine Erklärung schulden?« Noch immer hatte er nicht verstanden. Was konnte dieses Mädchen mit den goldenen Haaren ihm erklären wollen? Selbst als sie ihm offenbarte, dass sie der Grund dafür gewesen sei, dass er sich den gestrigen Tag umsonst um die Ohren geschlagen habe, glaubte Kishone noch immer an ein Missverständnis. Erst als sie ihm verriet, dass Darshan sie gebeten hatte, bei seinem Fest Aufnahmen zu machen, begriff er.

»Sie waren das?«, sagte er, »Sie sind die Fotografin? Wo ist Ihre Kamera? Wie kann es sein? Ich habe auch gestern keine Kamera bei Ihnen gesehen.«

»Ich bin Journalistin. Im vergangenen Jahr habe ich Mister Darshan flüchtig bei einer Reportage über den Schah von Persien kennengelernt. Ich glaube, ich gefiel ihm. Er lud mich zur Hochzeit seiner Tochter ein. Und welches Mädchen würde sich eine echte indische Hochzeit entgehen lassen? Ich arbeite übrigens für das Time magazine, eine große Zeitschrift, aber jetzt bin ich privat hier, so wichtig ist Darshan nun auch wieder nicht.«

»Ich kenne das Time magazine«, sagte Kishone.

»Dass Sie meine Kamera nicht gesehen haben, liegt daran, dass sie ziemlich klein und unauffällig ist.« Sie zog ein winziges Kästchen aus ihrer Hosentasche.

»Das soll eine Kamera sein?«, fragte Kishone.

Sie erklärte, dass es sich bei dem Kästchen um eine Kodak-Pocket handele, ein neues amerikanisches Produkt. Die Qualität der mit ihr aufgenommenen Bilder könne sich sicherlich nicht mit der seiner Fotos messen, sei aber dennoch erstaunlich.

Was sie in Amerika doch für einen Mist produzieren, dachte Kishone, beinahe schien es, dass sämtlicher auf der Welt produzierte Mist neuerdings aus Amerika komme. Wie sollte das weitergehen? Würden sie so lange nicht aufhören, bis sie die ganze Welt zugemistet hatten mit ihren bunten Filmen, ihren Magazinen, ihren Erfindungen? Hatten die Amerikaner in den letzten fünfzig Jahren irgendetwas hervorgebracht, was die Welt tatsächlich brauchte? Okay, den Ford Mustang vielleicht. Die Mondrakete ebenfalls, aber wer wusste schon, welche perfiden Ziele mit dem Mondprogramm verfolgt wurden? Und sonst? Die Atombombe, Agent Orange, Dolby Surround, das Time magazine und den Pocket-Fotoapparat.

»Können Sie mir einen Film für die Kamera zeigen?«, fragte Kishone. Er konnte sich nur schwer vorstellen, wie ein Film aussah, der in dieses Ding passen sollte.

Das Mädchen kramte in ihrer Tasche. »Diese Filme funktionieren im Prinzip wie die 6×6-Rollfilme einer normalen Kamera, nur sind sie lediglich auf einer Seite perforiert. Das erklärt, warum man sie so klein machen kann. Auch das Negativ ist natürlich kleiner.« Das Mädchen wühlte wieder in seiner Handtasche und brachte eine orangefarbene Schachtel zum Vorschein, die Kishone nur allzu bekannt vorkam. Ein Film, wie er ihn selbst für seine Canon verwendete, nur war dieser für Farbaufnahmen geeignet. »Tut mir leid, Mister Kishone, ich habe nur noch diesen Rollfilm hier einstecken. Die Macht der Gewohnheit. Ich fotografiere erst seit kurzem mit der Pocket. Genaugenommen gestern das erste Mal. Wissen Sie was, ich schenke Ihnen den Film. Nehmen Sie ihn als Entschuldigung für die Unannehmlichkeiten, die ich Ihnen gemacht habe.«

Kishone nahm den Film, betrachtete ihn und steckte ihn dann in die Brusttasche seines Hemdes. »Eine Frage hätte ich noch.«

»Bitte.«

»Wie bringen Sie es fertig, von einem Tag auf den anderen Abzüge zu besorgen?«

»Meine Redaktion unterhält in Delhi ein Büro mit einem Fotolabor. Gestern hat Darshan einen meiner Mitarbeiter mit einem Hubschrauber dorthin fliegen lassen, heute kommt er zurück. Ich schätze, er wird in zwei, drei Stunden bei uns sein, wollen Sie so lange warten?«

»Das nun doch nicht. Ich bin müde. Morgen können wir uns gerne weiter unterhalten. Seien Sie doch zum Abendessen mein Gast, oder kommen Sie zumindest auf einen Tee vorbei. Bei dieser Gelegenheit kann ich Ihnen ja auch mein Geschäft zeigen.«

»Ein reizvolles Angebot. Allerdings muss ich morgen in aller Frühe bereits nach Kabul und von dort aus eine Woche später nach Europa. Die Redaktion hält uns auf Trab. Mein Flug geht von Delhi. Zwei meiner Kollegen sind ausgefallen. Mein Chef würde einen Heidenaufstand machen, wenn sie alles umsonst gebucht hätten. Warten Sie doch einfach hier mit mir auf meinen Mitarbeiter. Wie ich bereits gesagt habe, es ist das erste Mal, dass ich mit einer Pocket fotografiere, vielleicht ist aus den Fotos überhaupt nichts geworden.«

»Da habe ich wenig Hoffnung. Ich traue Ihnen durchaus zu, eine idiotensichere Kamera zu bedienen.«

»Ich bin mir ziemlich sicher, dass die Aufnahmen misslungen sind.«

»Wieso sollten sie misslungen sein?«

»Ganz sicher!«

Wieder dauerte es lange, bis Kishone verstand.

»Das würden Sie für mich tun?«

»Wieso nicht, ich finde Sie nett, und Darshan ist ein Arschloch. So einfach ist das. Jetzt doch noch einen Wein?«

Kishone lehnte ab. Er war es nicht gewohnt zu trinken. Die drei Gläser waren ihm schon ausreichend zu Kopf gestiegen. Er hatte Angst, dass sein mäßiges Englisch unter dem Einfluss des Alkohols noch mehr litt. Jetzt war es ihm plötzlich auch nicht mehr egal, dass sein Hemd voller Rotweinflecke war. Er hoffte, sich ein sauberes bei Amitabh leihen zu können. Überhaupt musste er ihm die Geschichte so schnell wie möglich erzählen. Schweren Herzens entschuldigte er sich bei der Fremden, versprach ihr jedoch hoch und heilig, in zwei Stunden wieder zurück zu sein. Im Treppenhaus glänzte der frisch ausgespuckte Betel mit den blauen Rücken der Schmeißfliegen um die Wette.

Wenig später erzählte Kishone Amitabh von der schönen Unbekannten, und erst jetzt merkte er, dass sie ihm nicht ihren Namen genannt hatte. Bei ihrer nächsten Begegnung durfte er nicht noch einmal versäumen, sie danach zu fragen. Einigermaßen ausgenüchtert kehrte er in Amitabhs bestem Hemd zur Hochzeitsfeier zurück. Darshan passte ihn bereits am Eingang des Dachgartens ab, um ihm zu erklären, dass er jetzt doch willens sei, drei Rupien für die Bilder zu zahlen. Kishone antwortete, dass er sich die Angelegenheit ebenfalls noch einmal überlegt habe, und nannte ihm seine Preisvorstellungen. Am Ende einigte man sich auf acht Rupien pro Bild plus fünf Flaschen Wein insgesamt. Noch einmal war Kishone davongekommen, aber es stand außer Frage, dass seine Tage als erfolgreicher Schwarzweiß-Fotograf gezählt waren. Nicht immer würde eine schöne Amerikanerin zur Stelle sein, um seinen Kopf zu retten.

Auf der Dachterrasse traf er sie wieder, nachdem er sich einen weiteren Teller am Buffet beladen hatte.

»Der Sonnenuntergang ist phantastisch. Sehen Sie die großen Affen, die von Haus zu Haus springen, und da, sind das Fledermäuse? Sie sind riesig!«

»Ja, Fledermäuse. Der Legende nach ist Pushkar entstanden, als Brahma eine Lotusblüte in die Wüste fallen ließ. Wenn Sie hier wohnen müssten, würden Sie es vielleicht weniger phantastisch finden. Ein Fest wie dieses habe ich hier noch nie erlebt, man muss es nutzen.« Kishone biss in eine gebratene Hühnerkeule. »Aus religiösen Gründen essen die Menschen hier normalerweise kein Fleisch. Alkohol ist ebenfalls verboten.«

»Außer für Darshan.«

»Außer für Darshan und einige andere. War er sauer?«

»Ja.«

»Kann er Ihnen Schwierigkeiten machen?«

»Er könnte. Aber aus der Zeit, in der ich noch nicht wusste, dass er eine Frau hat und dass seine Tochter bald heiraten würde, habe ich ein kleines Druckmittel gegen ihn.«

»Oh. Wie auch immer. Vielen Dank für alles.«

»Es ist okay.«

»Verraten Sie mir am Ende noch Ihren Namen?«

»Oh, Verzeihung. Ich heiße Joan.«

»Joan?«

»Nach Joan Vollmer, kennen Sie sie?«

»Nein.«

»Sie war Schriftstellerin. Kurz bevor ich geboren wurde, kam sie ums Leben. Meine Mutter hat sich mit dem Namen durchgesetzt. Ich bezweifle, dass mein Vater Joan Vollmer kannte.«

»Woran ist Joan Vollmer gestorben?«

»Ihr Mann hat sie aus Versehen erschossen, als sie auf einer Party Wilhelm Tell nachspielen wollten«, sagte Joan, stibitzte die letzte Garnele von Kishones Teller und knickte ihr den Kopf ab.

»Wer ist Wilhelm Tell?«, fragte Kishone.

⋆ ⋆ ⋆

»Ich kann dir deine Fragen zur indischen Sichtweise nur schwer beantworten, Saxona. Zum einen gibt es *die* indische Sichtweise ebenso wenig, wie es die deutsche gibt, zum anderen denke ich nicht wie ein Inder, ich sehe nicht einmal aus wie einer. Früher noch weniger als heute. Meist hielt man mich für einen Südeuropäer. Ein Teil meiner westlichen Sozialisation hat meine indische Identität verdrängt. Ein Optimist würde sagen, ich bin in beiden Welten zu Hause, aber oft fehlt mir das Verständnis für das Verhalten einer der beiden Kulturen, weil ich zu sehr im Denken der anderen gefangen bin. Der Inder in mir blickt argwöhnisch auf das Streben des Westens, die Geschicke der ganzen Welt lenken zu wollen. Ich kann den Wunsch nach immer größerer Individualität nicht nachvollziehen. Was soll das Geschrei an den Märkten, die Macht der Börsen, der Banken und des Geldes? Oft denke ich, wir im Westen machen alles falsch. Wir haben die falschen Werte, wir ernähren uns falsch und jagen den falschen Idealen hinterher. Dann fahre ich nach Indien und frage mich, ob es sein muss, dass hier allein bei einer einzigen Zugfahrt über fünfhundert Kilometer eine Tonne Müll in die Landschaft gekippt wird. Ich bin mir nicht zu schade, darüber zu sinnieren, wieso sie kein Flaschenpfand einführen. In Indien findest du Garküchen in einem Meter Entfernung von einem öffentlichen Urinal. Du bist genug in Indien herumgekommen, erinnere dich an den Geruch der Städte. Überall stinkt es hier nach Mensch. Es ist unerträglich! Warum unternehmen sie nichts gegen die Überbevölkerung? Es gibt keine schlimmere Stadt auf der Welt als Kalkutta. Glaubst du nach deinem Tod in die Hölle zu kommen, dann fahr nach Kalkutta zum Üben. In Europa liest man viel über die unerträglichen Zustände im Mittelalter. Ich bin überzeugt, dass es weniger schlimm war, als es heute in Indien ist, weil es einfach weniger schlimm gewesen sein *muss*. Im Mittelalter hast du dich ein paar Meter vom Dreck eines Marktes entfernt und bist an einem sauberen Ort gelandet. Schlimmstenfalls bist du ein paar Kilometer gewandert und kamst an einen See, in dem du baden, oder an einen Fluss, aus dem du trinken konntest. Das gibt es in Indien nicht mehr. Die Seen sind gekippt, die Flüsse und Bäche verseuchte Kloaken. Noch in den einsamsten Tälern des Himalaja stinkt es nach Ruß und Benzin. Schau dir alte Fotos von Kalkutta an, wie schön und sauber war es hier während der britischen Besatzung. Ich bin fest davon überzeugt, dass es auch den meisten Indern zu dieser Zeit besserging, aber sie waren eben nicht frei, bis Gandhi mit seinem Salzmarsch kam. Warum haben sie es nicht geschafft, danach diesen Zustand beizubehalten? Jeden Tag begegnen mir in Indien Fragen, auf die ich von meinem begrenzten europäischen Verstand keine Antwort erhalte. Schau dir allein die Krüppel auf der Straße an. Missbildung, Krankheit, Verwesung. Mit tausend Dollar könnte ich leicht das Leben eines solchen armen Schweins um ein Zigfaches verbessern. Ich könnte sein Leben *retten*, aber ich gebe ihm fünfzig Rupien und fahre zurück nach Deutschland, wo ich mir noch im selben Monat einen neuen Plasmafernseher kaufe. Warst du schon in Goa? In Goa ist es deutlich sauberer als im restlichen Land, und doch denke ich auch, wenn ich in Goa bin: Ein so perfekter Fleck

Erde, und sie lassen ihn einfach verkommen. Goa hat nicht dieses Problem der Überbevölkerung, aber fahr nach Arambol, und du siehst kaputte sechzigjährige Hippies, die auf ihrem Trip hängengeblieben sind und direkt an die Strände scheißen. Keiner unternimmt etwas dagegen. Warum werfen die Felder in Goa nicht mehr Ertrag ab? Sonne und Regen haben sie genug. Warum gibt es in Indien keinen ordentlichen Wein? Gäbe es ihn, wenn Franzosen anstelle der Briten das Land besetzt hätten? Manchmal gehe ich in Goa eine Straße entlang und frage mich, warum machen sie dieses und jenes nicht besser oder noch sauberer, warum investieren sie nicht mehr Liebe und Mühe in ihre Welt? Am Strand aber, wenn ich die Fischer beim Fußballspielen beobachte, erinnere ich mich an Bölls Anekdote zur Senkung der Arbeitsmoral – kennst du die? –, und im selben Moment schäme ich mich dafür, wie ich die Dinge noch einen Augenblick zuvor gesehen habe. In Bölls Geschichte weckt ein Tourist einen Fischer, den er eines Morgens bei seinem Boot dösend in der Sonne findet. Der Tourist teilt eine Zigarette mit dem Einheimischen und will wissen, warum er nicht auf dem Meer sei, um zu arbeiten. Wenn er dazu überginge, auch am Tag zu fischen, könne er seinen Ertrag leicht verdoppeln. Bald wäre er so in der Lage, sich ein zweites Boot zu kaufen und Mitarbeiter anzustellen. Nach einiger Zeit hätte er viele Boote. Er könnte den Fisch in großem Stil auf den Märkten anbieten, sich später eine Fangflotte leisten und den Fisch in der eigenen Fabrik zu Konserven für den internationalen Markt verarbeiten. ›Wenn Sie das alles erreicht haben, wenn Sie allein von der Arbeit Ihres Geldes leben, dann können Sie sich getrost in die Sonne legen und dösen‹, beendet der Tourist seine Vision, worauf der Fischer nur antwortet: ›Aber das kann ich doch auch jetzt schon.‹«

* * *

Kishone überlegte eine Woche. Er ging nicht aus, aß wenig, er studierte immer wieder die Bücher, in denen er die Einnahmen und Ausgaben seines Studios notierte, sowie die Packung des Films, den Joan ihm gegeben hatte. Wenn auf der Straße eine Kuh zu sehen ist, mach ich's, sagte er sich am Morgen des siebten Tages und schaute aus dem Fenster. Eine Stunde später unterrichtete er Amitabh über seinen Entschluss.

»Ich gehe nach Leverkusen.«

»Ja, mach das.«

»Kommst du mit?«

»Warum nicht, wo liegt Leverkusen?«

»Leverkusen liegt in Deutschland, Europa.«

Amitabh holte den in schwarzes Kunstleder eingeschlagenen Auftragskalender mit dem Goldschnitt aus der Werkstatt und blättert darin, bis er zwischen einer Tabelle mit Gewichtseinheiten und einer Erste-Hilfe-Anleitung die Karte mit den Zeitzonen der Welt gefunden hatte. Kishone schaute ihm über die Schulter.

»Da ist es!« Mit seinem Zeigefinger fuhr Kishone zu einem winzigen Punkt der Karte. »Hier ist Berlin. Leverkusen ist ganz in der Nähe. In deiner Karte sind nur die Hauptstädte verzeichnet.«

»Berlin ist die Hauptstadt von Deutschland?«

»Natürlich.«

»Was ist hiermit?« Amitabh deutete auf einen anderen Punkt, knappe drei Millimeter neben Kishones Finger.

»Fliegendreck«, sagte Kishone.

»Nein, schau genau hin, da steht etwas: Bonn!«

»Bonn ist eine andere Stadt.«

»Bonn liegt nicht in Deutschland?«

»Ich glaube nicht. Es gibt viele kleine Staaten in Europa. Auf deiner Karte sind sie teilweise so winzig, dass bei manchen kein Platz mehr war, um dort Städte einzutragen. Hier oben, im Norden, links von der Sowjetunion, sind überhaupt keine Städte mehr eingezeichnet, siehst du? Dort liegen Schweden und Finnland. Bonn wird die Hauptstadt von Holland oder Belgien sein.«

Während Amitabh überlegte, strich er sich mit der Hand durch den Bart.

»Was willst du in Leverkusen?«

»Joan hat mir diesen Film hier gegeben. In Leverkusen gibt es eine große Firma für Kameras und Zubehör. *Agfa*. Agfa-Produkte kann man sogar hier in Indien kaufen. Wenn ich mir aus Bombay Fotopapier schicken lasse, ist das meistens von Agfa.«

»Und?«

»Ich will bei Agfa lernen, was man bei Farbbildern noch beachten muss. Ich will wissen, wie man sie entwickelt und reproduziert.«

»Und dazu musst du nach Leverkusen?«

»In Bombay oder Delhi ginge es sicher auch, aber in Leverkusen ist es einfach besser. Sie sind da auf dem neuesten Stand und benutzen die modernsten Geräte. Ich werde später für mein Studio einiges benötigen. Vielleicht kann ich einige Geräte dort gebraucht kaufen. Zurück in Indien, habe ich dann einen Vorteil gegenüber der Konkurrenz. Man muss in die Zukunft investieren.«

»Das leuchtet ein. Hast du dir schon überlegt, wie wir reisen?«

»Die genaue Route noch nicht. Fliegen wäre natürlich das Einfachste, ist aber wahrscheinlich so teuer, dass wir es uns nicht leisten können. Es wird das Beste sein, wir reisen per Zug.«

»Wir fahren mit den Bullets!«

»Mit deinen Motorrädern? Ich bin noch nie mit einem Motorrad gefahren.«

»Ich bringe es dir bei. Es ist kinderleicht.«

»Ich habe keine Maschine.«

»Du fährst die Enfield, die der Deutsche vor zwei Jahren hier gekauft und bei mir untergestellt hat. Die rote, die dem Touristen letzte Woche so gut gefallen hat. Der Deutsche wollte sie längst abgeholt haben. Ich glaube, er kommt nicht mehr. Seit ewiger Zeit hat er sich nicht gemeldet. Die Gangschaltung und die Bremse haben ihm schwer zugesetzt. Du hättest sehen sollen, wie er zum Üben die Straße rauf- und runtergeeiert ist. Ihn wird in Deutschland der Mut verlassen haben.«

»Sagtest du nicht, eine Enfield sei kinderleicht zu fahren?«

»Wenn ich es dir beibringe, ist es kinderleicht. Man muss ein paar Tricks kennen, einige Kleinigkeiten beachten.«

»Und dem Deutschen hast du diese Kniffe nicht verraten?«

»Er hat nicht danach gefragt.«

»Sollten wir *ihn* nicht zumindest fragen, ob wir sein Motorrad benutzen dürfen? Es gehört uns nicht.«

»Wir sagen es ihm, wenn wir in Deutschland sind. Das ist früh genug. Alles andere würde ihn nur überfordern. Ich habe seine Adresse. Wir stellen ihm die Maschine einfach vor die Haustür. Er wird sich freuen. Vielleicht können wir für ein paar Tage bei ihm wohnen.«

»Wie kommen wir zurück, wenn wir ein Motorrad in Deutschland lassen?«

»Ich glaube nicht, dass ich so schnell zurückkomme. Und du nimmst den Zug, das ist besser, als solch eine lange Reise alleine mit dem Motorrad zu machen.«

»Was ist mit dir?«

»Auch ohne Indira steht es mit Indien nicht zum Besten. Mir wird es hier zu eng. Ich werde meinen Laden Naresh hinterlassen und in Deutschland bleiben.«

»Wird Naresh das alleine schaffen? Er ist erst vierzehn.«

»Er ist mein Bruder.«

»Du willst in Leverkusen bleiben?«

»In Leverkusen oder Berlin. Vielleicht auch in Heidelberg. In der Werkstatt hängt eine Postkarte aus Heidelberg. Es ist schön da, sauber, und Biertrinken ist legal.«

»So schnell hast du dich entschieden?«

»Ich habe mich nicht schnell entschieden.«

»Du sprichst kein Deutsch.«

»Ich werde es lernen.«

»Was willst du in Deutschland machen?«

»Medizin studieren. Ich habe mir das schon seit längerem überlegt.«

»Du hast nie darüber gesprochen.«

»Ich habe darüber gesprochen – nur nicht mit dir. Ich habe mich mit den Hippies darüber unterhalten.«

»Du bist Motorradmechaniker.« Kishone versuchte, sich seine Enttäuschung über Amitabhs letzte Bemerkung nicht anmerken zu lassen.

»Wer eine Bullet reparieren kann, kann auch einen Menschen heilen. Ich werde umschulen. Ich möchte Chirurg werden. Die Europäer sind den Indern da um dreißig Jahre voraus. In Europa transplantieren sie Herzen. Was für eine reizvolle Aufgabe. Statt Vergaser werde ich Organe austauschen. Vielleicht werde ich auch ein Spezialist für Hirnchirurgie. Kennst du einen Menschen, der geschickter im Reparieren von Maschinen ist als ich?«

»Eine Maschine ist kein Mensch.«

»Ein Mensch funktioniert nicht viel anders, und geschickt ist geschickt.«

»Du bist zu naiv. Du stellst dir das zu einfach vor. Wovon willst du leben? Deutschland ist teuer.«

»Ich flicke Motorräder zusammen, wie hier auch. Und ich bewerbe mich für ein Stipendium.«

»Das wird niemals funktionieren. Wahrscheinlich hast du nicht einmal einen Schulabschluss, den sie in Deutschland anerkennen.«

»Es wird niemals funktionieren, wenn ich mein ganzes Leben in Pushkar mit meinem Hintern auf dem Trockenen hocke. Ich war acht Jahre auf der Schule. In Indien dürfte ich studieren.«

»Aber nicht Medizin.«

»Ich werde das High Secondary in Deutschland nachholen, wenn es sein muss. Es wird sich alles ergeben.«

* * *

Für einen Europäer lohnt sich eine Reise mit der indischen Eisenbahn, schon allein wegen der zu erlebenden Abenteuer. Auf der Strecke von Ajmer nach Jodhpur teile ich mein Abteil mit einer kleinen Familie. Vater, Mutter, Kind. Der Vater wirkt ein bisschen wie ein Kasper, die Mutter strahlt etwas sehr Feines, Überlegenes aus. Beide sprechen kein Wort Englisch. Vom Aussehen schätze ich sie auf etwa dreißig, sie könnten aber auch jünger sein, mir als Deutscher fällt es schwer, das Alter der Menschen hier zu bestimmen. Beide kümmern sich entzückend um ihr Baby, das einen Eierkopf hat, davon abgesehen aber nett anzuschauen ist. Im Verlauf der Fahrt bieten sie mir von ihrem in silberfarbenen Töpfen mitgebrachten Essen an. Zuerst lehne ich ab, ich befürchte, dass sie das Wasser für die Zubereitung der Speisen nicht abgekocht haben und ich mir den Magen verderben könnte. Auch der Lonely Planet warnt vor so etwas, aber sehr schnell wird mir klar, dass ein Beharren auf meiner Ablehnung eine große Unhöflichkeit wäre. Ich versuche, mich aus der Affäre zu ziehen, indem ich von ihrem Brot probiere, doch noch ehe ich mich versehe, haben sie mir mehr als die Hälfte ihres Essens – ein eingekochtes Gemüse – auf den einzigen Teller geschaufelt. Ich wäge ab, ob mir die Freundlichkeit gegenüber diesen Leuten oder meine Gesundheit wichtiger ist. Ich entschließe mich für das Erste. Kaum habe ich jedoch meinen Teller mit Hilfe zahlreicher Brotfladen geleert – es schmeckt gar nicht so übel –, besorgt der Vater bei einem Halt weiteres Essen auf dem Bahnsteig. Jetzt sind es undefinierbare Plätzchen, die ich mit einer fettigen Soße zu mir nehmen muss, dazu süßen Tee. Immerhin, vor dem angebotenen Wasser und der Eiscreme aus ihrer Kühltasche drücke ich mich erfolgreich.

Nach dem Essen spielt der Mann am Fenster außerhalb des Abteils mit seinem Kind. Er sieht sehr glücklich aus. Leider bemerkt er meinen Versuch, ihn dabei zu fotografieren. Er nimmt eine sehr stolze, für mich aber albern aussehende Pose ein. Ihm gefällt es, fotografiert zu werden, mehrmals drängt er mich, das Kind, seine Frau und ihn zusammen abzulichten. Selbst als seine Frau das Kind unter einem Tuch stillt, soll ich knipsen – was ich unterlasse. Er amüsiert sich darüber, dass ich keine Digitalkamera verwende. Sie gibt mir schließlich einen Zettel, auf dem ich ihre in Hindi geschriebenen Namen und die Adresse vermute. Während das Kind schläft, holt der Mann aus einer Tüte bunte, ebenfalls in Hindi verfasste Boulevardblättchen hervor, die ich mir allesamt anschauen muss. Er amüsiert sich wie ein Schuljunge über die Dekolletés der abgebildeten üppigen Frauen, wahrscheinlich Schauspielerinnen. Sie lächelt milde dazu, entschuldigt ihren Mann mit Blicken, sucht Verständnis für seine Faxen. Für mich ist es keine Frage, wer in ihrer Beziehung das Sagen hat. Am Ende der Reise, fünf Minuten vor Jodhpur, als der Zug seine Geschwindigkeit verringert, zieht sie sich mehrere schwarze Oberteile über, die mir zunächst noch ausgefallen und schick vorkommen. So lange, bis sie völlig verschleiert ist und nur noch ihre Augen zu sehen sind.

Als unangenehm empfinde ich, dass an größeren Stationen zahllose Bettler den Zug besteigen, ihn von vorne nach hinten durchstreifen, um ihn an der nächsten Station wieder zu verlassen. Jedes Mal sind es so viele, dass man unmöglich allen etwas geben kann. Wie soll man sich verhalten? Gibt man nur den Alten, Krüppeln und Kindern etwas oder gerade Letzteren nichts, da sie gezielt eingesetzt werden und ohnehin alles wieder abgeben müssen? Ich bin sehr unsicher, gehe letztendlich dazu über, bei jedem Bettlerzug, zehn Rupien an je fünf Bettler zu verteilen. Jüngere Männer und Frauen übergehe ich dabei, Kinder ebenfalls, sofern mich ihr Blick nicht innerlich zerreißt. Ich denke zum Kotzen deutsch.

⋆ ⋆ ⋆

Eine Royal Enfield zu starten ist kein Kinderspiel. Doch ist es erst einmal geschafft, lässt das Donnern ihres Motors die Erde erzittern und die Götter verstummen.

Die korrekte Inbetriebnahme beginnt mit dem Öffnen des Benzinhahns. Je nach Temperatur und Luftfeuchtigkeit muss der Choke gezogen werden, bevor durch mehrmaliges Betätigen eines kleinen Hebels am Lenker der Kolben im Zylinder in die optimale Startposition zu bringen ist. Wird diesem Detail zu wenig Aufmerksamkeit gezollt oder misslingt der Vorgang, ist es entweder schlichtweg unmöglich, den Kickstarter zu treten, da dieser dann der Muskulatur einen nicht überwindbaren Widerstand entgegensetzt, oder aber das Motorrad tritt zurück wie ein empörtes Kamel.

Bei Kishones ersten Versuchen ließ sich der Starter zwar bewegen, ansonsten aber tat sich reichlich wenig. Die Bullet verharrte in stoischer Ruhe und ließ sich weder durch Flüche noch durch gutes Zureden dazu bewegen, auch nur einen Mucks von sich zu geben.

»Halt den Kickstarter durchgetreten, gib ihn nicht sofort wieder frei. Was machst du denn? Lass dem Motor Zeit. Brahma hat die Welt auch nicht an einem einzigen Tag aus Vishnus Bauchnabel gezogen«, sagte Amitabh, nachdem er den erfolglosen Bemühungen des Freundes einige Minuten kommentarlos beigewohnt hatte.

Als Kishone seinen Rat befolgte, schlug ihm der zurückschnellende Starthebel beinahe den Unterschenkel entzwei.

Am dritten Tag ihrer Reise hatte Kishone den Bogen raus. Am dritten Tag begegnete ihnen Serge.

Zunächst waren sie gut vorangekommen. Bis auf einige platte Reifen und einen defekten Vergaser, den Amitabh binnen weniger Minuten durch einen mitgeführten neuen ersetzte, gab es keine erwähnenswerten Vorkommnisse. Abends verklebten ihnen der während des Tages angesammelte Staub und die Rußpartikel der überholten LKW die Nase. Ab und an wurden sie von Soldaten oder Polizisten angehalten. Immer durften sie für ein kleines Trinkgeld und einige Zigaretten ihre Fahrt fortsetzen. Sie wussten beide nicht einmal, ob sie sich überhaupt noch in Indien befanden, als zum ersten Mal die Staubwolke in ihren Rückspiegeln auftauchte, die Serges Harley wie ein Kometenschweif folgte.

»Da ist einer hinter uns, und er ist schnell«, rief Amitabh irgendwann Kishone zu, der um wenige Meter versetzt neben ihm fuhr. Schon seit einer Stunde war ihnen kein Fahrzeug mehr begegnet, ein weiterer Motorradfahrer wäre ein willkommener Anlass für eine Zigarettenpause und einen Schluck Wasser. Nach zwanzig Minuten hatte Serge sie eingeholt und passte seine Geschwindigkeit der ihren an.

»Schöne Maschinen habt ihr Jungs da.« Serge brüllte, um das Geräusch der Motoren zu übertönen, aber dennoch war ein französischer Akzent unüberhörbar.

»Deine ist auch nicht schlecht!«, brüllte Amitabh zurück.

»Eine 56er Harley-Davidson, ein Zylinder groß wie ein Fass Rum und ebenso durstig.«

Serge entpuppte sich als ehemaliger Fremdenlegionär. Der Indochina-Krieg hatte ihn übrig gelassen. Kishone und Amitabh schätzten ihn auf Anfang, Mitte fünfzig. Alt genug, um ihr Vater sein zu können. Ein ungemein attraktiver und fotogener Mann, dessen nacktem Oberkörper man seine Kämpfe ansah. Muskulös, zäh und ausgemergelt. Eine Haut so ledrig, dass sie vermutlich einen besseren Schutz abgab, als jede Jacke es gewesen wäre. An Serges Hals baumelten verschiedene Trophäen, Bänder mit Muscheln, durchbohrte, vom Wasser glattgeschmirgelte Steine, seinen rechten Oberarm schmückte eine schwere silberne Spange. Über seinen gesamten Rücken, die Schultern und die Rückseite der Arme spreizte ein tätowierter Adler seine Schwingen. Serges graues Haar war kurz, mit Ausnahme einer langen geflochtenen Strähne an seinem Hinterkopf. Gleich nachdem sie angehalten hatten, bot er Kishone und Amitabh Whisky an, den er aus einem der drei an seiner Maschine angebrachten 25-Liter-Stahlkanister zapfte. Aus einem anderen Kanister goss er Treibstoff in den Tank seines Motorrads. »Soll ich euch was abgeben? Ich habe genug dabei, gut möglich, dass uns auf den nächsten fünfhundert Kilometern keine Tankstelle begegnet. Wir befinden uns im Niemandsland.«

Besonders Amitabh freute Serges Angebot. Er taugte mehr zum Mechaniker als zum Logistiker, denn sie hatten bereits fünf der zehn mitgeführten Benzinflaschen aufgebraucht.

Serge füllte die Tanks der Enfields bis zum Rand. Danach tauschten Amitabh und er die Maschinen. Wie kleine Jungs fuhren sie das Schotterband, das die sandige Ebene in zwei Hälften teilte, auf und ab. Kishone verknipste zwei Filme, einen weiteren Film verwendete er darauf, Porträtaufnahmen von Serge anzufertigen. Wie er konzentriert in den leeren Raum neben der Piste spähte, als würde er dort etwas suchen, sah Serge aus wie ein Indianer. Sie beschlossen, an diesem Tag nicht mehr weiterzufahren. Während Serge die beiden am Morgen getöteten Hühner, die er mit sich führte, rupfte und briet, spielten Amitabh und Kishone eine Partie Schach am Lagerfeuer.

Nach dem Essen erzählte Serge ihnen seine Geschichte. Bereits als sehr junger Mann hatte er sich aus Abenteuerlust bei der Legion verpflichtet. Nie war er etwas anderes gewesen als Soldat. Für Frankreich hatte er in Indochina gegen den Kommunismus gekämpft und sich aus der Armee erst zurückgezogen, nachdem seine zweimal verlängerte Dienstzeit abgelaufen war und ihn die Prostituierten zu langweilen begannen. Längst trieben da schon die Amerikaner in der Region ihr Unwesen, und der Indochina-Krieg nannte sich jetzt Vietnam. Nach Frankreich wollte Serge nicht zurück. Seine Eltern waren früh gestorben, zu seiner Schwester, der einzigen verbliebenen Verwandten, hatte sich der Kontakt verloren. Serge ging nach San Francisco und versuchte sich mit mäßigem Erfolg in Lyrik. Die Schriftsteller um ihn herum beneideten ihn um seinen Körper, seinen Erfolg bei Frauen. Vielleicht war das der Grund, warum sie zuließen, dass er einer von ihnen wurde, denn seine Gedichte bedachten sie mit beißendem Spott. Seit Ende der Sechziger war Serge mit seiner Harley, die er preiswert bei einer Versteigerung alter Armeebestände gekauft hatte, kreuz und quer durch Amerika gefahren. Als er auch davon genug hatte, kehrte er der Neuen Welt den inzwischen tätowierten Rücken, um fortan Indien und den Nahen Osten zu durchstreifen. Immer Weg, niemals Ziel.

Bezüglich der US-amerikanischen Nationalhymne Star Spangled Banner hatte Serge eine interessante Theorie: »Die Hymne ist wie eine Droge. Du kannst dich ihrer furchtbaren Wirkung nicht entziehen. Sie packt dich bei den Eiern, ob du willst oder nicht«, sagte er. »Du kannst sie auch nicht auseinandernehmen oder verunstalten. In drei Tönen steckt das ganze Lied, wie die gesamte Welt sich in jeder noch so winzigen Scherbe eines Spiegels wiederfindet. Hendrix hat versucht, die Hymne auseinanderzunehmen, sie zu zerfetzen, zu ihrer eigenen akustischen Persiflage zu degradieren. Ist es ihm gelungen? Hör dir seine Version an. Sie ist toll, sie ist fantastique, sie ist sensationell. Von ihr geht die gleiche Faszination aus wie vom Original, weil sie das Original *ist.* Wie viele Verbrechen sind unter den Klängen dieses Liedes geschehen, wie viele Männer, von ihm berauscht, blindlings in den Tod gerannt? Wie viel angebrachter Widerstand, notwendige Gegenwehr und gerechte Wut ist mit ihrer Hilfe unterdrückt worden? Ohne Star Spangled Banner wären die Amerikaner ein anderes Volk. Ihre Hymne ist ihr Fluch.«

»Die Marseillaise ist auch nicht schlecht«, sagte Kishone. An diesem Tag hatte er noch nicht viel gesagt. Amitabh drehte einen Joint.

»Die Marseillaise komponierte ein Mensch auf dem Höhepunkt seines geistigen Schaffens im Schweiße seines Angesichts. Star Spangled Banner schuf der Teufel mit der ihm eigenen Leichtigkeit am achten Tag«, antwortete Serge.

Amitabhs Joint machte die Runde. Serge begeisterte die Qualität des Haschischs. Dass die Inder nach Europa wollten, konnte er nicht verstehen. »Europäer brauchen kein Star Spangled Banner, um zu sein, wie sie sind. Europa nimmt einem die Luft zum Atmen. Europa ist zu klein, um den Arschlöchern aus dem Weg zu gehen«, sagte er. »Wer in Europa in eurem Alter genug Köpfchen und etwas Mumm besitzt, macht sich auf zur Sonne Indiens. Ihr seid auf dem Weg ins Herz der Finsternis.«

Nach einigen weiteren Whiskys fragte Kishone seine beiden Begleiter, in welche Zeit sie gerne hineingeboren worden wären, wenn sie die Wahl gehabt hätten.

Erwachsene Männer wie Pfadfinder am Feuer, lediglich die Marshmallows fehlten. Amitabh wollte auf die Frage nicht antworten. Serge meinte, dass es vielleicht nicht übel wäre, unter Amazonen zu leben oder in einer fernen Zukunft, in der man die Frauen mit einem »Traktorstrahl« an sich bände, »oder vielleicht beides, zukünftige Amazonen im Traktorstrahl«. Möglicherweise auch im alten Rom. Aber nicht als Legionär. Als Gladiator, das könnte er sich vorstellen.

»Gladiatoren waren Gefangene oder Sklaven«, bemerkte Amitabh. Kishone glaubte, es besser zu wissen, behielt es aber für sich.

»Ich stelle sie mir frei vor«, sagte Serge. »Ich würde gegen meinesgleichen kämpfen. Männer, die sich aus freien Stücken dazu entschieden haben. Am Ende könnte ich Gnade gewähren, wenn mir danach wäre, oder ich wäre selbst auf diese Gnade angewiesen, wenn ich meinen Kampf verloren hätte. Was ist mit dir, Kishone?«

»Gladiator wäre nichts für mich. Zu gefährlich, zu viel Töten und Getötetwerden.«

»Geht es nicht immer nur darum?«, sagte Serge.

»Nach dem heutigen Tag könnte ich mir vorstellen, ein Sportfotograf in den zwanziger Jahren zu sein. Ein Henri Lartigue. Ich wäre einer der Ersten, die den Rausch der Geschwindigkeit festhielten, in einer Zeit, in der Autos und Motorräder noch Bestien waren. Oder Annie Leibowitz. Vielleicht übernehme ich ihren Job beim Rolling Stone, wenn ich aus Europa zurück bin.«

Serge lachte, die dabei in seinem Gesicht entstehenden Fältchen verliehen ihm in diesem Augenblick etwas ungeheuer Sympathisches. Schnaufend ließ sich Amitabh nach hinten fallen.

»Bullets *sind* Bestien«, sagte er eingehüllt in eine Wolke Dope.

»Europa, Europa, Europa«, Serge schüttelte den Kopf. »Euch ist nicht zu helfen.«

Einige Minuten saßen sie wortlos da. Nichts außer dem Knacken des Feuers und dessen Funkenflug. Plötzlich hielt Serge einen Revolver in der Hand.

»Sechs Kammern, eine Kugel, wer von euch ist dabei?«

»Du bist verrückt, Serge, steck die Pistole weg«, sagte Kishone.

»Das ist keine Pistole, das ist ein Revolver.« Serge drehte die Trommel.

»Serge, lass es, wir haben geraucht, wir haben zu viel getrunken.«

»Weder erhöht noch vermindert das die Wahrscheinlichkeit. Fünf zu eins. Bist du morgen dabei, wenn du nüchtern bist?«

»Lass es, Serge.«

»Ich mach's«, sagte Amitabh und richtete sich wieder auf, »aber du beginnst.«

Ein weiteres Mal drehte Serge die Trommel, dann setzte er sich langsam den Revolver an die Schläfe. »Eins zu fünf, der Finger gegen die Hand.« Ein Lächeln war seine einzige Gefühlsregung, als er abdrückte. Kein Zittern, kein Zusammenziehen der Augen, nur dieses Lächeln. Der Hahn erzeugte beim Aufschlag auf die leere Kammer ein metallenes Klicken. »Jetzt du.«

Amitabh schnappte sich den Revolver, drehte die Trommel und drückte ab, alles in weniger als einer Sekunde, und auch er hatte Glück. Die Waffe ging zurück zu Serge, der diesmal darauf verzichtete, die Trommel zu drehen.

»Eins zu vier. Das Verhältnis wird gerechter.«

Erneut klickte es. An dieser Stelle beendete Amitabh das Spiel.

»Kishone hat recht, Serge. Wir haben zu viele Drogen in uns. Lass uns schlafen und morgen in Ruhe über eine Fortsetzung nachdenken.«

Am nächsten Morgen war Serge mitsamt seiner Harley verschwunden. Wahrscheinlich hatte er seine Maschine einige hundert Meter geschoben, um sicherzugehen, Amitabh und Kishone beim Starten nicht zu wecken. Als Amitabh Serges Abwesenheit bemerkte, fuhr er von seiner Decke auf, rannte zu seiner Bullet, öffnete den Tank, fluchte, rannte zu Kishones Maschine und kam aus dem Fluchen gar nicht mehr heraus. Zusammen mit Serge hatten sich ihre sämtlichen Ersparnisse, 380 Dollar in bar, die sie, wasserdicht verpackt, in zwei Bündeln in den Tanks versteckt hatten, in Luft aufgelöst.

»Deswegen hat er uns von seinem Benzin gegeben«, schrie Amitabh mit sich überschlagender Stimme. Alles, was sie jetzt noch hatten, war die eiserne Zweihundert-Dollar-Reserve, die Kishones Mutter in den

Saum seiner Hose eingenäht hatte. Zweihundert Dollar. Zehn einzelne Scheine, und von jedem blickte streng Andrew Jackson, als verachte er ihre Dummheit und Naivität.

Jeder in seine eigene Wut und Enttäuschung eingegraben, setzten sie ihren Weg Richtung Westen fort. Diesmal sah Kishone den aufgewirbelten Staub zuerst.

»Serge!«, zischte Amitabh, als er beschleunigte. Aber statt Serge stoppte er kurz darauf den bemalten VW-Bus einiger junger Hippies. Immerhin wussten sie, von wem die Rede war, als Amitabh und der wenig später erschienene Kishone Serge beschrieben.

Den Hippies war Serge vor einer Woche weiter östlich begegnet. Einige Tage waren sie zusammen gereist. Sue sei ganz verrückt nach ihm gewesen. Vor drei Tagen hatten sich die beiden mit Serges Motorrad davongemacht. An einer auffälligen Weggabelung sollte Sue heute Abend wieder zu ihren Freunden zurückkehren. Die Weggablung, hatte Serge ihnen gesagt, sei nicht zu verfehlen, da sich dort der einzige größere Baum im Umkreis von mehreren hundert Quadratkilometern befinde, dessen Stamm durch einen Blitzschlag gespalten sei. Vor Sonnenuntergang sollten sie dort erscheinen und auf ihn warten. Die Hippies hatten ihm geglaubt. Was hätten sie auch machen können? Eine wie Sue sei nicht zu halten, sagten sie.

Kishone und Amitabh beteuerten, dass Serge allein gewesen sei. Sie beschlossen, gemeinsam mit den Hippies auf Serge zu warten, und immerhin fanden sie bereits am Nachmittag den Baum, den Serge ihnen beschrieben hatte. Um ihre Langeweile bis zum Abend zu bekämpfen, vertrieben sie sich die Zeit mit Backgammon. Zu den Dosenravioli, die die Hippies an Bord hatten, tranken sie Wein aus Plastikkanistern.

Gegen acht hörten sie die Harley. In der Abenddämmerung brauste Serge heran. Ohne zu grüßen, hielt er an, zerrte Sue von seiner Maschine und warf sie wie ein Krieger, der dem Feind den Leichnam eines unwillkommenen Boten bringt, in den Staub. Er schickte sich an, schon wieder aufzubrechen, als er Kishone und Amitabh entdeckte. Er bockte seine Maschine auf und zeigte beim Absteigen dieses Lächeln, das ihn so unwiderstehlich sympathisch erscheinen ließ. Während er langsam auf sie zuging, hob er beschwichtigend die Hände, in seiner Linken hielt er die Päckchen mit dem Geld. Sue hatte sich inzwischen in die Arme eines ihrer Freunde geflüchtet. Eines ihrer Augen war so verschwollen, dass davon nur ein schmaler Schlitz zu erkennen war. Sie heulte.

»Ich hatte gehofft, euch wiederzusehen«, sagte Serge. Noch immer hielt er seine Hände in die Höhe. Amitabh sprang auf, rannte auf den noch immer lächelnden Serge zu und rammte ihm mit einer Wucht, die beide zu Boden gehen ließ, seinen Kopf in den Magen. Wie von Sinnen schlug Amitabh auf Serge ein. Der wehrte sich kaum, kannte aber Tricks und Kniffe, dem wieder und wieder heranstürmenden Amitabh auszuweichen. Noch immer hielt Serge das Geld in seinen Händen. Hätte er es fallen gelassen und wäre er zum

Gegenangriff übergegangen, wäre es um Amitabh vermutlich schnell geschehen gewesen. Körperlich war Serge dem Inder um einiges überlegen. So aber handelte Serge sich trotz allen Geschicks einige üble Schläge ein. Serges Aufforderung, jetzt endlich das Kämpfen einzustellen und ihn sprechen zu lassen, konnte Amitabh ebenso wenig in seiner Raserei stoppen wie die Beteuerungen, das Geld nicht gestohlen zu haben. Die Hippies interessierte die Auseinandersetzung der beiden allenfalls am Rande. Zu beschäftigt waren sie damit, Sue zu trösten. Kishone fühlte sich zwischen den Parteien wie paralysiert. Zu keinem klaren Gedanken fähig, stand er daneben und glotzte, als betrachte er einen Film, dessen Handlung er nicht verstand. Als Serge seinen Revolver zog, kam Amitabh endlich zur Besinnung; schwer atmend stand er dem Franzosen jetzt in geduckter Haltung gegenüber.

»Nicht«, schrie Kishone, auch die Hippies horchten auf.

»Heute sind wir nüchtern. Lass uns das Spiel zu Ende spielen«, sagte Serge und setzte sich den Revolver an die Schläfe. »So ein weites Land, und nicht einmal hier gelingt es euch, den Arschlöchern aus dem Weg zu gehen. Drei gegen eins. West gegen Nord, Süd und Ost.« Serge drückte ab, und diesmal nahm kein metallenes Klicken der Situation ihre entsetzliche Spannung.

* * *

»Am Abend des vierten Tages hatte unsere Reise ihren ersten Toten, Sax.«

»Ein theatralischer Abgang.«

»Aber so ist es gewesen, ich schwöre auf jedes Detail, das ich noch im Kopf habe. Ich denke noch ziemlich oft an Serge, manchmal träume ich von ihm, und das, obwohl ich ihn doch kaum kennengelernt hatte. Mit nichts als Fragen hatte Serge Amitabh und mich zurückgelassen. Merkwürdig blass ist er uns geblieben, mehr Kontur als Gestalt, als sei er damals bereits ein Gespenst gewesen. Woraus resultierte Serges Wut, woraus sein Wahn, sein Lebensüberdruss? Ich kann diese Fragen bis heute nicht beantworten. Als Schriftsteller hätte ich ihm eine Geschichte andichten können, die seine Abgründe erklärt hätte, als Bildhauer hätte ich sein Wesen mit einem Meißel aus dem Stein herausschälen können, aber ich war Fotograf, ich arbeitete zweidimensional, und im Grunde war ich damals noch nicht einmal das. Ich war Reisender, interessiert an meinen eigenen Wegen, die an ihren Rändern keinen Platz ließen für die Schicksale anderer.«

»Mit Serges Tod bekamt ihr wenigstens euer Geld zurück?«

»Eine einfühlsame Frage, Sax. Amitabh und ich sind zu unseren Maschinen gerannt und abgehauen. An das Geld haben wir in diesem Moment nicht gedacht.«

»Bist du dir sicher, dass Serge es war, der euch bestohlen hat?«

»Es gibt keine andere Möglichkeit.«

»Was ist, wenn Sue sich am Tag, an dem ihr ihn

getroffen habt, mit ihm gestritten hatte und einfach abgehauen ist? Vielleicht wollte Serge in ihrer Nähe bleiben und den Radau mit den Motorrädern veranstalten, damit sie jederzeit wusste, wo er war und zu ihm zurückfinden konnte. Stattdessen hat sie sich nachts an eure Maschinen geschlichen und die Dollars geklaut, womöglich hatte sie sein eigenes Geld auch schon eingesteckt. Vielleicht hat er sie dabei erwischt und sich deshalb mit ihr gestritten. Kann doch sein, dass sie mit ihren Freunden unter einer Decke steckte, und als sie diese in der Nacht, in der sie euch bestohlen hatte, nicht finden konnte, musste sie wohl oder übel mit Serge zum Bus zurückkehren, wenn sie nicht allein in der Wüste zurückbleiben wollte.«

»Sue hieß übrigens nicht wirklich Sue, sondern Susi oder Susanne. Ich glaube sogar, sie war Deutsche. Damals konnte ich die verschiedenen europäischen Nationen noch nicht so leicht voneinander unterscheiden. Sie war vielleicht Mitte zwanzig. Wie Serge hatte sie etwas Starkes an sich. Ihre Haare trug sie verfilzt, wie ich das nur von schwarzen Mädchen in Zeitschriften kannte. Hätte ich Sue zusammen mit Serge getroffen, hätte ich sie ebenfalls porträtiert. Sie und Serge hatten sich nicht bloß gestritten. Er hat sie geschlagen, damals bin ich sogar davon ausgegangen, dass er sie vergewaltigt hat.«

»Vielleicht hat er sie geschlagen, weil er sie durchschaut hat. Keine schöne Vorstellung, aber womöglich hat er im Affekt gehandelt. Wieso ist er nicht einfach mit dem Geld wieder abgehauen? Du sagst, dass ihm körperlich kaum beizukommen gewesen war. Er hatte einen Krieg an vorderster Front überlebt. Er war Soldat. Ihr fast noch Kinder. Er besaß eine Waffe. Es wäre leicht für ihn gewesen zu entkommen. Wieso lässt er sich von Amitabh verprügeln und beteuert, das Geld nicht genommen zu haben?«

»Er muss es gewesen sein. Er wollte nachschauen, ob wir Geld oder Drogen in unseren Tanks transportierten. Damals war das ein gängiges Versteck. Wieso hätte er uns sonst sein Benzin gegeben?«

»Ihr hattet kaum mehr welches. Er war einfach nett.«

»Welchen Grund hätte er gehabt, sich zu erschießen?«

»Den Grund, den er so oder so gehabt haben musste: Verzweiflung.«

* * *

Braunglänzende Fischer fahren in schlanken Booten hinaus, ihr Meer wird zum Himalajahimmelcuraçao. Tantragesang. Plötzlich ist es, wie es war: Die Familie steht vor dem Haus. Vater, Mutter, die Brüder, die Schwestern. Mutter beschwert sich über die Hitze. Sie hofft, dass Kishone ihre Tränen für Schweiß hält. Vater reicht ihm knapp die Hand, seine ganze Haltung, als habe er einen Stock verschluckt. Übertriebene Herzlichkeit war noch nie seine Sache gewesen. Ein letztes Foto mit der Canon – die Geschwister winken schüchtern. Ein allerletztes, als sich Mutter doch noch ein Lächeln abringt. Danach träumte Kishone von Kühen.

Bis er nach dem Aufwachen in die Realität und die Ereignisse der letzten Tage zurückfand, vergingen einige glückliche Augenblicke. Mit jedem frischen Fetzen Erinnerung jedoch verflüchtigte sich ein Stückchen seiner Zuversicht. Wie sehr hatte sich sein Leben in den letzten Wochen verändert. Der See, das Studio, seine Eltern und Geschwister schienen jetzt einem anderen, lange vergangenen Leben anzugehören. Er richtete sich ein wenig auf. Er wunderte sich darüber, dass er fror. Womöglich waren sie bei ihrer Reise unbemerkt auf ein Höhenplateau gelangt, vielleicht fror er, da sie sich mittlerweile beinahe tausend Kilometer nördlich von Pushkar befinden mussten und in eine andere Klimazone vorgedrungen waren. Welche Temperaturen würden sie in Europa erwarten? Kishone rieb sich den Schlaf aus den Augen, bevor er sich umschaute. Wie trostlos nahm es sich hier aus. In diesem Stück Welt hatte Brahma keine Blüten fallen gelassen. Braune Berge, hinter denen weitere braune Berge warteten, Sand und Steine, wohin das Auge schaute. Kishone schmerzte der Rücken, sein Nacken brannte von den vielen Stunden auf dem Motorrad. Den ganzen Abend waren sie gefahren und darüber hinaus, so lange, bis der ersten Maschine das Benzin ausging und die in ihren Ohren nachhallenden Schreie der Hippies allmählich leiser wurden.

Nachdem Serge in sich zusammengesunken war, waren Amitabh und Kishone, wie in geheimer Absprache, zu ihren Motorrädern gestürzt und davongerast. Das Einzige, was sie mitnahmen, war Serges Warnung vor Europa. Durch seinen Tod hatte sie sich für Kishone und Amitabh zu einer Weissagung erhoben.

Amitabh hockte noch immer so auf seinem Stein, wie er dort gehockt hatte, bevor Kishone vor Müdigkeit und Erschöpfung die Augen zufielen: den Oberkörper sachte wie in Trance vor und zurück wiegend, den Blick ins Nichts oder in die Hoffnungslosigkeit gerichtet. Doch musste er sich zumindest einmal bewegt haben, denn auf dem Feuer lag frisches Holz, und auf der knisternden Glut köchelte Tee in der alten Konservendose, die ihnen als Topf diente. Eine Weile tranken sie schweigend. Überzuckerte Schlucke Heimat, wenn sonst schon nichts mehr um sie herum daran erinnerte.

»Ich wollte nach Europa, um den Hippokratischen Eid zu leisten, und den ersten Europäer, den ich treffe, bringe ich um«, sagte Amitabh nach einiger Zeit.

»Du hast ihn nicht umgebracht.«

»Wusstest du, dass sie in Europa daran arbeiten, Operationen mit Hilfe von Lasern durchzuführen? Mit gebündeltem Licht entfernen sie einen Tumor auf den hundertstel Millimeter genau aus einem Gehirn, und ich sorge dafür, dass sich Serge eine stählerne Kugel in den Kopf jagt.«

»Es war nicht deine Schuld.«

»Ich hätte mich niemals auf sein Spiel mit dem Revolver einlassen dürfen.«

»Du hättest dich wegen *dir* niemals darauf einlassen

dürfen, aber Serge hätte sich wegen *sich* darauf einlassen dürfen. Er war alt genug, seine eigenen Entscheidungen zu treffen.«

»Ich hätte ihn nicht angreifen dürfen.«

»Er hatte unser Geld gestohlen.«

»Er wollte es uns wiedergeben, und selbst wenn er es uns nicht hätte wiedergeben wollen, wäre es noch lange kein Grund gewesen, ihn zu töten.«

»Du hast ihn nicht getötet.«

In dieser Weise drehten sich ihre Gespräche mehrfach im Kreis. Als Variation des Themas überlegten sie, wie es gelingen könnte, Serges Schwester ausfindig zu machen, von der er erzählt hatte. Sie diskutierten die Möglichkeit, in Frankreich Zeitungsanzeigen zu schalten oder sich mit der Legion in Verbindung zu setzen. Aber wie viele Serges mochten in Indochina gekämpft haben? Sie quälten sich damit, sich den Moment auszumalen, in dem die Schwester vom Tod ihres Bruders erfuhr. Wie sie auf die Knie fallen würde, die Hände um ein Schreiben mit der schlimmen Nachricht gekrampft.

Wer weiß, wie lange sie noch, in ihren Gedanken gefangen, so dagesessen hätten, wenn nicht ein vorbeikommender Landrover auf ihrer Höhe gestoppt hätte. Mit seinem Fahrer, Stevie, einem lauten Schotten, teilten sie ihren letzten Tee. Für dreißig Dollar füllte Stevie ihnen die Tanks, zwanzig gaben sie ihm für eine Flasche Gin. Wer in der Wüste Wasser, Benzin und Alkohol mit sich führte, machte sein Geld.

Nach Einbruch der Dunkelheit wurden sie auf ein Geräusch aufmerksam, das Amitabh sofort einzuordnen wusste. Sie stoppten ihre Maschinen. Kishone glaubte zunächst, den Klang eines älteren Flugzeugmodells zu erkennen, das in großer Höhe über sie hinwegzog. Zwischen den vereinzelt am Halbmondhimmel verankerten Wolken versuchte er vergeblich, dessen Positionslichter ausfindig zu machen. Das Geräusch blieb. Nach einigen Minuten war es weder kontinuierlich näher gekommen, noch hatte es sich eindeutig von ihnen entfernt. Jetzt begann jedoch seine Lautstärke an- und abzuschwellen, als befahre ein weit entferntes Motorrad eine Serpentinenstrecke oder eine in regelmäßigen Abständen von Bäumen gesäumte Straße. Im selben Augenblick, in dem sie ihre Maschinen erneut starteten, gewann auch das Geräusch wieder an Intensität. Von den laufenden Bullet-Motoren war es nun deutlich zu unterscheiden. Kaum mehr als zweihundert Meter konnte es zu diesem Zeitpunkt von ihnen entfernt sein. Sie stoppten ihre Maschinen abermals, und sofort zog sich auch das Geräusch zurück. Es reagierte auf sie. Es agierte, war aktiv, als führe es etwas im Schilde. Später drang es leise, aber zugleich aus vielen verschiedenen Richtungen an sie heran. Es umkreiste sie wie ein Jäger auf einer weiten Umlaufbahn.

»Ein Echo hält sich hier lang. Die Nacht in einer fremden Gegend spielt uns einen Streich«, sagte Kishone.

Amitabh zündete sich eine Zigarette an. »Und der Hunger und die Müdigkeit.«

Beide vermieden es, ihren eigentlichen Verdacht gegenüber dem anderen zu äußern. Die absolute Unmöglichkeit, die offensichtliche Unsinnigkeit des Gedankens hielt sie davon ab. In der ungewöhnlichen Kühle, die Kishone bereits am Morgen aufgefallen war, begannen sie zu frösteln. Um Feuer zu machen, suchten sie Holz zusammen. Als es endlich brannte, verwarfen sie jedoch den Gedanken, an Ort und Stelle die Nacht zu verbringen. Sie hatten Benzin für weitere zweihundert Kilometer in den Tanks, und so fuhren sie die ganze Nacht. Das Geräusch fuhr mit. Während sie im Morgengrauen an einem der wenigen Sträucher am Straßenrand ihre Notdurft verrichteten, verschwand das Geräusch und hinterließ ein akustisches Vakuum, das lediglich durch das vereinzelte Krächzen einiger Krähen unterbrochen wurde, das Kishone und wohl auch Amitabh schmerzlich an zu Hause erinnerte. Weder Amitabh noch Kishone empfanden das plötzliche Verstummen des Geräuschs als beruhigend. Eher ließ die Stille ihre Anspannung noch wachsen. Die Freunde nahmen die neue Situation schweigend zur Kenntnis. Keiner kommentierte die Abwesenheit des Geräuschs, jeder in der Furcht, den anderen mit seinen Gedanken zu belasten.

Den Rest des Morgens verbrachten sie mit Schlafen, die im Motorradsattel durchwachte Nacht forderte ihren Tribut. Später ergatterten sie in einem nahe gelegenen Dorf Wasser, Benzin und etwas zu essen. Ein durchlöcherter Plastikkanister diente ihnen als provisorische Dusche. Beide wurden sich schnell einig, an diesem Tag bereits vor Einbruch der Dunkelheit ein Nachtlager finden zu wollen. Noch vor der Abenddämmerung kehrte das Geräusch zurück.

* * *

Wer jemals Varanasi besucht hat, kennt die eigentümliche Magie des Ortes. Die Stadt ist dem Reich der Toten ebenso verbunden wie dem der Lebenden. Eine Art Schleuse, ein Umschlagplatz vom Dies- ins Jenseits, der große indische Bahnhof vor der Endstation Gerechtigkeit. Alte Menschen kommen aus allen Teilen des Landes nach Varanasi, um – in manchen Fällen jahrelang – auf ihren Tod zu warten. Wenn sie gestorben sind, werden sie verbrannt, oder ihr Leichnam wird, in orangefarbene Tücher gehüllt, in die Mitte des Ganges gerudert und dem Fluss übergeben. Überall in den Gassen liegt Holz aufgeschichtet, Tag und Nacht säumen die großen Feuer die Ufer des Flusses. Der Klang unzähliger mit der Hand geschlagener Glocken, Gesänge und der Geruch von Räucherwerk begleiten die Toten auf ihrem Weg in eine andere Daseinsstufe oder ins Moksha, der ewigen Erlösung durch Einswerden mit der Weltseele.

Ich war zum ersten Mal als kleiner Junge in Varanasi. Eine Woche zuvor hatten mich meine Eltern über ihre diesbezüglichen Reisepläne – die damit auch meine waren – informiert, eine Woche hatte ich fortan keinen Schlaf mehr gefunden. Tag für Tag lag ich auf meinem Bett und malte mir aus, wie es sei, dabei zu sein, wenn ein Mensch verbrannt wird. Ich hatte noch nie einen Leichnam gesehen. Der Tod, der zuvor nichts weiter als ein Wort unter Wörtern gewesen war, bekam für mich in Varanasi – oder in der Varanasi vorausgehenden Woche – eine Bedeutung. Er nahm Gestalt an. Zum ersten Mal in meinem Leben wurde mir in diesen Tagen die Unausweichlichkeit dieses Ereignisses bewusst. In einem Alter, in dem mein Denken an noch keine nennenswerte Schranke gestoßen war, stand ich plötzlich an einer Grenze, massiver als die Chinesische Mauer. Denn sosehr ich mich bemühte, es gelang mir nicht, mich auf die Geschichten von Reinkarnation und dem Kreislauf des Lebens, mit denen die Alten ihre Kinder und wohl am meisten sich selbst zu trösten versuchen, einzulassen. Meine unangenehme Erkenntnis untermalte ich, indem ich mir ebenso unangenehm genau überlegte, wie das Feuer die Toten anginge. Zunächst fräße es ihnen wie ein Monster die verhüllenden Tücher vom Leib, bevor es über ihre ausgemergelten Körper und, deutlich grausamer, über ihre Gesichter herfallen würde. In allen Einzelheiten stellte ich mir vor, wie die Zähne der verkohlten Schädel den Flammen am längsten widerstünden.

An dem Tag, an dem unsere Fahrt begann, duftete es im ganzen Bahnhof nach geröstetem Mais. Obwohl mir mein Vater, der meinen nervösen Zustand bemerkte, zur Beruhigung einen Maiskolben kaufte, hielt ich es auf der mir ewig erscheinenden Reise nach Varanasi vor Aufregung kaum aus. Während meine Schwestern unbekümmert spielten und kreischend von Waggon zu

Waggon rannten, blieb ich, die Landkarte meines Vaters auf dem Schoß, wie angewurzelt am Fenster sitzen, kaute an meinen ohnehin zu kurzen Nägeln und versuchte, anhand der Bahnhöfe, die wir passierten, auszurechnen, wie viele Kilometer noch zurückzulegen seien.

Am späten Abend in Varanasi angekommen, suchten wir zunächst die Pension auf, in der mein Vater für unsere Familie ein Zimmer gebucht hatte. In der Nacht quälten mich Albträume, am nächsten Morgen brannte mir der wie Spinnenfäden über der halben Stadt liegende Rauch in Augen und Lunge. Gerne hätte ich mich auf unserem Weg zum Ufer zwischen den großen Scheiten der Holzverkäufer versteckt, so eine Angst hatte ich. Ich glaube, ich begann zu weinen, aber mein Vater war unerbittlich. Damit wir auf dem Fluss wie von einem Logenplatz aus die Zeremonien beobachten konnten, hatte er ein Boot gemietet. Noch immer sträuben sich mir bei meinen Erinnerungen an diese Momente die Haare auf meinen Armen. Siehst du? Denn während wir vielleicht zehn Meter vom Ufer entfernt langsam dahinglitten, erkannte ich, was ich bis heute nicht gänzlich zu begreifen vermag: Die Realität, der ich an diesem Tag gemeinsam mit meiner Familie und gänzlich gegen meinen Willen begegnete, entsprach bis ins winzigste Detail meinen zuvor in Pushkar gemachten Vorstellungen.

* * *

Kishone hatte zu wissen geglaubt, wie sich Angst anfühlt. Während vor vielen Jahren sein ältester Bruder zwei Tage mit gebrochenem Blinddarm um sein Leben rang, hatte er aufrichtige Angst empfunden, ebenso an dem Abend, an dem er zu weit in den See hinausgeschwommen war und ihn auf dem Rückweg die Kräfte zu verlassen drohten. Bei einem Blitzeinschlag ins Nachbarhaus hatte er Angst um den kleinen Arul gehabt, dessen Bett sich gleich unter dem brennenden Dach befand. Nachdem sich herausstellte, dass Arul eine halbe Stunde vor dem Einschlag von seiner Großmutter abgeholt worden war, hatte Kishone Angst, die Flammen könnten auf das Luckystudio übergreifen. Er hatte einen ganzen Sommer lang nach Einbruch der Dämmerung die Straße zwischen Ajmer und Pushkar gemieden, nachdem dort einige Kühe durch Schlangenbisse zu Tode gekommen waren. An dem Morgen, an dem ihn seine Mutter fünf Minuten nach der üblichen Zeit weckte, hatte er es aus Angst vor den Lehrern vorgezogen, sich etliche Stunden auf dem Basar herumzutreiben, anstatt fünf Minuten verspätet in der Schule zu erscheinen. Als Kind hatte ihn das dunkle Haus geängstigt, wenn seine Eltern am Abend nicht daheim waren. Er hatte Angst davor, die alte Shiva anzuschauen, nachdem sie mit ihren Lepranarben nach Pushkar zurückgekehrt war. In Varanasi, wo Leprakranken die Feuerbestattung aus Angst verwehrt wird, hatte er sich beinah in die Hose gemacht, und letztendlich hatten ihn multiple Ängste in den letzten Tagen vor Beginn ihrer Reise belastet. Angst vor dem Unbekannten, Angst davor, verletzt oder tot auf der Straße zu enden, Angst vor den fremden Ländern. Doch war seine Angst bisher immer vergleichbar gewesen mit dem Schmerz, den eine stumpfe Waffe, ein Knüppel oder ein Faustschlag, verursacht. Die Angst, die ihn befiel, als er den Scheinwerfer des fremden Motorrads hinter sich bemerkte, war dagegen ein Skalpell.

Drei Stunden hatten sie zuvor erneut das Geräusch im Nacken gehabt, ohne dass sich ihnen dessen Verursacher gezeigt hätte. Von Beginn an lauter als am Vortag, immer aus derselben Richtung, ständig hinter ihnen. Blickten sie sich jedoch um, sahen sie im fahlen Mondlicht nichts als Staub, Geröll und Zweifel. Sie stoppten, warteten, und keiner von beiden hätte später mit Sicherheit sagen können, wer den geheimnisvollen Verursacher des Geräuschs zum ersten Mal den Dritten genannt hatte. Sie hörten, dass der Dritte ebenfalls stoppte, und sie stellten sich vor, wie er lauschte. Sie schalteten ihre Motoren ab, er ließ den seinigen laufen, keine Sekunde der Ruhe schenkte er ihnen. Vergeblich beschleunigten sie ihre Maschinen bis zur völligen Verantwortungslosigkeit, um dem Dritten zu entkommen. An einer Weggabelung überlegten sie, sich zu trennen, um zu sehen oder besser zu hören, wie der Dritte sich verhielt, wenn Kishone die eine, Amitabh die andere Richtung einschlüge. Sie verwarfen die Idee, und nicht nur weil sie befürchteten, sich später in der Dunkelheit nicht mehr wiederzufinden. Auf Kommando wendeten sie abrupt und fuhren dem Dritten mit schlotternden Knien kilometerweit entgegen, um dem Spuk endlich ein Ende zu machen, doch das Heft konnten sie ihm nicht aus der Hand nehmen. Zu jeder Zeit hielt der Dritte den gleichen Abstand, zu jeder Zeit war er der uneingeschränkte Herr der Lage.

Jetzt also hatte der Dritte beschlossen, sich ihnen zu offenbaren, und es war nicht zu erwarten, dass er eine Zigarette mit ihnen teilen wollte.

»Scheiße«, brüllte Amitabh, als der fremde Scheinwerfer näher kam, und gab Gas. »Scheiße, Scheiße, Scheiße.« Kishone blieb nichts anderes übrig, als ebenfalls zu beschleunigen und ihm auf der löchrigen Piste so gut es ging hinterherzujagen. Kishone war noch immer kein guter Fahrer. Schon bald hatte er das Motorengeräusch des Dritten direkt im Nacken. Die Stoßdämpfer der Enfield leisteten Schwerstarbeit. Tauchte ein Schlagloch im Licht der eigenen Lampe auf, war es meistens zu spät auszuweichen. Nur mit Mühe gelang es Kishone, sich auf der Maschine zu halten. Immer wieder wurde die Piste von Sträuchern oder Feldern mit hochwachsendem Mais begrenzt, so dass die Fahrt wie durch einen Tunnel ging. Der Scheinwerferkegel des Dritten umhüllte Kishone wie ein Mantel. Auf der Piste vor sich sah er seinen eigenen daherjagenden Schatten immer kürzer werden. Der Dritte holte auf.

»Amitabh«, schrie Kishone, so laut er konnte. Vor ihm verschmolz das Rücklicht der Bullet mit der Dunkelheit. Sein eigener Schatten schrumpfte und schrumpfte. Wie Mauern stand der Mais auf beiden Seiten, und endeten die Felder, explodierten die Geräusche. Dann wieder Mais und Moll. Der Scheinwerfer des Fremden war jetzt neben ihm. Der Dritte war ausgeschert. Aus den Augenwinkeln sah er ihn kommen. War das eine Harley? Amitabh hätte es gewusst. Für Kishone klangen alle Motoren gleich. Serge, Serge, Serge, dachte er. »Serge«, brüllte er. Der Dritte war jetzt auf gleicher Höhe, um seine Schultern flatterte ein Cape. Parallelflug mit hundertzwanzig Sachen, auf einer dunklen Straße, die ansonsten bei sechzig schon die Grenze zog. Amitabhs Rücklicht war wieder deutlicher zu sehen, Kishone holte auf. Ein Schlagloch, ein nächstes, der Rand scharf und steil wie eine Bordsteinkante. Eine Fehlreaktion. Die Handbremse war keine gute Idee. Das Vorderrad blockierte, Kishone machte einen Salto über den Lenker. Im Flug sah er das rote Rücklichtlicht Amitabhs, das Gelb des eigenen Scheinwerfers, den Dritten, den Mond, die Sterne, Straßenstaub. Auf Hintern und Rücken rutschte er über die Piste, irgendwie gelang es ihm, seinen Kopf von der Straße fernzuhalten. Er rutschte in ein Maisfeld, wo ihm die derben Stängel der Pflanzen das Gesicht peitschten. Die Canon, die Kishone in einer dünnen Fototasche an der Seite trug, traf ihn mehrfach an der Stirn. Schließlich blieb er liegen, aber er konnte sich bewegen. Er fühlte seine Beine, seine Arme. Er tastete nach den Stellen seines Kopfes, an denen ihn die Kamera getroffen hatte. Sein Blut war wärmer als die nächtliche Luft. Auf der Straße näherte sich eine Maschine. Der Scheinwerfer schimmerte in einiger Entfernung durch die Pflanzen. Ein Motorrad stoppte.

»Kishone? Kishone? Gott sei Dank, du lebst.« Amitabh kam auf allen vieren durch die Schneise gekrochen, die Kishones Körper in das Feld geschlagen hatte. »Kishone!«

»Ich rechne dir hoch an, dass du zurückgekommen bist«, sagte Kishone.

»Du blutest, du hast etwas am Kopf«, sagte Amitabh und nahm ihn in den Arm. »Bist du schwer verletzt?«

»Es geht, meine Hände.«

Ein Motorrad auf der Straße setzte sich in Bewegung. Näherte sich langsam der Stelle, an der Amitabhs Enfield mit laufendem Motor neben Kishones ramponierter Maschine wartete.

»Ist die fremde Maschine eine Harley?«, flüsterte Kishone.

»Möglich«, antwortete Amitabh, »es ist jedenfalls keine Bullet, auch keine Norton, es könnte eine alte Indian sein.«

Der Scheinwerfer des fremden Motorrads strahlte jetzt in ihre Richtung. Den beiden Enfields in ihrem Sichtfeld raubte das Licht die dritte Dimension. Scherenschnitte. Theaterkulissen für den Auftritt des großen fremden Mannes. Die Freunde drückten sich noch tiefer in die Pflanzen.

»Serge?«, flüstert Kishone.

»Ich weiß es nicht. Was flattert da? Es geht doch gar kein Wind. Trägt er einen Mantel?«

»Möglich, ich kann es nicht genau erkennen. Ja, es sieht so aus.«

Gemeinsam beobachteten sie, wie der Fremde in die Hocke ging, mit den Fingern der rechten Hand über den Boden fuhr und sie danach wie ein Fährtenleser beschnüffelte.

»Er hat etwas gefunden! Öl oder Blut«, flüsterte Amitabh. »Funktioniert deine Kamera noch?«

»Ich weiß nicht.«

»Versuch's, fotografier ihn.«

»Ich werde mich hüten, den Blitz einzusetzen, und ohne Blitz wird's nichts werden. Ich hab nur einen Hunderter-Film, zu wenig lichtempfindlich.«

»Versuch's!«

»Der Auslöser ist zu laut. Ich habe Angst, dass er uns hört.«

»Unmöglich bei den laufenden Motoren. Jetzt mach schon!«

Kishone holte die Kamera aus dem Beutel. Äußerlich war sie bis auf einige kleine Kratzer im gefrästen Aluminium unversehrt. Behutsam entfernte Kishone die Verschlusskappe vom Objektiv. Erleichtert stellte er fest, dass auch der empfindliche Prismasucher keinen Schaden genommen hatte. Der Fremde hatte sich mittlerweile erhoben und ließ, soweit dies für Kishone und Amitabh zu erkennen war, seinen Blick durch die Gegend schweifen. Er witterte. Für Kishone war es im Dunkel unmöglich, Schärfe und Blende des Objektivs einzustellen, er musste es auf gut Glück versuchen. Leise klickte der Auslöser, ein zweites und ein drittes Mal.

»Der Film ist voll.«

»Okay, aber du hast Aufnahmen gemacht?«

»Sie werden unbrauchbar sein.«

»Abwarten!«

Für einen Augenblick glaubten sie, der Fremde sei auf sie aufmerksam geworden. Angestrengt blickte er in ihre Richtung, wobei er sich unsinnigerweise die Hand über die Augen hielt, als wolle er sich vor einer blendenden Sonne schützen, dann drehte er sich abrupt um und kehrte zurück zu seiner Maschine. Sein weiter Mantel flatterte wie die Flügel einer riesigen Fledermaus. Ein großer Motor heulte auf, im Osten zeigte sich bereits der Tag. Vierhundert Kilometer bis Kabul.

* * *

»Serge?«

»Ich kann es dir nicht sagen, Saxona. In dieser Nacht war ich davon überzeugt, aber bei Tageslicht …? Vielleicht sind wir einem Vampir begegnet, oder beidem. Das eine schließt das andere ja nicht unbedingt aus. Eher im Gegenteil, angesichts der Vorgeschichte und dessen, was noch folgen sollte. Sicherlich war auch eine gehörige Portion Einbildung im Spiel. Serge hatte zwei Tage lang die Schnittmenge all unserer Gedanken gebildet. Natürlich interpretierten wir seinerzeit alles in seine Richtung. Merkwürdig war es in jedem Fall. Wer immer der Fremde auch war, er wollte uns nicht treffen. Wäre er wie Amitabh der Schneise gefolgt, die ich bei meinem Sturz in die Pflanzen geschlagen habe, hätte er uns zweifellos entdeckt. Wir hockten keine zwanzig Meter von ihm im Feld.«

»Vielleicht hatte auch er Angst. Er wusste, dass ihr zu zweit wart. Vielleicht glaubte er, Wegelagerer hätten den Unfall inszeniert, um ihm eine Falle zu stellen.«

»Möglich, dass du recht hast. Nach all den Jahren klingt das jedenfalls am wahrscheinlichsten. Am Abend des nächsten Tages erreichten wir Kabul. Meine Maschine war etwas ramponiert, aber sie fuhr noch. Ich selbst war in einem erbärmlichen Zustand. Meine Kleidung zerrissen, Arme, Beine und Rücken verkratzt, am Kopf eine blutige Delle so groß wie ein Ei. Nach wenigen Stunden durchnässte die Wunde die Stofffetzen, mit denen wir sie notdürftig versorgt hatten. Auf der Suche nach einer Apotheke wichen die Leute vor mir zurück. Nur der Apotheker war freundlich. Er half uns, die Wunden zu reinigen und eine rosafarbene, nach Fisch riechende Paste aufzutragen. Ein wahres Wundermittel. Am nächsten Tag waren sämtliche Verletzungen sauber verschorft, und es gab keine weiteren Komplikationen. Einige kleine Narben habe ich immer noch, hier an meinem linken Ellbogen zum Beispiel. Eine Zeit lang fand ich das männlich, heute bin ich über solche Eitelkeiten erhaben. Leider.

Amitabh warfen die Ereignisse der Nacht in seine Lethargie zurück. Nachdem wir in der Apotheke fertig waren, suchten wir uns ein billiges Zimmer, in dem er sich die nächsten zwei Tage vergrub. Mit Ausnahme eines einzigen Satzes sprach er kein Wort. Meist saß er mit durchgestrecktem Rücken, die Beine im Schneidersitz verschränkt, auf seinem Bett und starrte ins Leere. Nicht einmal das Getöse eines Feuerwerks, das genau vor unserem Hotel abgebrannt wurde, lockte ihn ans Fester. Wie Quiqueq in ›Moby Dick‹ kam er mir vor, der weiß, dass er sterben muss.

Ich selbst hatte in Kabul viel zu erledigen. Nachdem ich einige Stunden geschlafen, mich geduscht und erneut die stinkende Salbe aufgetragen hatte, brachte ich die Filme zur Entwicklung. Damals war noch jedes Fotogeschäft in der Lage, Schwarzweißbilder zu entwickeln. Ich bezweifle, dass du heute in Kabul noch einen Fotografen findest, der dazu in der Lage wäre. In Deutschland und Indien musst du jedenfalls lange suchen, um brauchbare Ergebnisse zu erhalten. Meistens jagen sie deine Negative durch die Farbfilmautomaten, so dass das spätere Bild kaum mehr Konturen aufweist. Die Negative bekommst du häufig beschädigt zurück. Beschwerst du dich, geben sie dir einen leeren Film und verweisen auf das Kleingedruckte.

Nachdem ich die Fotos abgegeben hatte, machte ich mich auf die Suche nach Joan. Immerhin hatte sie ja in Pushkar gesagt, dass Kabul ihre nächste Station sei. Vielleicht hatte sich ihr Aufenthalt verlängert, und sie befand sich noch in der Stadt. Sämtliche in Frage kommenden Hotels suchte ich auf. Meistens wurde ich bereits an der Tür von einem Mitarbeiter abgefangen und gar nicht erst hineingelassen – ich konnte es ihnen nicht verdenken. Mit meinen Blutkrusten, der mittlerweile blau schimmernden Beule am Kopf und dem Geruch der rosafarbenen Paste hätte ich durchaus den ein oder anderen Gast vergraulen können. In den Häusern, in denen der Portier einen schlechten Job machte, in denen er zu langsam war und ich die Rezeption erreichte, kannte man Joan nicht oder gab vor, sie nicht zu kennen.

Am nächsten Tag holte ich die Bilder ab. Wie ich vermutet hatte, konnte man das Gesicht des Unbekannten auf den Fotos nicht erkennen. Trotzdem waren die letzten drei Aufnahmen besser als erwartet. Deutlich sah man durch die Pflanzen hindurch die Umrisse der Motorräder und des Fremden …«

»War das dritte Motorrad tatsächlich eine Harley?«

»Amitabh sagte später, er sei sich sicher. Ich habe die Maschine mit Serges Motorrad auf den anderen Bildern verglichen. Es könnte dieselbe sein. Ich habe die Negative noch. Wenn du Zeit und Lust hast, können wir sie demnächst noch einmal bei mir entwickeln. Das Belichtungsgerät und das ganze Zubehör steht seit Ewigkeiten bei mir in Leutesdorf auf dem Speicher. Ich hoffe nur, dass es die Chemikalien noch tun, ich habe sie seit über zehn Jahren nicht mehr benutzt. Die restlichen Aufnahmen waren übrigens recht gut geworden. Serge war auf fast jedem Bild zu sehen. Er war nicht nur ein hübscher Kerl, sondern tatsächlich sehr fotogen. Das ist nicht selbstverständlich. Wirklich attraktive Menschen sind meist weniger fotogen, als man denkt. Oft resultiert ihre Attraktivität aus einer lebhaften Mimik, reißt man den Gesichtsausdruck aus der Bewegung, wirkt es unter Umständen schauderhaft. Manchmal braucht es mehrere Filme, um ein einziges gelungenes Bild eines schönen Menschen zu erhalten, während die Aufnahme eines langweiligen Durchschnittsgesichts häufig schon beim ersten Versuch gelingt. Serge sah, wie gesagt, allerdings auf jedem Bild phantastisch aus. Stark und lebendig, wie nur etwas lebendig sein kann. Unvorstellbar, dass diese Ausgeburt von Kraft und Vitalität bereits gute vierundzwanzig Stunden später nicht mehr unter den Lebenden gewesen sein sollte. Aus Angst, Amitabh damit noch weiter zu belasten, verzichtete ich darauf, ihm Serges Porträtbilder zu zeigen. Im Nachhinein bereue ich diese Entscheidung. Vielleicht wäre alles anders gekommen, hätte ich ihm die Aufnahmen nicht vorenthalten.«

* * *

Amitabhs depressive Phase überdauerte die komplette Zeit ihres Kabul-Aufenthaltes. Seine Genesung erfolgte dort, wo die Probleme ihren Anfang genommen hatten: auf der Straße. Noch wenige Minuten vor seiner wundersamen Wandlung hatte nichts auf eine baldige Besserung hingedeutet. Ganz im Gegenteil.

Mürrisch, schweigend und lustlos war er den ganzen Tag Kishone auf seiner Maschine gefolgt, der diesmal, im Gegensatz zu ihren sonstigen Gepflogenheiten, die Aufgabe übernommen hatte, die am Tank seiner Bullet befestigte Karte zu studieren und den besten Weg nach Westen zu bestimmen. Sie waren unterwegs in Richtung Kirman. Das Gebiet um sie herum wirkte unwirklich und lebensfeindlich wie die Wüste auf einem zu heißen, weit entfernten Planeten. Wohin das Auge schaute, versperrten Berge und schroffe Felsen den Blick. Kishone ärgerte sich, sie hatten einen Umweg eingeschlagen, und er gab sich die Schuld daran. Bereits bei der Planung ihrer Reise war, nicht zuletzt wegen der vagen Hoffnung, in Kabul auf Joan zu treffen, auf sein Drängen hin der Entschluss gefallen, wider alle Vernunft die Strapazen der Hindukusch-Serpentinen auf sich zu nehmen. Vielleicht aus Angst, durch das Aufgeben der einmal gefassten Pläne ein weiteres Stückchen Sicherheit einzubüßen, hatten sie trotz der angespannten Situation daran festgehalten.

Im Vergleich mit den ersten Etappen waren die Straßen hier noch einmal schlechter, zumindest kam es Kishone mit seinem schmerzenden Körper so vor.

»Lass uns zurückfahren, lass uns unser Fernweh begraben und dort neu beginnen, wo wir ein Leben lang glücklich waren. Lass uns weiterhin Alkohol heimlich trinken und unsere Läden in Pushkar wieder öffnen«, hatte er Amitabh in Kabul vorgeschlagen, als sie nach den schrecklichen Ereignissen Rat über ihre Zukunft hielten.

»Ich war in Pushkar nicht glücklich, und wenn ich es gewesen wäre, könnte ich es jetzt nicht mehr sein«, hatte Amitabh geantwortet – der einzige Satz den er in Kabul gesagt hatte. Damit war die Sache vom Tisch. Und so hockte Kishone verbeult auf einer ramponierten Maschine, die ihm nicht gehörte, ohne Geld und über tausend Kilometer entfernt von dem, was einmal sein Zuhause gewesen war, und fragte sich, ob er nicht vielleicht besser auf der Rückreise bestanden hätte oder ob ihre Leben mittlerweile an einem Punkt angelangt waren, an dem solche Überlegungen keine Rolle mehr spielten.

Derart in Grübelei versunken, erschreckte es ihn kaum, als in den Abendstunden abermals das Geräusch des fremden Motorrads hinter ihnen zu hören war. Am ehesten noch spürte er ein Gefühl des Überdrusses, der gereizten Langeweile. Hörte das denn niemals auf? Jeden Tag das gleiche Lied auf den abendmüden Wegen? Nimm dir, was du brauchst, verfluchter Franzose, und verschwinde! Geh dahin, wo du hingehörst, such dir deinesgleichen und belästige uns nicht in unserer Welt, in der noch Blut durch unsere Adern pulsiert. Wir wollen dir dafür versprechen, dir ebenfalls deinen Frieden zu lassen und an jedem Jahrestag deines Todes in einem Gotteshaus eine Kerze entzünden, ganz gleich, in welchen Winkel der Welt es uns auch verschlägt.

Im Rückspiegel sah Kishone, wie Amitabh seine Maschine auf der Straße wendete, um dem Geräusch ein weiteres Mal entgegenzufahren. Er selbst hatte das Interesse an einer weiteren Begegnung mit dem Dritten verloren, noch Monate würde er bei jedem Blick in den Spiegel an das letzte Treffen denken müssen. Aus Verbundenheit mit Amitabh fuhr er dem Freund trotzdem hinterher. Merkwürdig gefasst, beinahe gemächlich, zurück in die Richtung, aus der sie gekommen waren. Er würde Amitabh ohnehin nicht einholen können, bevor dieser nicht auf ihn wartete. Ihre letzte

Verfolgung hatte Kishone nur allzu deutlich seine fahrerischen Grenzen gezeigt, und das auf leichterem Terrain.

Nach einer guten Viertelstunde kam Amitabh in Sichtweite. Lächelnd hockte er, mit dem Rücken an einen Strommast gelehnt, am Straßenrand. Einige Meter daneben wartete geduldig seine Bullet wie ein grasendes Pferd auf der verdorrten Grasnarbe. In Amitabhs Hand glimmte ein Joint. Der letzte Rest seiner Lethargie verrauchte in kleinen Wölkchen in der afghanischen Luft.

»Lass uns für die Nachwelt nicht nur die finsteren Tage dokumentieren, mach *jetzt* ein Foto von mir«, sagte er.

Umständlich hievte Kishone seine Maschine auf den Ständer, holte seine Kamera aus der Tasche und wickelte sie aus dem Tuch, in das er sie eingeschlagen hatte. »Alles okay?«

»Alles bestens! Ich habe mit ihm gesprochen.«

»Mit wem?« Kishone schoss das erste Bild.

»Mit Serge.«

»Mit Serge?«

»Ja. Tu nicht so! Du weißt so gut wie ich, dass er es war, der uns die letzten Nächte verfolgt hat.«

Amitabh warf der Canon einen Kuss ins Objektiv.

»Serge ist tot.«

»In gewisser Weise ist er tot, in gewisser Weise ist er es nicht. Wir sind Inder, wir können mit so etwas umgehen.«

»Ich habe eine Abmachung mit ihm getroffen.«

»Du hast mit Serges Geist gesprochen, mit ihm einen Deal gemacht und behauptest, alles sei bestens?« Kishone setzte den Fotoapparat ab. Er wollte Amitabh ungefiltert in die Augen sehen. Mit hoher Geschwindigkeit näherte sich ein schwarzer Mercedes. Als er sie passierte, hüllte er sie in eine Wolke aus Staub.

»Ich würde lieber bei dem Wort Abmachung bleiben, doch im Prinzip hast du es erfasst«, sagte Amitabh, als nur noch ein leises Rauschen von dem schweren Wagen kündete.

»Wie lautet eure *Abmachung*?«

»Das braucht dich nicht zu interessieren, das betrifft ausschließlich Serge und mich. Aber glaub mir, für den Rest unserer Reise wird er uns in Ruhe lassen.« Amitabh reichte Kishone seinen Joint. Die Glut leuchtete.

* * *

»Heute fotografiere ich nicht mehr so viel. Auch in der Ablehnung farbiger Aufnahmen bin ich weniger dogmatisch. Vielleicht war ich aber auch früher nicht ganz so dogmatisch, wie ich es heute gerne darstelle. Mir gefällt die Geschichte vom Schwarzweiß-Fotografen, der sich im bunten Indien aufmacht, um im grauen Europa die Geheimnisse der Farbfotografie zu ergründen. Tatsächlich gab es bereits während meiner Lehre in Panjim eine kurze Phase, in der ich mich vornehmlich in Farbe versuchte. Kennst du David Bailey? Google ihn mal. Bailey ist einer der bekanntesten Fotografen überhaupt. Er war mit Catherine Deneuve verheiratet und stand – obwohl er das bestreitet – Pate für Antonionis ›Blow Up‹. Jeder junge Fotograf eiferte in den Siebzigern Bailey nach, jeder wollte so fotografieren wie er, und, vor allen Dingen, wollte jeder sein Leben führen. Bailey war der eine unter hunderttausend, der es geschafft hatte, der Beweis, dass man es als Fotograf schaffen *konnte*.

1974 geriet Bailey in eine Sinnkrise. Der ihn umgebende Lifestyle, um den ihn alle beneideten, ödete ihn an. Jeden Prominenten außer Picasso hatte er vor der Linse gehabt, jetzt wollte er neu beginnen und die Welt bereisen. Im Dezember 74 kam er dabei nicht nur nach Indien, sondern direkt in Palmira Coutinhos Hollywood Studio. Ohne jegliche Vorwarnung kam er hereingeschneit und fragte nach der Besitzerin. Olencio, einer ihrer Söhne, und ich waren gerade dabei, die Wände zu streichen. Zuerst haben wir Bailey gar nicht erkannt. Die Möglichkeit, ihm einmal persönlich zu begegnen, war zu unvorstellbar. Du magst doch Kino. Stell dir vor, du bastelst selbst kleine Filme, um dich bei einem Kurzfilmfestival zu bewerben, und eines Morgens, kurz nach dem Aufstehen, steht Quentin Tarantino in deinem Zimmer. Gut, Palmira war damals die erste professionelle Fotografin in Indien oder zumindest in Goa, doch schon in Mapusa kannte sie niemand mehr. Bailey aber hatte, wie auch immer, von ihr gehört, und nachdem wir ihn schweigend und vor Ehrfurcht zitternd zu ihr geführt hatten, erzählte er ihr, dass er in Panjim sei, um das jährlich stattfindende Fest zu Ehren des heiligen Xaviers im zehn Kilometer entfernten Old Goa zu fotografieren. Und er fragte Palmira, ob sie ihn nicht zum Fest begleiten wolle, *sicherlich können Sie mir ein paar Tipps geben*, sagte er wortwörtlich, ich habe es selbst gehört. Man muss sich das einmal vorstellen, der berühmteste Fotograf der Welt fragt eine seinerzeit noch völlig unbekannte indische Fotografin, eine Witwe und siebenfache Mutter, nach *ein paar Tipps*. Gott steigt von seinem Thron und bittet Palmira Coutinho, ihm zu helfen. Palmira selbst nahm die Sensation recht ungerührt zur Kenntnis. Sie gab Bailey einen Korb, mit der Begründung, sie habe noch zu viel zu tun. Zum Ausgleich bot sie ihm Olencio und mich als Führer an. Olencio und Kishone werden mit Ihnen kommen, sagte sie lapidar. Mit dieser Zauberformel öffnete sie uns die Tür zum Ziel all unserer Träume. Bailey nickte. Es war phantastisch. Um uns am Abend unser Glück begreiflich zu machen, gingen Olencio und mir die Superlative aus. Eine Woche durften wir Bailey begleiten, und alles, was er fotografierte, fotografierten wir ebenfalls. In den unscheinbarsten Ecken Panjims. Aus Winkeln, die mir zuvor ohne ihn niemals aufgefallen wären, machten wir Bilder. Zerbrochene Reklametafeln, Wände, von denen die Farbe bröckelte, Penner, Diebe, Huren, Ladyboys und Krüppel standen uns Modell, und sie liebten es, vor Bailey zu posieren. An den Geschichten, dass Bailey ein arroganter, ungehobelter Klotz sei, ist nichts dran. Im Gegenteil. Er hatte eine spezielle Art, mit den Menschen umzugehen. Niemals behandelte er sie von oben herab, immer gab er ihnen das Gefühl, mit ihm auf einer Stufe zu stehen.

Nach einer Woche bekamen wir die Ergebnisse. Das Filmmaterial und die Entwicklung meiner Bilder hätte mich zwei Jahre meines Lohns gekostet, hätte Bailey die Kosten nicht übernommen. Meine Aufnahmen waren okay, Olencios waren sehr gut. Bailey spielte in einer anderen Liga. Ich weiß nicht, wie er es machte, aber seine Arbeit ließ mein Geknipse wie die Versuche eines Schülers erscheinen. Auch sein Lob konnte mich nicht trösten, lobte er doch Olencio mehr und das völlig zu Recht. Seitdem weiß ich: Ich bin kein Farbfotograf. Wenn ich ein lohnendes Motiv sehe, kann ich nicht anders, als es mir in Schwarzweiß vorzustellen. Ein Schwarzweißbild funktioniert nicht wie ein Farbbild. Es ist eigenen Gesetzen unterworfen. In Schwarzweiß kann ein gutes Farbmotiv völlig nichtssagend sein. Denk nur an einen Sonnenuntergang. Einen Sonnenuntergang kannst du in der Regel nur mit einem Farbfilm einfangen, schaffst du es allerdings, die Stimmung eines Sonnenuntergangs in Schwarzweiß festzuhalten, dann übertrifft dieses Bild alles. Ich weiß nicht, wie viele Filme ich verschleudert habe mit meinen Versuchen, die Schönheit eines Sonnenuntergangs in Schwarzweiß zu fotografieren, und vielleicht ist Schwarzweiß am Ende die einzige Möglichkeit, der untergehenden Sonne gerecht zu werden. Der Betrachter eines Schwarzweißbildes weiß, dass er es mit einer Reduktion zu tun hat. Dass er fehlende Informationen mit seinen Vorstellungen und Erwartungen ergänzen muss. Natürlich ist auch ein Farbbild eine Reduktion, nur wird das allzu gern vergessen, und genau darin liegt das Problem. Wie will man einen riesigen, in allen Rotschattierungen brennenden Himmel auf neun mal dreizehn Zentimeter bannen oder, noch schlimmer, auf den Bildschirm eines Notebooks? Was bleibt, ist farbiger Kitsch, der bestenfalls als Postkarte taugt.

Noch einmal zurück zu Bailey. Am Tag, an dem er in unser Studio platzte, hatte er Palmira nicht nur um ihre Begleitung gebeten, sondern sie auch gefragt, ob er ein Foto von ihr machen könne. Zehn zu eins, dass Palmira nicht darauf eingegangen wäre, hätte sie nicht das Gefühl gehabt, Bailey wegen ihrer Absage etwas schuldig zu sein. So aber ließ sie sich von ihm eine ihrer Kameras um den Hals hängen und sich genau in dem Raum des Studios ablichten, den Olencio und ich wenige Minuten zuvor noch renoviert hatten. Mehr oder weniger ungeschminkt und in dem Kleid, das sie ohnehin getragen hatte, posiert sie neben ihrer auf einem Stativ thronenden zweiäugigen Rolleiflex. Die Aufnahme ist phantastisch. Heute ziert sie das Cover von Baileys großem Bildband »Die Siebziger«. Und wenn du genau hinschaust, siehst du im Hintergrund noch, wie unsere Farbe die frischgestrichene Wand in dicken Nasen hinunterläuft und auf den Boden tropft.

Palmira wurden, sicherlich nicht zuletzt wegen Baileys Bildband, späte Ehren zuteil. 2005 erhielt sie den Goa State Culture Award für ihre Verdienste. Einer der Laudatoren war ein junger portugiesischer Konsul. Seinen Namen habe ich vergessen. Wenn es dich interessiert, kann ich nachschauen. Zu Hause habe ich noch den Zeitungsartikel, den Olencio mir geschickt hat. Es war der letzte öffentliche Auftritt des Konsuls. Ohne damals selbst bereits zu wissen, dass er krank ist, starb er drei Wochen später an einem Hirntumor oder einer Zyste im Kopf. Immer wenn ich sein Bild über dem Artikel betrachte, muss ich dabei an Amitabh denken.

Nach meinem Erlebnis mit Bailey wurde Schwarzweiß-Fotografieren für mich zur Passion. Ich machte mich daran, eine Philosophie für meine Bilder herauszuarbeiten. Jeder Fotograf, der etwas taugt, hat eine eigene Philosophie. Das Handwerk ist vergleichsweise schnell erlernt, die Philosophie erst macht das Besondere. Ich hatte nichts anderes mehr im Kopf als das Motiv. Wenn ich im Rahmen meiner Ausbildung bei Palmira mit einem Farbfilm in der Kamera herumlief, wurde ich fast verrückt, weil ich wusste, dass dadurch der gleiche Moment in Schwarzweiß unwiederbringlich verloren war. Ich fühlte mich zum bloßen Knopfdrücker degradiert, da ich auf die Fertigstellung des Farbbildes nach Betätigen des Auslösers keinen Einfluss mehr hatte. Einige Orte, an denen ich ein Farbbild gemacht hatte, suchte ich später noch einmal auf, um dasselbe Motiv in Schwarzweiß einzufangen. Natürlich war das Ergebnis nicht dasselbe, bestenfalls das gleiche und auch das nur selten. Oft endeten diese Ausflüge in Enttäuschung. Ärgerlich war es auch, wenn ich den passenden Moment für ein Foto verpasste. Ich kann dir Hunderte Bilder schildern, die ich nicht geschossen habe, weil ich mit meiner Kamera zu zögerlich war oder einfach nur zu freundlich. Weil ich um Erlaubnis fragte, anstatt einfach auf den Auslöser zu drücken, zu lächeln und bei Bedarf abzuhauen. Langsamkeit und Freundlichkeit gehören zu den Todsünden des Fotografen. Bailey hat Menschen nur um ihre Einwilligung gebeten, wenn es absolut unumgänglich war. In Afrika hat er Polaroids von den Eingeborenen angefertigt, um ihnen einen Eindruck vom späteren Bild zu liefern. Als er sie damit wider Erwarten nicht gewinnen konnte, kam er auf die Idee, ihnen kleine Spiegel zu geben, in denen sie sich selbst betrachten konnten. Davon waren sie begeistert. Kleine Spiegel! Jedes verpasste Foto hat mir seinerzeit zumindest einige Stunden des Tages versaut. Während der Zeit meiner Lehre war es besonders schlimm. Zwei Einheimische ringen am Strand. Ihre muskulösen, verschwitzten Körper sind sandig. In meinen Gedanken frage ich mich bereits, wo ich das Papier auftreibe, um das Negativ auf Postergröße zu bringen, aber bis ich meine Canon eingestellt habe, ist es zu spät. Die Männer sind bereits ins Wasser gerannt. Vor Wut habe ich meine Kamera in den Sand geschmissen, und es kostete mich einen ganzen Tag, sie später auseinanderzunehmen und zu reinigen. Zum Glück sind solche Ausbrüche bei mir später seltener geworden.

Bis heute sind einige meiner in dieser Zeit gemachten Aufnahmen in Goa in Umlauf. Vor zwei Jahren habe ich auf dem Nachtmarkt von Bagga ein Bild von mir gekauft, das eine als Meerjungfrau verkleidete Hijra zeigt. Hijras sind auf traditionelle Weise kastrierte Männer, die in Indien eine eigene Kaste bilden, du hast sicher davon gehört. Ihnen werden besondere Kräfte unterstellt, weshalb sie oft zu Familienfesten eingeladen werden. Die Hijra auf meinem Bild trägt einige Plastikpuppen in ihrem Schoß. Ihr Lächeln hat etwas Grausames. Die Aufnahme wirkt, als sei sie in den zwanziger, dreißiger Jahren entstanden. Tatsächlich habe ich sie 1975 gemacht. Das Negativ verkaufte ich damals in Anjuna für dreißig Rupien an Dreifinger-Eddie. Auf dem Nachtmarkt von Bagga habe ich für einen Abzug vor zwei Jahren fünfhundert bezahlt.

Lass uns langsam aufbrechen. Wir sehen uns ja morgen schon wieder, und wenn du noch mit Tom sprechen möchtest, wird es langsam Zeit. Im Krankenhaus wird er nicht ewig telefonieren dürfen. Bestell ihm von mir bitte schöne Grüße. Unbekannterweise.«

* * *

Die XT sei das beste Motorrad der Welt, sagte Tom, für ihr gemeinsames Vorhaben genau das Richtige. Fünftausend wollte der Besitzer für die zwei Maschinen. Sie handelten ihn auf dreitausendfünfhundert runter. In vier Tagen sei die Sache über die Bühne, dann könnten sie die Motorräder abholen. Der Mann winkte ihnen nach, als sie mit Toms altem Mercedes von seinem Hof fuhren. Dreitausendfünfhundert seien eine Menge Geld, sagte sie und er, dass die 83er Yamahas mit den silberschwarzen Tanks und den goldenen Felgen praktisch unzerstörbar seien. Das hat sie überzeugt. Damals dachte sie noch, er habe Ahnung von

Motorrädern. Sie konnte sich ihn vorstellen, wie er ein Rad montiert, einen Kupplungszug erneuert oder eine Kette wechselt. Außerdem hatte sie ihn gleich beim ersten Treffen gefragt, ob er sich mit Motorrädern auskenne, und er hatte beiläufig »klar« gesagt. Dabei hatte er auf ihre Brüste gestarrt. Gestört hatte es sie nicht. Sie fand, er habe das Recht dazu, schließlich hatte er auf ihre Anzeige geantwortet, und weshalb schaltet man sonst eine Anzeige unter der Rubrik ›Frau sucht Mann‹, wenn man sich nicht auf die Brüste starren lassen will? ›Schauspielerin sucht Mann zwecks Motorradtransfer nach Bollywood/Indien‹ hatte sie geschrieben und er die Anzeige vielleicht nicht ganz ernst genommen oder sie falsch verstanden, das ›B‹ vor ›ollywood‹ für einen Scherz oder Druckfehler gehalten, ›Hollywood‹ gelesen und es als Metapher für einen Film gedeutet, in dem er sich selbst als Hauptdarsteller sah und in dem die Brüste seiner Partnerin nun einmal ebenfalls eine Rolle spielten.

In seiner schriftlichen Antwort beschränkte Tom sich auf das Wesentliche: Aussehen, Größe, Gewicht, Job. Dass er sich als Gärtner ausgab, imponierte Saxona. *Du erkennst mich an den schmutzigen Händen*, hatte er am Ende seines Textes geschrieben, den schwarzen Abdruck seines rechten Daumens auf dem Papier fand sie sexy. Viel mehr hatte sie zunächst nicht interessiert. Tom war der Einzige, dem sie antwortete.

An ihrem ersten Abend kam er zunächst kaum zu Wort, später durfte er zumindest erzählen, dass er bis vor kurzem als Lehrer gearbeitet habe, aus dem Beruf aber ausgeschieden sei, weil er nach einem Versuch beim Rugby bis auf Stutzen und Schuhe splitterfasernackt eine Runde um den Platz gedreht hatte. Viele Eltern seien damals in der Schule Sturm gelaufen, nachdem eine Lokalzeitung das Bild in ihrem Sportteil veröffentlichte. Ihr gefiel, was er erzählte und wie er es tat, auch wenn sie nicht alles genau verstand. Sie überlegte, ob sie ihn darauf ansprechen sollte, was Stutzen seien, oder sich erklären lassen sollte, wie man sich einen Versuch vorzustellen habe, stattdessen fragte sie, ob er nicht etwas zu alt fürs Rugbyspielen sei. Er antwortete, dass er nun einmal kein anderes Alter zur Verfügung habe.

Sie hatten sich im Moksha im Frankfurter Nordend verabredet, das kannten sie beide, obwohl sie beteuerten, sich noch nie dort gesehen zu haben. Sie aßen etwas mit Curry. Sofort fiel ihr auf, dass seine Hände von enttäuschender Sauberkeit waren, trotzdem erzählte sie ihm von ihrem Vorhaben. Von Indien und ihren Mädchenvorstellungen von schlanken Männern in beigen Leinenanzügen, von Frauen in bunten Gewändern, von Menschen mit roten Punkten auf der Stirn, von braungescheckten Kühen, Straßenkindern, olivfarbenen Elefanten und marmornen Palästen. Dass sie vielleicht nur rauswollte, dass ihr die Decke in Frankfurt auf den Kopf fiel und sie es in der Wohnung, in der ihre Mom gestorben war, nicht mehr aushielt, sagte sie ihm nicht, stattdessen redete sie über Delhi, Mumbai und Kalkutta.

Als sie fertig war, fragte er sie nach ihrem Namen.

»Du zuerst«, antwortete sie.

»Tom«, sagte er.

Tom war okay. Mit einem, der Tom hieß, konnte man sich einiges vorstellen. Jetzt war sie an der Reihe:

»Sax.«

»Sax?«

»Sax, von Saxona.«

»Ein ungewöhnlicher Name.«

»Aber er ergibt Sinn, wenn du den Mädchennamen meiner Mutter kennst.«

»Und der lautet?«

»So weit sind wir noch nicht, den musst du dir erst noch erarbeiten«, sagte sie.

Die Idee, ihre Reise durch die Überführung und den Verkauf der Motorräder zu finanzieren, gefalle ihm, sagte er beim Abschied draußen auf der Straße. Obwohl er sich fragte, ob ein Inder den Wert zweier fünfundzwanzig Jahre alter Maschinen, für die es in seinem Land praktisch keine Ersatzteile gab, nicht einfach für einen Haufen Schrott halten würde.

Bevor sie sich trennten, küssten sie sich. Nicht ganz richtig, aber immerhin auf den Mund, so dass sie bemerkte, wie trocken seine Lippen waren.

* * *

»Hi, Sax.«

»…«

»Nein, kein Problem. Dann morgen zur gleichen Zeit. Was hast du denn vor?«

»...«

»Nein, ich möchte nicht neugierig sein.«

»...«

»Ein Witz, haha.«

»...«

»Ein Film über das Mumbai-Shooting? Den Überfall auf das Taj-Mahal-Hotel? Das ist wirklich witzig. Gestern haben wir uns noch darüber unterhalten.«

»...«

»Wie will man darüber einen Film drehen? Wird die Geiselnahme tänzerisch dargestellt, singen die Terroristen, während sie die Leute abknallen?«

»...«

»Ich mach mich nicht darüber lustig. Ich meine das ernst. Ich kann mir es eben nicht vorstellen.«

»...«

»Siebzehn Filme? Die Inder sind verrückt. Wieso braucht die Welt siebzehn Filme über diesen Mist? Wenn es ums Geld geht, kennen sie keine Skrupel. Wie bist du überhaupt an die Rolle gekommen?«

»...«

»Gestern Abend noch? An deiner Stelle wäre ich gerannt, wenn mich um diese Uhrzeit ein fremder Mann in Colaba angesprochen hätte. Er hätte alles mit dir machen können.«

»...«

»Nur weil sie klein sind, bedeutet das nicht, dass von ihnen keine Gefahr ausgeht. Ich habe noch nie gehört, dass Niedertracht mit Körpergröße korreliert. Hast du dir einen Ausweis zeigen lassen?«

»…«

»Eine Visitenkarte kann jeder drucken, und was soll das überhaupt heißen, *wir sind in Indien*? Auch in Indien gibt es Ausweise, *gerade* in Indien gibt es die.«

»…«

»Wie ist der Name seiner Agentur?«

»…«

»Nie gehört.«

»…«

»Zugegebenermaßen keine. Sag mir noch mal, wie sie heißt, ich schaue im Internet nach.«

»…«

»Dann eben nicht. Wann soll's denn losgehen?«

»…«

»Der Dreh.«

»…«

»Abends oder morgens?«

»…«

»Da ist es längst dunkel. Dreht ihr in Colaba oder in einem Studio?«

»…«

»Das wird die ganze Nacht dauern. Die Studios liegen im Norden. Von Colaba aus braucht ihr eine Stunde bis dorthin. Das passt mir gar nicht. Kann ich dich nicht wenigstens hinbringen? Ali und ich könnten dich um sieben am Hotel abholen.«

»…«

»Okay, es war nur ein Angebot.«

»…«

»Es war nur ein Angebot.«

»…«

»Wer ist der Star?«

»…«

»Na, der Star, Sharuk Khan, Amitabh Bachchan, Bollywoodfilme haben immer einen Star. Sie leben davon.«

»…«

»Die Filme *und* die Stars. Du solltest dich nach dem Star erkundigen. Ich werde nicht der Einzige sein, der dich danach fragt. Ohne einen Star ist der Film eine Billigproduktion, der internationale Durchbruch wird dir damit kaum gelingen.«

»…«

»Das war ein Witz, ich hatte ja noch einen gut. Ich freue mich jedenfalls, dass es mit dem Film noch geklappt hat, wenn auch mit einigen Umwegen.«

»…«

»Nein, es ist überhaupt kein Problem. Wir hatten noch nicht eingekauft. Vimala und ich wollten erst später auf den Markt, jetzt gehen wir eben morgen.«

»…«

»Uns wird schon was einfallen. Wir haben uns dreißig Jahre ohne dich durchgeschlagen. Wir sitzen vor dem Fernseher. Ali holt dich dann um acht am Hotel ab.«

»…«

»Nein, das macht ihm nichts. Das ist sein Job, ich bezahle ihn dafür. Bitte lass uns jetzt keine Grundsatzdiskussionen führen. Gib ihm fünfzig Rupien, wenn du unbedingt willst. Auf dem Weg passiert ihr das Haus von Freddy Mercurys Familie. Ich sag Ali, er soll es dir zeigen.«

»...«

»Freddy Mercury? Der Sänger von Queen.«

»...«

»Ah, wir sind in großer Witzform heute, was? Ich dachte schon, wir hätten ein Generationsproblem.«

»...«

»Überleg dir, ob du für den Rest deines Aufenthalts nicht doch bei uns wohnen möchtest. Ich würde mich sehr freuen, Vimala ebenfalls.«

»...«

»Hast du Tom von mir gegrüßt?«

»...«

»Jetzt ruf ihn doch mal an.«

»...«

»Auch wenn es mich *nichts* angeht. Nach allem, was vorgefallen ist, bist du ihm das schuldig – unabhängig von meiner Meinung.«

»...«

»Ja.«

»...«

»Okay.«

»...«

»Jetzt beruhig dich wieder.«

»...«

»Nein, deine Mutter bin ich nicht.«

»...«

⋆ ⋆ ⋆

Die Geschichte ihrer Mutter, oder besser gesagt, die Geschichte, die Sax gerne erzählte, wenn sie auf ihre Mutter angesprochen wurde, setzte sich aus unzähligen Schnipseln und Versatzstücken zusammen. Im Laufe der Jahre hatte sich Sax daraus ein Bild zusammengepuzzelt, das zu sehr Klischee war, um vollständig der Wahrheit entsprechen zu können. Der Beginn war wohl eine typische Ostküstenangelegenheit. Geboren wurde *Mom*, wie Sax sie zeitlebens nannte, in New Milford, einem Kaff zwischen Boston und New York. Der Vater Filialleiter einer Bank, die Mutter Hausfrau mit während der Schwangerschaft abgebrochenem Lehramtsstudium – immerhin literarisch ambitioniert. Ein Häuschen mit gepflegtem Vorgarten, in den jedes Mal, wenn Sax es sich vorstellte, ein Junge gerade von seinem Fahrrad aus eine zusammengerollte Zeitung schleuderte. In der Garage der knallrot polierte Dodge, auf dessen Rückbank ihre Mom im Alter von fünfzehn Jahren die Unschuld an George Weather verlieren sollte. George Weather war siebzehn oder achtzehn. Wie alle Jungen in seinem Alter musste er nicht lange gebeten werden. Natürlich kam er überpünktlich, ein Makel, den er allerdings durch eine immense Anzahl an Wiederholungen wettzumachen verstand. George war Quarterback des Highschool-Footballteams, ein durchtrainierter, muskelbepackter Athlet mit knackigem Hintern. Sax mehr zu berichten, hatte ihre Mutter nie für nötig gehalten. Doch so unwichtig George für sie auch gewesen sein mochte, während er an jenem Abend auf dem weißen Kunstleder des einundfünfziger

Dodge rackerte, schwitzte und stöhnte, öffnete er doch für Sax' Mom eine Tür, deren Schwelle in den nächsten fünf Jahren von so vielen Nachfolgern überschritten werden sollte, dass sie das Zählen aufgab.

Ohne es eigentlich zu wollen, ohne es mit einer Ideologie zu verbinden, ohne es einmal richtig zu bemerken, wurde ihre Mom im puritanischen New Milford so etwas wie eine Mitbegründerin der sexuellen Revolution. Eine jener ländlichen Keimzellen, aus deren Summe sich schließlich die Flower-Power-Bewegung formierte.

Weil ihre Mom so sein wollte wie die Mädchen aus dem Fernsehen, die ihr imponierten, verbrannte sie irgendwann ihre Büstenhalter. Darüber hinaus begann sie ihre Kleidung zu batiken und Joints zu rauchen. Da in diesen Beiträgen über ihre weiblichen Idole neben den mahnenden Stimmen der Sprecher auch Songs und Stücke von Janis Joplin, Judy Garland, Charlie Parker oder Steppenwolf zu hören waren, unterlegte Mom ihr Leben fortan mit deren Musik.

Trotz der Fluktuation ihrer Männer blieb sie stets wählerisch. Zumindest wurde sie zeitlebens nie müde, das vor Sax zu behaupten. Sven Parks wurde trotzdem ihr Liebhaber. Parks war bereits Anfang vierzig, verheiratet und in jenen Jahren mit den buschigsten Koteletten versehen, die sich denken ließen. Darüber hinaus war er Direktor der Milford-High. Mom erkor ihn zu ihrem ganz persönlichen Schlüssel in ein neues Leben, zu ihrer Eintrittskarte in die große Stadt. Obwohl Parks in keiner Sonntagsandacht fehlte, war er ein moralischer Schwächling, in Sachen Konsequenz ein Niemand, eine beruflich leidlich erfolgreiche Null. Ein leichtes Opfer also für eine siebzehnjährige Lolita mit der Attraktivität ihrer Mom. Während Parks sie also eines Morgens, vom lärmenden Treiben auf dem Gang nur durch eine neun Millimeter dicke Behelfstür aus Sperrholz getrennt, auf seinem Schreibtisch vögelte – die Schule wurde in diesen Tagen gerade renoviert –, fragte sie ihn, ob er ihr nicht ein Stipendium für die Buckingham Browne & Nichols School in Boston besorgen könne. Parks sagte »Ja«. Und ganz gleich, aus welchem Grund ihm dieses Ja entfuhr, es kam ihm laut und klar über die Lippen, ein wenig langgezogen vielleicht, aber gerade dadurch umso deutlicher vernehmbar. So deutlich, dass er mit diesem Ja Dutzende Schüler zu Ohrenzeugen einer Antwort machte, von deren vorangegangener Frage sie freilich nichts wussten. Die Heftigkeit der Park'schen Äußerung veranlasste einige besonders besorgte Kollegen dazu, mit ebensolcher Heftigkeit an die Tür zu klopfen, hinter der sich Parks und seine sich köstlich amüsierende Lolita verschanzt hatten, so dass dem Direktor nichts anderes übrigblieb, als seine Antwort noch einmal leise zu wiederholen, um Mom dadurch von ihrem angekündigten Vorhaben abzubringen, lediglich mit einem an einer ihrer hübschen Fesseln hängenden Slip bekleidet, schluchzend auf den Gang zu stürzen.

Kein halbes Jahr später war Mom, durchaus mit dem Einverständnis ihres Vaters, der sich wegen des Auftretens seiner Tochter langsam Gedanken um seinen Ruf machte, in einer Bostoner Abschlussklasse, 150 Meilen nördlich von New Milford, eingeschrieben, um dort ihr letztes Highschooljahr zu absolvieren. Ihr Zimmer teilte sie sich mit Betty Smith. Eine perfekte Symbiose: Betty tolerierte Moms Liebhaber, ohne sie zu verraten, und Mom versorgte die etwas schwergängige Betty mit Gras, das ihr Robert besorgte, weil sie es ihm besorgte. Betty profitierte darüber hinaus von Moms Hausaufgaben, die Mom leicht von der Hand gingen, und ab und zu riss Mom auf einer Party einen Kerl für Betty auf, weil Betty selbst in diesen Dingen recht unbedarft war. Im selben Sommer widerfuhr Mom eine Offenbarung. Sie reiste nach Woodstock, wo sie zum ersten Mal mit LSD in Berührung kam und in einem Zwei-Mann-Zelt ihren ersten Dreier zelebrierte, während draußen Sly & the Family Stone die Bühne betraten. Das vage Lebensgefühl, das sie noch einen Tag zuvor veranlasst hatte, sich von wildfremden Typen das Peace-Logo auf ihren Bauch schmieren zu lassen und *irgendwie* gegen Vietnam zu sein, wurde in Woodstock durch Jimi Hendrix zur Lebensphilosophie, der Hass gegen jegliche kriegerische Auseinandersetzungen zum privaten Programm. Mom wurde politisch. Sie begann Leserbriefe zu schreiben, die in angesehenen Tageszeitungen nie, in der Schülerzeitung nur recht sporadisch erschienen, was den Direktor allerdings nicht davon abhielt, Grandma und Grandpa in diesem Zusammenhang nach Boston zu zitieren, um ihnen im Falle einer weiteren ideologischen

Verfehlung ihrer Tochter mit deren Rausschmiss zu drohen. Mom bedeutete es nichts, Schülerin an der BB&N zu sein, genaugenommen hasste sie es sogar. Sie hasste ihre Lehrer, sie hasste ihre Mitschüler, deren Karrieren als Anwälte, Mediziner oder Manager bereits von ihren Eltern vorgezeichnet waren, den Direktor hasste sie sowieso. Was sie allerdings noch mehr hasste, war der Gedanke an eine Rückkehr ins kleinbürgerliche New Milford, das für sie damals den Inbegriff der Spießigkeit darstellte. So entschloss sie sich, ihr politisches Engagement auf das spätere Leben zu verschieben, machte ihren Abschluss magna cum laude und schrieb sich an der Boston University ein. Zunächst studierte sie Psychologie. Sie stellte es sich amüsant vor, am Kopfende einer Couch zu sitzen – auf der sich ohne Zweifel ihre ehemaligen Klassenkameraden abwechseln würden –, bedeutungsschwanger »ja« und »nein« zu murmeln und dabei für eine Autorität gehalten zu werden. Weil sie sich später immer häufiger selbst auf der Couch liegen gesehen hatte, wechselte Mom von der Psychologie zur Komparatistik, also den vergleichenden Literaturwissenschaften, und ging somit der Gefahr aus dem Weg, sich bei der Selbstanalyse näher zu kommen als gewollt. Da sich die Zweckgemeinschaft mit Betty bereits am College bewährt hatte, bezog man, nachdem Mom zwar nicht vollends zu sich selbst, dafür aber zum richtigen Fach gefunden hatte, gemeinsam ein Zimmer im Wohnheim auf dem Campus.

An der Uni war die sexuelle Revolution bereits zu

weit vorangeschritten, als dass Mom auch hier noch zu deren Pionierinnen gehört hätte. Die Mädchen ihres Alters nutzten inzwischen Möglichkeiten, von denen ihre Mütter nicht zu träumen gewagt hatten. Auch die meisten der Professoren spielten mit. In den Kreisen, in denen Mom verkehrte, war unschuldig eine Beleidigung, Treue ein Fremdwort. Es war chic, den Liebhaber mehrmals monatlich, wenn nicht gar wöchentlich zu wechseln, und die Pille ließ dies ohne größere Konsequenzen zu. Der Zufall bescherte Mom auf einer Tombola zugunsten vietnamesischer Kriegswaisen Milton Irving als Tischnachbarn. Die beiden kamen ins Gespräch. Milton erzählte ihr, dass er Theologie studierte. In Sax' Vorstellung war er Katholik. Mom hatte es, soweit Sax sich erinnern konnte, nie explizit gesagt, womöglich war er auch Puritaner. Ein Anhänger einer rigiden Glaubensrichtung jedenfalls. Ein Studium, das auf ein Zölibat oder etwas Ähnliches hinauslief. Einer, in dessen beschaulichem Leben eine wie Sax' Mom nicht vorgesehen war. Aber Milton Irving hatte Pech. Moms missionarischer Eifer war geweckt, und Mom war ein Monster. Sie brauchte keine zehn Minuten, bis sie Miltons moralische Werte aus den Angeln gehoben hatte. Bei Blue Velvet begann sie den Blickkontakt länger als schicklich zu halten, bei Dusty Springfield ließ er sich von ihr auf die Tanzfläche ziehen, bei Only You wurde Milton bewusst, dass sie Brüste hatte und diese gegen seinen Oberkörper drückte. Vierundzwanzig Stunden später ergab er sich ihr in ihrer Studentenbude, nach einem weiteren Tag machte er ihr einen Heiratsantrag. An diesem strahlenden Morgen des beginnenden Indian Summer hatte er es für eine gute Idee gehalten, Mom zu einer Rundfahrt auf dem Charles River einzuladen mit anschließendem Besuch der Cutty Sark, fünf Minuten entfernt vom Bunker Hill Memorial, an dem er ihr eröffnete, dass er sein Leben von nun an mit ihr teilen wolle, in guten wie in schlechten Zeiten, in ewiger Treue, bis dass der Tod sie scheide. Mom war von seiner Naivität so gerührt, dass sie glaubte, ihm ein paar kleine Tränen zu schulden. Milton wertete dies als ein klares Ja, und da in seiner Vorstellung ein sexuelles Vergehen mit der eigenen Verlobten vor Gott nur noch halb so schwer wog, gab er Mom einen saugenden Kuss und zog sie gleich einige Meter weiter in das angrenzende Hostel des YMCA, wo er am frühen Morgen in optimistischer Voraussicht bereits ein Zimmer gebucht hatte. In seiner Hitzigkeit hatte er jedoch nicht bedacht, dass sein Unternehmen bereits an der Rezeption scheitern musste, da der YMCA nun einmal Frauen keine Herberge bot, und zusammen mit einem christlichen jungen Mann im Doppelzimmer schon gar nicht. Den Vorschlag Moms, als Mann verkleidet einen zweiten Vorstoß wagen zu wollen, lehnte Milton ab. Mehr noch, er war so verwirrt, dass er sich in das nächstbeste Taxi setzte und sie einfach an Ort und Stelle stehenließ. Es war das letzte Mal, dass sie mit ihm sprach, denn wenn sie ihm in den nächsten Wochen auf dem Campus begegnete, wich er ihr aus, am Telefon ließ er sich verleugnen.

Einmal hatte Mom Miltons Mutter am Apparat, die Mom vorwarf, das Leben ihres Sohnes zerstört zu haben. »Ich habe es nicht zerstört, ich habe es gerettet«, antwortete Mom und legte auf. Das Kapitel Irving war erledigt.

Einige Wochen nach Milton geriet Mom an die Ruderer. Ein ehemaliger Mitschüler der BB&N hatte sie zu einer Siegesfeier des Harvard-Achters mit ins Bootshaus genommen. Noch am selben Abend wurde sie in der wunderbar modrig riechenden Bootshalle unter dem Festsaal zur Geliebten des Schlagmanns, binnen eines Winters schlief sie sich durch das gesamte Boot. Mom ging es großartig. Fortan sollte sie beschwören, dass Ruderer die besten Liebhaber überhaupt seien, insbesondere die Jungs, die die Steuerbord-Riemen bedienten. Mark Berger, der Bugmann des Bootes, verschaffte ihr einen Job beim Boston Globe, sein Vater war dort Leiter des Kulturressorts. Mom bekam die Aufgabe, einmal in der Woche ins Kino zu gehen und eine Kritik zu verfassen, das Popcorn setzte sie als Spesen ab. Nebenbei wechselte sie kurz darauf von Berger junior zu Berger senior, der ihr eine Praktikantinnenstelle beim Time magazine in New York beschaffte, wo wiederum Alfred, der stellvertretende Chefredakteur, sie in seine dünnen Intellektuellenarme schloss.

In New York gelang Mom so etwas wie der journalistische Durchbruch. Durch gezielte Recherche und Hinweise, die ihr noch im Archiv des Boston Globe untergekommen waren, gelang es ihr, einen hochrangigen Hexenjäger aus der McCarthy-Ära ausfindig zu machen und ihm eine jener berüchtigten schwarzen Listen abzujagen, auf der, neben vielen Unbekannten, auch die Namen einiger Filmschauspieler vermerkt waren, der bekannteste von ihnen Dalton Trumbo. Das Time magazine hatte eine gute Story, Hollywood einen kleinen Skandal und Mom eine Festanstellung. Ohne ihr Studium zu beenden, wechselte sie ins Ressort Politik, für das sie fortan als eine Art Stand-by-Reporterin die Brennpunkte der Welt bereiste. Nach einigen vergleichsweise ruhigen Jahren in Vietnam ging sie in den Nahen Osten und danach nach Europa. Ihren letzten Artikel für das Time magazine verfasste sie 1977 über Adolfo Suárez, den Sieger der ersten freien Wahlen in Spanien, dazu lieferte Mom auch das Titelfoto. Das erste und einzige Coverfoto ihres Lebens. Danach bekam ihre Karriere einen Knick. Mom wurde schwanger. Zwei Jahre veröffentlichte sie nichts mehr, und als hätte sie in ihrem Leben einen Schalter umlegen wollen, heiratete sie einen afroamerikanischen Diplomaten, der Ende 79 bei der Besetzung der Teheraner US-Botschaft in Gefangenschaft geriet. Nach seiner Freilassung wartete Mom so lange, bis er sich wieder einigermaßen beruhigt hatte, bevor sie die Scheidung beantragte und den USA den Rücken kehrte. Obwohl sie Deutschland zuvor nur einmal kurz bereist hatte, ließ sie sich dort nieder. Mom hatte den Glauben an die Vereinigten Staaten verloren. Ronald Reagan war jetzt an der Macht, und sie hatte das Gefühl, dass die USA den Rückwärtsgang eingelegt hatten. »Vielleicht war die Chefetage früher auch nicht besser«, sagte sie einmal zu Sax, »aber auf einmal zog die amerikanische Bevölkerung mit. Der Schauspieler Reagan hatte sie bei den Eiern gepackt, und plötzlich spielten sie verrückt. Denk an Clinton. Kannst du dir vorstellen, dass sie Kennedy wegen einer kleinen Praktikantin drangekriegt hätten? Er hat die Monroe gefickt, eine Ikone, und jeder, der nicht spätestens bei ihrem Ständchen zu seinem fünfundvierzigsten Geburtstag mitbekommen hatte, dass er sie gefickt hatte, war ein kompletter Idiot. Aber es war den Leuten damals egal. Sie sagten: Okay, der Typ macht gute Politik, er kann ficken, wen er will. Mom vertrat die These, dass dieser Rückschritt ein fortlaufender Prozess sei, und führte zum Beleg Reagans Iran-Contra-Affäre, die Wahl der beiden Bushs zu Präsidenten und besonders die Wiederwahl von Bush junior ins Feld.

Zusammen mit Sax zog Mom zuerst nach Köln, später nach Frankfurt. Sie arbeitete ehrenamtlich als Übersetzerin für Amnesty International und bekam eine Stelle bei der Frankfurter Rundschau, für die sie zuletzt Kino-, Konzert- und Theaterkritiken verfasste. Das Journal Frankfurt brachte sogar einmal eine Titelstory über Mom, in der ihre Zeiten beim Time magazine beleuchtet wurden.

Vor eineinhalb Jahren hatte Mom zum ersten Mal die Hautveränderung an ihrem rechten Oberarm entdeckt. Gesprochen hatte sie darüber nicht, stattdessen Creme daraufgeschmiert. Als sie endlich zum Arzt ging, war es zu spät. Obama hatte sie noch gewählt, aber nur kurz als Präsident erlebt. Die Wahlunterlagen hatte sie zum frühestmöglichen Zeitpunkt beantragt, um sicherzugehen, ihre Stimme nicht mit ins Grab zu nehmen.

* * *

Teheran. Fünfzig Dollar für die Bestechung des iranischen Grenzers, zehn für ihr Doppelzimmer in einem Hotel für Rucksackreisende, und das Geld war verbraucht. Zwei Nächte, Toilette und Dusche auf dem Flur inklusive – sie hatten sich übers Ohr hauen lassen. In der ansonsten auffallend sauberen Stadt war das Haus eine Schande, die Flecke an den Zimmerwänden nur im günstigsten Fall auf einen der letzten Regengüsse zurückzuführen. Im Gemeinschaftsraum herrschte dennoch beinahe ausgelassene Stimmung. Gegen Mittag waren neue Gäste in einem roten R4 ohne Windschutzscheibe vorgefahren. Deutsche, zwei Männer, zwei Frauen, alle um die zwanzig, wahrscheinlich Studenten. Mit verschränkten Beinen setzten sie sich jetzt erwartungsvoll um einen großen Korb auf dem Boden. Kishone und Amitabh forderten sie auf, sich zu ihnen zu setzen. Die Inder schienen ihnen offenbar interessant. Es sei genug zu essen, zu trinken und zu rauchen für alle da, sagten sie. Einer, der Udo hieß, spielte den Weihnachtsmann. Mit seinem roten Haar, den runden Bäckchen und dem zotteligen Bart war er dafür prädestiniert.

»Jetzt mach schon«, forderte ihn Peter auf. Ulrike und Monika entzündeten sich einen Joint und giggelten.

Udo fragte, ob Kiffen eine so gute Idee sei, Peter winkte ab. »In Teheran kein Problem«, meinte er, im Haus sei man ohnehin allein.

Während der Joint die Runde machte, gab der Korb seine Geheimnisse preis. Lauwarmes Bier, Fladenbrot und eine Dose Kaviar. »Beluga ist der beste Kaviar der Welt«, erklärte Peter. Er versuchte, den Eindruck eines Mannes zu vermitteln, der den größten Teil seines bisherigen Lebens damit verbracht hatte, nicht zu zögern.

Mit dem Brot wurde ohne Umwege in die Dose gelangt. Besteck gab es keines, nicht einmal ein Teelöffel war vorhanden. Der herunterfallende Kaviar fügte sich harmonisch in das Muster des Teppichs. Udo verteilte das Bier. Die Kronkorken flitschte er beim Flaschenöffnen mit dem Feuerzeug effektvoll durch den Raum. Ulrike begnügte sich mit trockenem Brot. Sie sei Vegetarierin. Ihre Erklärung betonte sie wie eine Anklageschrift, danach referierte sie ohne Überleitung minutenlang über die Vorteile selbstgeschroteten Korns. Da ihre Rede zwischen deutsch und englisch changierte, fragte Kishone, der ihr nicht recht folgen konnte, mehr höflich als interessiert, um was es gerade gehe. Amitabh nahm den dritten Zug am Joint in Folge.

»Na Korn«, rief Ulrike, »Korn, Roggen, Gerste …«

»Kümmel«, fiel ihr Peter ins Wort.

Monika, die bisher geschwiegen hatte, lachte am lautesten. Unter ihrem Mao-T-Shirt wackelten ihre Brüste. Die Gespräche faserten auf.

»Wo kommt ihr denn her?« Udo wandte sich an Amitabh.

»Pushkar, Indien«, sagte der und wurde gleich von Udo unterbrochen.

»Dann gehören euch die Motorräder auf dem Hof?« Das Thema der beiden für die nächsten Stunden war gefunden.

»Indien, toll, wir sind auf dem Weg dorthin«, sagte Monika, Kishone hatte es bereits geahnt. Der rote Punkt auf ihrer Stirn war ihm Hinweis genug gewesen.

»Der Iran ist reif!«, warf Peter ein.

Kishone vermutete, dass es jetzt politisch wurde. »Reif für was?«, fragte er.

»Reif für die Revolution«, antwortete Peter pathetisch, Afghanistan sei auch schon so weit.

Monika fuhr ihm mit der linken Hand zärtlich durchs ungekämmte Haar. »Peter liest zu viele Comics.« In ihrer rechten glühte der Joint.

»Peter weiß zumindest, wovon er redet«, sagte Peter.

Udo unterbrach seine Unterhaltung mit Amitabh, auch Ulrike wurde hellhörig. Wenn Peter in der dritten Person sprach, war Aufmerksamkeit geboten. »Wer ist das, Moni?«, fragte Peter und deutete mit seinem Kopf auf das Mao-Konterfei auf ihrem T-Shirt. Nur das Rauschen des Deckenventilators durchbrach die plötzlich eingetretene Stille.

Monika verdrehte die Augen. Sie gab sich Mühe, ihre Unsicherheit zu verbergen. Eingehüllt in die Schwaden ihres eigenen Rauchs, wirkte sie tatsächlich cool. »Micky Maus«, sagte sie.

Peter langte mit beiden Händen nach ihrem Kopf, als wollte er ihn abreißen, und gab ihr einen Kuss. Bei

Monikas Versuch, sich Peters Zärtlichkeit quiekend zu entziehen, wackelte Mao, als habe er Parkinson.

Udo lächelte und wandte sich wieder an Amitabh. Ulrike griff, bevor er ein Loch in den Teppich brennen konnte, nach dem Joint, der Monika bei Peters Attacke aus der Hand gefallen war. Peter blieb beim Thema. Ohne großes Federlesen nannte er die von ihm ausgemachten Brennpunkte des Planeten. Von Mao kam er über Breschnew zu Arafat, von dem über Nixon auf Ford und Jimmy Carter. Letzteren nannte er »den großen Erdnussfarmer«.

»Das hat er aus dem Yps-Heft«, erklärte Monika.

Kishone verstand nichts, diesmal erfolgte keine Maßregelung.

»Der Casus Lorenz wird nicht der einzige seiner Art bleiben«, sagte Peter, jetzt hielt er den Joint. »Du redest eine einzige Scheiße«, antwortete Udo, ohne sich von Amitabh abzuwenden. Udo war aggressiver und gewitzter, als es sein harmloses Äußeres vermuten ließ.

Ulrike klatschte Beifall. Unklar blieb, welchen der Kombattanten sie unterstützte. Peter begann, an seinem Bier lutschend, zu schmollen. Schnell schlug das eintretende Schweigen auf die Stimmung. Kishone versuchte, die Situation mit Reiseanekdoten zu retten, erzählte in einem einzigen Atemzug, dass ihm die großen Straßen und der Rechtsverkehr zu schaffen machten, während ihm die üppigen Bepflanzungen und die Monumente in den Verkehrskreiseln gefielen. Als das allgemeine Desinteresse zu offensichtlich wurde, gab er auf. Peter sagte, er sei müde, verschloss den Kaviar und verstaute ihn wieder im Korb. Im Aufbruch drückte Udo Amitabh gönnerhaft einen grünen Geldschein in die Hand.

»Da haben wir die Europäer«, sagte Kishone, als er mit Amitabh wieder alleine war.

»Das waren die Deutschen. Ich hoffe, Europa hat mehr zu bieten«, antwortete Amitabh.

»Die Fischeier waren zu salzig«, sagte Kishone.

»Und das Bier zu warm.« Beide lachten.

»Was machen wir jetzt?«

»Ich hoffe, ihre zwanzig Deutschmark sind echter als ihr Kaviar.« Amitabh hielt den Schein gegen das geöffnete Fenster.

»Beluga«, sagte Kishone.

Zwanzig Mark waren eine Menge Geld. Trotz des mit dem Devisentausch auf der Straße verbundenen Reibungsverlusts ausreichend für zwei warme Gerichte, ein Fladenbrot, eine Portion Homus, eine Dose Bohnen, einen Vorratskanister Trinkwasser, einen Liter Motoröl, zwanzig Liter Benzin, eine neue Hose für Kishone und ein orangefarbenes medizinisches Wörterbuch in deutscher Sprache mit dem Titel Pschyrembel, das Amitabh an einem Stand für gebrauchte Bücher entdeckte. Noch bevor auf dem Basar die Lichter eingeschaltet wurden, waren ihre Finanzen wieder auf null. Kishone hatte manchmal versucht, sich mit der Gestalt der Armut auseinanderzusetzen. Meistens hatte er dabei in seinem Bett gelegen oder in einer

Fensternische, von der aus er das Treiben in den Gassen von Pushkar beobachten konnte. Mehr als einmal hatte er als Konsequenz seiner Überlegungen die Zigeuner, die er für arm hielt, am See oder am Stadtrand besucht und ihnen Lebensmittel mitgebracht. Zum Dank ließen sie ihn abends bei sich am Feuer sitzen und erlaubten ihm, sie zu fotografieren. Kishone bewunderte die Kleidung und den üppigen Schmuck der älteren Frauen ebenso wie die Schönheit der Mädchen. Er mochte, wie sie tanzten. Dass ein großer Teil ihres Verhaltens Touristenfolklore darstellte, störte ihn nicht. Bis jetzt hatte Armut für ihn immer auch eine romantische Komponente besessen.

Kishone starrte auf Amitabh, der blätterte in seinem Pschyrembel. Noch immer waren sie auf dem Basar, ihre Einkäufe führten sie in Plastiktüten mit sich. Aus einer Seitengasse brachten drei Männer einen um die Schnauze bereits reichlich ergrauten Bären in Tutu und Jäckchen heran.

»Palwasha is scheenste Bärin auf Welt«, verkündete der Mann, der den Bären führte, auf jiddisch.

Kishone brachte seine Kamera in Stellung. Um besser hantieren zu können, gab er seine Plastiktüten Amitabh. Unter den Klängen einer Trommel und einer Klarinette begann Palwasha ungelenk von einer Pfote auf die andere zu tapsen. Durch ihre Nase zog sich ein Ring, und die schwere Kette, die das Tier im Zaum halten sollte, behinderte die rhythmischen Bewegungen seines Kopfes. Auf der am Hals durchscheinenden Haut schimmerten rote, entzündete Stellen. Trotzdem lockte Palwasha die Kinder herbei. Binnen einer Minute zog sie eine verzückte Menge in ihren Bann. Mädchen bemühten sich, den schaukelnden Gang zu imitieren, Jungen zauberten ihren Vätern ein stolzes Lächeln ins bärtige Gesicht, indem sie der Bärin Schläge auf das Hinterteil versetzten. Palwasha blieb stoisch bei ihrem andressierten Verhalten. Jahre hatte sie Zeit gehabt, sich mit ihrem Elend zu arrangieren, sie würde selbst ohne ihre Peiniger weitertanzen. Auch Kishones Blitzlicht ließ sie ungerührt.

»Wir brauchen Geld«, sagte Amitabh. Jetzt verfolgte auch er Palwashas Aufführung. »Die Gelegenheit ist günstig.« Mit dem Pschyrembel in der rechten Hand deutete er auf einen Stapel Pappkartons.

»Polaroidkameras«, sagte Kishone.

»Und die Filme gleich dazu. Der Besitzer ist abgelenkt.«

Noch bevor Kishone richtig verstand, verstaute Amitabh den Pschyrembel in einer der Tüten, rückte näher an den Stand heran, nahm sich einen Karton vom Stapel und schob ihn unter sein Hemd. Mit einem halben Dutzend Filme verfuhr er ebenso. Wahrscheinlich wäre alles gutgegangen, wenn Kishone in diesem Moment zusammen mit dem Freund im Treiben des Basars abgetaucht wäre, vielleicht hätte die Sache auch funktioniert, wenn er sich einen geeigneteren Augenblick ausgesucht hätte. So aber kam alles zusammen. Während der Trommler auf seiner Trommel wirbelte, trug dessen Kollege, der eben noch die Klarinette gespielt hatte, einen großen, wie eine Weltkugel bemalten Ball zu Palwasha, was den Besitzer der Polaroids dazu veranlasste, sich wieder seinem Stand zuzuwenden, um einen der neuen Fotoapparate zu testen. Seinen Kindern würden die Bilder der Balett tanzenden Bärin gefallen, eine gute Gelegenheit, das Fabelprodukt aus Amerika auszuprobieren, das bereits seit Wochen Träume von einer glänzenden Zukunft mit Eigenheim und Wohlstand befeuerte, obwohl es gerade an diesem Morgen erst geliefert worden war.

Kishone fühlte sich ertappt. Zunächst unnötigerweise, da er in dem Augenblick, in dem er ins Blickfeld des Händlers rückte, weder eine Kamera noch einen Film überhaupt angerührt hatte. In diesem Moment hätte er die Wahl gehabt, sich anders zu entscheiden, doch einem Impuls folgend beschloss er, die Sache durchzuziehen.

»Es tut mir leid«, stammelte er, schnappte sich einen Karton und rannte davon. Der verdutzte Händler brauchte eine Sekunde, um zu realisieren, dass ihm eines seiner technischen Wunderdinger geraubt wurde, eine weitere, um mit einem Schrei auf das Verbrechen aufmerksam zu machen. Damit erschreckte er den Bärendompteur jedoch derart, dass dieser reflexartig an Palwashas Kette zerrte, was dazu führte, dass die Bärin aus dem Gleichgewicht geriet, von der Kugel rutschte und, kurz aufbrüllend, auf ihren Hintern plumpste.

Es folgte ein Moment der Stille. Die Trommel verstummte, die Klarinette hatte ohnehin noch nicht wieder eingesetzt. Verängstigt vergruben die Kinder ihre

Gesichter in den Röcken ihrer Mütter. Einige Männer griffen nach ihren Waffen, doch die meisten Erwachsenen verharrten mit aufgerissenen Mündern, bis sie die nächste lautstarke Unmutsäußerung Palwashas aus ihrer Lethargie riss. Chaos von jetzt auf gleich. Ein Schuss krachte, die Menschen stoben schreiend nach allen Seiten auseinander. Polizisten kamen mit Knüppeln aus den Gassen herangeeilt, einer versuchte vergeblich sein Glück auf einer Motocrossmaschine.

»Meine Polaroids!« Mit fahrigen Bewegungen seiner Arme wies der Händler in Richtung Kishone. Uniformierte und Zivilisten hasteten los. Und noch immer brüllte Palwasha.

Kishone rannte, was das Zeug hielt, den Pappkarton mit beiden Händen an seine Brust gepresst, die Canon an ihrem Band um seinen Hals. Mit seiner Hüfte stieß er gegen eine mit Früchten beladene Karre, und mehrmals schlugen ihm die messingfarbenen Pfannen, die am Dach eines Standes befestigt waren, gegen den Kopf. Ein Mann erwischte ihn am Arm. Als sich Kishone aus dem Griff befreite, rissen die verschorften Sturzverletzungen wieder auf, Blut trat aus der Wunde. Das würde Palwasha erst recht in Aufruhr versetzen. Verhielt es sich mit Bären nicht ähnlich wie mit Haien?, dachte er, liebten nicht alle Jäger dieser Welt den Geruch von Blut und noch mehr dessen Geschmack? Der Händler war ein guter Sprinter. Keine Spur von Amitabh. Vielleicht sollte ich einfach stehen bleiben, dachte Kishone, das ist die Sache nicht wert.

Ein schnurrbärtiger Schneider, der in einer Nische

des Basars seiner Arbeit nachging, beendete Kishones Gedankengänge jäh und auf schmerzhafte Weise. Als der Handwerker, aufgeschreckt durch den sich nähernden Tumult, von seiner Nähmaschine aufblickte und den fliehenden Inder in Richtung seines Ladens hasten sah, sprang er hinter seinem Arbeitstisch hervor, schnappte sich ein Bügeleisen und versetzte damit Kishone einen Schlag, der diesen das Bewusstsein verlieren ließ. Unmittelbar bevor ihm das Bügeleisen auf die Stirn schlug, las Kishone darauf die schwarz wie eine Prophezeiung auf ihn zu rasenden Buchstaben. AEG.

* * *

Es ist interessant mitzuerleben, wenn in Bollywood ein Film produziert wird. Für unseren sind von Drehbeginn bis zum Kinostart lediglich drei Monate vorgesehen. Zwei Wochen später schon startet der Verkauf der DVD, einen weiteren Monat danach ist die Sache vergessen – sofern nicht unerwartet ein Erfolg dazwischenkommt. In Mumbai werden keine Illusionen für die Ewigkeit gemacht.

Der Film erzählt die Geschichte des Colaba-Massakers vom 26. November 2008. Terroristen griffen damals das alte Zentrum von Mumbai von einem Boot aus an. Sie besetzten mehrere Gebäude, darunter das Taj-Mahal-Luxushotel, nahmen Geiseln und erschossen 160 Menschen zumeist wahllos. Heute würden etwaigen Angreifern schwere Stahlverschläge in den

Straßen, vor der Küste patrouillierende Polizeiboote und bewaffnete Militärposten den Weg versperren. Die Vorstellung, als Unbeteiligter in die Schusslinie zu geraten, hat etwas Bedrückendes.

Ich stelle im Film eine Touristin dar, die nach einer Explosion von Soldaten in Sicherheit gebracht wird. Neben mir wurden für diesen Job Paul und Magda – zwei deutsche Backpacker – und zwei Bollywoodsternchen engagiert. Die Sternchen sind unvorstellbar, jedes seine eigene Karikatur. Das eine, eine recht hellhäutige Marokkanerin, macht auf Diva, hat an allem etwas auszusetzen. Mehrmals fällt sie während der nächtlichen Dreharbeiten, seufzend und mit der Hand vor der Stirn, in eine kleine Ohnmacht. Die andere, ein jung gebliebenes Mädchen um die 35, ist von außen wie innen blond. Als gebürtige Rumänin lebt sie heute in der Schweiz, wenn sie nicht gerade in Mumbai einen Film dreht. Gleich zu Beginn unterhält sie uns – ohne dass sie darum gebeten worden wäre – mit Fotos und kleinen Filmchen auf ihrem Mobiltelefon, die sie zusammen mit irgendwelchen Bollywoodgrößen zeigen. Sie macht auf Pamela Anderson, hat riesige, offensichtlich falsche Brüste und ein schiefes Gesicht, das von einer missglückten Schönheitsoperation oder einer Erkrankung herrühren könnte.

Am Set glaubt sie, einen berühmten Schauspieler zu entdecken. Sie nötigt ihm einige Schnappschüsse ab. Als sie erfährt, dass es sich bei dem Mann nur um die Besetzung einer kleinen Sprechrolle handelt, kann sie ihre Enttäuschung kaum verbergen. Kurz scheint sie zu überlegen, ob sie die gemachten Bilder gleich vor seinen Augen wieder löschen soll. Letztendlich entscheidet sie sich aber doch dagegen. Unsere Arbeit besteht ansonsten vor allem aus Warten. Gesüßter Tee wird gereicht, Bier für die Statisten ist nicht aufzutreiben, nicht mal eins. Kurz nach fünf am Morgen sind wir endlich dran. Unsere Einstellung ist nach fünfzehn Minuten im Kasten. Im späteren Film könnten wir drei Sekunden zu sehen sein, falls die Szene nicht ganz herausgeschnitten wird. Auf der Rückfahrt unterhalte ich mich mit Paul und Magda über ihren Indienaufenthalt. Zu Pauls sichtbarem Missfallen betont Magda gleich mehrmals, dass sie kein Pärchen seien. Bevor sie nach Mumbai reisten, waren sie zwei Wochen in Goa. Paul gibt mir den Rat, vor dem Opiumkonsum auf den Verzehr von Zitrusfrüchten zu verzichten.

»Das Ende unseres Telefonats gestern tut mir leid, Kishone.«

»Es ist okay, Saxona.«

»Nein, wirklich, ich hätte nicht so mit dir sprechen dürfen. Entschuldige.«

»Vergessen. Hat dir Ali das Haus der Familie von Freddy Mercury gezeigt?«

»Nein.«

»Warum hast du ihn nicht danach gefragt?«

»Ich habe ihn gefragt. Er kannte Freddy Mercury nicht. Hier wohnst du also.«

»Hier wohne ich, wenn ich in Indien bin.«

»Schön.«

»Ich selbst finde die Wohnung etwas unpersönlich. Ich bin nicht allzu oft hier. Die gerahmten Bilder an den Wänden stammen aus einem Touristeninformationsbüro.«

»Mir gefallen sie trotzdem.«

»Mir auch. Dennoch etwas erbärmlich für einen Fotografen.«

»Sei nicht so kritisch mit dir. Wo steckt Vimala?«

»Sie war für heute Abend bei Bekannten eingeladen. Bei unserem Gespräch gestern hatte ich das vergessen. Ali hat sie hingefahren, bevor er dich abgeholt hat.«

»Schade, ich hätte sie gern kennengelernt. Ist sie nicht hier, weil ich zu Besuch bin?«

»Nein. Nein, wo denkst du hin? Wirklich nicht.«

»Liebst du sie?«

»Was?«

»Ob du sie liebst?«

»Vimala?«

»Ja.«

»Entschuldige, Sax, aber du bist so … so übergangslos.«

»Die Frage kam mir gerade in den Sinn.«

»Ja. Ich würde sagen, ich liebe sie.«

»Du würdest sagen?«

»Nein. Ich sage. Ich liebe sie.«

»Aber es war eine arrangierte Heirat.«

»Ja.«

»Als du sie kennenlerntest, wusstest du bereits, dass ihr Mann und Frau werden würdet.«

»Ich ging davon aus. Ich hatte nichts dagegen. Ich

kannte ihr Gesicht von Bildern, wir haben uns Briefe geschrieben.«

»Wie romantisch!«

»Obwohl du dich eben noch entschuldigt hast, habe ich bei dir nichts gut, was?«

»Nein, entschuldige, ich meinte das ernst, wirklich. Eine Frau ausschließlich von Fotos zu kennen, ihr Briefe zu schreiben und sich dann in sie zu verlieben, das hat doch wirklich etwas Romantisches. Ich kann sämtliche Liebesbriefe, die mir in meinem ganzen Leben geschrieben wurden, an einer Hand abzählen.«

»Du hast mich gefragt, ob ich Vimala liebe, nicht, ob ich in sie verliebt gewesen sei.«

»Warst du nicht?«

»Ich bin mir nicht sicher. Zwischen Liebe und Verliebtsein gibt es einen großen Unterschied. Aber wir unterhalten uns wie Teenager. Eine arrangierte Hochzeit ist jedenfalls nicht das Schlechteste. Die Familien mögen sich, das Drumherum stimmt. Nach zehn Jahren Ehe überwiegen die Vorteile.«

»Ich nehme das mit dem Romantischen zurück.«

»Lass uns noch einmal über deine Mutter sprechen.«

»Und du behauptest, ich springe übergangslos in meinen Themen.«

»Für mich ist der Sprung hier nicht allzu groß.«

»Von einer arrangierten Hochzeit zu meiner Mom?«

»Zwischen unserem Teenagerthema und deiner Mom.«

»Oh.«

»Deine Mom dachte sehr politisch.«

»Das brachte ihr Job mit sich. Und ihre Intelligenz.«

»Wie steht's mit dir?«

»Mit meiner Intelligenz? Ich vertrete in etwa Moms Auffassungen, die Politik der USA berührt mich emotional aber nicht ganz so wie sie. Ich habe nur kurz dort gelebt. In Deutschland ist es mit Moms und meinen politischen Ansichten in letzter Zeit etwas frustrierend.«

»Du bist also Amerikanerin?«

»Halbamerikanerin, ich besitze auch die deutsche Staatsangehörigkeit. Reden wir jetzt über Mom, über Politik oder über mich?«

* * *

Wie viele verschiedene Füße gibt es doch zu unterscheiden. Kleine Füße, große Füße, schlanke Füße, geschwollene Füße, Füße, an denen die Schwielen kleben wie Schwarten an einem Schinken. Saubere und schmutzige Füße. Füße mit langen Nägeln, Füße mit kurzen, gepflegten, manchmal lackierten Nägeln. Füße, deren Zehen Ringe zieren oder aber behaart sind wie der Körper einer fetten Spinne, Füße mit Fersen so rissig, dass in den klaffenden Spalten eine halbe Rupie verschwinden könnte. Füße in Sandalen, Füße in Halbschuhen oder Stiefeln.

Füße zählt die Welt in etwa doppelt so viele wie Gesichter. Ein oftmals vernachlässigter Gedanke, wenn einer nicht gerade auf dem Boden liegt und die Welt aus der Fußperspektive betrachtet.

Die Füße des Mannes, dessen Hand Kishones Nacken wie ein Schraubstock umspannte, steckten in Turnschuhen aus dem Westen. Gutes Leder. Weiß mit blauen Streifen, das Profil der Sohle gebildet aus dem Firmenlogo, der dreigeteilten Blume, die auch ohne großen Phantasieeinsatz aussah wie ein Cannabisblatt. Adidas Rom – ein beliebtes Modell bei iranischen Staatssicherheitsangestellten.

»Wer bist du? Woher kommst du? Wer hat dich geschickt?« Fragen aus den Ausbildungsunterlagen. Er war noch nicht lange Geheimpolizist. Ein Rookie, die Schuhe die erste Anschaffung vom hier verdienten Geld. Kishone glaubte, dass ihm Wasser über den Kopf geschüttet worden sei. Der Geheimpolizist erlaubte, dass er nach der feuchten Stelle griff. Auf das Naheliegendste kam Kishone spät. Während er seine rote Hand betrachtete, vermutete er, das Blut stamme aus der Verletzung seines Arms. Im brummenden Schädel krochen die Gedanken im Stop-and-go. Erst als sich eine Frau zu ihm hinunterbeugte, um ihm ein Tuch zu reichen, realisierte er, was geschehen war. Er richtete sich auf, blickte herum. Der Geheimpolizist hielt ihn an den Schultern. In einiger Entfernung trottete Palwasha mit ihren Begleitern vorbei. Den Verdienstausfall würden sie wieder reinholen. Schon suchten sie nach einem geeigneten Platz für die nächste Vorführung. Vielleicht noch zehn an diesem Tag, der Abend war jung. Kishone wollte aufstehen. Der Polizist unterband es. Kishones Versuch, ihn zur Seite zu schieben, misslang. Die finsteren Mienen der Männer, die ihn umzingelten, ließen ebenso wenig Gutes erahnen wie die Dinge, die sie mit sich führten. Knüppel, Steine, Messer, Alltagsgegenstände, die in ihren Händen zu Waffen wurden. Teighölzer, Luftpumpen, Taschenlampen und das Bügeleisen, an dem ein Büschel schwarzes Haar klebte. Neben Kishone auf dem Boden lag die Polaroid in ihrer verbeulten Schachtel. Die Canon hing noch immer um seinen Hals. An ihrem Gehäuse waren einige kleine Kratzer hinzugekommen, die ihr allerdings gut zu Gesicht standen. Der Besitzer der Sofortbildkamera stellte schweratmend eine Frage. Kishone, der nicht verstand, blickte in die Runde. Die Augen der Umherstehenden verweigerten jede Hilfeleistung. Auch der schmerzhafte Versuch eines Lächelns – das Bügeleisen hatte ihm unter anderem die Unterlippe aufgerissen – stimmte sie nicht milder. Der Händler redete noch immer auf ihn ein, der Ton nun deutlich drohend. »Wow, und wir sind nicht einmal ansatzweise in Europa«, sagte Kishone auf Hindi, was die Sprachverwirrung komplettierte. Am Hemdkragen zog ihn der Geheimpolizist hoch. Von allen Seiten schob sich die menschliche Mauer auf ihn zu. Dicht an dicht drängten sich die Schaulustigen und nicht nur die. Dreihundertsechzig Grad verdichteter Wut und Sensationsgier ließen zwischen ihren Körpern keinen Platz für Gnade.

»Stopp«, schrie Kishone, das mussten sie doch verstehen, die Perser, die perversen. Hatte er das Wort nicht auf einem ihrer Verkehrsschilder gesehen? »Stop« in Weiß auf Rot und auf Englisch und somit international? Doch Kishones »Stopp« stoppte sie keineswegs. Jetzt wandte sich auch noch der Polizist von ihm ab. Die Exekutive, wenn auch nur die geheime, überließ ihn dem gerechten Volkszorn. Dem Mob zum Abschuss freigegeben. Kishone, der eben noch viel darum gegeben hätte, aufrecht auf seinen zwei Beinen zu stehen, zog seinen Kopf zwischen die Schultern und sackte in die Knie. Mit zusammengekniffenen Augen erwartete er das Unvermeidliche. Das Unerwartete realisierte er erst, als er das zu üppig aufgetragene Eau Sauvage schnupperte. Als die Schläge ausblieben und Kishone blinzelte, sah er drei Männer in dunklen Anzügen, die mit kleinen automatischen Pistolen die Menge in Schach hielten.

»Bond, bam bam«, rief der größte und schlankste von ihnen. Die Frage nach ihrem Vorbild war geklärt, einer seiner Begleiter lachte, als wäre ihm die Assoziation zu James Bond neu. Der andere, ein Farbiger mit schweren Koteletten, bückte sich, noch immer die Pistole in der Vorhalte, nach dem Polaroidkarton. Wieder aufgerichtet, präsentierte er ihn den Umherstehenden am ausgestreckten Arm wie Shaft im Film seine Dienstmarke.

»Ich verlange Aufklärung«, forderte er mit fester Stimme. Der Mann verdankte seine Autorität nicht ausschließlich seiner Waffe. Das Schuljungengekicher seiner Kumpel missfiel ihm. »Gentlemen, bitte«, ermahnte er sie, sein Akzent erinnerte tatsächlich mehr an Shaft als an Sean Connery. Die anderen wurden ernst. »Aufklärung«, wiederholte er. Der Händler deutete zuerst auf sich, dann auf die Polaroid. Vielleicht handelte er aus einem Reflex heraus, vielleicht hatte er Shaft tatsächlich verstanden. Aus der Menge rief einer einen Satz wie eine Parole. Einige Männer reagierten laut und unisono mit einem kurzen Wort. Die durch das Erscheinen der Amerikaner hervorgerufene Konfusion wich aggressiver Übereinstimmung. Sofort war die Stimmung wieder kritisch. Die Amerikaner signalisierten grimmige Entschlossenheit. Schulter an Schulter, die Rücken einander zugewandt, schützten sie Kishone im Dreieck ihrer Körper. Doch ihre Waffen hatten an Drohpotential verloren. Der große Schlanke fummelte mit der linken Hand ungeschickt einige Dollarnoten aus seiner Brieftasche. So wie er schwitzte Bond selten. Eindruck schindete er damit bei den Iranern wenig.

»US-Diplomat«, sagte Shaft. Er bemühte sich um einen sachlichen Ton. Den Aufmerksamsten verriet das schwache Zittern seiner Stimme die wahre Gefühlslage.

Eine neuerlich aus der Menge laut gebrüllte Parole erntete ihr Echo jetzt aus Dutzenden Kehlen. Die Geldscheine segelten wie Blätter zu Boden. Ein Kind bückte sich danach. Ein Mutiger schlug dem Schlanken die Pistole aus der Hand. Sein Kumpel reagierte wie nach dem Bond-Witz, diesmal war seinem Lachen eine irre Komponente beigemischt.

»US-Diplomat«, versuchte es Shaft mit dahinwelkender Souveränität. Überzeugender wirkte da schon der Schuss, den er in die Luft abgab. Aber erst der dumpfe Knall einer weiteren Waffe versetzte die Menge in Bewegung. Der Mob stob auseinander. Als sich die Konfusion gelegt hatte, ließ der Geheimpolizist seine Pistole wieder in seiner Jacke verschwinden. Offensichtlich ein schweres Kaliber. Auch auf Hochzeiten, Begräbnissen und anderen Zusammenkünften könnte er hiermit für Furore sorgen, womöglich war er doch bereits länger im Geschäft als vermutet. Jetzt hielt *er* die Polaroid in der Hand.

»Sie können die Kamera behalten, Sie haben sie teuer genug bezahlt«, sagte er, als er sie Kishone überreichte.

Auch die Amerikaner steckten ihre Waffen ein. Wieder ganz Bond, klopften sie sich den letzten Staub von ihren Anzügen. Schnell verschwinden, lautete das Gebot des Augenblicks, darüber war man sich einig. Fünf Gehminuten entfernt wartete ein Buick auf sie, den ein auf dem Heck angebrachter Aufkleber als Diplomatenfahrzeug auswies. Shaft bestieg den Wagen auf der Fahrerseite, den Platz neben ihm besetzte der Polizist. Im geräumigen Fond nahmen der Schlanke und sein Kumpel Kishone in ihre Mitte. Es folgte die allgemeine Vorstellung.

»Abbas«, sagte der Polizist. Er drehte sich nach hinten, um Kishone die Hand zu reichen.

Den Amerikanern war Abbas kein Unbekannter. Sie hatten schon häufiger das Vergnügen gehabt. Shaft hieß mit Nachnamen Gable, sein wahrer Vorname lautete John. Die beiden, die Kishone flankierten, nannten sich Waldorf und Statler. Abbas amüsierte das. Er wusste, was im Westen gespielt wurde. Kishone hingegen entging der Witz, seinen Namen nannte er als Letzter.

Die Anspannung wich allgemeiner Erleichterung. Gable schob eine Kassette in den Recorder. Mick Jagger sang vom Teufel in Sankt Petersburg. Beim Refrain setzten Waldorf und Statler ein. Singend rauschten sie durch die Teheraner Nacht. Um diese Zeit floss der Verkehr weniger chaotisch als bei Tag. In einigen der gepflegten Blumenbeete waren Gärtner, bestrahlt von den Scheinwerfern ihrer Pick-ups, noch immer bei der Arbeit. Amerikanische Straßenkreuzer trieben wie Schiffe vorbei, ohne Hast, dazwischen, hitziger, Militärpatrouillen in Geländewagen. Aus dem Fenster einer vor ihnen fahrenden Limousine flog eine Zigarette. Die Glut zog eine Spur wie Leuchtmunition durch die Dunkelheit. Waldorf und Statler mussten pinkeln. Gable bat sie einzuhalten, man habe es nicht mehr weit. Doch ein Aufschub kam nicht in Frage, da waren sie sich einig. Noch immer forderte das Adrenalin seinen Tribut. Gable stoppte den Wagen an einem kleinen Park. In dem Augenblick, in dem sich Waldorf und Statler in die Büsche schlugen, erklang aus Lautsprechern das Gebet eines Muezzins.

Eine Viertelstunde später erreichten sie ihr Ziel. Das Rauschen der großen Stadt war jetzt schwach wie eine belanglose Erinnerung im gepflegten Park einer Villa. So ein Anwesen hatte Kishone noch nie betreten. An ihren Leinen blafften zwei Dobermänner. Hinter der Mauer, die den Park umgab, antworteten ihnen freie

Straßenköter. Kies knirschte unter ihren Schritten, wie er eben noch unter den Reifen des Buicks geknirscht hatte. Ein Geräusch, das den Luxussinnen schmeichelte. Vor der großen Tür brannten Fackeln mit rußiger Flamme.

»Lassen wir die Puppen tanzen«, sagte Waldorf und rieb sich in Vorfreude die Hände. Vielleicht war es auch Statler. Kishone konnte sie nur schwer auseinanderhalten, und irgendetwas sagte ihm, dass das jetzt auch keine Rolle mehr spielte.

Im Inneren des Hauses verloren sich die Gäste. Die Party war kein voller Erfolg. Ihr Zentrum bildete ein mit teuren Teppichen ausgelegter Raum. Neben Wasserpfeife wurde auch anderes geraucht, in der Luft schwebte schwerer, süßer Geruch. Abbas flüsterte Gable etwas ins Ohr. Der hob immer wieder, wie zur Beschwichtigung, die Hände oder versuchte, den Perser freundschaftlich am Arm zu berühren. Abbas war aufgebracht. Immer wieder aufs Neue musste er sich mäßigen, dämpfte er seine Stimme. Auch hier liefen die Stones. Keine Spur mehr von Waldorf und Statler, Kishone vermisste sie nicht. Niemand hinderte ihn daran, sich in der Villa frei zu bewegen. In der Küche bekam er ein Budweiser in die Hand gedrückt. Ihm imponierte das Gebäude. Einige Teile des Hauses und der Einrichtung schienen offiziellen Zwecken zu dienen – vielleicht war es ein Konsulat oder eine Botschaft –, andere wirkten eher privat. Kishone wunderte sich, dass sämtliche Kacheln des Gartenswimmingpools auf Höhe der Wasseroberfläche das Indische

Sonnenrad zierte. Er hatte vermutet, dass außerhalb seiner Heimat das Symbol mittlerweile einen Großteil seiner Sympathien eingebüßt habe. Auf dem Wasser selbst trieben Luftballons mit dem Logo des von Abbas bevorzugten Sportartikelherstellers zwischen Plastikstühlen und Essensresten umher. In einer Ecke des Pools knutschte ein nacktes Pärchen. Waldorf – vielleicht war es auch Statler – legte Kishone von hinten eine Hand auf die Schulter. Im unauffälligen Erscheinen war er ebenso geschickt wie im Verschwinden. Mit freundschaftlicher Penetranz zog er Kishone zurück in die Villa. Abbas und Gable lieferten sich inzwischen einen lautstarken Disput. Gable gab noch immer den Beschwichtiger. Die beiden wirkten eingespielt wie ein Ehepaar.

Statler – Waldorf? – erschien im Türrahmen eines WCs. Seine noch nassen Hände wischte er an der Hose seines Anzugs ab, bevor er sich durch die Haare fuhr. Zum Duft seines Eau Sauvage bildete der herbe Geruch seines Haarwachses eine interessante Erweiterung. Wie selbstverständlich und als finde der offensichtliche Streit nicht statt, steuerte er auf Gable und Abbas zu. Gable bemühte sich um ein Lächeln. Wahrscheinlich erwartete er durch Statlers Unterbrechung eine Entspannung der Situation oder zumindest eine Atempause. Das Gegenteil geschah. Mehr als ein »Hallo« kam Statler nicht über die Lippen, bevor Abbas ihn rüde zur Seite stieß. Statler verlor das Gleichgewicht und ging zu Boden. Augenscheinlich war Abbas zutiefst verärgert. Theatralisch begab er sich in

Richtung Ausgang. Gable bat ihn beinah flehend zu bleiben, doch Abbas stieß die Hand, mit der Gable ihn zu halten versuchte, von sich. Kishone bemühte sich unterdessen, Statler wieder auf die Beine zu helfen. Die Angelegenheit entpuppte sich als kompliziert. Statler hatte sich nicht mehr unter Kontrolle, an seiner Nase klebten Reste weißen Pulvers. Die übrigen Gäste zeigten sich weder an Abbas Abgang noch an Statlers Unpässlichkeit interessiert. Selbst Waldorf nahm von den Problemen seines Partners kaum Notiz. Er arbeitete an einem anderen Gedanken.

»Gibt es in Ihrem Land nicht Männer, die als Frauen verkleidet auf Festen tanzen?«, fragte Waldorf.

»Gibt es die mittlerweile nicht in jedem Land?«, entgegnete Kishone. Auf was wollte der Amerikaner hinaus?

Ein Mann, den seine Freunde im weiteren Verlauf des Abends Paul nennen würden, brachte, indem er einen ausladenden, an einer der Wände stehenden Schrank öffnete, einen Fernseher zum Vorschein. Ein neues Modell. Kurz fand die kabellose Fernbedienung allseits Beachtung. Schon flimmerte die Welt in den Raum. Zunächst jedoch stumm, und auch die Bildqualität ließ zu wünschen übrig. Paul ging an die Feinjustierung des Gerätes. Grob und ungeschickt drehten seine Hände die kleinen Knöpfe. Die Präsentation des technischen Spielzeugs hatte er sich sicherlich spektakulärer vorgestellt. Trotzdem, den Ton fand er schnell, doch wer sprach hier schon Farsi? Das Pärchen aus dem Pool erschien, in Decken gehüllt, in der dem Garten zugewandten Tür, tippelte mit kleinen nassen Schritten durch den Raum und verschwand in Richtung Treppenhaus. Einige Männer pfiffen.

»Was machen Sie beruflich?«

»Ich bin Fotograf.« Kishone deutete auf seine verbeulte Canon.

Einer Bildstörung folgte die nächste. Auf der Mattscheibe waren jetzt die Physiognomien der gezeigten Personen in Unordnung geraten. Beine, wo sich Köpfe befinden sollten, Köpfe anstelle der Beine. »Die Wahl in Israel«, erkannte Gable. Die anderen winkten ab, von der Wahl hatten sie bereits in besserer Qualität erfahren. Mit dem Inhalt ihrer Cocktailgläser konnte das nicht konkurrieren. Paul wählte einen anderen Kanal. Ein brennender Vergnügungspark. Eine Feuerwalze ließ die Gebäude, die sie überrollte, wie Spielzeug erscheinen, ein einbrechendes Gerüst. Einer der Männer, die eben noch dem Pärchen hinterhergepfiffen hatten, Sam, wie sich später herausstellte, erkannte den Ort der Katastrophe. »Cincinnati«, wiederholte er ebenso ungläubig wie korrekt, denn die Bestätigung folgte auf den Fuß. Cincinnati hieß auch auf Farsi Cincinnati. Sam verlangte nach einem Telefon. Seine Erklärung, er habe letzte Woche noch mit seinen Kindern eben jenen Park besucht, machte nicht nur die Blondine, der er seinen Gin Tonic in die Hand drückte, betroffen. Der Angelegenheit musste nachgegangen werden, hoffentlich kein Wiederholungsbesuch in seiner Abwesenheit. Sam wurde ein Telefon gereicht. Die Nummer wählte er aus dem Kopf. Nach zwei Minuten stand die Verbindung. Während ihn am anderen Ende der Leitung die Gesprächspartnerin, die er Darling nannte, beruhigte, betrachtete ihn die Blondine mit Dackelblick bis zur Entwarnung. Die Kinder wohlauf, aber andere Verwandte hatten ihre Toten zu betrauern. Allgemeines Aufatmen. Paul ließ den Fernseher wieder im Schrank verschwinden. Seine Vorstellung war beendet.

»Fotograf? Die Geschäfte müssen lausig gehen, wenn Sie gezwungen sind, auf dem Basar eine Polaroid zu stehlen«, sagte Waldorf freundlich lächelnd, als handele es sich bei seiner Feststellung um ein Kompliment. »Ich wüsste da eine hübsche Möglichkeit, Ihre Finanzen etwas aufzubessern.«

* * *

»Wirf einen Blick auf die Times of India. Die Zeitung. Sie liegt auf dem Esstisch. Die Seite, von der ich spreche, ist bereits aufgeschlagen. Die gestrige Ausgabe. Ich habe sie aufgehoben, weil ich mich mit dir darüber unterhalten will. Sieh dir das Foto an. Ein Wolf hechtet über ein Gatter. Lediglich das Tier, sein Hindernis und einige angrenzende Büsche sind zu erkennen. Eine Blitzlichtaufnahme, der Wolf tritt aus der ringsherum herrschenden Nacht geradezu überdeutlich hervor. Beinah wie ein Motiv von LaChapelle. Dieses Bild des spanischen Fotografen José Luis Rodriguez gewann im letzten Jahr einen prestigeträchtigen Preis. Jetzt kam heraus, dass die Aufnahme womöglich gestellt war. Rodriguez wird vorgeworfen, mit einem zahmen Wolf gearbeitet zu haben. Das Tier soll Ossian heißen und in einem Tierpark nahe Madrid leben. Ossian – ein schöner Name für einen Wolf. Den Preis musste Rodriguez zurückgeben. Der Fall hat für so viel Furore gesorgt, dass sogar in Indien darüber berichtet wird.

Gefälschte Fotografien besitzen in Spanien eine gewisse Tradition. 1936 schoss Robert Capa hier im Bürgerkrieg die Aufnahme eines republikanischen Milizionärs, der auf einem Hügel von einer feindlichen Kugel getroffen wird. Eine der berühmtesten Kriegsfotografien überhaupt. Der Soldat – im Übrigen ganz unsoldatisch bekleidet mit weißem Hemd und heller Hose, aber immerhin mit Koppel – reißt die Arme weit auseinander. Dabei entgleitet der Karabiner seiner rechten Hand. Das Projektil hat ihn im vollen Lauf erwischt. Wahrscheinlich ist er sich seiner Situation noch nicht vollends bewusst. Seine entspannten Gesichtszüge verleihen dem Motiv eine zarte Grausamkeit.

Der spanische Akademiker José Manuel Susperregui – schon wieder ein José – versucht nun nachzuweisen, dass auch bei dieser Aufnahme nicht alles mit rechten Dingen zugegangen sein könnte. Anhand der Topographie des Bildhintergrunds glaubt er herausgefunden zu haben, dass es an einem Ort Spaniens entstand, an dem während Capas Besuch keinerlei Todesfälle verzeichnet wurden. Darüber hinaus sind von Capa ähnliche Aufnahmen aufgetaucht, auf denen andere Soldaten an genau derselben Stelle vermeintlich tödlich verwundet zu Boden gehen, was zugegebenermaßen den Verdacht einer Manipulation stützt.

Zurück zu Ossian. Für mich besteht der Skandal nicht darin, dass Rodriguez das Foto eventuell gestellt haben könnte, sondern in dem Umstand, dass viele Menschen, wichtige Menschen, Menschen, die einen Preis zu vergeben haben, offensichtlich davon ausgegangen sind, es sei *nicht* gestellt. Früher verlangten die Hornochsen nach Farbe, heute wollen sie auch noch Realität. Realität, wenn ich dieses Wort schon höre! Wer heute das Wort Realität in Verbindung mit einer Fotografie in den Mund nimmt, ist entweder ein Heuchler oder ein Schwachkopf, zu verachten ist er allemal. Wie leichtgläubig kann ein Mensch sein? Schon wenn dir dein Nachbar die Schnappschüsse aus seinem letzten Urlaub zeigt, sind diese bearbeitet. Keine Realität mehr ohne Photoshop. Wie viele unbearbeitete Fotos werden in den letzten Jahren wohl einen Preis gewonnen haben? Doch ist ein Bild schlechter, weil es gestellt ist? Wie viele gesunde Zweifel an der Sinnhaftigkeit des Krieges wird Capas Foto womöglich gesät haben, wie viele junge Männer wird es dazu angehalten haben, gelassen abzuwinken, anstatt mit Hurragebrüll eine Waffe in die Hand zu nehmen und in die Schlacht zu ziehen? Und jetzt macht sich ein Kleingeist mit detektivischem Eifer daran, diesen Mythos zu demontieren. Welchen anderen Zweck verfolgt dieser neumodische Drang nach Entmystifizierung als die egoistische Befriedigung narzisstischer Eitelkeiten? Gerade in einer Zeit der absoluten manipulativen Möglichkeiten taugt ein gutes

Bild bestenfalls zur Kunst, niemals zum Zeitdokument. Bilder lügen, das ist nun einmal ihre Natur. Mitunter sind sie dabei charmant, mitunter obszön, grell, brutal und provokativ. Bilder sind Geschichtenerzähler, keine Nachrichtensprecher. Sie sind gewiefte Gaukler, als Chronisten sind sie hoffnungslos überfordert.«

* * *

Jutta erklärte Kishones Visage zum Jahrmarkt. Mit ihrer Schminke schaffte sie in allen Winkeln neue Attraktionen. Die Augen blau, die geschwollenen Lippen rot, die Wangen rosé auf heller Tünche. Eine Orgie in Farbe, als stünde das Holi-Fest vor der Tür.

Jutta war das Mädchen aus dem Pool. Ihren Lover hatte sie inzwischen entsorgt, jetzt stand sie Waldorf zur uneingeschränkten Verfügung.

»Viele Arschlöcher heute«, sagte Jutta.

Waldorf grunzte. Als wenn es sonst weniger wären.

Vor einer Viertelstunde war Kishone den beiden in den kleinen Raum gefolgt, jetzt steckte er in schwarzen Strümpfen, roten Pumps und einem zu engen grünen Kleid, das seine ansonsten eher schmale Figur bullig erscheinen ließ. Ein lächerlicher Anblick, aber für seinen Auftritt vor versammelter Mannschaft hatte ihm Waldorf fünfzig Dollar versprochen. Ein guter Preis für eine Stunde Scham, mit Polaroidgeknipse wäre das an einem Abend kaum zu verdienen. Kishone fragte sich, was Waldorf Jutta zahlte. In den Partyräumen sprach sich die bevorstehende Aktion bereits herum. Immer wieder öffnete ein Gast die Tür, um sich zu erkundigen, wann *es* denn endlich so weit sei. Auch Sam ließ es sich nicht nehmen, persönlich nach dem Rechten zu sehen. Von seiner zwischenzeitlichen Angst um die Familie zeigte er sich bestens erholt, zur Feier seines wiedergewonnenen Seelenfriedens saugte er an einer Cohiba. Spätestens mit Gerald Ford hatten sich auch seine letzten Ressentiments gegen kubanische Zigarren in Rauch aufgelöst. In der Küche tat Sam eine Pampelmuse auf. Er präsentierte sie wie einen Reichsapfel, bevor er sich ungeschickt daran machte, sie mit einem Brotmesser in zwei Hälften zu zerteilen. Die Blondine, der er vorhin noch seinen Cocktail anvertraut hatte, mahnte zur Eile. Bis Mitternacht seien es nur noch vier Minuten, und Olli warte bereits gespannt auf die Überraschung, ein Zurück gebe es da nicht mehr. Ob Kishone ›Happy Birthday‹ in der Marilyn-Monroe-Version kenne, wollte sie von ihm wissen, und als er bejahend nickte, beeindruckte sie ihn mit dem strahlenden Lächeln eines Raubfisches. Kishone solle das ›Mister President‹ ruhig beibehalten, das werde Olli gefallen, auch gegenüber sich selbst sei der Gastgeber kein Knauserer.

Sam machte sich mit den Pampelmusenhälften an Kishones Dekolleté zu schaffen.

»Nicht wackeln«, mahnte Jutta, gerade sorgte sie mit Wimperntusche für den letzten Schliff. Der Pampelmusensaft mäanderte in Kishones gepuderten Ausschnitt. Besorgt um ihr Gesamtkunstwerk schubste Jutta Sam zur Seite. Eine Pampelmusenhälfte eierte über den Boden. Die Blondine zauberte aus der Kommode unter dem Schminkspiegel eine blonde Perücke hervor und zog sie Kishone über das zurückgekämmte Haar. Juttas Vergleich mit Miss Piggy fand Waldorf zum Brüllen. Im Nachbarzimmer begannen sie, von zehn abwärts zu zählen. Bei fünf öffnete sich die Tür. Joan. Kishone verschlägt es den Atem. »Sie sollten das nicht tun, Mister Kishone.«

Aber was sollte er dann tun? Olli durfte nicht verärgert werden, und Waldorf hatte ihm das Geld gegeben. In Teheran standen Villen wie Ollis nicht auf jedem Hügel zur Verfügung. Jutta erfasste die neue Situation als Erste. Sie besaß ein Gespür für die Gunst des Augenblicks. Noch vor Ablauf des Countdowns entledigte sie sich ihres Bademantels, drückte sich an der in der Tür stehenden Joan vorbei und trat der johlenden Meute in Höschen und BH entgegen.

»Ich hätte das Geld gut gebrauchen können.«

»Seien Sie froh, dass Ihre Mutter Sie nicht in dem Aufzug erleben musste ...«

»Was gab es daran auszusetzen? Tanz ist fester Bestandteil der indischen Kultur.«

»... oder Ihre Kinder ...«

»Ich habe keine Kinder«

»... die ungeborenen Kinder. Und jetzt nehmen Sie endlich diese Orangenhälfte aus Ihrem Kleid.«

»Es handelt sich um eine Pampelmuse. Ihr Freund Sam tut es nicht unter Körbchengröße C.«

»Mich wundert, dass Sie sich in solchen Dingen auskennen.«

»In einer Bar in Anjuna habe ich einmal einen Russ-Meyer-Film gesehen.«

»Wie progressiv.«

Joan saß neben Kishone auf dem Rücksitz des Buick. Mit einem angefeuchteten Handtuch bemühte sie sich, die Schminke aus seinem Gesicht zu entfernen. Erneut gab Gable den Chauffeur.

»Wenigstens meine Hose hätten wir mitnehmen müssen. Sie war nagelneu. Ah, passen Sie auf, das tut weh.«

»Da ist noch was blau an Ihrem Kinn. An der Stirn ebenfalls.«

»Das ist keine Farbe.«

»Sie haben recht. Mein Gott, Sie sind ganz hübsch verbeult. Wie ist das passiert? Schlägerei, Motorradsturz?«

»So ähnlich.«

»Haushaltsunfall?«

Gable meldete sich hinter dem Steuer zu Wort. Bis zu Kishones Unterkunft sei es nicht mehr weit. Er bat Kishone, die Führung zu übernehmen. Doch für den sahen alle Kreuzungen gleich aus, der Rechtsverkehr verwirrte ihn obendrein. Nach einer Viertelstunde gab er auf. Ein Taxifahrer wusste den Weg. Damit er bis zum Hotel vor ihnen her fuhr, gab Gable ihm Geld. Vor dem Haus bemühten sich mitten in der Nacht Udo und zwei Iraner darum, die neue Windschutzscheibe des Renaults einzusetzen. Im Licht der Hotelbeleuchtung waren sie mit reichlich Kitt am Werk. Peter hatte die Scheibe bereits am Nachmittag bei einem Glaser zurechtschneiden und einbauen lassen, doch bei der Probefahrt zeigte sich, dass die Sonne durch das ungewölbte Glas derart blendete, dass eine Weiterreise unverantwortlich gewesen wäre. Udo und die Mädchen bestanden darauf, die Scheibe noch einmal herauszunehmen und neu einzusetzen.

Im Fußraum des Buick entdeckte Gable eine Led-Zeppelin-Kassette. Er blieb im Wagen zurück.

»Hübsches Kleid«, sagte Udo, als er Kishone erkannte, Joan nickte er zu. Vom Beifahrersitz des R4 grüßte Peter mit einer Bierflasche. Er trank lieber mit sich selbst als mit den anderen und vor allen Dingen zu viel. Er schmollte. Mit guten Ratschlägen wusste er nicht mehr zu überzeugen, doch noch immer erging er sich in politischem Stückwerk. »Einen Toast auf Benno Ohnesorg«, sagte er zu laut.

Udo prostete ihm zu. Weder Kishone noch Joan konnten mit dem Namen etwas anfangen. Den irritiert lächelnden Iranern erklärte Peter das Wort Pudding. Im Hotel kam Joan noch einmal aufs Finanzielle.

»Ich leihe Ihnen zweihundert Dollar. Sie können sie später bei mir abarbeiten. Nächste Woche bin ich in Istanbul, vielleicht brauche ich einen Fotografen. Ich versuche etwas einzufädeln. Die Redaktion zahlt gut, aber besorgen Sie sich bis dahin neue Kleidung.«

Noch bevor Joan die Geldnoten aus der Brieftasche nehmen konnte, sagte Kishone zu. Gemeinsam stiegen sie durchs schäbige Treppenhaus. Es roch nach Shit und Feuchtigkeit. Auf halber Treppe schlief ein Tourist seinen Rausch aus.

»Sie finden mich im Hotel Inka in Beyoğlu, unweit des amerikanischen Konsulats«, sagte Joan vor Kishones Zimmer. Kishone hätte vergessen, danach zu fragen. Zu seiner Überraschung öffnete Joan die Tür, ohne zu klopfen. Sie wollte ihn offenbar in diesem Aufzug nicht allein lassen, sie wollte ihn zu Bett bringen wie ein Kind, vielleicht wollte sie auch etwas anderes. Amitabh lag angezogen auf seinem Bett und las. Zu seinem Pschyrembel hatte er sich ein kleines gelbes Wörterbuch Deutsch/Englisch geleistet. Kishone wünschte, Amitabh wäre noch unterwegs gewesen, hätte den Rückweg zum Hotel noch nicht gefunden gehabt. Erst mit einiger Verzögerung löste der Freund die Augen von seiner Lektüre. An Kishones geschundenem Gesicht, dem grünen Kleid oder der blonden Frau zeigte er keinerlei Interesse.

»Wusstet ihr, dass in Deutschland Gehirnerschütterung *Hirnbeben* genannt wird?«

Joan zog die Tür hinter sich ins Schloss. Bevor sie Kishone ins Ohr flüsterte, musterte sie Amitabh lange.

»Ich glaube, seine Übersetzung hinkt, aber dein Mitbewohner sieht aus wie Jack Kerouac.«

»Wie wer?«, fragte Kishone.

* * *

Der alte Schuhkarton mit den Fotos. So voll und überquellend, dass er sich nicht mehr richtig verschließen ließ. Als Sax ihn sich auf den Schoß zog, glitt der Deckel zur Seite. Bilder schneiten auf den Boden. Mittlerweile kannte Sax die Motive.

Mom an einem Marktstand in Rimini. Sie trägt eine riesige Sonnenbrille. Mit einer Freundin hatte sie die Reise unternommen, obwohl Rimini schon seit Jahren aus der Mode war. Der Verkäufer passt ihr über ihrer Bluse einen Bikini an. Er lächelt. Ein bisschen unverschämt, aber Mom lächelt zurück. Sie sieht aus wie ein Model.

Mom am Steuer des orangefarbenen VW-Kübelwagens, den sie Mitte der Achtziger fuhr. Der Schatten des Fotografen fällt auf die Fahrertür. Wieder lächelt Mom, die Sonnenbrille ist eine andere.

Mom am Küchentisch der WG im Frankfurter Nordend, eine neuere Aufnahme, geschossen mit Karins Sofortbildkamera. Ein Montag im vergangenen Sommer. Mom war spontan vorbeigekommen, um mit Sax an den See zu gehen. Wahrscheinlich wäre der Tochter dort die schwarze Stelle am Rücken ihrer Mutter aufgefallen. Womöglich hätte der Tumor damals noch nicht gestreut gehabt, und vielleicht hätte Sax es geschafft, sie zum Arztbesuch zu überreden, sicher hätte sie das, sie hätte ihr keine Wahl gelassen, sie an den Haaren zum Arzt geschleift, wenn es denn hätte sein müssen. Sax hatte keine Zeit gehabt an diesem Tag, wie sie so oft keine Zeit gehabt hatte in den letzten Wochen. An diesem Abend musste sie kellnern. Ein nicht eingeplanter Dienst. Eine Kollegin war kurzfristig ausgefallen und sie eingesprungen. Die Anfrage war Mom um fünf Minuten zuvorgekommen. Konnte man es daran festmachen? An fünf Minuten? An einem einzigen Nachmittag? Erneut dieses Lächeln, keine neun Monate vor ihrem Tod.

Sax stellte den Karton auf den Boden und stand auf. Das Wohnzimmer in tadellosem Zustand, mit etwas Phantasie roch es nach Möbelpflegemittel. In der Küche sah es schlimm aus. Geschirr stapelte sich in der Spüle, auf dem Esstisch lagen die Frühstücksreste. Seit fünf Tagen hauste Sax jetzt in der Wohnung ihrer Mutter. Es roch muffig, an den Füßen piekten die Krümel. Keine Kaffeepads mehr in der Vorratsdose. Im Küchenschrank fand sich eine letzte Packung, Fair Trade, die daneben liegenden Kartoffeln keimten bereits. Während sie an der Kaffeetasse nippte, schaute Sax aus dem Fenster. Die hässlichen Wohnblöcke gegenüber, wie überdimensionierte Tetrissteine. Oft hatten sie vom Balkon zu diesen Blöcken hinübergeschaut und sich vorgestellt, dass dahinter das Meer beginne. Auf der noch braunen Wiese spielten Kinder Fußball. Vier ausrangierte Stühle aus dem Sperrmüll dienten ihnen als Tore. Jubelgeschrei bei jedem Treffer. Der Frühling war nicht mehr aufzuhalten. Der Baum, in dem sich wie immer die Tauben tummelten, trug erstes Grün. Wie schnell das ging. Am Tag der Beerdigung letzte Woche war er noch völlig kahl gewesen, selbst wie tot.

Eine schöne Feier, sofern solche Feiern schön sein konnten. Viele Menschen, die meisten in Moms Alter, aber auch jüngere. Einige hatten ihre Kinder dabei. Der Pfarrer fand die richtigen Worte, eine Kollegin von Amnesty trug ein selbstverfasstes Gedicht vor. Erstaunlich unkitschig. Vor dem Sarg zwischen Unmengen von Kränzen und Gebinden zeigte ein Foto in goldenem Rahmen Mom als Blumenkind mit Blütenkranz im Haar. Ein Bild, noch aus den USA. Jünger als Sax war sie da gewesen. Und strahlender. Zu Fuß den Kilometer zurück zur Wohnung. Erste zaghafte Scherze. Zu Hause Schnittchen und französischer Wein, schon wurden beim Lachen die Hände nicht mehr vor den Mund gehalten. Später Joints auf einem silbernen Tablett, gedreht aus dem Gras, das Sax in der Drum-Dose im Küchenschrank gefunden hatte. Einige der Jüngeren regten sich auf. Sie waren zu wohlerzogen, um Sax direkt zu kritisieren, ihren Unmut trugen sie dennoch offen zur Schau. Die Älteren waren da gelassener. Auch John gefiel die Sache mit den Joints. Er war für drei Tage aus Boston gekommen. Als kleines Kind hatte Sax ihn zuletzt gesehen. Heute hatten sie sich nicht viel zu sagen, es fehlte auch die Zeit dazu. In den wenigen gemeinsamen Augenblicken lag in ihrem Schweigen nichts Belastendes. John strahlte etwas Vertrautes aus. Es war schön, ihn bei sich zu wissen. Am Grab hakte sich Sax bei ihm unter. Er gab ihr einen Kuss ins Haar. Wie ein Vater. Für die Nächte hatte er ein Hotelzimmer gebucht. Am Morgen nach der Beerdigung brachte ihn Sax mit Moms Wagen zum Flughafen. Eine letzte Umarmung. Sie hätte gerne noch etwas mehr Zeit mit ihm verbracht.

Sax ging auf den Balkon. Sie zündete sich eine Zigarette an. Sie dachte an Volker. Normalerweise dachte sie nicht mehr an ihn. Aber jetzt wäre es schön, wenn er hier wäre. Vielleicht wäre es auch schön, wenn er morgen noch hier sein würde, übermorgen, nächste Woche. Sax überlegte, ob sie ihn anrufen solle. Er würde sich mit ihr treffen wollen, aber seine Motive wären die falschen. Er wusste, dass Mom gestorben war. Vor drei Tagen kam seine Karte. Klassisch mit Trauerrand. Der erste Kontakt seit eineinhalb Jahren. Sax kehrte in die Wohnung zurück. Der Kaffee war kalt geworden, sie trank ihn trotzdem. Sie wählte die Nummer ihrer WG. Karin ging an den Apparat. Am Abend hatte sie keine Zeit, sie musste arbeiten, bot Sax aber an, ihren Dienst an eine Kollegin abzugeben. Sax sagte, dass dies nicht nötig sei. Sie bemühte sich, fröhlich zu klingen, trotzdem sagte Karin vor dem Auflegen »Halt die Ohren steif« – ihre Floskel für die Momente, in denen es nicht gut stand. Erneut spürte sie den Drang, Volkers Nummer zu wählen. Schon leuchtete sie auf dem Display. Sax löschte sie aus ihrem Adressbuch. Jetzt brauchte es für ein Gespräch mehr als einen Tastendruck.

Zum x-ten Mal in den letzten Tagen nahm Sax die Postkarte von der Pinnwand, adressiert an ihre Mutter / Time magazine / New York: Ein Blick über das Goldene Horn. Istanbul. Ein mit Kugelschreiber gezogener Pfeil wies auf eine halbverdeckte Häusergruppe. Erst letzte Woche hatte Sax die Karte entdeckt, sie musste seit Ewigkeiten, versteckt unter unzähligem anderen Zeug, dort gehangen haben. Che-Guevara-Fotos, Buttons, Illustriertenartikel, Filmrezensionen, Notizzettel, ausgerissene Peanuts-Comics, eine zerknitterte Urkunde von Amnesty, die Werbeanzeige einer Kosmetiklinie von La Roche, für die die Tochter einer Bekannten Modell gestanden hatte.

Next year …, stand in krakeligem Englisch auf der Rückseite der Karte aus Istanbul, … and if not, the year after and from then in every ten! Unterschrieben war sie mit dem Buchstaben K. und einer Zeichnung, die Karin als das indische Om identifizierte.

Am Abend verhalfen Sax einige Gin Tonic zu einem frühen Schlaf. In der Nacht träumte sie von Elefanten. Am nächsten Mittag war das neue Journal in der Post – sie musste Moms Daueraufträge kündigen, gleich nach dem Aufräumen der Küche wollte sie sich darum kümmern. Bei einem Kaffee las sie die Kleinanzeigen. Mann sucht Frau / Frau sucht Mann. Der Text konnte per Mail übermittelt werden. Sax klappte den Laptop auf. Draußen spielten wieder die Kinder.

Schauspielerin sucht Mann zwecks Motorradtransfer nach Bollywood/Indien, schrieb sie. Im letzten Jahr war sie in einem Tatort als Komparsin aufgetreten.

* * *

»Schau dir die Postkarte an, Tom. Mich interessiert, was du davon hältst.«

»Istanbul.«

»Die andere Seite.«

»Man kann die Schrift kaum lesen. Englisch. Was heißt das hier? Was bedeutet der Buchstabe K?«

»Ich könnte mir vorstellen, dass es sich bei K um meinen Vater handelt.«

»Du glaubst, dein Vater ist Türke? Du siehst nicht aus wie eine Türkin.«

»Ich glaube, mein Vater stammt aus Indien.«

»Du siehst erst recht nicht aus wie eine Inderin. Wie kommst du darauf?«

»Schau dir das an.«

»Om.«

»Du kennst das Zeichen? Ich hatte es zunächst für eine verschnörkelte Dreißig gehalten. Karin hat es mir übersetzt.«

»Auf einem meiner T-Shirts ist das Zeichen drauf. Ich war schon einmal in Indien. Ich besitze auch ein kleines Taj Mahal aus Marmor.«

»Das erzählst du jetzt?«

»Wenn ich gewusst hätte, dass es dich interessiert, hätte ich es dir gezeigt. Es ist nicht so spektakulär. Ich bin mir nicht einmal sicher, ob es aus echtem Marmor ist. Ich befürchte, sie haben mich beschissen.«

»Du erzählst mir erst jetzt, dass du schon einmal in Indien warst?«

»Du hast mich nicht danach gefragt. Goa, zwei volle Winter. Vor langer Zeit.«

»Sagtest du nicht *einmal*?«

»Das sagt man so.«

»Allein?«

»Nein.«

»Mit deiner Ex?«

»Mit *einer* Ex. Yvonne. Aber das ist eine andere Geschichte.«

»Kommt in der Geschichte auch ein Motorrad vor?«

»Nein. Kein Motorrad. Beruhigt?«

»Ein bisschen.«

»Du glaubst also wegen eines mit Kugelschreiber gekritzelten Om-Zeichens, dass du die Tochter eines Inders sein könntest? Ist das als einziger Anhaltspunkt nicht etwas vage?«

»Mom hat ab und zu Andeutungen in diese Richtung gemacht.«

»Hast du sie nie genauer gefragt?«

»Gefragt schon, nur ist sie mir immer ausgewichen. Das wenige, was ich weiß, hängt mit der Entstehung meines Namens zusammen. Auf die damit verbundene Geschichte war sie offensichtlich so stolz, dass sie die Klappe nicht ganz halten konnte. Ansonsten war sie verschwiegen.«

»Schweigsam wie ein Grab sozusagen?«

»Ja …«

»Sorry, das wollte ich nicht sagen. Ich habe nicht überlegt.«

»Es ist okay.«

»Was hat es mit dem Pfeil auf sich?«

»Vielleicht haben sich ›K‹ und Mom dort getroffen. Der Pfeil grenzt das Gebiet ganz gut ein. Höchstens vierzig Gebäude kommen in Frage, selbst wenn man die verdeckten Hinter- und Seitenstraßen mit einberechnet. Möglicherweise ein Hotel oder ein Park, in dem sie ihren heimlichen Rendezvous nachgegangen sind.«

»Heimlich?«

»Ich meiner Vorstellung treffen sie sich heimlich.«

»Das Viertel heißt Sultanahmet, wenn ich nicht irre. Ich habe vor einigen Jahren eine Woche dort gewohnt. Im Pierre Loti. Die Rote und die Blaue Moschee befinden sich in unmittelbarer Nähe, außerdem gibt es nicht weit entfernt eine große unterirdische Zisterne. Ein James-Bond-Film wurde dort gedreht. Sehr beeindruckend.«

»In Istanbul warst du auch schon?«

»Ja.«

»Mit Yvonne?«

»Nein, nicht mit Yvonne. Es tut mir leid, sie haben dir einen gebrauchten Mann angedreht.«

»Hast du dir aus Istanbul auch ein Touristensouvenir mitgebracht?«

»Ganz ehrlich? Ich habe mir dort einen kleinen goldenen Galataturm gekauft. Ich kann nichts dafür, mein Vater sammelt diesen Mist. Er hat mir diese Leidenschaft vererbt. Die Sache steckt in den Genen.«

»*Die Leidenschaft …*«

»Wusstest du, dass sich bereits im siebzehnten Jahrhundert ein junger Mann mit einem selbstgebauten Fluggerät von den Zinnen des Galataturms gestürzt hat? Er glitt 3358 Meter weit über den Bosporus und landete schließlich sicher in Üsküdar.«

»Wo?«

»Üsküdar.«

»Aha. Hast du das Yvonne damals auch erzählt?«

»Ich habe die Geschichte neulich auf einer Flasche Rakı gelesen. Außerdem war ich wie gesagt nicht mit Yvonne in Istanbul, du hörst mir nicht zu. Mit Yvonne habe ich mich allerdings mal über den Schiefen Turm von Pisa unterhalten …«

»Tom, bitte …«

»Okay. Zurück zum Thema. Was spricht neben dem Om-Zeichen und den Andeutungen deiner Mutter noch dafür, dass der ›K‹ von der Karte dein Vater sein könnte?«

»Wirf einen Blick auf den Poststempel.«

»Ganz schön alt. Damals war ich gerade neun.«

»Ich war ebenfalls neun. Mit einem Minuszeichen davor. Minus neun Monate.«

»Aha. Weiß nicht, ob du bei Gericht damit durchkämst. Sind es am Ende nicht immer die verschollenen Väter und die Suche nach ihnen? Was hast du jetzt vor?«

»Was meinst du, wenn du fragst, ob es am Ende nicht immer die verschollenen Väter seien?«

»Nichts. Vergiss es. Was hast du jetzt vor?«

»Wir fahren zuerst nach Istanbul. Wenn wir nach Indien wollen, liegt das auf dem Weg. Wir sehen uns in diesem Sultan-Viertel um und lassen uns von dem überraschen, was wir finden. Dass es dort eine unterirdische Zisterne gibt, hört sich für mich gut an. Lass uns dort beginnen.«

»Der Plan klingt vielversprechend. Er ist so … ausgeklügelt.«

»Du nimmst mich nicht ernst.«

»Doch.«

»Das Glück ist mit den Wagemutigen.«

»Sagte die Gazelle und stürzte sich auf den Löwen.«

»Das ist hübsch. Von dir?«

»Von mir oder von Blake, ich weiß es nicht mehr genau. Der Name deiner Mutter war Stone?«

»Ja.«

»Sax Stone also.«

»Du bist nah dran. Versuch es noch einmal. Ich habe nicht umsonst gesagt *erarbeiten* – Thomas.«

⋆ ⋆ ⋆

Im Zug erklärte Kishone den Mitreisenden die Topographie seines Gesichts.

»Ich habe das falsche Mädchen geküsst … Ich habe zu viele dumme Fragen gestellt.«

Nach einigen Stunden hatte er sich einen Vorrat an Ausreden zurechtgelegt.

»Ich bin zu Ihrem Glauben konvertiert, habe das Wort des Propheten mit glühender Zunge verkündet und mir dabei den Mund verbrannt«, sagte er zu einem einfältig aussehenden Menschen. Er fing sich eine Ohrfeige dafür. Auch vor der Türkei machte das Englische nicht halt, und in puncto Religion verstanden sie hier weniger Spaß als die gesamte Pushkarer Polizei mitsamt ihrem Ambassador.

Kishone verfolgte das vorläufige Ende seiner Reise auf der Karte. Izmit, Gebze, Pendik und wie all die Vororte hießen. Der Zug fuhr jetzt kaum mehr als Schrittgeschwindigkeit. Lautstark priesen Händler ihre Waren, auf den Bahnsteigen der kleineren Stationen wurden Speisen, Tee und Zeitungen angeboten.

Sie näherten sich der Stadt von Osten her, die Karte log nicht.

Endlich war der große Bahnhof erreicht, Haydarpaşa Railway Station. Eine Stunde zu spät – überpünktlich für indische Verhältnisse. Aber er musste ja noch auf die andere, europäische Seite der Stadt, mit der Fähre über den Bosporus bis zum Bahnhof Sirkeci, wo die Züge nach Westen gingen. Kishone hoffte, dass Amitabh ihn bereits wie abgesprochen erwarten würde.

Lachende Gesichter, Männer begrüßten sich schulterklopfend, Kinder fielen ihren Müttern und Tanten in die Arme. Die Ankommenden wurden per Lautsprecherdurchsage begrüßt. Auf einem der Gleise wurde der Orient-Express zusammengesetzt. Wenn er Joan richtig verstanden hatte, hatte ihr Aufenthalt in Istanbul etwas mit diesem Zug zu tun. Glänzend blaue Wagen koppelten an eine schwarze, wie lebendig schnaufende Lokomotive. Bedienstete aus einem anderen Jahrhundert schwirrten wie rote Ameisen umher. Damen mit großen Hüten führten winselnde Hündchen an Leinen. Am Ausgang fand er den Freund.

Auch auf dem neuen Kontinent war auf Amitabh Verlass. Er hatte sich rasiert, vielleicht in der Absicht, dem Aussehen Jack Kerouacs näher zu kommen, dessen Konterfei auf der Rückseite des Taschenbuchs abgebildet war, das Joan ihm geschenkt hatte. Kishone hatte ihn seit Kindertagen nicht mehr rasiert gesehen, und sollte Amitabh tatsächlich das vermutete Ziel verfolgt haben, so hatte er es erreicht. Die Veränderung war kolossal, die Ähnlichkeit zu dem jungen Beatnik jetzt zu offensichtlich, um sie leugnen zu können, und dennoch sah Amitabh schlecht aus. Er wirkte krank. Zu seinem Erscheinungsbild passte die fahle Begrüßung: keine Umarmung, kein Händedruck. Ein kalter Empfang. Schweigend folgte Kishone ihm zur Bullet. Nach kurzer Fahrt hielten sie wieder. An einem Platz bei der Galatabrücke war der Teufel los. Kishone konnte sich nicht sattsehen an der fremden Welt. Junge Seekadetten in gesteiften weißen Uniformen, die Offiziere mit übergroßen Mützen. Ein Fahnenverkäufer, Halbmond und Stern flatterten auf blutrotem Grund im Bosporuswind. Eiswagen, Luftballons und Zuckerwatte. Kishone setzte sich auf eine der großen Stufen, die zur Brücke führten. Amitabh bat ihn, die Maschine mit dem Gepäck im Auge zu behalten, und verschwand in der Menge. Kishone sah all die Angler auf der Brücke, Hunderte mussten es sein. Das andere Ufer mit den Häusern im Hang, aus denen hinter einem Vorhang aus rußigen Schiffsabgasen der Turm aufragte, in dessen Nähe Joan auf ihn wartete. Rotnackige Touristen, weiße Hütchen, surrende Aufnahmen in Super-8. Die Fremdenführer wiesen mit Regenschirmen den Weg. Jeder benutzte den gleichen Trick, lediglich die Farbe der Schirme variierte. Eine alte Frau mit Kopftuch verkaufte Körner und Mais. So fette Tauben pickten in Indien nicht danach. Die mächtigen Moscheen respekteinflößend, ganz anders als die verspielten Pushkarer Tempel. Amitabh kehrte zurück. Auf einem goldenen Tablett brachte er Tee und setzte sich neben Kishone. Gemeinsam schlürften sie das Gebräu. Zwei Stufen unter ihnen saß eine Verrückte. Die Frau hatte sich durch die immergleichen Kreisbewegungen auf dem rauen Stein den rechten Handballen wundgescheuert. Wie in Trance wiederholte sie ohne Unterlass ihre Worte. Ihr Blut zog auf dem groben Stein rote, ineinander übergehende Mantra-Kreise. Kishone fotografierte sie, ohne dass sie es merkte. Den Film hatte er von Joan. Wie viele Minuten noch bis zu ihr? Auch von Amitabh machte Kishone ein Bild. Der Sucher seiner Kamera diente ihm als Deckung, denn bisher hatte er vermieden, Amitabh direkt anzusehen. Amitabhs Augen glänzten fiebrig, seine Lider waren geschwollen.

»Alles okay?«, fragte Kishone.

Amitabh bewegte seinen Kopf von der einen Schulter zur anderen. Er wollte Gelassenheit signalisieren. Sein Lächeln blätterte ihm wie alte Farbe vom Gesicht.

»Serge ist wieder da.«

Vor vier Tagen war noch alles gut gewesen, bestens beinahe. Nachdem sie sich am Morgen in Teheran die Bäuche mit Omeletts vollgeschlagen und die Enfields betankt hatten, war es vor der Herberge zu einem letzten herzlichen Treffen mit den Deutschen gekommen. Touristen-Einmaleins: Austausch der Adressen, dazu die Beteuerung, sich gegenseitig zu besuchen, in Deutschland, in Indien, wo auch immer. Peter absolvierte mit Amitabh eine Probefahrt im R4 um den

Block. Noch immer war die Windschutzscheibe ein Sorgenfall, beide lachten sich schlapp darüber, dass die Sonne jetzt geometrische Lichtfiguren ins Wageninnere warf. Heute war es nicht Peter, sondern Udo, der schmollte. Aber nur so zum Spaß. Den aufgekratzten Frauen gefiel das. Im Übermut küsste Monika Kishone in dem Moment auf den Mund, als Joan um die Ecke bog. Sie war auf einem Fahrrad unterwegs, was Kishone nicht nur angesichts der Hügel Teherans bemerkenswert fand. Es war eine mintgrüne Rennmaschine der Marke Bianchi, deren weißumwickelten Lenker sie an seinen Enden gepackt hatte wie einen Stier bei den Hörnern. Im ersten Augenblick war Kishone Joans Erscheinen unangenehm, zumal Monikas Kuss auf seinen malträtierten Lippen brannte, aber später konnte er sich des Gefühls nicht erwehren, dass die Sache auch ihr Gutes hatte. Joan legte das Rad behutsam auf die Seite und tat, als habe sie den Kuss nicht bemerkt oder als messe sie ihm keinerlei Bedeutung zu. In ihrem Gesicht und auf den Schultern bildete der Schweiß kleine Perlen. Mao und Monika lächelten zu alledem nett und naiv.

Zur Sicherheit hatte Joan Kishone und Amitabh die Adresse ihres Hotels gleich auf zwei Zettel notiert. Unser Wiedersehen ist ihr wichtig, dachte Kishone. Über Nacht hatte sie für ihn einen Schwarzweißfilm besorgt. Amitabh schenkte sie eine zerfledderte, mit durchsichtigem Klebeband geflickte Taschenbuchausgabe von ›On the Road‹. Dass der Kuss, den sie Amitabh auf die noch bärtige Wange drückte, bevor sie wieder aufs Rad stieg, einen Moment zu lang ausfiel, interpretierte Kishone ebenso zu seinen eigenen Gunsten wie den Umstand, dass Joan ihn noch immer Mister Kishone nannte. Zu Amitabh hingegen sagte sie Kerouac. Sie will mir den Kuss heimzahlen, dachte Kishone, sie nimmt mich ernst.

»Serge ist wieder da?«

»Ja.«

»Ich dachte, ihr hättet euch geeinigt, euren Frieden gemacht, eine Abmachung getroffen.«

»Genau das ist das Problem. Er hat mich daran erinnert.«

* * *

»Was ist das?«

»Wir haben einen Stromausfall. Mit der Zeit gewöhnt man sich daran. Mich wundert, dass es dich noch wundert.«

Kishone steht auf, um in die Küche zu gehen. Das Licht der auf der Straße vorbeifahrenden Autos huscht durch das Zimmer. Es ist nicht vollständig dunkel, aber wenigstens leise, weil die sonst allgegenwärtige Musik und Lautsprecherbeschallung der Geschäfte und Verkaufsbuden fehlt. Sax geht ans Fenster. Binnen Sekunden hat Mumbai an Hektik verloren, und der neue Zustand steht der Stadt gut. Wo sonst nachts Tausende Watt Hotelnamen in den Himmel blinken, klebt ein großer schwarzer Fleck. Auch die Menschen wirken ruhiger, als nährte sich ein Teil von ihnen ebenfalls von Elektrizität.

»Willst du noch eine Cola-Rum, bevor uns die Eiswürfel davonlaufen?«, fragt Kishone aus der Küche.

»Ja, gerne«. In der Nachbarschaft starten stotternd die ersten Dieselgeneratoren. Sax schaut sich jetzt ungeniert im Zimmer um, unter Kishones Blick hat sie sich zuvor wie eine Voyeurin gefühlt. Der Raum ist sauber, geradezu steril, der weißgeflieste Boden glänzend wie in einem Krankenhaus. Der hölzerne Tisch und die Stühle passen weder zusammen noch zur länglichen Kommode an der Wand. Die restliche Einrichtung indischer, als Sax sie erwartet hatte. Bronzene Götter, Masken, Tücher an den Wänden zwischen den Drucken des Tourismusbüros. Ein kleiner Gebetsschrein, ein blauer Ganesh inmitten halbverwelkter Blüten und Räucherstäbchen. Sax wundert die völlige Abwesenheit privater Fotografien.

»Vimala ist Hinduistin?«, ruft Sax und fragt sich gleichzeitig, ob es das Wort *Hinduistin* überhaupt gibt, vielleicht hieß es ja *Hindu* oder *Hindi*.

»Ja, hatten wir noch nicht darüber gesprochen?« Kishone kehrt aus der Küche zurück und stellt ein Tablett auf den Tisch: eine Flasche Cola, eine Flasche Old-Monk-Rum, ein paar brennende Teelichter, zwei bereits gefüllte Gläser, einen Eiswürfelbehälter, einen weißen Tablettenportionierer. Die drei kleinen Fächer sind auf Deutsch mit Morgens, Mittags, Abends beschriftet. Der Wachsgeruch und die noch immer anhaltende Stille haben etwas Weihnachtliches. Kishone reicht Sax ihr Getränk. Beim Zuprosten klirrt das Eis in den Gläsern.

»Schön, dass du da bist«, sagt er zum wiederholten Mal, dann schüttet er aus dem Fach mit der Aufschrift ›Abend‹ einige Tabletten in seine Hand, nimmt sie in den Mund und spült sie mit dem Inhalt seines Glases hinunter. »Meine Nieren«, sagt er und lächelt verlegen.

Sax fragt sich, warum er die Tabletten nicht bereits in der Küche eingenommen hat, ob sich in seinem Glas ebenso viel Rum wie in ihrem befindet, fragt sie sich auch.

»Wieso Motorräder?«, will Kishone nach einer Zeit des gemeinsamen Schweigens wissen. Mittlerweile dringt wieder vereinzelt Musik von der Straße zu ihnen herauf.

»Wieso wir die Motorräder genommen haben und nicht mit dem Auto oder dem Zug nach Indien gereist sind? Oder mit dem Flugzeug?«

»Ja.«

»Meine Idee. Bin ich alleine darauf gekommen. Unbeeinflusst.«

»Joan hat dir nichts erzählt?«, fragt Kishone.

»Was hätte sie mir erzählen sollen?«, antwortet Sax. Erst als Kishone einen großen Schluck aus seinem Glas nimmt, merkt sie, dass ihn ihre Antwort verletzt.

»Entschuldige, das war unbedacht. Aber Mom hat nie viel von ihrer Vergangenheit gesprochen. Sie war eher ein Gegenwartsmensch.«

»Wie angenehm, davon gibt es nicht viele. Im Vergleich zu den Vergangenheits- und Zukunftsmenschen stellt der Gegenwartsmensch eine verschwindend kleine Minderheit dar. Wäre der Gegenwartsmensch eine Partei, würde sie es kaum in den Bundestag schaffen.«

»So oder so nicht«, antwortet Sax. Kishone schenkt Getränke nach. Diesmal füllt er definitiv zu viel Rum in sein Glas. Als er Sax beim Zuprosten anlächelt, glänzen seine Zähne wie Elfenbein.

»Hast du keine Angst um deine Niere?«

»Wegen des Alkohols? Was bliebe, wenn man dem Leben den Alkohol, die Fotografie und die Frauen entzöge?«

»Die Literatur, die Männer und das Motorrad«, antwortet Sax, ihre Antwort bringt Kishone erneut zum Lächeln.

»Im Ernst, du solltest etwas besser auf dich aufpassen.«

»Du redest wie Vimala, ganz anders als früher deine Mutter. Du redest wie eine junge Frau aus dem Westen auf der Höhe ihrer Zeit. Im Westen sterben die Menschen depressiv und gesund, und als wäre es damit nicht genug, missionieren sie die Welt nach wie vor mit ihrem Lebensstil. Jetzt haben sie in Indien in geschlossenen Räumen das Rauchen verboten, sogar unter einfachen Überdachungen ist es nicht mehr erlaubt. In Indien! Selbst in Goa halten sie sich daran. Kann man sich das vorstellen? Zum Kiffen gehen sie dort neuerdings brav an die frische Luft, bei Gewitter oder Monsun begnügt man sich damit, eine Pille einzuwerfen und in Gedanken der guten alten Zeit nachzutrauern.

In Goa! Wenn du mir das vor zehn Jahren prophezeit hättest, hätte ich dich für verrückt erklärt.« Wieder schweigen sie, bis Kishone erneut danach fragt, wie Sax auf die Idee mit den Motorrädern gekommen sei.

»Ach ja, die Idee.« Sax will nicht darüber sprechen. Die Gründe, die sie vor wenigen Wochen dazu bewogen haben, mit dem Motorrad zu reisen, erscheinen ihr heute banal und pubertär, aber sie will Kishone nicht erneut enttäuschen. Er will es wissen, und an seinem Befinden liegt mir viel, denkt sie sich.

»Ich kann es selbst nicht mehr genau erklären. Der Gedanke, mit dem Motorrad unterwegs zu sein, gefiel mir, weil ich ihn für nicht mehr zeitgemäß hielt. Er erschien mir außergewöhnlich. Kein Plan, den man heute noch einfach von der Stange nimmt, um ihn sich überzuziehen. Überhaupt die Straße. Auf dem Landweg nach Indien war gestern. Ich mochte die Reaktionen meines Umfelds, wenn ich von meinen Plänen erzählte. Der Einzige, der keine Bedenken äußerte, war John ...«

»Gable?«, sagte Kishone.

»Ja«, antwortet Sax, ohne weiter auf Kishones Frage einzugehen. »Albern, was man sich so überlegt, was? Kitschig. Mädchengedanken, für die ich zehn Jahre zu spät dran war.«

»Ich finde es interessant.«

»Wahrscheinlich würde ich heute nicht mehr so denken. Gerade nach dem, was mit Tom passiert ist. Damals beschleunigte die Idee meinen Puls, und mein Herzschlag lenkte mich ab. Endlich eine Unwucht im Getriebe meiner Gedanken. Eine Idee, stark genug, um zu verhindern, dass ich mich vierundzwanzig Stunden mit Moms Tod oder mit Volker beschäftigte.«

»Mit Volker?«

Ohne Vorwarnung kehrt der Strom zurück. Das jäh wieder einsetzende Licht lässt Saxona blinzeln. In der Küche schüttelt sich der Kühlschrank. Kishone steht auf, dimmt die Deckenbeleuchtung und verlässt ein weiteres Mal das Zimmer.

»Ja, Volker«, ruft Sax ihm mit Verzögerung hinterher. In der Küche wird eine Schublade aufgezogen. Papier raschelt. Er nimmt ein weiteres Medikament, ihm geht es nicht gut, denkt Sax.

Kishone betätigt den Wasserhahn. »Erzähl mir von Volker«, ruft er.

»Kann man das Wasser hier trinken?«, fragt Sax. Ein neues Geräusch. Eine Tür? Das Nachgeben einer Gummidichtung. Sax tippt auf die Spülmaschine. Ein langgezogenes Quietschen, Geschirrgeklapper. Wieso um alles in der Welt räumt er jetzt die Spülmaschine aus?, denkt Sax.

»Vimala und ich trinken es, aber wir sind es auch gewöhnt. Dir würde ich es nicht unbedingt empfehlen. Erzähl mir von Volker.«

»Ich war fünf Jahre mit ihm zusammen …«

»Fünf Jahre sind eine lange Zeit«, sagt Kishone.

Das Klappern des Geschirrs endet. Vielleicht will er ihr helfen, ihr eine Pause einräumen, damit sie ihre Worte bündeln kann.

»So lange nun auch wieder nicht.«

Sie denkt an Tom. Tom, wie er sie bittet, sich sein

letztes Rugbyspiel vor der Abreise anzuschauen, sein *Abschiedspiel*, wie er es nannte. Tom, wie er sich auf den steilen Alpenserpentinen von ihr absetzt, Kopf und Kragen riskiert, um zu zeigen, wie er das Motorrad beherrscht. Tom, wie er nach der wilden Fahrt auf einer Landstraße vor Triest an der nächsten Bar schon auf sie wartet, den Espresso vor sich auf dem Tisch. Tom, wie er großspurig mit dem Notar auf Du und Du macht, als sie in Thessaloniki eine der Maschinen verkaufen wollen, weil ihnen das Geld auszugehen droht. Tom, der an jeder Ecke Venedigs etwas auszusetzen hat, weil ihn alles hier an Las Vegas erinnert. Wie kitschig es hier ist, sagt er tatsächlich, als er zum ersten Mal den Markusplatz sieht, wie kitschig, die Seufzerbrücke, wie kitschig sogar San Michele, wo sie in Venedig ihre Leute begraben. Wie kitschig das Grab von Strawinski. Eine kleine goldene Gondel kauft Tom trotzdem, wieder argumentiert er mit der Sammlung seines Vaters. An einem Platz in Nähe Rialto, den Tom exklusiv entdeckt zu haben glaubt, trinken sie Spritz für drei fünfzig. Gar nicht so teuer für die Lage, sagt Tom. Sax findet die Bar später im Marco Polo. Mit dem letzten Vaporetto zurück zum Hotel. Auf dem Vaporetto hat einer Geburtstag. Marco heißt er, wie der Platz. Sicher noch keine zwanzig. Seine Freunde singen ›Happy Birthday‹. Als sie aufhören, klatschen sämtliche Fahrgäste. Außer Tom. Er findet es wieder kitschig. Die Sache erinnere ihn, warum auch immer, an Yvonne, sagt er, ohne konkreter zu werden. Heute, nicht damals, versetzt das Sax einen Stich ins Herz.

»Nein, so lange nun auch wieder nicht«, ruft Kishone.

Sie hört, wie ein Schlüssel in ein Schloss geschoben wird. Das Geräusch kommt nicht aus der Küche. Die Eingangstür. Vimala kehrt nach Hause zurück, denkt Sax. Schon huscht Kishone durch die Diele, um seiner Frau die Tür zu öffnen, und plötzlich merkt Sax, dass sie nervös wird. Wie irre aufgeregt ist sie auf einmal. Fahrig streicht sie sich die Hose glatt, fährt sich mit den Händen durchs Haar. Und schon steht Vimala im Raum. Und wie sie im Raum steht, mit schicken Boutiqueeinkaufstüten in ihren Händen. Sie ist deutlich jünger, als Sax sie sich vorgestellt hat. So alt wie Tom vielleicht. Und schöner und schlanker und größer. Sari trägt sie auch nicht. Europäisch in ihrer ganzen Erscheinung. Westlich mit der in die Stirn geschobenen Ray Ban und indisch mit den silbernen Armreifen – sie klimpert – und dem roten Punkt auf ihrer Stirn. Mit ihrer Jeans, der taillierten Bluse und den geschnürten hohen Schuhen könnte sie ein Mannequin sein, eine amerikanische Filmschauspielerin. Obwohl sich die zwei Frauen nicht ähneln, erinnert Vimalas Auftreten Sax an ein Foto von Pink, das sie neulich in der Zeitung gesehen hat. Die Sängerin war zu einem Konzert in Frankfurt. Zu Mittag hatte sie in einer Bar auf der Schweizer Straße einen Salat gegessen und sich vom geschäftstüchtigen Wirt zu einem Foto überreden lassen. Auf dem Bild waren neben dem Wirt und Pink noch drei weitere Personen zu sehen, Angestellte des Lokals wahrscheinlich. Alle waren in etwa im gleichen Stil gekleidet, aber es stand außer Frage, wer auf dem

Bild der Star war und wer in einer Bar in Frankfurt-Sachsenhausen arbeitete. Ein Blinder hätte es sehen können, so außerordentlich stellte sich der Unterschied dar. Sax fragt sich, ob es Vimalas Kleidung auch in Frankfurt zu kaufen gibt. Wenn ja, dann kannte sie die Geschäfte nicht.

»Hi«, sagt Vimala und lächelt. Kishone bringt ein weiteres Tablett, diesmal ein kleineres, mit Sekt aus der Küche. Seiner Frau drückt er zur Begrüßung einen Kuss auf den Mund. Jetzt wirkt auch er jünger.

»Hello, I am Sax«, sagt Sax. Sie steht von ihrem Stuhl auf und streckt Vimala ungelenk eine Hand entgegen.

»I know«, antwortet Vimala, »aber wir können uns auch auf Deutsch unterhalten.«

* * *

Bis Ankara verlief alles glatt. Die Pisten eben wie Salzseen, wenig Verkehr. Manchmal begegneten sie stundenlang keinem anderen Fahrzeug. Am Rande von Ortschaften war es belebter. Hier sahen sie auch Zweiräder, meist mittelschwere Maschinen, oft mit selbstgebauten Beiwagen. Ansonsten Lastwagen und ab und an, bei den Feldern, ein Ochsenkarren, beladen mit Heu. Bei ihren Stopps fanden sie sich auch in entlegenen Gebieten binnen Minuten von Kindern umringt, die ihre Maschinen bestaunten, besonders die rote. Kishone fotografierte, während die Kinder mit den Mopeds ihrer Väter und Brüder prahlten. Mit den hartnäckigsten der Jungen drehte Amitabh einige kurze Runden. Einmal auch mit einem Mädchen, was ihren Brüdern, die feiger waren, nicht gefiel. Am Ufer des Euphrats, dem sie lange folgten, obwohl es kürzere Wege gegeben hätte, fotografierte Kishone ein halbverwestes Kamel. Dabei legte er sich in das verdorrte Gras, um auch den Himmel auf das Bild zu kriegen, in dem die Geier kreisten.

»In Leverkusen mache ich eine Ausstellung«, sagte er zu Amitabh.

»Die warten da nur auf einen wie dich«, antwortete der stoisch, während er sich einen Joint drehte.

Sie begegneten einem indischen LKW, der an seiner Windschutzscheibe neben Gebetsfahnen zwei Spruchbänder befestigt hatte: Allah ist groß, und Jesus ist mein Gott. Da wollte einer auf Nummer sicher gehen. Als sie dem Fahrer zuwinkten, feuerte er Salutschüsse aus seiner chromblitzenden Dachtrompete.

Wahrscheinlich hatte es seit Wochen nicht mehr geregnet, denn die Straßen vor der Stadt glänzten vom Abrieb der Reifen wie schwarzer Speck. Spurrillen tief im Asphalt, Abflussdeckel reckten ihre Hälse aus dem weichen Teer. Die Straßen hielten der Hitze nicht stand, wie Kleister pappte der Belag an den Reifen. Amitabh warnte vor den Gefahren. Kishone schärfte er ein, rechts zu fahren. Bisher hatte er den Rechtsverkehr gemeistert. Heute aber, müde und darauf konzentriert, Fehler zu vermeiden, war er mehrfach versucht gewesen, einem entgegenkommenden Fahrzeug nach links auszuweichen.

Auf dem Weg zum Stadtzentrum hielt Kishone

einen Radfahrer irrtümlich für Joan. Als Kishone rechts überholen wollte, fuhr er in einen am Straßenrand stehenden Esel. Der Esel lief davon, Amitabh nahm auf der Enfield die Verfolgung auf. Fluchend kam der Besitzer des Tiers aus einem Geschäft. Der Radfahrer, den Kishone bei seinem Sturz beinahe mit sich gerissen hätte, begann, nach Kishone zu treten. Doch als die Türken Kishones verbeultes Gesicht und seine hektische Hilflosigkeit im Umgang mit der Maschine, die er immer wieder vergeblich aufzurichten versuchte, bemerkten, beruhigte sich die Situation. Amitabh kehrte mit dem Esel, den er an seine Leine genommen hatte, zurück. Jetzt lachten die Männer. Mit vereinten Kräften wurde Kishones Motorrad wieder aufgerichtet. Amitabh zog ein Päckchen Zigaretten aus der Brusttasche, die Türken hatten Feuer. Anerkennendes Kopfnicken, während sie pafften.

»Gold Flake, India«, erklärte Amitabh und wiegte den Kopf von rechts nach links und wieder zurück.

»Marlboro«, sagte der Eselbesitzer. »Amerika, Marlboro.«

Der Radfahrer deutete Schüsse mit einem Gewehr an. Wieder Lachen. Mit Gesten bat der Eselbesitzer in sein Geschäft. Offensichtlich kannte er den Radfahrer. Die Männer gingen vertraut miteinander um.

Was hier eigentlich verkauft oder produziert wurde, blieb unklar. Felle und gegerbte Häute lagen auf großen Stapeln übereinander und verströmten einen süßlich-herben Geruch. In der Mitte des Raums ein kleiner Schreibtisch, den die beiden Türken sogleich in eine Ecke zogen, um auf dem Boden Platz zu schaffen. Es stellte sich heraus, dass sie den gleichen Namen trugen: Tarek. Der Radfahrer mochte jedoch lieber Bill genannt werden. Wieder sagte er »Marlboro«, wieder »Amerika«, wieder machte er die Flintenpantomime. Tarek brachte eine grüne, reichverzierte Wasserpfeife aus einem Nebenraum und verschwand erneut. Bill bat die Inder, am Tabak zu riechen, bevor er ihn in die Pfeife stopfte. Der Geruch nach Früchten und Gewürzen wie auf dem Basar. Als Tarek Apfeltee brachte, glühte bereits die Kohle auf der Pfeife. Ein Witz wurde erzählt, immer wieder aufs Neue gelacht. Das Mundstück machte die Runde. Bill imitierte das blubbernde Geräusch des Wassers. In Geräuschen war er groß. Vorsichtig zog Tarek einen Umschlag mit Fotografien aus der Schublade des Schreibtischs. Die verknickten Bilder behandelte er ehrfürchtig wie Reliquien. Ein Hochzeitspaar, ein Mann in Uniform, ein Baby, ein amerikanischer Straßenkreuzer, sorgfältig aus einer Zeitschrift ausgeschnitten und auf Karton geklebt. Eine Postkarte zeigte Atatürk.

»Kemal not good«, kommentierte Bill die Fotografie, »no, Kemal good«, widersprach Tarek. Zum Spaß griffen sich die Männer gegenseitig an die Gurgel, schüttelten sich, lachten. Das Foto eines Flusses. Eine Brücke, eine große Moschee.

»Konstantinopel«, sagte Bill.

»Yes, yes, Konstantinopel«, rief Amitabh, er war in seinem Element. Sicherlich würde er jetzt auch gerne einen der Männer aus Spaß an der Kehle packen. Er war besoffen vor Glück. Die Reise, die Abenteuer, das Bewusstsein, noch ungeahnte Mengen an Leben im Körper zu haben.

»Me, him«, Amitabh deutete auf Kishone, »Konstantinopel. With the Motorbikes.« Amitabh hielt die Arme in die Luft, als greife er einen Lenker. »Brumm, brumm«, untermalte er die Phantombewegungen seiner rechten Hand. Kishone beobachtete ihn stumm. Er liebte den Freund, wenn er sich so gab.

»Konstantinopel, Konstantinopel«, repetierten Bill und Tarek.

»Dennis Harper«, sagte Bill mehrfach, wahrscheinlich meinte er Dennis Hopper.

»My wife – Konstantinopel.« Tarek griff sich ans Herz und blickte versonnen zur Zimmerdecke und darüber hinaus. Wann genau er eine Frau in Konstantinopel geliebt hatte, unter welchen Umständen er sie getroffen hatte, ob sie glücklich gewesen waren, aus welchen Gründen sie geheiratet hatten – Tarek verriet ihnen nicht all seine Geheimnisse. Auch ob sie ihm das Herz gebrochen hatte, behielt er für sich. Aber was spielte ein einstmals gebrochenes Herz noch für eine Rolle in diesem Augenblick?

Der Rauch der Wasserpfeife brannte Kishone in den Augen. Er brauchte frische Luft. Als er vor den Laden trat, war es stockfinstere Nacht. Wie lange saßen sie bereits mit den Türken zusammen? Zu welcher Uhrzeit beendete die Sonne hier ihr Tagewerk. In Ankara roch die Nacht nach Erde und Feuer, nach Dung, Ruß und Öl. Sie roch nach Feuchtigkeit wie die Nächte in

Pushkar vor dem Monsun. Vielleicht würde es Regen geben. Zwischen alldem wehte die harzige Spur einer Kühle, vielleicht von den Bergen her, die Kishone aus den Sommern daheim nicht kannte. Eine Kühle, die er überhaupt nicht kannte und die er fortan für sich mit dem Westen verbinden sollte. Vielleicht waren es die Nadelwälder, dachte er. Roch so nicht Europa? Waren sie bereits am Ziel? Wo endete Asien, wo begann das gelobte Land? Zypern, Italien, Leverkusen, Holland, Bonn, Berlin und das strahlende Konstantinopel, in dem Joan auf ihn wartete. Sie hätten Amitabhs Auftragskalender mit den Landkarten mitnehmen sollen, der wusste die Antwort. Aber man ging nicht mit einem Auftragskalender auf die große Reise.

Aus dem Laden drang das Lachen der Männer. Welche Geschichten mochten sie sich erzählen, keiner der Sprache des anderen mächtig? Würden sie sich auch verstehen, wenn sie dieselben Worte gebrauchten? Kishone zündete sich eine Zigarette an. Zwei Gestalten, die ihn sicherlich ebenso wenig verstünden wie er sie, machten sich an der roten Enfield zu schaffen, klappten ihren Ständer ein und schoben sie davon. Kishone nahm einen tiefen Zug, beobachtete, wie sie mitsamt der Maschine langsam in der Dunkelheit verschwanden. Er rauchte seine Zigarette zu Ende. Es würde Ärger geben. Ohne Eile kehrte er ins Haus zurück.

⋆ ⋆ ⋆

Vimala werkelt in der Küche. Sie besorgt neue Getränke, dabei haben sie alle drei jetzt schon zu viel getrunken. Kishone zündet sich eine weitere Zigarette an. Auf dem überquellenden Aschenbecher ist ein bunter Vogel abgebildet – ›King Fisher‹.

»Hast du den geklaut?«, fragt Sax.

»Den Aschenbecher?« Kishone versucht das Streichholz auszuschütteln. Er ist ungeschickt, beinahe verbrennt er sich die Finger. »Wieso sollte ich ihn geklaut haben? Curlies in Anjuna hat ihn mir geschenkt. Vor Jahren schon. Für fünfzig Rupien kann man so einen Aschenbecher hier an jeder Ecke kaufen. In Indien sind die Dinge so billig, dass man nicht klaut, der Reiz wäre zu gering.«

»Es tut mir leid, dass ich Vimala auf Englisch angesprochen habe. Ich war so überrascht. Ich sollte mich bei ihr entschuldigen.«

»Unfug, sie wird es nicht einmal bemerkt haben.«

»Sie hat es bemerkt!«

»Dann wird sie es bereits wieder vergessen haben, oder sie misst der Sache keine Bedeutung zu. Vimala mag dich. Glaub mir, ich weiß wie sie sich verhält, wenn sie jemanden nicht mag.«

»Du hast beobachtet, wie die Enfield gestohlen wurde?«

»Nicht direkt beobachtet. Sagen wir, ich hatte es bemerkt.« Kishone zieht an der Zigarette, beim Ausatmen schaut er dem davonschwebenden Rauch hinterher.

»Gold Flake, wie damals«, sagt Sax.

»Wie damals.« Kishone nickt. »Aber heute schmecken sie anders. Sie haben das Rezept verändert, vielleicht habe auch nur ich mich verändert.«

»Wieso hast du nichts unternommen? Amitabh hat dir das Motorrad besorgt. Amitabh war dein Freund.«

»Der beste, den ich jemals hatte. Aber ich musste abwägen. Die Wahrheit ist: Ich traute mir den Verkehr in Europa nicht zu. In Indien ging es noch, auch auf dem Land und in Teheran. Aber Ankara war furchtbar, die ganzen Regeln, der Rechtsverkehr. Ich fürchtete, dass dies nur ein Vorgeschmack auf die Situation in Istanbul und Deutschland sein würde. Ich hatte einfach Schiss. Angst um mein Leben. Damals wusste ich noch nicht, dass ich neunundneunzig Jahre alt werde.«

»Schön, dass du es heute weißt, so etwas lässt einen die Dinge leichter angehen. Wer hat es dir verraten?«, fragt Sax und zündet sich eine Zigarette an.

»Eine Wahrsagerin. Eine Prophezeiung. Habe ich das noch nicht erwähnt? Ich erwähne es nämlich gerne. Damals wusste ich es jedenfalls noch nicht. Jeden Abend lag ich wach, und wenn ich endlich einschlief, sah ich mich in einem Traum gefangen, an dessen Ende ich in eine Leitplanke rutschte oder mit dem Kopf aufs Pflaster schlug. Es war ein Wunder, dass ich mit der Maschine überhaupt so weit gekommen war. Ich hatte doch nicht einmal einen Führerschein. Den Diebstahl zu verhindern wäre mir wie eine Versuchung der Götter vorgekommen …«

»Sagt der Agnostiker …«

»Der auch! Hätten sie sich an Amitabhs Maschine, der Black Bull, zu schaffen gemacht, hätte ich es nicht zugelassen, aber die rote gehörte ja nicht einmal richtig uns. Strenggenommen hatten wir sie selbst gestohlen, dem Touristen, der sie bei Amitabh untergestellt hat. Wenn ich gewusst hätte, was der Verlust des Motorrads mit Amitabh anstellen würde, hätte ich anders reagiert – ich hätte reagiert.«

»Amitabh nannte seine Maschine *Black Bull*?«, fragt Vimala. Gerade kehrt sie mit einem weiteren Tablett aus der Küche zurück, Eis, Gläser, Whisky, stellt es auf den Tisch und umarmt ihren Mann von hinten.

»Ja, so hat er sie genannt. Amitabh jedenfalls kam durch den Diebstahl ins Nachdenken, so wie ich am Nachmittag ins Nachdenken gekommen war, als er mich immer wieder ermahnte, auf den Rechtsverkehr zu achten. Man meint es nicht, aber es gibt auch ein Zuviel an Überlegung. Sie führt zu Zweifeln. So war es auch bei Amitabh, plötzlich waren sie wieder da, die Zweifel, die wir in Afghanistan zurückgelassen geglaubt haben, als er seinen Frieden mit Serge gemacht hatte. Nur war es diesmal noch schlimmer. Als ich Amitabh einige Tage nach dem Verlust der roten Bullet in Istanbul wiedertraf, hatte ich es mit einem anderen Menschen zu tun. Es war, als hätte ihn und mich an diesem Tag in Ankara der Fluch der Kröte gestreift.«

»Der Fluch der Kröte?«

»Du kennst den Fluch der Kröte nicht?« Kishone blickt zu Vimala auf, die immer noch hinter ihm steht. Vimala zieht die Augenbrauen in die Höhe.

»Kennst du den Film American Beauty?«, fragt Kishone, jetzt wieder Sax zugewandt.

»Ja, den kenn ich.«

»Da haben wir's. Sie kennt diesen Mistfilm, aber den Fluch der Kröte kennt sie nicht.«, Kishone lacht. Vimala gibt ihm einen Klaps auf den Hinterkopf. Ihre Armreife klirren, sie verdreht die Augen.

»Dein Problem ist, dass du in deinem Leben die falschen Prioritäten setzt«, sagt Kishone zu Sax, die jetzt ebenfalls lachen muss.

»Ist die Kröte die richtige Priorität?«

»Der Fluch der Kröte ist eine Fabel von Wintermitz oder Winternitz oder so ähnlich. Eine Fabel und ein Musikstück. Eine Komposition, bei der jedem Tier eine bestimmte Melodie zugeordnet ist.«

»Wie bei Peter und der Wolf?«

»Genau. Aber der Fluch der Kröte spielt in Indien, vielleicht habe ich die Geschichte deshalb immer gemocht. In der Rinde eines Feigenbaums auf der Straße zur blauen Pagode lebt ein Tausendfüßler, den alle Tiere schätzen, weil sie ihn für überaus gebildet halten und er darüber hinaus ein großartiger Tänzer ist, der seine tausend Beine in perfekter Harmonie zu bewegen vermag. Der Tausendfüßler selbst ist ein ziemlich eingebildeter Charakter und liebt es, dass die Tiere ihm die Worte ›Ihm nemaskar, Ihm nemaskar‹ zurufen, wenn sie ihm beim Tanz huldigen.«

»Spielt das eine Rolle?«

»Ich weiß es nicht. Immerhin wird es erwähnt, und wie du weißt, gibt es keine Kleinigkeiten. Zurück zur

Geschichte. Die Periode des Glücks währt nicht ewig. In diesem Fall kommt der Umschwung in Form einer Kröte daher. Die Kröte ist eifersüchtig auf den Erfolg des Tausendfüßlers, weshalb sie ihm einen Brief schreibt. Zuerst gibt sich die Kröte schleimig und schmiert dem Tausendfüßler Honig um den Mund, dann aber fragt sie ihn, wie er es denn um alles in der Welt fertigbringe, seine tausend Füße zu koordinieren. Diese Frage ist das Schlimmste, was dem Tausendfüßler passieren kann. Er kommt ins Nachdenken, beginnt seine Situation zu reflektieren und kann hinfort kein Glied mehr rühren. Er hat vergessen, welches Bein er zuerst heben soll, und je mehr er darüber nachdenkt, desto weniger kann er sich entsinnen. ›Auf der Straße zur blauen Pagode schien heiß die indische Sonne herab – heiß die indische Sonne‹, endet die Fabel.«

»Eine schlimme Geschichte.« Sax schaut fragend zu Vimala.

»Ich kenne sie schon, Kishone erzählt sie häufiger. Wenn er getrunken hat, erzählt er sie am besten. Ich finde sie auch schlimm. Und schön«, sagt Vimala.

»Du glaubst also, der Diebstahl der Enfield war Amitabhs Kröte?« Sax nimmt einen Schluck Whisky und wünscht, sie hätte es nicht getan.

»Der Verlust der Enfield, das schlechte Gewissen gegenüber dem deutschen Motorradbesitzer, der Tod Serges lagen ja auch noch nicht lange zurück. Das alles brachte Amitabh schwer ins Grübeln, so sehr, dass er sich Dinge einzubilden und zu halluzinieren begann.«

Kishone greift sich die Gold-Flake-Packung vom Tisch, zieht eine Zigarette halb heraus, hält dann inne und schiebt sie in die Schachtel zurück.

»Viele schlimme Tage hockte Amitabh die Kröte im Nacken, und selbst nachdem er sie endlich wieder abgeschüttelt hatte, entdeckte ich fortan, wenn die Schatten länger wurden, zu meinem tiefsten Entsetzen, an ihm noch immer ihre bleichen Konturen.«

* * *

Serge sagte: »Da bin ich wieder.«

Amitabh antwortete: »Ich dachte, wir haben eine Abmachung?«

»Weißt du«, sagte Serge, »wir Toten haben es nicht so mit Abmachungen. Mit der Zeit wirst auch du das lernen.«

Serge warf einige Hände Sand in die Glut, die Flammen begannen zu flackern und wurden kleiner.

»So schwächst du das Feuer«, sagte Amitabh, »du wirst es noch ganz verderben.«

»Eines Tages wird dir das Feuer zum Hals raushängen«, sagte Serge, »auch das lernst du noch.«

Serge hatte sich seit ihrem letzten Treffen verändert, und das nicht zu seinen Gunsten. Die Haut spannte sich über seinem Gesicht wie eine Maske, an Hals und Stirn prangten die gleichen schwarzen Flecken, die Amitabh auch an Serges Armen und an dem Teil der Brust bemerkte, der nicht vom Ausschnitt des schmutzigen Unterhemds verdeckt wurde. Ein kleiner Hund hatte sich auf dem Boden zusammengerollt und schmiegte sein Köpfchen an Serges Bein.

»Einen süßen Hund hast du da«, sagte Amitabh.

»Ja.«

»Er ist jung, fast noch ein Welpe. Er wird mal ein strammer Kerl werden. Du erkennst es an seinen großen Pfoten.«

»Vielleicht«, sagte Serge.

Amitabh hielt Serge die Flasche Whisky hin, Serge schüttelte den Kopf. Amitabh bot ihm seinen Joint an.

»Ich nehme keine Drogen mehr, sie schaden dem Teint«, sagte Serge.

»Wieso bist du zurückgekehrt?«, fragte Amitabh.

»Vielleicht war mir langweilig«, sagte Serge und lachte, als stünden seine Lungen kurz davor, ihren Dienst zu quittieren.

»Du solltest dich von einem Arzt untersuchen lassen«, sagte Amitabh. Serge übersprang die Bemerkung.

»Langweilig war mir nicht. Du bist nicht der Einzige, den ich besuche.« Er schaute Amitabh jetzt direkt in die Augen. Nicht einmal als Serge fragend eine Braue hob, zeigte sich in seinem Maskengesicht eine Falte.

»Wem erscheinst du noch?«

»Rate!«

»Sue?«

»Bingo!«, sagte Serge.

Im Feuer knackte ein Ast, der Hund hob seinen Kopf, blickte sich um und gähnte. Funken flogen auf.

»Lass Sue in Frieden. Sie ist noch ein Kind. Du hattest deinen Spaß mit ihr. Würdest du noch leben, du gingst dafür in den Knast.«

»Nicht in Vietnam«, antwortete Serge. »Aber du hast gefragt, warum ich zurückgekommen bin. Ich will dir den Grund nennen: Ehrfurcht.«

»Ehrfurcht?«, wiederholte Amitabh.

»Du botest mir davon wenig. An dem Abend, an dem sie dir die Rote gestohlen hatten, warst du beinahe ausgelassen, das hat mich gestört. Und selbst nach diesem Abend noch. Für die kleine Amerikanerin hattest du dich rasiert. Eitelkeit und mangelnder Respekt. Dein Verhalten war deiner Situation unangemessen. Du hattest ein Leben auf dem Gewissen – mein Leben.«

Amitabh blickte ins Feuer. »Hast du die Enfield genommen?«

»Gott bewahre.« Serge antwortete schnell und heftig. Der Hund erschrak, bellend sprang er auf seine Beine. Als er sah, dass ihm keine Gefahr drohte, rollte er sich zurück in seine ursprüngliche Position. Serge begann ihn im Nacken zu kraulen.

»Ich bleibe lieber bei meiner Harley. Veränderungen fallen mir zunehmend schwer. Obwohl mir in meinem jetzigen Zustand eine rote Maschine natürlich gut zu Gesicht stünde, was meinst du?«

Ein Wagen mit defektem Auspuff tastete sich mit nur einem Scheinwerfer auf der fünfzig Meter entfernt liegenden Straße voran. Das Zirpen der Zikaden setzte aus, ein aufgescheuchtes Kaninchen hetzte durchs dürre Gras, wieder bellte der Hund.

»Ein aufmerksamer kleiner Kerl«, sagte Serge. »Die Türkei ist voll streunender Hunde, in Persien triffst du außerhalb der Städte fast nie auf einen. Ich frage mich, woran das liegt. Gleich hinter der Grenze bemerkst du es. Hier Hunde, da keine.« Serge untermalte die Aussage mit seinen Händen. »Es ist, als hätten die Viecher eine geheime Abmachung getroffen.«

»Ich möchte noch einmal über *unsere* Abmachung sprechen«, sagte Amitabh.

»Du enttäuschst mich. Ich dachte, du seiest ein Mann, der die Dinge auf sich zukommen lässt. Setz dich zu mir.« Serge klopfte mit seiner freien Hand neben sich in den Staub.

Amitabh erhob sich stöhnend. Er hatte zu lange in seiner Position verharrt. Seine Glieder waren eingeschlafen, seine Knochen schmerzten. Um zu Serge zu gelangen, musste er das Feuer halb umrunden. Als er neben ihm saß, bemerkte Amitabh, dass von Serge keinerlei Geruch ausging. Der Franzose roch absolut neutral, er roch überhaupt nicht. Seine Geruchlosigkeit stand in auffallendem Gegensatz zu seinem abgerissenen Aussehen. Merkwürdig, dass sich der Hund nicht daran stört, dachte Amitabh. Ein Mann ohne Geruch ist wie ein Mann ohne Schatten.

»Hab keine Angst, komm nur näher. Türkische Nächte sind kalt, etwas Wärme schadet keinem von uns«, sagte Serge und rückte sein Bein zur Seite, doch in dem Augenblick, in dem sich ihre Beine hätten berühren müssen, bemerkte Amitabh, dass sich Serges Bein einfach durch das seinige hindurchschob. Amitabh blickte auf den Hund. Dessen Kopf ruhte noch immer auf Serges anderem Bein. Für ihn bot Serges Körper einen Widerstand, den er Amitabh versagte.

»Wie kann das sein, wie ist das möglich?«, fragte Amitabh.

Serge lachte und fasste sich dabei an die rasselnde Brust.

»Mein Lieblingstrick. Die magische Nichtberührung. Man würde mir dafür eine Show am Broadway bieten. Wenn ich könnte, träte ich damit auf. Aber ich bin nicht mehr so gefragt wie früher. Als Geschäftspartner habe ich ausgedient. Mir bleibt lediglich, mit meinen Fähigkeiten einen kleineren Personenkreis zu unterhalten. Bei Sue brachte ich noch einen anderen Körperteil als bei dir zum Einsatz. Mit einem für uns beide allerdings eher unbefriedigenden Ergebnis. Wusstest du, dass die Genitalien dem Verwesungsprozess am wenigsten entgegenzusetzen haben? Eine frustrierende Erfahrung.«

Amitabh fixierte die Whiskyflasche auf der ihm gegenüberliegenden Seite des Feuers.

»Ja, schau nur in die Flamme.« Noch immer rasselte Serges Lunge. »Achte auf die Bilder, die der Rauch dir malt. Was ist Phantasie, was Realität, was deine Zukunft und was nur ein Gespinst deiner Gedanken, eine Ausgeburt deines Hirns, das dich besser kennt als ich.«

Einige Minuten saßen sie so da. Schließlich erhob sich Serge. Der Hund huschte verspielt zwischen seinen Füßen umher. Aus seinem etwas abseits gelegenem Bündel zog Serge einen Klappspaten und eine Wurst hervor, der kurze Schwanz des Hundes wedelte.

»Du wirst deinen Teil der Abmachung erfüllen, wie ich meinen Teil erfüllen werde.« Mit einem Messer schnitt Serge die Wurst in zwei Teile. Während er das eine an den Hund verfütterte, steckte er das andere in eine Seitentasche seiner Armeehose.

»Und hab keine Angst. Wie du eben sehen konntest, bin ich nicht einmal in der Lage, dich zu berühren. Ich bin in einer erbärmlichen Verfassung.«

Sorgsam verschraubte Serge den Stiel des Spatens, bevor er dessen Schaufelblatt fixierte. Der Hund kläffte. Er glaubte an ein neues Spiel, fast sah es aus, als lache er. Seine kurzen, spitzen Zähne blitzten. Der Spaten war jetzt einsatzbereit.

»Sagtest du nicht vorhin, ihr Toten hieltet euch nicht an Abmachungen?«, fragte Amitabh.

»Vorhin habe ich gelogen, jetzt sage ich die Wahrheit.« Serge zog dem Hund, ohne zuvor ausgeholt zu haben, den Spaten über den Schädel. Das Tier jaulte auf und fiel zur Seite. Noch atmete es. Das aus seinem Kopf und Maul sickernde Blut nahm der durstige Boden dankbar entgegen. Serge reinigte die Schaufel mit einem Tuch, das er aus derselben Tasche zog, in der er eben die Wurst hatte verschwinden lassen, und klappte langsam den Spaten wieder zusammen. Der Hund beobachtet ihn dabei, seine Augen bewegten sich, kurz hob er noch einmal seinen Kopf.

»Wenn ich ihm jetzt den Rest der Wurst gäbe, würde er mich noch immer lieben«, sagte Serge. »C'est tout pour aujourd'hui. Adieu mes amis.« Bevor er davonstapfte, streichelte er den Hund.

Später begann das Tier zu zucken, es war erstaunlich, wie lange sich der kleine Körper gegen das Unvermeidliche wehrte. Amitabh saß daneben. Er fragte sich ob es besser sei, den Hund zu trösten oder ihn zu erschlagen. Wie tröstete man einen sterbenden Hund? Letztendlich tat er nichts. Irgendwann begann der Hund zu hecheln, dann wurde sein Atem flacher, als er endlich ganz aussetzte, war das Feuer niedergebrannt. Amitabh hielt die Hände über die Glut. Er fühlte die Wärme und hörte auf das unerbittliche Zirpen der Zikaden, er zog an seinem Joint und wunderte sich über das Ausbleiben der Tränen.

⋆ ⋆ ⋆

»Wie geht's, Kishone?«

»Kopfschmerzen. Wie geht's dir?«

»Alles in Ordnung. Ich hätte ein wenig länger schlafen können, die Hitze hat mich auf die Beine gebracht.«

»Warum hast du die Tür nicht aufgelassen? Dann wäre die Kühle aus den anderen Räumen zu dir hineingezogen. Ich muss unbedingt die Klimaanlage im Gästezimmer reparieren. Kaffee?«

»Gerne. Wo steckt Vimala?«

»Vimala ist schon früh zur deutschen Botschaft gefahren. Manchmal arbeitet sie dort als Übersetzerin.«

»Vimala ist toll.«

»Finde ich auch. Ich habe mich gestern mit ihr noch einmal kurz darüber unterhalten, dass du sie zunächst auf Englisch angesprochen hast. Sie hat gelacht. Ich soll dich von ihr grüßen. Sie kommt erst gegen Abend zurück und hofft, dass du dann noch da bist. Ich würde mich auch freuen. Wir könnten zusammen wieder ins Indigo gehen oder ins Leopold, ganz in der Nähe. Ein Snack in der blutenden Wunde Indiens. Im Leopold stecken noch immer die Kugeln vom Mumbai-Shooting in der Wand, haben die einfach dringelassen und ein paar zum Thema passende goldgerahmte Bilder drumherum gehängt. Sechs Menschen verloren hier bei den Anschlägen am 26. November ihr Leben, am 27. November hatte das Leopold wieder geöffnet. Vergangenheitsbewältigung auf Indisch. Oder wir gehen ins Kino. Vorher kann dich Ali durch die Stadt fahren. Er wird sowieso gleich hier auftauchen. Er mag meinen Kaffee, er hat sich extra einen sechsten Sinn zugelegt, der ihm meldet, wann ich frischen aufgebrüht habe. Ich glaube, sein Guru hat ihm dabei geholfen. Du könntest vom Auto aus Fotos machen. Ich leihe dir eine Kamera. Wenn du möchtest, können wir auch zusammen zur Elefanten-Insel fahren, ich habe heute frei.«

»Lass uns erst einmal Kaffee trinken. Ist das die Zeitung von heute?«

»Ja.«

»Ein Zugunfall?«

»Wahrscheinlich ein Attentat. Maoisten haben in der Nähe von Kalkutta die Gleise gesprengt. Der Gyaneshwari-Express ist entgleist.«

»Sieht heftig aus.«

»Ist heftig! Es hat Dutzende Tote gegeben.«

»Ist das der Zug, mit dem ich gekommen bin?«

»Ich bin mir nicht sicher. Du bist ja zuerst nach Delhi gefahren. Nein, ich glaube, dein Zug hieß anders.«

»Was wollen die Maoisten erreichen?«

»Die Maoisten sehen sich als Vertreter der Armen. So eine Art Robin-Hood-Geschichte. Normalerweise richten sich ihre Anschläge gegen öffentliche Einrichtungen und Sicherheitskräfte. Dass sie einen Zug mit Zivilisten überfallen, ist neu und beunruhigend. Nicht ihre Handschrift. Wenn du den Artikel zu Ende gelesen hast, schau mal in den Innenteil der Zeitung. Die Behörden von Aurangabad wollen ihre gesamte Stadt rosa streichen. Aurangabad galt bisher als ziemlich kriminelles Nest. Gewalt und Kämpfe zwischen den Kasten waren dort an der Tagesordnung. Eine Hochburg der Maoisten soll Aurangabad im Übrigen ebenfalls sein.«

»Und jetzt streichen sie es rosa und hoffen, dass sich alles bessert?«

»Ja, und die Meldung steht in derselben Zeitung, die darüber berichtet, dass Terroristen einen Zug in die Luft gejagt haben. Das ist Indien, aber eigentlich ein schöner Gedanke, die Sache mit der rosafarbenen Stadt … Da ist Ali. Er klingelt immer in diesem Rhythmus. Zweimal lang, viermal kurz, dreimal lang. Ich glaube, er hält das für eine Art Code. Ich habe ihn tausendmal gebeten, nur einmal zu klingeln wie jeder vernünftige Mensch. Aber er will sich einfach nicht umstellen. Er meint, immerhin seien wir, seit er bei uns arbeitet, noch kein einziges Mal überfallen worden.«

»Ihr seid mal überfallen worden?«

»Natürlich nicht, wir leben ja nicht in der Bronx. Hast du dir übrigens überlegt, ob du übermorgen mit nach Goa kommst? Vimala kommt auf alle Fälle mit. Während ich in Panjim bin, könntet ihr an den Strand gehen. Wir können ein paar Tage dort verbringen. Ich will heute die Tickets besorgen.«

»Wenn ich euch nicht störe, komme ich gerne mit, die Strecke zwischen Mumbai und Goa soll eine der schönsten in ganz Indien sein.«

»Ja, sie ist schön. Sehr grün, fast könnte man meinen, man fahre durch den tropischen Regenwald. Leider wirst du von dieser Strecke nur recht wenig mitbekommen.«

»Wieso, fahren wir mit dem Nachtzug?«

»Nein, wir fliegen.«

⋆ ⋆ ⋆

»Ich nehme an, Sie sind Mister Kumar.« Melody drückte Kishone, der sich gerade umständlich zwischen Amitabh und dem Gepäck vom Sitz der Bullet erhob, zur Begrüßung die Hand. »Und sie müssen Kerouac sein.«

Amitabh ließ es sich gefallen, dass sie ihm rechts und links einen Kuss auf die Wange gab.

»Ich kenne deinen Akzent«, sagte Amitabh, und Melody, daran gewöhnt, dass die Menschen ihren falschen Akzent hinreißend fanden, erzählte gleich ihre Geschichte. Dass sie aus Frankreich komme, aus Montpellier, dort, wo die Franzosen am nordamerikanischsten seien, am nordwestamerikanischsten, um genau zu sein, wie in: »San Francisco!«

Amitabh wollte wissen, ob sie einen Hund habe. Melody verstand nicht, ihr Versuch, ihre Unsicherheit wegzulächeln, misslang.

»Habt ihr Franzosen kein eigenes Land?«, fragte Amitabh, »ist es bei euch so hässlich, dass ihr in der ganzen Welt herumlungern müsst?« Dann wollte er, als sei es das Selbstverständlichste auf der Welt, wissen, ob im Inka ein Zimmer für ihn reserviert sei.

»Ein Doppelzimmer für Sie und Mister Kumar«, sagte Melody knapp, das Lächeln hatte sie mittlerweile eingestellt.

»Auf welchen Namen?«

»Stone«, sagte Melody, »Joan Stone.«

»Hilfst du mir, die Bullet abzuladen?«, bat Kishone Sven.

Amitabh verschwand in der Lobby.

Melody horchte auf: »Kerouacs Motorrad hat einen Namen?«

»Bullet ist die Typbezeichnung«, sagte Kishone.

Melody wühlte in ihrer Tasche, griff nach dem Bleistift hinter dem Ohr und begann zu schreiben.

Einer der aussieht wie Jack kommt durch die Wüste auf einer heiligen Kugel geritten / Weder Sonne noch Jesus noch Buddha steht in seinem Blick / nur Winter liegt in seiner Seele. Ich sage dir: Der Reiter ist der Bruder des roten Hahns.

Melody war ein Eso-Mädchen. Wo andere gingen, da schwebte sie. Melody war so dünn, dass man sie pausenlos füttern wollte, aber ihr stand es. Ihre Gedichte handelten von Liebe, Tod und Sichselberfinden.

Drei Stunden hatte sie jetzt vor dem Inka gesessen. Sie hatte einen Jungen beim Diebstahl einer Birne beobachtet, einen Geschäftsreisenden, dem sie in die Lobby gefolgt war, beim Einchecken belauscht und sich vergeblich bemüht, die Aufmerksamkeit des Wachsoldaten vor der Botschaft auf der anderen Seite der Straße zu erregen. Danach versuchte sie sich an einem neuen Gedicht: *Die İstiklal Caddesi runter in Richtung Bosporus, den ganzen Orient im Rücken, immer dem Geruch, immer der Nase nach. / Die Straße flirrt golden wie eine Erscheinung, der Galataturm eine Festung vor den kosmischen Wassern der Oase.*

Sven hatte sie gefragt, was sie mache.

»Ich dichte.«

»Lies vor!«

Sie las vor. »Und?«

»Es reimt sich nicht«, sagte Sven, »aber es passt zu dir – irgendwie. Wie heißt das Gedicht?«

»Gang über die goldene İstiklal Caddesi, in Richtung Bosporus am Nachmittag.«

»Oh«, sagte Sven.

»Beatnikstyle«, erklärte Melody.

»Oh«, sagte Sven wieder, »Beatnik wie dieser Godot.«

»Kerouac«, sagte Melody.

»Ich dachte nur Godot, weil sie da auch warten.«

»Ha«, sagte Melody.

Hinter der Straßenbiegung beschleunigte ein Motorrad, das sechzehnte für heute. Sven und Melody blickten gemeinsam auf. Eine kleinere Maschine. Ein älterer Mann. Graue Stoppeln im Gesicht, braune Hose, weißes Hemd. Auf dem Gepäckträger hielten Stricke eine schiefe Kiste, aus der der Kopf eines Hahns hervorlugte, sein Kamm zappelte im Fahrtwind.

»Jetzt geht's zum Schafott«, sagte Sven.

»In tausend Jahren wird der Verzehr von Tierfleisch als tiefste Barbarei angesehen werden, so wie heute der Kannibalismus«, sagte Melody. »Sofern es die Menschheit noch so lange macht.«

»Das solltest du in dein Gedicht aufnehmen«, sagte Sven.

Ein todgeweihter Hahn reitet am Tünel vorbei / Tiermord ist auch Mord, schreien die Ahnen der Zukunft, hau mir nichts mit einem Gesicht in die Pfanne.

»Gefällt's dir?«

»Nein«, sagte Sven, »das versteht niemand. Ein todgeweihter Hahn reitet vorbei. Du hättest erwähnen müssen, dass er gefangen ist. In *reitet vorbei* schwingt zu viel Freiheit mit.«

Sie zerren einen gefangenen todgeweihten Hahn am Tünel vorbei / Keiner reicht ihm ein Tuch / Tierjagd-Kreuzgang-Hexenjagd / hau mir nichts mit einem Gesicht in die Pfanne.

»Besser?«

»Vielleicht will das Gedicht einfach zu viel«, sagte Sven, aber die Zeile *hau mir nichts mit einem Gesicht in die Pfanne* gefällt mir.«

»Vers«, berichtigte ihn Melody.

»Was?«

»Eine Gedichtzeile bezeichnet man als Vers!«

»Der letzte Vers gefällt mir«, sagte Sven.

Motorrad Nummer siebzehn näherte sich. Eine Militärmaschine, der Fahrer trug Uniform. Zwei Motorräder binnen einer Minute – neuer Rekord.

»Truman Capote hat über Kerouac gesagt, er schreibe nicht, er tippe. Capote meinte das als Vorwurf, ich empfinde es eher als Lob.«

»Vielleicht solltest du dir eine Schreibmaschine kaufen«, sagte Sven.

Motorrad Nummer achtzehn. Eine schwere Maschine. Melody steckte sich den Bleistift hinter das Ohr und knüllte den Zettel in die Tasche ihrer Jeans. Noch bevor das Motorrad in Sichtweite kam, war sie aufgesprungen. Über die Straße hinweg schwebte sie, vorbei an dem Wachposten, der keine Anstalten machte, sie aufzuhalten, zum Pförtner der Botschaft. Jetzt redeten sie hinter der Glasscheibe. Zwei, drei kurze Sätze, der Pförtner nickte, er war bereits informiert, er griff zum Telefon. Der Wachposten reagierte nicht einmal, als Melody ihm bei der Rückkehr einen Klaps auf den Hintern gab.

Joan brauchte eine Pause. Sie war erledigt, fertig, ausgelutscht wie ein im Mund vergessener Kaugummi. Eine Zigarette auf dem Flur würde sie wieder auf die Beine bringen. Hier im Zimmer konnte sie nicht bleiben. Noch eine Minute länger zusammen mit dem

Verrückten, und sie würde selbst fiebrig werden, zu faseln beginnen oder anfangen, sich die Lymphknoten abzutasten, wie es Amitabh seit geraumer Zeit tat. Drei Stunden hatte sie an seinem Bett gesessen, ihm die schwitzige Stirn mit Eau de Cologne gekühlt, ihm aus silbernen Löffeln Tee auf die Lippen geträufelt, die Hand gehalten und versucht, das Knäuel seiner Sätze zu entwirren. Einen Faden herauszuziehen, mit dessen Hilfe sie Amitabhs Erzählfetzen ordnen, bündeln und mit einem Sinn versehen könnte.

Das gedämpfte Licht verlieh dem fensterlosen Flur etwas Anheimelndes. Den Charme der Wohnung ihrer Urgroßmutter in Maine, die sie zweimal im Jahr, zu Thanksgiving und zu Weihnachten, besuchten, als Joan noch Kind war. Ruhige Tage zwischen Fernsehen, Langeweile und Klaviermusik. Joan versuchte, sich den Geschmack des Eierlikörs zu vergegenwärtigen. Eine Spezialität aus Deutschland, von der Urgroßmutter immer eine Flasche in ihrer Vitrine aufbewahrte, seit sie von ihrer großen Reise nach Nürnberg zurückgekehrt war.

Beim Anzünden ihrer Zigarette bemerkte Joan, dass die schwarzlackierten Türen des Inka das Feuer des Streichholzes widerspiegelten. Mit seinen schmuddelig roten Läufern, dem dunklen Holz und den schmalen goldenen Wandlampen besaß der Flur auch etwas von einer venezianischen Gondel, so wie eine venezianische Gondel immer auch etwas von einem Sarg besitzt.

Als Joan mit dem Aufzug die Lobby erreichte, wurde

sie zunächst von Ferry gesehen, der an der Rezeption arbeitete. Zum ersten Mal bemerkte sie das Schild an der Wand hinter ihm, das Paare, die ein gemeinsames Zimmer mieten wollten, aufforderte, ihre Heiratsurkunde vorzuzeigen. Melody, Kishone und Sven saßen an einem Tisch beim Fenster und spielten Rommé. Sven redete affektiert und zu viel, wie er manchmal zu viel redete. Er machte auf tuntig, was Kishone irritierte. »Du kannst mich auch May nennen«, sagte Melody, als Kishone sie bat, die Karten für das nächste Spiel zu mischen. Auf seine Nachfrage antwortete sie, ihr gefalle der Name, da man im Mai den Sommer noch vor sich habe. Sven lachte, vielleicht gerade weil er diesen Spruch schon hundertmal gehört hatte. Er nannte sie Darling. Dreimal hintereinander nannte er sie so. Darling, Darling, Darling. Joan schaute Kishone in die Karten. Noch immer wusste er nicht, dass sie hinter ihm stand, obwohl Sven sie angrinste wie ein Honigkuchenpferd und Melody sie sogar bei der Hand gegriffen hatte. Eine Pikdame, ein Pikkönig, ein Joker, aber auch einige Karten, die nicht zusammenpassten, ein Blatt, mit dem vieles möglich war. Kishone zupfte an seinem Herzass, wahrscheinlich sah er es als seinen wertvollsten Besitz, er spielte das Spiel noch nicht lange. Joan räusperte sich, und Kishone drehte sich nach ihr um.

»Joan, ich habe Sie überhaupt nicht kommen hören, wie geht es unserem Patienten?« Joan zog sich einen Stuhl heran, Ferry fragte sie, ob er Eierlikör habe, der legte die Stirn in Falten, worauf sie ihn bat, ihr einen Whisky zu bringen.

»Dass er sterben muss, steht für Kerouac fest, nur bei der Ursache ist er noch unschlüssig«, sagte sie, jetzt wieder dem Spieltisch zugewandt.

Sven hielt sich die Hände vor den Mund: »Wie schrecklich.«

»Der Ursache?«, fragte Kishone.

»Der Todesart. In einem Moment glaubt er, mit dem Motorrad zu verunglücken, im nächsten wird er erschossen, in einem weiteren leidet er an einer unheilbaren Krankheit. Wer hat ihm eigentlich diesen medizinischen Atlas gegeben?«

Kishone schob die Karten, die er zuvor aufgefächert in den Händen gehalten hatte, zusammen. Amitabhs Zustand war zu ernst, als dass er sich so nebenbei beim Rommé darüber unterhalten wollte.

»Er hat das Buch an einem Stand in Teheran gekauft, an dem Tag, an dem wir uns später bei diesem Olli auf der Party getroffen haben. Amitabh will Arzt werden.« Diese Information war für Joan neu, ein weiterer Faden, den sie aus dem Knäuel herausziehen konnte, um es damit ein wenig übersichtlicher zu gestalten.

»Sein Berufswunsch könnte seinen Zustand zum Teil erklären. Es kommt vor, dass angehende Ärzte hypochondrische Gedanken entwickeln. Sie lernen eine Krankheit kennen und meinen darauf, deren Symptome bei sich selbst festzustellen. Ihr Freund befindet sich in einer depressiven Phase, allerdings halte ich es für unwahrscheinlich, dass ausschließlich seine Beschäftigung mit der Medizin zu seinem Zustand geführt hat, wahrscheinlich schleppt er die Gründe für seine Erkrankung schon länger mit sich herum. Dieses Medizinbuch könnte der berühmte Tropfen gewesen sein, der das Fass zum Überlaufen brachte. Hypochondrische Gedanken können bei einer Grundverstimmung verstärkend wirken, dasselbe gilt für andere Lebensumstände, die als belastend empfunden werden: der erlittene Diebstahl eines Motorrades, für das man sich verantwortlich fühlt, Heimweh, Zukunftsangst, Geldsorgen. Was hat es mit der ominösen Begegnung mit einem Mann namens Serge auf sich? Wissen Sie etwas darüber?«

Kishone war die Frage unangenehm. Er wusste nicht, was Joan wusste, was er verraten konnte, ohne den Freund zu verraten.

»Serge war ein Mann, und wir sind ihm begegnet«, sagte er.

»Aha, und weiter?« Mit ihrer rechten Hand machte Joan eine Bewegung, als drehe sie an einer kleinen Kurbel.

»Er war Fremdenlegionär«, sagte Kishone, Joan kurbelte. »Franzose.« Und kurbelte.

»Mein Gott, lass ihn doch, wenn er nicht erzählen will«, sagte Melody, die noch immer ihre Spielkarten in der Hand hielt und sich damit Luft zufächelte.

»Serge war ein Mann, Fremdenlegionär und Franzose«, fasste Joan zusammen. »Ist das alles?«

»Ja«, sagte Kishone, um sich sogleich zu verbessern, »Oder nein …«

»Ja …?« Noch einmal setzte Joan mit großen Augen die Kurbel in Betrieb.

»Er fuhr Motorrad …«

»Ja …?«

»Eine Harley.«

»So kommen wir nicht weiter.« In Joans Glas, das ihr Ferry reichte, klimperte das Eis. »Sie kennen Kerouac bereits recht lange, Mister Kishone, haben Sie ihn schon einmal so erlebt?«

»Ich kenne Amitabh nicht *bereits recht lange*, ich kenne ihn schon immer«, antwortete Kishone, der Joans Fragerei gerne beendet hätte. Seit Tagen hatte er sich das Wiedersehen mit ihr ausgemalt, doch keines der dabei entstandenen Bilder hatte der Situation geähnelt, in die er hier geraten war: ein Verhör, das ihn aussehen ließ wie einen Schüler, den seine Lehrerin zur Rede stellte, weil sie ihn verdächtigte, ein Ei gestohlen zu haben. Bis vor einigen Wochen war er Geschäftsmann gewesen. Ein gewiefter und erfolgreicher. Einer der gewieftesten und erfolgreichsten in Pushkar, ja, wahrscheinlich sogar in ganz Rajasthan. Seine Fotos waren Kunst, seine Heiligenarrangements Legende, und jetzt das hier.

»Amitabh ist stark und belastbar wie ein Ochse, und seine Verstimmung nicht mehr als eine Wolke, die sich außerhalb des Monsuns in die Wüste verirrt«, sagte er und griff, in der Hoffnung, damit Gelassenheit zu demonstrieren, wieder zu seinen Karten.

»Sie spielen Rommé und reden wie Doc Holiday.« Joan wurde laut. »Ihrem Freund geht es mies, mehr noch, ihm geht es beschissen.« Wahrscheinlich wäre sie noch lauter geworden, wenn sie nicht die Klingel des eintreffenden Aufzugs unterbrochen hätte.

»Mein Gott«, sagte Melody in die entstandene Stille. Es blieb offen, ob sie mit dieser Bemerkung Kishone oder Joan meinte, denn der Anblick Amitabhs, der, bekleidet mit Shorts und einem bedruckten T-Shirt, das den Autor Bukowski Arm in Arm mit einer Transsexuellen zeigte, aus dem Aufzug in die Lobby schlurfte, verschlug ihr die Sprache.

Amitabh fragte Ferry nach einer Flasche Whisky. Der gab sie ihm zusammen mit einem Kübel Eis und einigen Oliven auf Rechnung des Hauses, und schon war Amitabh wieder verschwunden. Eine hamletwürdige Vorstellung: erster Aufzug, erste Szene. *Der Geist kommt / der Geist geht, dazwischen kräht der Hahn.*

Irgendwann fand Sven zurück zur Sprache: »Joan, wieso trägt Kerouac mein Shirt?«

* * *

Tom öffnete die Augen und drehte sich langsam in Sax' Richtung. Es war ihm anzumerken, dass ihn die Bewegung schmerzte.

»Hey«, sagte Sax. Mit den Kabeln und Schläuchen, die ihn mit den piepsenden und blinkenden Geräten verbanden, sah er aus wie ein Cyborg.

»Hey!«

»Das kenn ich.« Sax deutete auf den Monitor, auf dem ein kleiner hüpfender Punkt weiße Schlieren wie winzige Kometenschweife hinter sich herzog. »EKG!«

»Glaubst du? Wie enttäuschend.« Tom lächelte schief. »Ich dachte, es sei ein Videospiel. So eins aus den Siebzigern. Wie dieses Tennisspiel mit den zwei Balken – Pong.«

»Stimmt, ich hab's verwechselt.«

»Bist halt 'ne Frau«, sagte Tom.

Sax setzte sich auf die Bettkante. Unter der Decke etwas, das sie nicht einordnen konnte. Sie war neugierig und griff danach.

»Uh, was ist das?«

Tom verdrehte die Augen. »Mit Schwerkranken hast du nicht sonderlich viel Erfahrung, was?«

»Ein Urinbeutel?« Sax merkte, wie ihr die Tränen kamen. Sie kämpfte dagegen an. Sie wollte jetzt nicht losheulen. Drei Tage hatte sie Tom nicht gesehen. Sie wollte ihm eine Stütze sein, keine schwache Tussi, die ihre Drüsen nicht im Griff hatte. »Es tut mir leid, Tom«, sagte sie, das machte es noch schlimmer. Schon rollten die ersten Tränen ihre Wangen hinab.

Tom versuchte, sie zu trösten. Mit seiner Hand, in der eine Kanüle steckte, griff er nach ihrer Hand. Sie ließ es nicht zu, dafür heulte sie jetzt richtig, nicht nur so ein bisschen.

»Hey, pscht, hör auf. Du kannst nichts dafür. Und überhaupt. Ich bin Dritte-Reihe-Stürmer. Beim Rugby hab ich schon viel Schlimmeres erlebt. Echt. Und erst in der Schule …«

Obwohl sie noch immer heulte, musste Sax lachen.

»Sorry, dass ich nicht schon gestern gekommen bin. Ich habe … ich konnte nicht.«

»Kein Problem. Gestern war ich noch ziemlich bematscht. Mein Vater hat mich besucht. Ich glaube, ich bin ihm keine gute Unterhaltung gewesen. Er hat mich dafür gelobt, dass ich vor Reiseantritt einen Schutzbrief abgeschlossen habe.«

Durch die Decke spürte Tom, wie Sax' Hintern sein Bein berührte, er fragte sich, ob sie sich dessen bewusst war. Gerne hätte er sich eingeredet, dass eine Absicht dahintersteckte. Ich bin noch nicht tot, dachte er.

»Weißt du, wo meine Sachen abgeblieben sind?«, fragte Tom.

»Sind sie nicht hier?« Sie begann, die Blumen auf Toms Beistelltisch zu ordnen. Wie im Film.

Dass ihr das nicht zu blöd ist, dachte Tom nach einer Minute. Ich bin nicht Rock Hudson, sie ist nicht Doris Day.

Sax verfolgte einen ähnlichen Gedanken. Es stinkt nach Pisse, dachte sie außerdem. Der Geruch von Toms Haut, an Hals und Armen von der Jodtinktur orange verfärbt, das Schweigen, das sich wie eine dritte Person zwischen sie gesellte. Sax merkte, wie sie fahrig wurde.

»Wie geht es weiter mit uns?«, fragte Tom.

»Ich weiß es nicht«, antwortete Sax.

Wieder Schweigen. Noch einmal versuchte er, sie mit seiner Kanülenhand zu berühren, wieder entzog sie sich. Sie könnte es allein aus Freundlichkeit zulassen, dachte Tom, allein dafür, dass ich hier liege und die ganze Scheiße auslöffeln muss.

»Weißt du noch, das Hasenorakel in Istanbul?«, fragte er.

»Klar.«

»*Du wirst eine lange Reise machen*. Damals hab ich das

anders verstanden. Damals – gerade mal zehn Tage ist das her.«

»Sorry, Tom, die Aussicht auf die lange Reise hatte der hungrige Hase wohl von vornherein für mich bestimmt«, antwortete Sax.

Dass sie dabei nach Toms Hand griff, ließ ihn mutig werden. »Wie geht es weiter, mit uns?«, fragte er noch einmal. Er wusste nicht, was für eine Antwort er hören wollte. Vielleicht sollte sie besser gar nichts sagen. Vielleicht ihn einfach mal in den Arm nehmen, auch wenn da Schläuche aus seiner Brust hervorquollen wie Nattern, auch wenn es ihm wehtun würde, auch wenn er ewig viel älter war als sie und das Zimmer nach Pisse und Blumen stank.

»Ich weiß es nicht«, sagte sie noch einmal.

Im Rugby gab es einen Spielzug, der Pick-and-go genannt wurde. Er wurde angewandt, um Lücken in eine massiv stehende Abwehr zu schlagen, gegnerische Verteidiger in einen Fehler zu zwingen oder sie zu binden und der eigenen Mannschaft so die Möglichkeit zu bieten, sich neu zu formieren. Man griff sich als Stürmer den Ball und ging direkt in den Gegner hinein. Wenn man den Ball sauber auf seiner Seite abgelegt hatte, stand hinter einem bereits der nächste Stürmer und machte das Gleiche. Drei-, viermal hintereinander wurde diese Phase gespielt, manchmal auch öfter, und wenn jeder Stürmer dabei auch nur dreißig Zentimeter an Raum gewann, hatte er seine Sache ordentlich erledigt.

»Geht es mit uns weiter?« Pick-and-go.

Erneut begann Sax zu heulen, sie schüttelte den Kopf. Sie sprang auf und mit ihr ihr Hintern. »Ich weiß es nicht, ich weiß es nicht, ich weiß es nicht.« Sie bewegte sich Richtung Ausgang. Das letzte »Ich weiß es nicht« schrie sie fast.

»Was ist eigentlich mit der goldenen Gondel?«, fragte Tom.

Sax hielt noch einmal inne. Die Zimmertür war bereits geöffnet, die Klinke hielt sie in der Hand.

»Ich meine nur, ist sie heil geblieben? Meinen Vater könnte das interessieren.«

Sax schaute fassungslos. Mit ihrem verheulten Gesicht sah sie beinahe hässlich aus. »Das passt doch alles nicht, Tom. Das passt doch nicht. In mir ist alles in Aufruhr, und du faselst so ein Zeug«, sagte sie.

Die Tür schloss sich, als verlasse die Krankenschwester das Zimmer, nachdem sie das Essen gebracht hatte. Wenigstens einen ordentlichen Krach wäre sie ihm schuldig gewesen, mit ein paar herausgebrochenen Holzsplittern, einem verbogenen Türschloss und der Ermahnung eines vorbeikommenden Arztes. Tom überlegte, Sax die Blumenvase hinterherzuschleudern. In seiner Vorstellung sah er sie gegen die Tür krachen und in tausend Scherben zerspringen. Mit Doris Day wäre ihm das nicht passiert.

⋆ ⋆ ⋆

Joan nahm einen Schluck. Direkt aus der Flasche, noch immer war sie viertelvoll. Joan hatte trotzdem bereits genug. Ein halber Liter Whisky war kein Pappenstiel für eine Frau von fünfundfünfzig Kilo und einen Asiaten, der aus einer Region stammte, in der Alkohol als Mangelware betrachtet werden musste. In seinem Bett schlief Amitabh still und friedlich wie ein Baby. Erstaunlich ruhig. Einem so muskulösen Kerl hätte sie Schlafgeräusche zugestanden.

Ich will wissen, wie er riecht, dachte Joan. Sie zog sich aus und legte sich, nur mit Slip und einem dünnen baumwollenen Top bekleidet, neben ihn. Sie begann zu schnuppern und wurde sogleich ein weiteres Mal enttäuscht. Sie war mit dem Kölnischwasser, mit dem sie ihm die Stirn gekühlt hatte, zu verschwenderisch umgegangen. Der Duft des Parfüms ließ andere Gerüche nicht zu. Mit ihren Fingern fuhr Joan Amitabh über Arme und Beine, vorsichtig, um ihn nicht zu wecken. Dann kleidete sie sich wieder an, froh, dass er in den wenigen Minuten, in denen sie neben ihm gelegen hatte, nicht erwacht war und dass niemand das Zimmer betreten hatte.

Joan stellte sich ans Fenster und schaute hinaus. Bald würde die Sonne verschwunden sein. Noch hing sie wie eine überreife Frucht am äußersten Rand des Himmels und flutete das Zimmer whiskyfarben. In einer Lücke zwischen der Botschaft und dem angrenzenden Gebäude schimmerte ein dunkles Band im Abendrot. Ein Stück Bosporus. Das Goldene Horn Bourbon, der Fluss Single Malt, die Whiskymoscheen, ganz Konstantinopel im Farbenrausch der alkoholisierten Sinne. Wenn es ihre Sache wäre, würde sie hier und jetzt ein Gedicht darüber schreiben. Aber sie war nicht zum Dichten in der Stadt. Gedichte füllten keine Kühlschränke, zumindest nicht den ihren. Am nächsten Morgen hatte sie sich um neun am Bahnhof einzufinden. Die letzte Fahrt des Orient-Express war dem Time magazine eine Story wert, und übermorgen würde es nach Spanien gehen. Am Mittag hatte die Redaktion angerufen, um ihr Bescheid zu geben, am Flughafen lagen bereits die Tickets. Ich habe es geschafft, dachte Joan, durch mein Aussehen und meine Art bin ich an einem Punkt angelangt, den viele, vielleicht auch Begabtere, nicht einmal mit vierzig erreichen. Ich reise durch die Welt und spare mein Geld, weil ich von den Spesen lebe. Selbst für den Whisky, der Kerouac zu seinem Kinderschlaf und ihr zu ihrem postpubertären Gedanken verhalf, zahlt sie keinen Cent.

Sie nahm einen weiteren Schluck. Amitabh grunzte. Wurde auch Zeit, dass er mal grunzt, dachte sie. Ob es stimmte, was man von den Asiaten erzählte? Wie lange hatte sie mit keinem Mann mehr geschlafen? Eine Woche? Fünf Tage? Wer war der letzte gewesen? Gable oder der widerwärtige Olli, den sie für einen kurzen Augenblick im dritten Stock tatsächlich begehrenswert gefunden hatte, als er ihr sein Haus zeigte.

Ich trinke zu viel, dachte sie. Ich trinke immer zu viel. Nie so viel, dass ich aus der Rolle falle, aber stetig. Wann habe ich den letzten Abend ohne Alkohol verbracht? Ewig muss das her sein, wahrscheinlich in der Zeit, als ich noch Jungfrau war und meine Karriere als Psychologin beschlossene Sache.

»Joan?« Amitabh tastete nach ihr, sie drückte ihm die Whiskyflasche in die Hand. Es gefiel ihr, dass er im Halbschlaf ihren Namen murmelte. Ich würde gerne bei ihm bleiben, dachte sie. Ich tue ihm gut, nicht nur weil ich ihm Whisky gebe. Vielleicht braucht er mich, und welcher Mann hätte mich jemals wirklich gebraucht? Vielleicht kann ich an ihm geraderücken, was ich an Milton Irving versaut habe.

Erstaunlich schnell war es dunkel geworden, am gegenüberliegenden Ufer verwandelten Scheinwerfer die Straßen, die Moscheen wurden zu Märchengebilden. Istanbul machte sich bereit für die Nacht. In den Gassen setzte jenes eigentümliche Anschwellen der Lautstärke ein, das nur den südlichen Ländern eigen ist. Aus den Restaurantküchen der Sümbül zogen Musik und der Geruch von gebratenen Sardinen zu ihnen herauf. Um zehn würde im Goethe-Institut, keine fünfhundert Meter entfernt, eine Band aus Deutschland spielen. Wolf hatte Joan dazu eingeladen. Sollte Melody mit ihm gehen. Wolf würde es egal sein, fast zumindest, und Karten für Sven und Kishone würde er auch auftreiben, wenn Melody ihm das Gefühl gäbe, ihr damit zu imponieren – Melody, die sich in ihrer Rolle als Elfe genügte, als halbdurchsichtiges Sphärenmädchen, in der Gewissheit, dass der Sommer noch vor ihr lag.

Plötzlich kam Joan sich alt vor, unendlich alt. Waren die leichten Tage bereits vorbei? Was würde aus ihr werden und was aus der Welt? Fragen, die sich so nur unter Alkohol stellten. Was taugte Carter, was würde mit China werden, würden die Russen den Knopf drücken in einer Welt der Dioxinunfälle, Anschläge und Flugzeugkatastrophen?

Joan setzte sich an den Rand des Bettes und fuhr Amitabh mit den Fingern durchs struppige Haar. Erneut grunzte er ihren Namen, wieder gefiel es ihr. Statt des Whiskys reichte sie ihm jetzt ihre Hand, er griff danach und ließ es sich gefallen, dass sie mit ihren Fingern die seinen zu streicheln begann. Wie stark und zugleich filigran seine Hände waren, wie weich seine Handflächen. Heute schon die Hände eines Chirurgen. Ich würde gerne bei ihm bleiben, dachte sie wieder und erschrak, weil sie diese Seite an sich nicht kannte oder nicht *mehr* kannte. Ein *Ich würde gerne bei ihm bleiben* passte nicht in den Rahmen, in den sie ihr Bild von der Journalistin gefasst hatte, die um die Welt jagte, um neue Watergates zu entlarven und korrupte Regierungen erzittern zu lassen.

In der Hoffnung, die gefühlsduselige Stimmung mit dem metallenen Licht der Neonlampe wegknipsen zu können, ging Joan ins Bad. Der Alkohol, die Stadt und der Sommer machen mich schwach, dachte sie. Sie wirkte müde und älter, als sie sich kannte. Auch die Grimassen, die sie zu schneiden begann, änderten daran wenig. Aus dem Spiegel blickte sie kein Mädchen an, das mit seiner Albernheit Entzücken auslöste, sondern eine Frau, die alberne Faxen machte. Zurück im Zimmer rief sie Ferry an und bat ihn, am Telefon eine Verbindung mit der Redaktion herzustellen. Zwei Minuten später war Alfred in der Leitung und sagte ihr alles zu, worum sie ihn bat.

Nur noch einmal eine Viertelstunde, dann werde ich wieder vernünftig werden. Ich werde Wolf zum Goethe-Institut begleiten, mich von ihm aushalten lassen und ihn, sofern er sich nicht allzu ungeschickt anstellt, noch auf einen Apfeltee in mein Zimmer bitten, dachte Joan, nachdem sie den Hörer wieder aufgelegt hatte. Diesmal entledigte sie sich wirklich aller Kleidungsstücke, bevor sie sich an Amitabh schmiegte. Keine dreißig Sekunden später war sie eingeschlafen und alle Vorsätze dahin.

Während Joan im Hotel die Dinge entglitten, trieb Kishone zusammen mit Sven und Melody durch die Gassen Beyoğlus. Um diese Uhrzeit waren hauptsächlich streunende Hunde und einheimische Männer unterwegs, Touristen gab es hier nur wenige zu sehen. Kishone hatte sich Istanbul kosmopolitischer vorgestellt. Europäischer. Sven und Melody gingen vertraut miteinander um, waren sich aber über die weitere Abendplanung uneins. Sven äußerte Interesse an einem Café, sie wollte einen Basar oder zumindest einen Verkaufsstand finden, an dem sich ihre am Vortag verlorene Handtasche ersetzen ließ. Der Platz am Galataturm bot ihnen beides. Obwohl sie Kishone aufforderten zu erzählen, wie er zu seinen Gesichtsverletzungen gekommen war, bewegten sich Sven und Melody bevorzugt durch ihr eigenes Universum. In ihrer Vertrautheit chiffrierten sie ihre Sätze, unterstrichen so ihre gemeinsamen Geheimnisse und degradierten Kishone zum Zuschauer ihrer Vorstellung. Als Sven einen Satz Kishones wiederholte und dabei dessen Aussprache imitierte, zeigte sich Melody begeistert. Vor allen Leuten gab sie ihm einen Kuss auf den Mund. Kishone war unzufrieden. Oft hatte er sich in den letzten Tagen den ersten Abend in Istanbul vorgestellt, und auch wenn die Geschichten, die er sich dabei vor Augen führte, grundverschieden waren, hatte es doch eine Schnittmenge gegeben: Joan.

»Warum ist Joan nicht mit uns gekommen?«, fragte er laut, um die Musik zu übertönen.

Melody zuckte mit den Schultern. »Sei doch froh, dass sich Joan um Kerouac kümmert, sie wird ihn schon wieder hoch kriegen.«

Sven, der ihre Antwort offenbar sexuell interpretierte, war begeistert und gab ihr ihren Kuss zurück.

Am Eingang des Cafés räusperten sich die Männer. Wenig später entschuldigte sich Melody bei Sven und Kishone, es sei Zeit, nach ihrer Tasche Ausschau zu halten.

»Wo kommst du eigentlich her?«, fragte Kishone Sven in eine Musikpause hinein.

»Schweden.«

Svens Antwort ließ Kishone an die Weltkarte in Amitabhs Auftragskalender denken. Er versuchte, sich die Umrisse Europas zu vergegenwärtigen. Wieder setzte die Musik ein.

»Kennst du Bonn?« Damit Sven seine Frage verstand, musste Kishone jetzt fast schreien.

»Klar kenne ich Bonn«, schrie Sven zurück.

»Warst du schon einmal da?«

»Niemand fährt nach Bonn, wenn er nicht muss.«

»Ist Bonn die Hauptstadt von Schweden?«

»Unsinn, wie kommst du darauf?«

»Wieso fährt niemand nach Bonn, wenn er nicht muss?«

»Zu viele Nazis!«

»Nazis?«

»Zu viele Deutsche. Nationalsozialisten.«

»Ist Melody ein Nazi?«

»Du fragst einen ziemlichen Unsinn, Kishone. Natürlich ist Melody kein Nazi.«

»Aber sie ist Deutsche?«

»Ich weiß nicht, was sie ist. Sagte sie nicht, sie sei Französin? Und überhaupt, nicht jeder Deutsche ist ein Nazi, die meisten sind es, aber nicht alle. Melody sympathisiert mit dem Gegenteil.«

»Mit dem Gegenteil?«

»Der RAF.«

»Melody sympathisiert mit der englischen Luftwaffe?« Kishone war verwirrt, die Rückkehr Melodys kam ihm gerade recht.

»Kishone hält Bonn für die Hauptstadt Schwedens«, sagte Sven, während er sich eine Zigarette anzündete. Wider Erwarten punktete er mit seiner Bemerkung bei Melody nicht.

»Nenn du mir die Hauptstadt Bangladeschs.« Melody zwinkerte Kishone zu, der machte ein Foto von ihr.

»Deine neue Tasche gefällt mir, May.«

Melodys Lächeln überstrahlte den Blitz der Kamera.

Als sie zurückgingen, unterhielt sich Sven mit Melody auf Deutsch. Offensichtlich beherrschte er ihre Sprache gut. Melodys Aufforderung, englisch zu sprechen, um nicht unhöflich zu sein, ignorierte er geflissentlich, dafür hakte er sich bei ihr ein.

Aus einem Eingang drangen die Beats eines Schlagzeugs und einer elektrischen Gitarre auf die Straße. Davor reckten sich junge Türken die Hälse, einige bewaffnete Polizisten in Uniform beobachteten die Szene gelangweilt.

»Im Goethe spielt eine deutsche Band«, erklärte Melody. »Joan hat mir davon erzählt, vielleicht treffen wir sie hier.«

Melody wechselte einige Worte mit dem Mann am Eingang, worauf der sie hineinließ. Im Innenhof hatte Kishone sein Europa. Während Sven unter dem Vorwand, Getränke zu besorgen, verschwand, beobachtete Kishone mit Melody die Anwesenden. Neben den schicken Anzugträgern, wahrscheinlich Mitarbeiter des Instituts, und einigen zum Teil erregt fachsimpelnden Angestellten der umliegenden Musikgeschäfte unterteilten sich die vornehmlich jungen Besucher in zwei Fraktionen. Die Vertreter der weitaus größeren Gruppe waren neutral mit Stoffhosen, Jeans und meist weißen Hemden bekleidet, die wenigen anderen, vielleicht zwanzig oder dreißig insgesamt, wirkten aggressiver. Sie trugen Shirts mit Aufdruck – Melody übersetzte Kishone den Slogan ›Keine Macht für niemand‹ – und lange Haare zur Schau, einige von ihnen hatten mit weißer Farbe Parolen auf ihre nietenbesetzten Lederjacken geschmiert, einem standen die Haare wie ein grüner Hahnenkamm aus dem Kopf. Kishone fotografierte, was manchen nicht gefiel, so dass sie ihm ihre ausgestreckten Mittelfinger vor die Linse reckten, die meisten allerdings nahmen keine Notiz von ihm.

»Sie sehen phantastisch aus«, sagte Kishone.

Melody erklärte:

»In England gibt es einige dieser Typen, in Berlin auch ein paar. In der Türkei habe ich noch nie einen gesehen. Ich frage mich, woher sie diese hier haben. Wahrscheinlich sind alle von westlich und östlich der Spree heute in Istanbul versammelt.«

»Was ist die Spree?«, fragte Kishone.

»Ein Fluss«, antwortete Melody frei von jeder Ironie.

Ein langer Kerl mit Springerstiefeln und schnürsenkeldünnen Armen drückte Melody im Vorübergehen eine Dose Bier in die Hand. Auf seinem Shirt prangte in großen roten Buchstaben der Schriftzug Rotzkotz. Die Dose zischte beim Öffnen. Melody scheiterte an der Übersetzung des Wortes Rotzkotz, wusste nach kurzer Rücksprache mit dem Punk aber zu berichten, dass es sich dabei um eine Band handle, die in einer nicht näher zu bezeichnenden Weise mit The Clash in Verbindung gebracht werden konnte. Kishone war auch diese Band nicht bekannt.

Sven kehrte mit drei Flaschen Bier und guter Laune zurück. Als Rotzkotz nach dem Bier griff, fiel eine Flasche auf den Boden und zerplatzte, mit der zweiten hatte er mehr Erfolg. Ein Mann in braunem Anzug sprach Melody auf Joan an. Die Band auf der Bühne bestritt derweil einen Song mit zwei Gitarrenriffs. Eine Frau brüllte dazu in ein Mikro, ihre verzerrte Stimme ließ die Menge spontan applaudieren.

»Echt progressiv, dass ihr euch das traut, ich hatte mit Klassik gerechnet«, sagte Melody. Der braune Anzug faltete seine Hände wie zum Stoßgebet.

»Sag das morgen meinem Chef, wenn er morgen noch mein Chef ist.«

Ein Mädchen umarmte Melody von hinten. Der Joint, den sie ihr mit spitzen Fingern in die Hand drückte, war erloschen. Melody bedankte sich mit einem Kuss auf die Wange.

»Ich will sehen, was ich machen kann«, sagte sie zum Anzug. In der fackelnden Flamme des Streichholzes glühte ihr Gesicht aristokratisch.

Als Sven vorgab, gehen zu wollen, ließ Melody ihn zappeln. »Dann geh halt«, sagte sie, als er seine Forderung wiederholte. Er ging tatsächlich.

»Sven ist verliebt in dich«, sagte Kishone.

»Sven? Quatsch!«

»Doch, ich spüre das. Er will was von dir.«

Rotzkotz schleppte Bierdosen in einer roten Plastiktüte herbei und tat mit schon schwerer Zunge seine Verwunderung darüber kund, dass das Konzert nach den Vorfällen am ersten Mai überhaupt stattfände. Melody teilte seine Ansicht, ging aber weiter nicht auf die Bemerkung ein. Zusammen mit Kishone bediente sie sich stattdessen an seinem Bier.

»Sven will garantiert nichts von mir, er ist schwul«, sagte Melody.

»Was?« Kishone war verwundert.

»Sven ist schwul«, wiederholte Melody. »Er steht auf Männer. Homosexuell – wie Oscar Wilde.«

Kishone öffnete die Dose. Natürlich wusste er, was schwul bedeutete, er hatte Wilde gelesen. Aber eingebettet in die beruhigende Sicherheit zweier Buchdeckel, verhielt es sich mit dem Schwulsein anders als in der Realität. Hijras hin, Ladyboys her, die erste Konfrontation mit einem leibhaftigen Schwulen des neuen Kontinents bereitete Kishone mehr Probleme, als er zugeben mochte.

Auf dem Weg zum Hotel begleiteten sie einige Hunde. Melody fütterte sie mit Wurst, die sie extra zu diesem Zweck im Goethe-Institut eingepackt hatte. Die Straßen und Gassen waren verwaist. Vor dem Inka hallten ihre Stimmen von den angrenzenden Gebäuden wider, obwohl sie leise sprachen.

»Du gehst noch weiter, May?«

»Ich wohne nicht im Inka. Es ist mir zu teuer. Ich werde in der Lobby nur geduldet. Ich hänge gern dort rum. Das Inka hat etwas Heiliges. Wenn ich dort sitze, stelle ich mir vor, ich wäre im Chelsea.«

»Im Chelsea?«

»Ein berühmtes Hotel in New York.«

»Ist Sven wirklich schwul?«

»So schwul, wie man nur sein kann.« Zärtlich knuffte Melody Kishone in den Bauch. »Jetzt schau nicht so. Schwulsein ist heute keine Krankheit mehr. Erzähl es trotzdem nicht überall herum. Ich will nicht, dass er

Ärger bekommt oder aus seiner Pension fliegt. Sven ist okay, auch wenn er ein Arsch sein kann. Schlaf gut, Kishone.« Zum Abschied strich Melody Kishone über den Ärmel seines Hemdes, er hatte gehofft, dass sie ihn umarmen würde.

»Gute Nacht, May«, sagte er, als sie sich bereits entfernte. Gott beschütze dich, hätte er ihr gerne auch noch gesagt, aber er hatte das Gefühl, dass dies in Europa nicht üblich war, und so ließ er es. Ohne den hinter der Rezeption dösenden Ferry zu wecken, nahm Kishone sein Gepäck, das noch immer neben dem Tisch stand, an dem sie am Nachmittag Rommé gespielt hatten, dann fuhr er nach oben. Nachdem er die Zimmer geöffnet hatte, blieb er einige Augenblicke stehen, um seine vom Aufzugslicht geblendeten Augen an die Dunkelheit zu gewöhnen. Es war, wie er befürchtet hatte, nur grausamer und schöner. Neben Amitabh, der wie der Gekreuzigte, die Arme von sich gestreckt, rücklings auf dem Bett lag, hatte sich die völlig nackte Joan gekuschelt. Mit den Augen folgte Kishone ihren Konturen, bemüht, sich ihren Körper in allen Einzelheiten einzuprägen, das wenige, was er erkennen konnte, aufzusaugen wie ein Schwamm. Die Lobby des Inka war also nicht der einzige Teil des Hauses, in dem einem Heiliges widerfuhr. Kishone überlegte, den Moment auf einem Foto festzuhalten, damit er später mehr haben würde als seine verblassende Erinnerung. Einen fotografischen Beweis für die Nacht am Bosporus, in der die Götter ruhten, weil sie zufrieden waren, weil die Planeten in Harmonie und Einklang standen, weil das Werk gelungen war. Zum ersten Mal in seinem Leben sah Kishone eine nackte Frau wirklich an. Unverschämt lange blieb er so stehen, das Gepäck noch immer in den Händen. Einsam, nur in Begleitung seiner von den Abendeindrücken aufgewühlten Gedanken. Er überlegte sich, wie seine Eltern die Situation bewertet hätten. Es brachte viel Neues mit, dieses Europa. Es war wilder, lauter, schräger, provozierender, bunter, aufregender als in seinen Träumen. Und obwohl er noch nicht einmal richtig angekommen war, fragte sich Kishone jetzt bereits, wie um alles in der Welt er das eigentlich aushalten sollte.

* * *

»Wusstest du, dass deine Mutter Mapplethorpe kannte? Sie hat in New York mal mit ihm gesprochen. Mir erzählte sie es, als ich mich in Istanbul mit ihr über Sven und Melody unterhalten habe.«

»Wer ist Mapplethorpe?«

»Robert Mapplethorpe. Der Fotograf. Er war lange mit Patti Smith liiert. Ein Kumpel von Warhol.«

»Mom kannte Andy Warhol?«

»Ich wüsste nicht, dass sie jemals Warhol kennengelernt hat, obwohl sie Mapplethorpe in einem Restaurant traf, das auch Warhol eine Zeit lang regelmäßig besuchte. Max' Kansas Kitchen, glaube ich. Ich bin mir nicht ganz sicher, ich kann den Namen googeln, wenn er dich interessiert. Mapplethorpe war eine Ikone der Schwulen- und Bondage-Fotografie. In den siebziger Jahren haben seine Bilder ungeheuer provoziert, man kannte so etwas bis dahin – wenn überhaupt – nur aus Magazinen, die unter der Ladentheke verkauft wurden. Mapplethorpe aber drängte mit dieser Art der Fotografie in die Öffentlichkeit, machte Kunst daraus. Einige seiner Bücher waren jahrelang verboten, bis irgendeine offizielle Kommission erklärte, dass es sich tatsächlich um Kunst, nicht um Pornographie handelte. Ich weiß noch, wie ich meinen ersten Mapplethorpe gesehen habe. Damals war ich bereits in Deutschland. Das Foto zeigte einen Mann in einen sehr schicken Anzug. Füße und Kopf sind nicht abgebildet, dafür ragt aus seinem geöffneten Hosenstall der, wie soll ich sagen, du weißt schon …«

»Hast du heute schon deine Medikamente genommen, Kishone?«

»… der halberigierte Penis …«

»Ich meine nur, nach so einem Gelage kann man durchaus mal etwas vergessen …«

»… eines Farbigen …«

»Ah …«

»Ein riesiges Ding. Wie eine Banane schaut das da heraus.«

»Uah, bitte hör auf …«

»Das Bild hatte damals eine ungeheure Wirkung auf mich. Vor dem Hintergrund meiner Herkunft und meiner Erziehung konnte ich zunächst überhaupt nicht einordnen, was dort zu sehen war. Nicht einmal Bailey hatte mich auf so etwas vorbereitet. Dieser Wahnsinnskontrast: der feine Stoff des sicherlich sehr teuren Anzugs und dann dieses wuchtige organische Teil.«

»Kishone! Bitte! Hör auf!«

»Was ist? Hast du ein Problem damit?«

»Nein.«

»Es tut mir leid. Ich wusste nicht, dass du ein Problem damit hast.«

»Ich habe kein Problem damit. Weder mit Schwulen- noch mit Bondage-Fotos habe ich ein Problem. Ich habe auch kein Problem mit halberigierten … wie auch immer. Ich habe ein Problem, mich mit *dir* darüber zu unterhalten.«

»Wirklich? Spießerin!«

* * *

Um die dichter werdenden Besiedlungen tummelten sich plötzlich Menschen. Dieser trug ein rotes Hemd, jener ein blaues. Ein Traktor, ein Hund. Am Waldrand graste ein größeres Tier, ein Reh vielleicht. Details eroberten ihr verlorenes Terrain zurück, die Schöpfung gewann wieder an Bedeutung. Baumwipfel passierten in rasender Geschwindigkeit. Eine Fläche aus Grün und Braun raste unter dem Fenster vorbei. Fünf Fuß passten kaum mehr dazwischen. Dann freies Feld. Der dumpfe Schlag im Bauch des Fliegers, als die Räder den Boden berührten. Würden sich, dachte Kishone, schließlich doch noch seine düsteren Befürchtungen bewahrheiten und der Rumpf der Maschine der Belastung Tribut zollen und auseinanderbrechen?

Während das Flugzeug auf der Landebahn bremste, kehrte in Kishones Bewusstsein der Gedanke zurück, der ihn die ganzen letzten Tage verfolgt hatte: Joan. Joan hatte ihn hierher nach Madrid gebracht. Mit einem Wunder namens Boeing hatte sie das bewerkstelligt, finanziert aus den Klingelbeuteln des heiligen Time magazine, für das die irdischen Gesetze offenbar nicht galten: Visum? – Wer fragt danach? Papiere? – Geschenkt!

Dreitausend Meilen schrumpften zu einer Angelegenheit von Stunden. Zehn Filme? Nehmen Sie zwanzig, man weiß ja nie und überhaupt. Lediglich Flugangst und Liebeskummer wurden noch privat verhandelt.

Neben Kishone saß Nathan Swordfish im Flugzeug. Nathan war Handlungsreisender in Sachen Weltverbesserung. Gerne tat er Gutes und sprach darüber. Seit drei Jahren arbeitete er als Journalist. Mit Leib und Seele machte er das. Nathan hatte zuvor bereits gestrandete Wale ins Meer zurückgeschoben und Afrikaner Selbsthilfe gelehrt. Nathan war fünfunddreißig, im besten Alter, wie er selbst befand. Er stammte aus den Südstaaten und wählte die Demokratische Partei. »Trotzdem«, wie er immer wieder betonte. Weltweit würde Nathan die Demokraten wählen, sagte er.

Seine guten Taten packte Nathan in einen Musterkoffer. Er war Fan seiner eigenen Kollektion, anstelle von »Ja« sagte er »Jau«. Kishone schwankte zwischen der Möglichkeit, ihn zu bewundern, und dem Drang, ihm in die Fresse zu schlagen. Lange bevor die diesbezüglichen Warnhinweise erloschen, löste Nathan seinen Gurt. Er war entspannt, es war nicht sein erster Flug. Eilige Worte mit einem Sitznachbarn, und der Fremde wurde ab sofort als Bekannter gehandelt. Visitenkarten wechselten die Besitzer, wurden taxiert und in krokoledernen Brieftaschen verstaut. Nathans wölfisches Lachen, als die Abbildung auf seiner Karte, ein kleiner stilisierter Marlin, Gefallen fand, er glühte vor Tatendrang. Kishone fühlte sich weniger agil, die vorletzte, auf dem Boden seines Hotelzimmers verbrachte Nacht steckte ihm in den Knochen, die Aufregung des Flugs tat ihr Übriges.

Die Crew verabschiedete sich mit Kinolächeln. Zweisprachig professionell wurde für das entgegengebrachte Vertrauen gedankt. Willkommen in Madrid, stand auf den Seiten der herbeigeschafften Gangway.

Kishone schmeckte, wie ihm der gepfefferten Tomatensaft aufstieß, dabei hatte er ansonsten einen starken Magen.

»Auf Wiedersehen, bis zum nächsten Mal.«

Das Wetter stimmte, am Flughafengebäude hingen bunte Blumengirlanden. Schwer zu sagen, ob wegen der bevorstehenden Wahl oder weil hier traditionell die Flughäfen geschmückt wurden.

Auf dem Weg zum Terminal überholte sie das mit den Koffern und Taschen der Passagiere beladene Wägelchen. Sein Fahrer erledigte seine Aufgabe mit Ehrgeiz, die kleinen Anhänger schlingerten gefährlich. Einige Passagiere schrien ihm hinterher, besorgt um ihren Besitz. Nach seinem brauchte Kishone nicht

Ausschau zu halten. Die Zahnbürste passte in die Innentasche seines neuen Anzugs, die Canon ohne Probleme ins Handgepäck.

Vor dem Flughafen herrschte hektische Betriebsamkeit. Aus Indien war Kishone allerdings Schlimmeres gewohnt. Hier wurden die Taxen von ihren Fahrern lediglich mit Worten beworben, kein Helferlein, das beim Versuch, einen Kunden in ein Tuk-Tuk zu zerren, beinahe handgreiflich wird. Für Nathan und ihn stand eine Limousine bereit. Ein Fiat, aber geräumig. Der Fahrer war halb informiert. Nathan sprach er korrekt mit Mister Swordfish an, Kishone fälschlich mit Mister Stone. Kishone beließ es bei dem Fehler. In seiner momentanen Gemütsverfassung gefiel ihm die Verwechslung.

Über breite Straßen ging es schleppend voran. Auch hier Girlanden. Weil der Wagen immer wieder hielt, glaubte Kishone eine Beobachtung bestätigt, die er bereits in Ankara und noch mehr in Istanbul gemacht hatte: In Europa lief der Verkehr statischer als daheim, wenn hier überhaupt von einem Lauf die Rede sein konnte. Häufig kam es zum völligen Stillstand, dann wiederum preschten die Menschen in ihren Autos voran, als seien sie auf der Flucht.

In Europa war es, als treibe man mit Macht Steine durch eine Rinne, durch die in Indien Wasser floss. Auf riesigen Plakaten zeigten Menschen ihr Gebiss. Einige wirkten wie Hyänen, andere bleckten ihre Zähne wie Affen. Der, wegen dem Kishone in der Stadt war, hatte seinen Mund auf den Plakaten geschlossen. »Wohin bringen Sie uns?«, fragte Nathan den Fahrer in seinem Südstaatendialekt.

Kishone erriet den Sinn der Frage mehr, als dass er ihn verstand. Der Fahrer war geschickter. Ein alter Hase saß da vor ihnen, schon lange im Beruf, sein Gehör geschliffen von den Sprachen der Welt. Prompt nannte er den Namen eines Hotels. Auch das verstand Kishone kaum. Eczor? El Torr? Excelsior vielleicht. Ich degeneriere, dachte Kishone. Ich löse mich auf. Noch einige Wochen in diesem Europa, und meine Sinne sind keine Rupie mehr wert.

Nathan Swordfish plagten andere Sorgen. Er wirkte unzufrieden. »Nicht zum Palast?«, fragte er nach.

»Im Palast wohnt der König«, sagte der Fahrer.

»Jau«, sagte Nathan. Danach Sendepause auf allen Kanälen. Der Fiat bot so lange Lärmschutz, bis der Fahrer ein Fenster öffnet und die Straße in das Innere des Wagens flutete. Kishone meinte zu hören, dass die Stadt anders klang als alle Städte, die er in seinem Leben bisher besucht hatte. Westlicher, dachte er, schließlich lag das Land so weit im Westen, dass irgendwo hinter seiner Küste wieder der Osten begann. Indien, wenn einem denn sonst nichts dazwischenkam.

Der Fahrer beendete Kishones Träumereien, indem er das Radio anstellte. Eine männliche Stimme, eine Rede, die nichts Gutes erahnen ließ. Der Fahrer kommentierte in seiner Landessprache. Nathan mischte sich ein. Spanisch konnte er also ebenfalls. Die beiden verstanden sich prächtig. In einem anderen Leben, in dem der Fahrer nicht Fahrer wäre, könnten sie Freunde sein, sich am Wochenende zum Barbecue treffen und zusammen Budweiser trinken. So lachten sie nur miteinander. Ein Witz, eine Anekdote im Radio? Kishone wusste es nicht. Er konnte es nicht einmal vermuten, sein Portugiesisch, das er während seiner Fotografenausbildung bei Palmira Coutinho gelernt hatte, war zu rudimentär, um der spanischen Unterhaltung zu folgen. Nathans Sprachbegabung isolierte ihn.

Vorbei ging es an einem Stadion, vorbei an prächtigen hohen Gebäuden, die fremde Stadt war für Kishone eine fremde Welt. Wie mochte es jetzt gerade in der Welt sein, die ihm noch vertrauter war, obwohl auch sie fremd genug? Was taten sie gerade drüben in Istanbul, fünf Flugstunden entfernt? Melody, die sich May nannte, Sven, der Männer liebte, und vor allem sein Freund Amitabh und Joan, die ihm erklärt hatte, dass es heutzutage normal sei, sich nackt an einen anderen Menschen zu schmiegen, wenn dieser einem nur ausreichend sympathisch erschien.

Vor einem silbernen Gebäude kam ihr Fiat zum Stehen. In den Scheiben spiegelte sich das Universum. Auch hier war man modern. Spätestens seit Franco der Vergangenheit angehörte, war man das, also seit heute. Vor dem Eingang tummelten sich Journalisten wie Wespen um ein Kuchenstück. Noch zwei Stunden bis zu den Zwölf-Uhr-Nachrichten. Primetime, gleich kam die Zeit der Fütterung. Nathan gab Kishone dessen Akkreditierung. Kishone Kumar stand darauf, sein Name korrekt geschrieben, und auch der Mann auf dem dazugehörigen Foto war er selbst. Seit der Aufnahme hatte er seine Kleidung nicht gewechselt. Weißes Hemd, grauer Anzug, breite gestreifte Krawatte. Nathan entdeckte einen Bekannten und winkte ihm. Auch als ihn der andere nicht mehr beachtete, blieb das Lächeln in Nathans Gesicht. Offensichtlich mochte er den Kollegen wirklich.

»Spiegel, Deutschland«, erklärte er.

»Eine Zeitung?«, fragte Kishone.

»Jau«, sagte Nathan.

Ein bärtiger Kollege, den Swordfish als Karsten vorstellte, kam hinzu. Karsten arbeitete ebenfalls für das Time magazine. Er war der Mann für Spanien, er lebte hier. Kishone wurde zusehend verwirrter, die Situation mit all ihren neuen Eindrücken überforderte ihn.

»Wen sollen wir hier noch einmal treffen? Den König?« Kishone hatte es vergessen, womöglich hatte ihm die Bemerkung des Fahrers den Floh mit dem König ins Ohr gesetzt.

Nathan lachte. »Jau, klar, den König.«

Ein Mann öffnete die Absperrung, die Journalisten schoben sich vorwärts. Erste Fotos wurden geschossen. Einige Kameras klickten hoch über den Köpfen. Ohne einen Blick in den Sucher knipsten die Fotografen blind drauflos. Kishone brachte die Canon in Stellung. Er wollte nicht auffallen und bemühte sich, die zu imitieren, die schon länger in diesem Beruf arbeiteten als er.

Zu zwölft in einen für acht Personen ausgelegten Aufzug. Schindler. German Engineering. Schnell ging es nach oben, beim Abbremsen spürte er den Tomatensaft aus dem Flugzeug im Mund. Langsam wurde es unappetitlich. Die Tür schob auf.

»Time magazine!«, rief ein Mann am Ende des Flurs.

Nathan winkte mit seiner Akkreditierung. Vorbei an zwei Gorillas mit Sonnenbrillen, hinein in einen Raum. Die anderen Journalisten mussten draußen bleiben.

»Fotografier!«, zischte Karsten.

Ein großer Schreibtisch, drei Personen, eine davon eine Frau, eine Flagge, gelbrot, ein Fernseher, eine Sitzecke, gemütlich mit Sofa, Couchtisch und gerahmten Porträts. Wer war die Zielperson? Kishone glaubte, sie alle auf den Wahlplakaten lächeln gesehen zu haben. Diese Europäer glichen sich wie ein Ei dem anderen. Person eins – klick, Person zwei – klick, Person drei – klick, ein Gruppenbild – klick, einmal ernst, einmal lächelnd – klick, klick.

Nach einer Minute war für Kishone und Nathan die Arbeit getan. Karsten blieb noch. Kishone schoss ein letztes Foto des Hoffnungsträgers. Suárez wirkte ungeheuer weltmännisch, wie er mit überschlagenen Beinen auf seinem Sessel saß und gestenreich wie ein Haciendabesitzer über seine Ideen fabulierte. Nach draußen ging es durch eine zweite Tür.

Der restliche Tag war ruhig. Während Nathan schrieb, ruhte sich Kishone aus, später gingen sie auf einen Kaffee und einige Bier ins Comercial, das man laut Nathan gesehen haben musste. Dort wartete schon der Mann vom Spiegel, Dörsch, aus Rücksicht auf Kishone sprach man englisch. Auch in Deutschland gehe es heiß her, äußerte Dörsch. Im Verlauf dieses Gesprächs erfuhr Kishone, dass mit RAF mehr als die englische Luftwaffe bezeichnet wurde. Nathan nickte besorgt, in Europa machte ihm keiner etwas vor, erst recht nicht in Politik.

Gegen Mitternacht verabschiedete sich Dörsch. Morgen ging der Flieger früh. Auch Nathan und Kishone brachen auf. Ihr Hotel lag nicht weit entfernt, ihr Zimmer war ein großer Raum, dominiert von einem riesigen Bett mit französischer Matratze. Etwas war schiefgelaufen, hatte Nathan doch zwei Zimmer gebucht, aber was nutzte es, sich aufzuregen? Keine fünf Minuten, und Kishone hörte Nathan gleichmäßig atmen. Weit unter ihnen rauschte der Verkehr. Stimmen, Lachen. Beruhigende Geräusche, auch fern der Heimat. Aber Kishone fand keinen Schlaf. Unruhig, nervös lag er wach, die Augen trotz der Dunkelheit geöffnet, ständig in der Angst, Nathan Swordfish könne sich seiner Kleidung entledigen und ihn mit seinem nackten Körper berühren.

* * *

»Am Tag darauf flog Swordfish mit den Filmen Gott weiß wohin, mit meinen Fotos. Ich kehrte zurück nach Istanbul. Ich begegnete ihm nie wieder. Einige Tage später war Suárez' Foto auf dem Cover des Time magazine. Interessanterweise auf der amerikanischen Ausgabe in anderer Form als auf der europäischen. Die eine zeigte die Aufnahme so, wie sie gemacht worden war, die andere war eine graphische Verfremdung des Bildes zusammen mit dem Kopf Francos und dem des spanischen Königs Juan Carlos. Auf der Impressumsseite war außerdem ein Bild zu sehen, das ich von Karsten und Suárez geschossen hatte. Einen Tag nach meinem Ausflug nach Madrid hatte ich allerdings noch immer nicht vollständig durchschaut, wen ich da eigentlich fotografiert hatte und zu welchem Zweck. Um ehrlich zu sein, es interessierte mich auch nicht sonderlich. Andere Dinge berührten mich in diesen Tagen mehr als die Wahl in einem Staat, den ich bis dahin, wenn überhaupt, nur aus Geschichtsbüchern kannte. Erst viel später in Deutschland hat mir Dreifinger-Eddi die exakten Zusammenhänge erklärt oder zumindest seine Sicht darauf.«

»Dreifinger-Eddi? Wo habe ich den Namen schon einmal gehört?«

»Dreifinger-Eddi war der Knabe, dem ich seinerzeit in Goa eines meiner Bilder verkauft habe.«

»Stimmt, das Foto der männlichen Meerjungfrau. Du hast Dreifinger-Eddi in Deutschland getroffen?«

»Er war eine meiner ersten Anlaufstellen in Berlin. Für einige Zeit wohnten Amitabh und ich sogar in seiner WG. Dreifinger kannte sich in der Politik ähnlich bemerkenswert aus wie Nathan Swordfish, nur dass ihre Blickwinkel völlig verschiedene waren. Der eine betrachtete die Welt aus der Perspektive des reichen amerikanischen Weltverbesserers, der andere aus der des linken Anarchisten. Der Satz ›Ich bin so rot, dass kein Mensch merkt, dass ich blute‹ stammt von Dreifinger. Die unterschiedlichen politischen Ansichten der beiden manifestierten sich am deutlichsten beim Thema Krieg, das seinerzeit häufig diskutiert wurde. Dreifinger hatte dazu die einzig vernünftige Einstellung, nämlich die absolute Ablehnung des Krieges ohne Wenn und Aber. Nathan war diese radikalpazifistische Einstellung zu pubertär, zu idealistisch, zu wenig im Denken seiner demokratischen Ideale verwurzelt. Im Grunde lehnte er Krieg als Mittel der politischen Auseinandersetzung zwar ebenfalls ab, jedoch war er nicht Visionär genug, um diese Auffassung auch gegen Kritik zu verteidigen. Politische Zeiten damals. Es gab eine Menge Leute mit einem zementierten Standpunkt, von dem aus sie dich auf ihre Seite zu ziehen versuchten. Mit heute kann man das kaum mehr vergleichen. Weißt du zum Beispiel noch, wer Franco war?«

»Der Machthaber in Spanien schon zu Zeiten der Nationalsozialisten, ein Diktator, ein Faschist. Hitler unterstützte ihn damals mit der Legion Condor. Picasso setzte dem Gemetzel mit seinem Bild Guernica ein Denkmal.«

»Wow, nicht schlecht. Ich weiß nicht, ob es ein durchschnittlicher Spanier heute ebenso sehen würde wie du, aber genauso hat es mir Eddi erklärt. Kurz vor seinem Tod bestimmte Franco den jungen König Juan Carlos zu seinem Nachfolger, und der hat den Spaniern daraufhin die konstitutionelle Monarchie geschenkt. 1975 ernannte der König Suárez zum Präsidenten, 1977 bestätigten ihn die ersten freien Wahlen in diesem Amt. So ist auch das Cover des Time magazine zu interpretieren: von Franco über Juan Carlos zu Suárez.«

»Kishone?«

»Im Grunde war Suárez ein Nationalist …«

»Kishone?«

»… ein rechtskonservatives Arschloch, das heute schwer an Alzheimer erkrankt ist, wenn es denn überhaupt noch lebt …«

»Kishone, bitte!«

»Was ist?«

»Erspar mir das Kleingedruckte. Du warst in Madrid und hast für Mom den ersten demokratisch gewählten Präsidenten Spaniens für das Time magazine fotografiert. Spektakulär! Ich kenne das Cover, es hing gerahmt in unserer Wohnung, aber mehr als das politische Drumherum dieses Jahres interessiert mich die andere Geschichte.«

»Das sagst du so einfach, doch das, wovon du hören möchtest, ist von dem, was wir politisch nennen, nicht zu trennen. Wenn du dir unsere Geschichte als einen Körper vorstellst, dann war dieses Politische ein plötzlich auftretender Ausschlag, den man schlichtweg nicht ignorieren konnte. Einige Wochen vor meiner Ankunft in Istanbul zum Beispiel wurde bei einer Kundgebung der Gewerkschaft auf dem Taksim-Platz aus dem Hinterhalt auf die Demonstranten geschossen. Auf diesen Vorfall bezog sich auch die Bemerkung von Rotzkotz, die ich an dem Konzertabend im Goethe-Institut nicht verstanden hatte. Wie gesagt, ich interessierte mich seinerzeit nicht für Politik, für die europäische am allerwenigsten, aber so ein Ausschlag kann auch denjenigen befallen, der sich nicht für Krankheiten interessiert.«

»Oder Krebs.«

»Oder Krebs, ja, leider.«

»Insgesamt achtunddreißig Menschen sind bei diesem Anschlag ums Leben gekommen. Kurz darauf kursierte in Istanbul das Gerücht, die CIA habe ihre Finger im Spiel gehabt, um die wirtschaftliche und politische Krise der Türkei zugunsten der USA zu beeinflussen. Und wo erst einmal die CIA im Spiel war, war der Weg zu Joan nicht mehr weit. Schließlich stand sie mit einigen der amerikanischen Diplomaten in Istanbul auf Du und Du. Sie ging im Konsulat ein und aus und musste sich nun fragen, wer von den Leuten, mit denen sie gestern noch Cocktails getrunken hatte, heute in die Vorfälle auf dem Taksim-Platz involviert war. Ich denke, die Sache hat ihr damals sehr zugesetzt, obwohl ich mich kaum mit ihr darüber unterhalten habe. Im Nachhinein scheint es mir manchmal so, als habe deine Mutter damals das Politische angezogen, auf alle Fälle hat sie es in mein Leben gebracht.«

»Ein Vorwurf?«

»Eine Feststellung. Wertneutral. Aber lass uns von etwas anderem reden. Mein Foto von Suárez hing also in eurer Wohnung.«

»Ja.«

»Und sogar gerahmt?«

»Sogar gerahmt. Golden!«

»Mein Foto in einem goldenen Rahmen? Wow, das freut mich wirklich.«

⋆ ⋆ ⋆

There is no sun – but the sun
There is no street – but the street
There is no machine – but the machine
There is no love – but the love

Der mit Bleistift beschriebene Zettel wehte Kishone mit dem Luftstrom des Deckenventilators entgegen, als er die Tür des Hotelzimmers öffnete. Das Gedicht stammte nicht von Joan. Joans Handschrift hätte Kishone erkannt. Ihm gefielen die Verse trotzdem. Ihm gefiel *gerade*, dass sie nicht von Joan waren, und ihm gefiel auch, dass Melody jetzt neben Liebe, Tod und Sichselberfinden auch Motorräder thematisierte.

Kishone öffnete das Fenster und klappte die Läden auseinander. Licht und Hitze fluteten den Raum, die verrauchte Luft flüchtete wie ein aufgeschrecktes Gespenst. Neben dem nackten Amitabh lag Melody auf dem Bett. Dass auch sie unbekleidet war und dass sie ihr Gesicht brummend in die Seite seines Freundes drückte, um sich vor dem Mittagslicht zu schützen, gefiel Kishone ebenfalls.

»Hey.« Amitabh blinzelte Kishone an. Seine Augen waren klein wie bei einem Tiefseegeschöpf. In der auf dem Boden liegenden Flasche Jack Daniel's glänzte ein letzter Rest Whisky wie ein Tropfen flüssige Sonne.

»Hey, Kerouac.«

»Ich hatte dich noch nicht zurück erwartet. Hat in Madrid alles geklappt?«

»Jau. Und bei euch?«

»Bestens.« Amitabh richtet sich ein Stückchen auf, deutete mit dem Kopf in Richtung des Mädchens an seiner Seite, bevor er sich wieder Kishone zuwandte. »Du siehst erholt aus. Die Verletzungen in deinem Gesicht sind beinahe verheilt.«

»Das Mittelmeerklima«, sagte Kishone.

»Das Mittelmeerklima«, wiederholte Amitabh.

»Geht es dir wieder gut?«, fragte Kishone

»Mir geht es hervorragend, Buddy!«

Kishone hob die Whiskyflasche vom Boden, zog den Korken heraus, schnüffelte daran. »Du hast mich noch nie Buddy genannt.«

»Und du noch nie Jau gesagt, wenn du Ja meintest – Menschen färben ab.« Amitabh nahm eine Zigarette aus der auf dem Bett liegenden Packung und tappte auf dem Nachttisch nach Streichhölzern.

»Melody nennt dich Buddy?«

»Manchmal nennt sie *dich* so, wenn sie von dir spricht. Sie spricht viel von dir, du hast es ihr angetan, beinah könnte man eifersüchtig werden. Mich ruft Melody Kerouac, das weißt du doch – On the Road und so.« Amitabh lächelte.

»Was ist mit Serge?«

»Serge ist tot. Solltest du ebenfalls wissen, warst dabei, als er starb.«

»Als ich dich das letzte Mal sah, hieltest du ihn noch

für recht lebendig. Freut mich, dass sich das inzwischen geändert hat.«

Mit zwei Fingern pickte Kishone ein weißes Baumwollhemdchen vom Fußende des Bettes und betrachtete es. Er fürchtete sich vor der Antwort, die er auf seine nächste Frage erhalten könnte.

»Was ist mit Joan?«

»Ich schätze, sie ist mit Sven unterwegs, frag Ferry.«

Amitabh ließ seinen Oberkörper zurück auf das Bett sinken. Die Unterhaltung mit Kishone wurde ihm unangenehm. Nach dem Aufwachen war die Welt eine andere als am Abend zuvor. Mit den Augen fixierte Amitabh den Stuck an der Decke.

Kishone hakte nach: »Joan hat sich doch um dich gekümmert?«

Melody brummte unzufrieden. Amitabh hielt ihr seine Zigarette an die Lippen, sie zog daran, ohne die Augen zu öffnen.

»Du bist kompliziert heute, Buddy. Geh runter und trink einen Kaffee. Gib mir fünf Minuten, dann komme ich nach, und wir sehen, was wir machen können.«

Joan betrachtete den Papierstreifen in ihrer Hand. Zum hundertsten Mal las sie den Text: ›We are definitely not interested in that Taksimthing‹.

Die Absage kam per Telegramm ins Haus. Dem Boten hatte sie ein Trinkgeld gegeben – sie hätte ihn erschlagen sollen. Scheitern in acht Wörtern. Neun, wenn Joan den Namen des Absenders in ihre Überlegungen miteinbezog – Alfred. Euphemismus für Massaker in elf Buchstaben – Taksimthing.

»Ich hab die Stelle nicht nur bekommen, weil ich mit dir gevögelt habe«, hatte sie am Telefon dem stellvertretenden Chefredakteur des Time magazine entgegengehalten, nachdem sie ihn nach Eintreffen der Nachricht endlich am Telefon hatte. Der war schlagfertig genug, ihr zu antworten, dass dies stimme. Zur Praktikantin hätte sie es auch ohne seine Hilfe bringen können.

Joan verbrannte das Telegramm im Aschenbecher. Danach betrachtete sie ihr Gesicht im Spiegel. Einem kleinen runden, gehalten von einer rosafarbenen Plastikeinfassung mit Griff. Ein Mädchenspiegel, ein Kindermodell aus dem Spielwarengeschäft. Die auf seiner Rückseite abgebildete Meerjungfrau ließ Joan an eine Haarspange mit einem ähnlichen Motiv denken, die ihr ihr Vater als Siebenjähriger geschenkt hatte. An jenem Tag waren sie mit dem Dodge zum ersten Mal raus zum Autokino gefahren. Hier, bei Ferry an der Bar, meinte sie noch einmal das weiche Leder des damals nagelneuen Wagens zu riechen – mit dem sich später durchaus andere Gerüche verbanden –, den kleinbürgerlichen Stolz des Vaters zu fühlen, die Wärme des frischen Popcorns durch die Pappe des Eimers hindurch in ihrem Schoß. Heute, achtzehn Jahre später, verlieh das Bewusstsein, dass diese Tage unwiederbringlich vorüber waren, der Erinnerung einen bitteren Beigeschmack.

»Nicht jeder Tag ist ein Laternenfest«, sagte Ferry.

Zusammen mit seiner Glückskeksweisheit servierte er Joan einen geviertelten Apfel, dessen Stückchen er im rechten Winkel zueinander drapiert hatte. Mit der Zigarette, die Ferry abschließend hinzufügte, ähnelte sein Arrangement einem vierblättrigen Kleeblatt mit Stiel. Joan streckte ihm die Zunge raus. Sie wollte nicht, dass Ferry bemerkte, wie schlecht es ihr ging, als Journalistin sah sie sich gescheitert, selbst als Tochter und Geliebte taugte sie wenig. Alt, dick, feige, lautete ihr vernichtendes Selbsturteil. Nicht einmal mehr eine weitere Grimasse bot sie dem Spiegel an, was sie sah, war auch so schon grausam genug, und oben neben Kerouac ruhte das Sphärenmädchen.

Ferry zog eine Schallplatte aus ihrer Schutzhülle, betrachtete sie von beiden Seiten und legte sie auf. Gainsbourg. Nach kurzem Suchen richtete sich die Nadel knisternd an der gewünschten Stelle ein: *Je bois systématiquement pour oublier les amis de ma femme* – Ferry war Barkeeper aus Berufung, Empathie gehörte bei ihm zur Professionalität, und seit seiner zweijährigen Ausbildungszeit in Paris kannte er die zur Stimmung passende Begleitmusik. In Ermangelung eines Pastis servierte er Yeni Rakı.

Gegen Mittag betrat Kishone die Lobby des Inka. Er hätte Joan gerne umarmt. Als er den verlaufenen Kajal unter ihren Augen sah, zog er sich lediglich einen Stuhl an ihren Tisch, um sich zu setzen. Ferry schenkte ihm ebenfalls einen Rakı ein. Der Anisschnaps schmeckte Kishone schauderhaft. Angeekelt verzog er das Gesicht und schob sich schnell eins der inzwischen braun gewordenen Apfelstückchen in den Mund, was die Symmetrie des Kleeblatts zerstörte. Joan lächelte, das erste ehrliche Lächeln des Tages.

»Hey«, sagte Kishone.

»Hallo«, entgegnete Joan.

Ferry verdünnte den Rakı mit Wasser.

»Was ist los?«, fragte Kishone.

»Was soll los sein? Alles in bester Ordnung. Deine Reise nach Madrid war ein Erfolg. Nathan hat es mir am Telefon erzählt. Glückwunsch. Das Magazin will eine deiner Aufnahmen auf der Titelseite. Du wirst berühmt.«

»Jau«, sagte Kishone. Abermals nippte er an seinem Glas. Noch immer schmeckte ihm das Getränk nicht. »Du warst ebenfalls erfolgreich«, fuhr er fort, nachdem er bei Ferry einen Apfeltee bestellt hatte.

»Ich?« Joan blickte ihm direkt in die Augen, die verlaufene Schminke gab ihrem Aussehen etwas Verruchtes. Sie lächelte matt. »Ich hätte nicht weniger erfolgreich sein können. Alfred hat mich am Telefon *Fräulein* genannt. *Fräulein*, ein deutsches Wort. Übersetzt heißt es etwa so viel wie: Halt deine hübsche Klappe, geh an den Herd, sei entzückend und überlass die Dinge der Welt den Männern.«

»Du *bist* entzückend«, sagte Kishone.

Wieder musste Joan lächeln, selbst verwundert darüber, wie gut ihr in diesem Moment Kishones Schmeicheleien gefielen.

»Außerdem *bist* du erfolgreich«, fuhr Kishone fort.

»Als ich Istanbul verließ, war Amitabh am Boden, zwei Tage später erkenne ich ihn kaum wieder.«

Joan griff nach dem dampfenden Gläschen Tee, das Ferry zwischenzeitlich serviert hatte, trank einen Schluck, süßte mit zwei Stück Zucker nach, trank einen weiteren.

»Amitabhs Medizin heißt Melody. Täglich mehrmals eingenommen, wirkt sie gründlich«, sagte sie schließlich. »Ich will mich nicht mit fremden Federn schmücken.« Joan legte ein weiteres Stückchen Zucker auf einen kleinen goldenen Löffel, durchstieß mit diesem vorsichtig die Oberfläche des Tees und beobachtete, wie das heiße Wasser die kristalline Struktur des Würfels zerstörte. »Melody ist gerade bei ihm, habe ich recht?«

»Ich weiß es nicht«, sagte Kishone.

»Kennst du Pinocchio?« Joan ließ den goldenen Löffel in das Teeglas gleiten.

»Den Film?«

»Das Buch, den Film – ganz gleich. Weißt du, was mit Pinocchio geschieht, wenn er lügt?«

»Seine Nase wächst.«

»Richtig, seine Nase wächst.« Joan schob Kishone den Handspiegel zu, der betrachtete sein Gesicht sorgfältig aus verschiedenen Winkeln.

»Meine Nase sieht aus wie immer«, sagte er.

»Du bist auch nicht Pinocchio«, antwortete Joan.

Kishone formte mit seinem Mund lautlose Vokale, er betrachtete sich noch immer. Aaa, eee, iii, ooo, uuu. »Okay, Melody ist bei ihm.«

Joan zündete sich eine Zigarette an, inhalierte den Rauch des ersten Zuges und blies ihn langsam durch die Nase wieder aus.

»Ich habe ebenfalls gelogen«, sagte sie schließlich.

»Auch an deiner Nase erkennt man es nicht. Was für ein Glück.«

»Doch, meiner Nase sieht man es an.« Joan nahm Kishone den Spiegel aus der Hand. »Schau nur. Dick und rot, wie bei einem Schneemann.«

»Bei Schneemännern kenne ich mich nicht aus«, sagte Kishone.

»Aaa, eee, iii, ooo, uuu«, machte jetzt Joan und fand, dass es ihr stand.

»Willst du gar nicht wissen, wobei ich gelogen habe?«, fragte sie.

»Lass mich raten: Es stimmt nicht, dass es in Europa normal ist, sich nackt aneinanderzuschmiegen?«

Joan zog dem Spiegel eine Schnute und legte die Stirn wie ein Hündchen in Falten. »Wir Amerikanerinnen sind durchschaubar.«

Kishone griff nach der Zigarette im Aschenbecher und zog daran, beim Ausatmen machte er sein Ooo-Gesicht. Rauchringe schwebten wie Heiligenscheine durch den Raum. »*Du* bist durchschaubar«, sagte er.

Joan überließ Kishone die Zigarette und zündete sich eine neue an. Auch sie wollte Ringe produzieren. Obwohl sie mit Ehrgeiz an die Sache heranging, konnten die ihrigen mit Kishones nicht mithalten, was sie ärgerte.

»Du bist nicht schlecht für ein Mädchen«, sagte

Kishone, um sie zu trösten. »Wo ich herkomme, rauchen nur Zigeunerinnen.«

Joan knuffte ihn auf den Arm. »Nicht schlecht für ein Mädchen«, äffte sie ihn nach, danach wurde sie wieder ernst.

»Was ist los mit dir, ist es wegen Amitabh und Melody?«, fragte Kishone. Er hatte diese Frage nicht stellen wollen, sie war ihm von selbst aus dem Mund gekommen wie ein verunglückter Ring aus Rauch.

Joan schüttelte den Kopf. »Nein, das ist es nicht.«

Kishones Herz machte einen Purzelbaum. »Was ist es dann?«

»Das ist eine lange Geschichte«, sagte sie.

»Erzähl sie mir«, sagte Kishone.

»Wieso sollte sie dich interessieren?«

»Sie interessiert mich.«

»Eine lange Geschichte«, sagte Joan erneut. »Ich erzähle sie dir ein anderes Mal.«

»Wir haben Zeit«, antwortete Kishone.

Joan nickte, sie hatten tatsächlich Zeit. Verdammt viel Zeit, seit Alfred sie aus dem Spiel genommen hatte. Zu viel Zeit für eine Fünfundzwanzigjährige, die zum ersten Mal in ihrem Leben merkte, dass sie ins Straucheln geriet.

»Okay«, sagte Joan. Sie begann bei ihrer Kindheit, sie erzählte von ihrer Jugend im puritanischen Osten der Vereinigten Staaten, in der sie sich zum Widerstand gegen die Obrigkeiten aufgerufen fühlte, zu denen für sie auch die Schule und ihr Vater zählten. Sie berichtete Kishone von ihrer Begeisterung für die Beatniks und

Rockmusik, wechselte unter Auslassung ihrer Männergeschichten, die vor Kishone auszubreiten sie in diesem Augenblick für wenig schicklich gehalten hätte, zu ihrem weiteren Werdegang. Sie nannte ihm die Gründe, die sie dazu veranlasst hatten, Journalistin zu werden. Sie erläuterte Kishone ihre Sicht des Vietnamkrieges, sie erklärte ihm das Wort Hexenverfolgung, von dem er zum ersten Mal hörte. Erst dozierte sie über McCarthy, über Marx und Engels und schließlich über den Kommunismus an sich, von dem Kishone sehr wohl bereits gehört hatte, den er allerdings gelassener interpretierte als sie. Abschließend erzählte Joan Kishone von dem Massaker auf dem Taksim-Platz und den Gerüchten, die CIA sei daran beteiligt. Sie zeigte sich aufgebracht darüber, dass ihr zu Botschaften und Konsulaten kein Einlass mehr gewährt wurde, dass ihr von einem Tag auf den anderen Türen verschlossen blieben, die sie zuvor wie selbstverständlich durchschritten hatte.

»Das Schlimmste ist nicht, dass Alfred den Schwanz einzieht oder dass er mich zurückpfeift. Das Schlimmste ist, dass er mir dadurch vor Augen führt, dass ich nie die Journalistin war, die ich zu sein glaubte. Ich war so stolz auf meine McCarthy-Story, dass ich nicht bemerkte, dass es sich um eine einmalige Sache handelte. Ich sah mich als quirlige Enthüllungsreporterin, eine emanzipierte Freidenkerin, eine intellektuelle Holly Golightly, die auf allen Kontinenten ihre Kontakte besitzt, dabei berichtete ich ausschließlich von der Cocktailfront. Journalisten, die etwas taugen, orientieren sich heute nach Nicaragua oder bringen sich in Kambodscha in Stellung – Länder, in denen man Stiefel trägt. Sie wühlen im Dreck, während ich mich von Männern aushalten lasse, ihre Drinks zu mir nehme und manchmal ihre Betten wärme. Ich bin ein Fräulein. Alfred hat ganz recht mit seiner Behauptung. Hätte er mich ansonsten derart treffen können? Ich bin hübsches Mittelmaß, selbst ein Teil des Systems, gegen das ich zu rebellieren geglaubt habe. Ich bin träge geworden, feige. Ich bin keine Beauvoir, ich habe niemals alles auf eine Karte gesetzt.«

»Du gehst zu hart mit dir ins Gericht«, befand Kishone. »Neunundneunzig Prozent der Menschen sind träge und feige, und ist es nicht auch ein Zeichen von Intelligenz, nicht alles auf eine Karte zu setzen?«

»Nicht, wenn es nur eine richtige Karte gibt«, antwortete Joan.

Ferry kam an den Tisch, entfernte, ohne dazu aufgefordert worden zu sein, die leere Zigarettenpackung und ersetzte sie durch eine volle. Als sei diese Handlung ein Zeichen gewesen, betrat Sven von der Straße aus die Lobby. Er grüßte freundlich, nahm sich eine Zigarette, zündete sie an und begann noch im Stehen von etwas zu erzählen, das weder Joan noch Kishone in diesem Moment interessierte. Als Sven merkte, dass er störte, verschwand er so schnell, wie er gekommen war, ohne beleidigt zu wirken.

»Ich mag Sven«, sagte Joan. »Er ist so einfühlsam, er strahlt Überlegenheit aus.«

Kishone, der gerade noch darüber sinniert hatte, wie Joans Behauptung, sie lasse sich von Männern aushalten und wärme manchmal deren Betten, zu interpretieren sei, erinnerte sich an den Abend im Goethe-Institut, an dem sich Sven wie eine beleidigte Leberwurst aufgeführt hatte. Wenn Joan mit der Einschätzung ihrer eigenen Person ähnlich weit danebenlag, bestand also Hoffnung.

Draußen scheint die Sonne. Morgen sieht alles schon wieder freundlicher aus. Leben beinhaltet nun einmal Irrtum, das ist zu akzeptieren. Ein Resümee birgt generell die Gefahr der Täuschung in allen Facetten, außerdem ist ein hübsches Mittelmaß zweifelsohne besser als ein hässliches – und wer in aller Welt ist Beauvoir?, dachte Kishone. Er zündete sich eine Zigarette an. Nach drei eher bescheidenen Versuchen hauchte sein Mund den schönsten Rauchring des Tages aus.

* * *

Der Pizzabote klingelt dreimal hintereinander. Er hat es eilig. Als Vimala öffnet, steht er bereits vor ihrer Tür. Morgen würde Vimala mit dem Wachmann darüber sprechen müssen, aus welchem Grund er den Pizzaboten ins Haus gelassen hat, anstatt ihm die Pizzen abzunehmen und sie selbst nach oben zu bringen, wie es seine Aufgabe gewesen wäre. Während Vimala bezahlt, kommt Sax direkt aus dem Bad zur Tür gehüpft. Sie trägt einen schwarzen Seidenpyjama, den ihr Vimala geliehen hat, und an den Füßen gelb-rot geringelte Söckchen, die sie in Deutschland niemandem zeigen würde. Sie zieht einen Schweif aus Sauberkeit und Seifengeruch hinter sich her. Kishone erscheint mit einer Flasche Champagner und drei Gläsern ebenfalls in der Diele.

»Mach auf, mach auf.« Sax' Erregung bezieht sich nicht auf den Champagner. Ihr Interesse gilt einer der Pizzen. Aufgeregt wie ein Kind hibbelt sie von einem Bein auf das andere. Sie kann es kaum erwarten. Als sie auf dem Weg in die Küche nach der obenauf liegenden Pappschachtel greift, klopft ihr Vimala lachend auf die Finger. Die erste Pizza bietet wenig Spektakuläres, Tomatensauce, Käse, einen undefinierbaren Fleischbelag – vermutlich Hühnchen. Auch die zweite hält mit ihrer Auflage aus Muscheln, Sardellen und einigen saugnapfigen Oktopusärmchen, was der Name Neptune versprochen hat. Die Attraktion verbirgt sich im dritten Karton.

»Beeil dich«, fordert Sax.

Kishone klappt die Schachtel auseinander.

»No.« Vimala verschluckt sich vor Lachen, hustet. Sie läuft zum Wasserhahn. Sax zeigt sich hin und her gerissen zwischen Begeisterung und Entsetzen.

»Ich hab es dir gesagt«, sagt Kishone sachlich. Während er den Champagner in die Gläser gießt, gibt er sich gelassen. Tatsächlich, er hatte sie vorbereitet, doch das Design der Pizza übertrifft Sax' kühnste Erwartungen.

»Das glaube ich jetzt nicht. Was soll das sein? Ein

Witz oder was? Sie wissen, dass eine Deutsche bei euch zu Besuch ist, und haben sich einen Scherz erlaubt.«

»Was hast du bei einer Pizza erwartet, die den Namen ›And one for Hitler‹ trägt?«, fragt Kishone, bevor er kurz den Raum verlässt, um seine Kamera zu holen. Auch Vimala, die sich inzwischen beruhigt hat, kehrt zum Tisch zurück. Sie glaubt, Sax eine Erklärung zu schulden.

»Indische Männer sind zum Teil recht merkwürdige Typen. Glaub mir, ich weiß, wovon ich rede, mehr als einer von ihnen hat mir Perlen geschenkt. Meist sind sie freundlich, friedlich und drücken sich um jede Auseinandersetzung. Im Grunde ihres Herzens hegen sie allerdings eine tiefe Bewunderung für Kraftkerle. Hitler erfreut sich bei einigen meiner Landsleute einer grotesken Beliebtheit. Sie glauben, dass sie ihm ihre Unabhängigkeit verdanken, da er die Engländer in Europa derart beschäftigt hat, dass sie in Indien zu geschwächt waren, um sich hier weiter an der Macht zu halten. Indische Schulen und Medien pflegen bisweilen einen recht unkritischen Umgang mit der Geschichte der Nationalsozialisten, wenn sie sie überhaupt behandeln.« Vimala nimmt das Pizzastück mit dem aus schwarzen Oliven gefertigten Schnurrbart aus dem Karton. »So, jetzt sieht er bereits harmloser aus. Hm, nicht schlecht, probier mal. Vegetarisch – Zufall oder nicht, das passt.«

Kishone löst das Stück mit dem rechten Auge aus der Pizza und beißt hinein. »Das Auge besteht aus Ei, das hab ich mir gedacht. War Hitler eigentlich Vegetarier oder Veganer?«, fragt er. Weder Sax noch Vimala kennen die Antwort. »Wir müssen das mal googeln«, sagt Kishone.

»Vegetarier, wegen Arier«, vermutet Sax. Vimala verschluckt sich erneut, diesmal spült sie mit Champagner. Eine der Knoblauchzehen – ein Zahn aus dem aufgerissenen Mund des Führers – fällt von Sax' Pizzastück, trifft auf das Oberteil ihres von Vimala geliehenen Pyjamas und hinterlässt dort einen Fettfleck.

»Macht nichts«, kommentiert Vimala den Vorfall noch immer hustend, »ich geb dir ein neues.«

Sax, die meint, dass Vimala ihr ein frisches Oberteil geben will, macht eine abwehrende Geste. Im selben Augenblick drückt Vimala ihr schon ein neues Stück Knoblauchzehe zwischen die Lippen.

Kishone fotografiert Sax' überraschtes Gesicht, bevor er mit einer neuen Theorie aufwartet: »Vielleicht ist Hitler bei einigen Indern auch deshalb beliebt, weil das Hakenkreuz dem spiegelverkehrten indischen Sonnenrad entspricht. Woraus bestehen eigentlich die Hakenkreuze auf der Pizza?«

»Ich tippe auf Erdnüsse«, sagt Vimala mit gespitzten Lippen und drapiert sich einige Spinatfasern aus dem Scheitel des Führers zu einem Schnurrbart. Kishone macht davon ebenfalls ein Bild, ein weiteres, als auch Sax sich einen Schnurrbart zulegt.

»Mit euren Knutschmündern seht ihr aus wie Ferkel«, befindet Kishone. Vimala grunzt.

»Wie hübsche Ferkel«, meint Sax.

Kishone probiert eines der Hakenkreuze. »Hm, Mandel – auch 'ne Nuss.«

»Quatsch«, sagt Vimala. Sie schaltet das Küchenradio ein. Ein westlicher Sender, *Voyage, Voyage*. Tanzend erteilt sie Kishone eine Lektion in Botanik. »Bei der Mandel handelt es sich um eine Steinfrucht. Sie ist die kleine Schwester von Pfirsich und Pflaume.«

Kishone hebt sein Glas in die Höhe. »Cheers.« Die Frauen stoßen mit ihm an. »Noch einmal zurück zum Sonnenrad«, sagt er danach. »Das Symbol ist hier nach wie vor sehr beliebt. Als ich den Wagen angeschafft habe, konnte ich Ali mit Ach und Krach davon abhalten, einen Sonnenradaufkleber auf dem Kofferraum anzubringen.«

»Erzähl Saxona, womit du ihn damals bestochen hast!«, fordert Vimala.

»Ich habe ihn nicht bestochen«, wehrt sich Kishone.

»Du hast ihm eine kleine Ganesh-Statue fürs Armaturenbrett geschenkt, hast ihm im Monat fünfhundert Rupien mehr Lohn versprochen und in die Heckscheibe des Wagens ein Bild von Sai Basha geklebt, wenn das mal keine Bestechung ist.«

»Wer ist Sai Basha?«, fragt Sax.

»Ein Guru«, antwortet Kishone, ohne näher darauf einzugehen.

Vimala legt ihre Hände in Höhe ihres Gesichts wie zum Gebet zusammen. Mit anmutig schlängelnden Bewegungen imitiert sie eine Tempeltänzerin. Der Schnurrbart klebt inzwischen an ihrer Wange.

»Sai Basha am Heck ist jedenfalls nicht viel besser als ein Sonnenrad, sag ich dir. Kishone ist gegenüber Ali damals aufgetreten wie der reiche Onkel, der es in der

Welt zu etwas gebracht hat«, sagt Vimala, »es fehlte nur, dass er Ali einige Glasperlen in die Hand gedrückt hätte.«

»Ich *habe* ihm Glasperlen in die Hand gedrückt. Er hat sie seiner Tochter gegeben, die sich darüber sehr gefreut hat. Ali steht auf so was. Ich erinnere nur an die goldene Aufschrift ›Lonely Boy‹, die ebenfalls hinten auf dem Wagen klebt.«

Vimala wendet sich tanzend an Sax.

»Wir sprechen hier über ein kulturelles Missverständnis, Saxona. Ali meint nämlich, *Kishone* stehe auf so etwas. Er möchte ihm imponieren, indem er seinen Erwartungen entspricht. Den Lonely-Boy-Aufkleber hat er für *ihn* besorgt. Der reiche Onkel aus dem Westen.« Sie wirft Kishone eine Kusshand zu.

»Ich *bin* der reiche Onkel aus dem Westen«, sagt Kishone, nimmt einen Schluck Champagner, berührt mit einem Finger das letzte Stück Pizza und führt ihn zum Mund. »Hitlers Armbinde besteht aus Chilischoten. Die ist so scharf, das verträgt kein Mensch.«

»Kratz die Schoten ab, pack sie in ein Tütchen und schenk sie Ali, wenn er euch zum Bahnhof fährt, vielleicht freut sich seine Frau darüber«, schlägt Vimala vor.

Sax lacht, mittlerweile tanzt sie ebenfalls.

»Pflaumen«, sagt Kishone. Die Frauen winken mit ihren Gläsern, während er sie fotografiert.

⋆ ⋆ ⋆

Kishone schlug vor, gemeinsam eine Motorradtour zu unternehmen. Joan sagte: »Du weißt doch, wie das endet«, was ihn verwirrte. Amitabh lieh ihm die Maschine gerne, ihm war es ganz recht, den Freund auf diese Weise über Nachmittag versorgt zu wissen.

Mit der Enfield verließen sie Istanbul in Richtung Meer. Kishone genoss es, mit Joan durch die Gegend zu fahren. Der Druck ihrer Schenkel an seinen Beinen, das Gewicht ihres Oberkörpers in seinem Rücken, wenn er bremste. In seinem Haar die sanften Berührungen ihres zur Seite gedrehten Kopfes, mit dem flatternden Tuch, das sie angelegt hatte, um dem Fahrtwind zu begegnen, an seinen Hüften die angespannte Muskulatur ihrer Arme, während er die brüllende Maschine ein ums andere Mal stärker als nötig beschleunigte. An diesem Tag spürte Kishone den Reiz des Motorradfahrens so stark wie nie zuvor.

Um Fotos zu schießen, stoppten sie nach einiger Zeit auf einem Parkplatz. Wenn Joan noch unter ihren Selbstzweifeln litt, kaschierte sie dies gut. Den sich in den Fenstern eines Militärbusses stapelnden Soldaten winkte sie lachend zu. Auch die Pfiffe und Gesten der Männer störten sie nicht. Ihr Verhalten war wie das eines Filmstars.

Nach eineinhalbstündiger Fahrt erreichten sie die Küste. Kishone steuerte die Bullet direkt in den Sand eines schmalen, menschenleeren Strandes. Schlingernd fuhren sie mit dem Motorrad bis fast ans Wasser.

»Wenn wir nachher wieder loswollen, musst du mich anschieben«, sagte Kishone.

»Oder umgekehrt«, erwiderte Joan. Später machte sie den Vorschlag, zu einem rostigen, in der Brandung des Uferbereichs liegenden Schiffswrack zu schwimmen. Sie begann sich zu entkleiden. Kishone gab vor, kein guter Schwimmer zu sein und auf ein Bad verzichten zu wollen. In Wirklichkeit trieben ihn andere Gründe. Zwar hatte er in Goa bereits splitterfasernackte Hippiemädchen am Strand gesehen, aber das hier war anders, das hier war Joan. Wer könnte sagen, was passieren würde, wenn er sich mit ihr zusammen unbekleidet in die Fluten stürzte, wer wusste schon, welche Streiche ihm sein Körper spielen würde. Joan war schon auf dem Rückweg aus dem Wasser, als Kishone auf einige ältere Männer und Frauen aufmerksam wurde, die auf dem an den Strand grenzenden Weg lautstark diskutieren. Eine Frau zeigte in seine Richtung. Als zwei der Männer sich bückten, um etwas vom Boden aufzulesen, wusste Kishone, was die Stunde geschlagen hatte.

»Chalo, Chalo! Beeil dich, komm raus, mach schnell«, brüllte er in Richtung Joan, die im hüfttiefen Wasser schon mit großen Schritten auf ihn zuwatete. Er rannte zur Maschine und versuchte, sie zu starten. Als es endlich gelang, flogen bereits die ersten Steine.

»Hoffen wir, dass es auch ohne Anschieben funktioniert«, schrie Joan. Nur mit einem Hemdchen und einem Slip bekleidet, hatte sie ihren Platz hinter Kishone wieder eingenommen. Den Rest ihrer Kleidung klemmte sie zwischen ihren Bauch und Kishones Rücken.

»Hoffen wir's«, brüllte Kishone zurück.

Ein Stein traf das hintere Schutzblech der Enfield. Die Leute waren jetzt auf vielleicht zwanzig Meter an sie herangekommen. Nahe genug, um ihre erregten Gesichter zu erkennen. Kishone gab Gas. Erschreckend langsam eierte die schwere Maschine mit ihnen davon. Joan jauchzte. Noch immer liefen zwei der Frauen schreiend hinter ihnen her und versuchten, die Maschine zu fassen zu bekommen. Joan warf ihnen ihren Büstenhalter entgegen, auf den sie sich stürzten wie Hyänen auf ein Stück Fleisch. Die Männer hatten die Verfolgung bereits aufgegeben und beschränkten sich darauf, ihnen mit den Fäusten zu drohen.

»Das war knapp«, brüllte Joan.

»Jau, die Alten hätten ein gutes Motiv abgegeben. Hast du ihre Wut gesehen, ihre Energie? – Wahnsinn.«

»Wieso hast du sie nicht fotografiert?«, fragte Joan.

»Ich musste Prioritäten setzen.«

»Feigling«, schrie Joan.

Inzwischen waren sie auf dem Weg, der zurück auf die asphaltierte Straße führte. Nach einigen Kilometern Fahrt drosselte Kishone die Geschwindigkeit.

»Was machst du?«, fragte Joan.

Kishone erklärte ihr, dass er anhalten wolle, damit sie sich fertig ankleiden könne.

Joan war dagegen. »Der Fahrtwind ist warm wie ein Fön«, erklärte sie brüllend, um das Donnern des wieder beschleunigenden Motorrads zu übertönen.

»Was ist ein Fön?«, fragte Kishone. Joan gab ihm dafür einen Kuss in den Nacken.

»Ein Haartrockner. Fön ist ein deutsches Wort – wie Fräulein. Ich kenne den Ausdruck ebenfalls von Alfred. Er sammelt deutsche Wörter, wie andere Männer Briefmarken sammeln. Alfred hat einen besonderen Bezug zu Deutschland. Ich glaube, er besaß früher einen Deutschen Schäferhund.«

»Was ist ein Deutscher Schäferhund?«, fragte Kishone.

Joan reagierte nicht darauf, sie war in Gedanken noch mit Alfred und den Männern im Allgemeinen beschäftigt. »Kommst du noch mit hoch, ich will dir meine Deutschwortsammlung zeigen«, brüllte sie, um den Motor zu übertönen. Beide lachten. Kurz vor einer kleinen Stadt ließ sich Joan von Kishone schließlich doch davon überzeugen, ihre Kleidung wieder vollständig anzulegen. Er stoppte die Maschine in der Nähe einer Hecke, hinter der sich Joan, vor Blicken geschützt, ankleiden konnte. Steine waren ihnen für heute genug um die Ohren geflogen.

»Ich wusste nicht, dass du einen Büstenhalter besitzt«, sagte er, als sie wieder zu ihm auf die Maschine stieg.

»Ich bin in letzter Zeit etwas lasch geworden«, antwortete Joan.

»Ich finde deine Figur toll«, sagte Kishone.

»Ich rede nicht von meiner Figur, ich rede von meiner Einstellung.«

Wieder küsste ihn Joan von hinten auf den Hals. Er beschloss, sich eine Missverständnissammlung zuzulegen.

In einem Vorort hielten sie an einem Café, um etwas zu trinken. Im verrauchten, ausschließlich von Männern bevölkerten Gastraum servierte ihnen der Wirt Tee. Die Männer begafften Joan, als hätten sie noch nie eine Frau gesehen. Ein alter Türke klopfte Kishone anerkennend auf die Schulter. Alles in allem aber war die Stimmung wenig freundlich. Geradezu ungemütlich wurde es, als Joan sich eine Zigarette anzündete, was die Männer mit widerwilligem Murren kommentierten.

»Mit deinem Büstenhaltertrick könntest du auch hier für Furore sorgen«, flüsterte Kishone.

Zurück auf der Straße erschütterte ein Überschallknall die Luft. Gemeinsam observierten sie mit ihren Augen den gleißenden Himmel. Joan entdeckte in großer Höhe zwei silbern schimmernde Düsenjäger. Nachdem sich Kishone ihre Sonnenbrille aufgesetzt hatte, sah er die Flugzeuge ebenfalls.

»So winzig und machen so ein Getöse«, sagte er, blickte nach oben und rieb sich dabei gedankenverloren den Nacken.

Am Abend, im Inka, schlugen Joan und Kishone das Angebot der anderen aus, noch einmal um die Häuser zu ziehen. Nach einem Absacker an der Bar fanden beide bald den Weg ins eigene Zimmer. Für den nächsten Tag verabredeten sie sich zu einer erneuten Motorradtour. Wegen mir soll es noch Tausende dieser Touren geben, dachte Kishone später in seinem Bett, und bevor er, erledigt von den Strapazen der letzten Tage, in einen tiefen, traumlosen Schlaf fiel, schwor er sich, der Welt fortan mit größtmöglicher Lässigkeit zu begegnen. Joan hingegen lag noch lange wach, lauschte mit zunehmender Verärgerung dem regelmäßigen Schnarchen eines Unbekannten im Zimmer nebenan, bis sie endlich weit nach Mitternacht zu dem Entschluss gelangte, die Prioritäten ihres Lebens, zumindest in ihrem Kopf, schon einmal neu zu sortieren.

* * *

»Siehst du die Männer dort, die Gruppe mit dem Sarg? … Jetzt schau nicht so auffällig hin.«

»Du hast mich gefragt, ob ich sie sehe, Sax.«

»Und?«

»Ja, ich sehe sie.«

»Gruselig, findest du nicht?«

»Ein Verwandter oder ein Freund wird gestorben sein, und sie müssen ihn von einer Stadt in die andere überführen.«

»In unserem Zug?«

»Ich vermute es.«

»Gruselig.«

»Gibt es das nicht in irgendeinem Film? Dass sie einen Sarg transportieren, meine ich.«

»Möglich, dass das in ›Eine Dame verschwindet‹ von Hitchcock vorkommt. Ich bin mir nicht sicher.«

»Wie klein der Sarg ist. Für einen Mann reicht das nicht. Vermutlich tatsächlich eine Frau. Oder ein

Kind. Siehst du, sie haben die Fugen mit Klebeband versiegelt und ihn verplombt.«

»Gruselig.«

»Sie wollen verhindern, dass ihnen ihr Toter stiften geht. Wahrscheinlich kennen sie ›Eine Dame verschwindet‹.«

»Du bist pietätlos, Kishone.«

»Wie sie da sitzen. Der Sarg wie ein Tisch zwischen ihnen und um sie herum all die anderen Reisenden, die im Bahnhof geschlafen haben – das gäbe ein gutes Foto. Eins der Kategorie: nicht groß fragen, knipsen und abhauen.«

»Ah, jetzt stehen sie auf. Sie gehen tatsächlich zu unserem Zug. Kein gutes Omen.«

»Welche indische Zugfahrt steht schon unter einem guten Omen? Ganz im Ernst. Wir hätten fliegen sollen. Ich bin zu alt für so was, allein das Aufstehen mitten in der Nacht. Vimala schläft aus, fliegt um zwölf, und wenn wir Anjuna erreichen, hat sie das Apartment bereits bezogen, sich von einem weißgekleideten Boy am Strand den Rücken durchkneten lassen und schon ihren ersten Cocktail getrunken.«

»Jetzt laden sie den Sarg ein. Guck doch mal. Gruselig.«

»Natürlich laden sie ihn ein. Sollen sie ihn hinter dem Zug herschleifen?«

»Django.«

⋆ ⋆ ⋆

In der Nacht brauten sich Gewitter zusammen, die sich in den frühen Morgenstunden mit Gewalt entluden. Während Kishone und endlich auch Joan friedlich in ihren Betten schliefen, kam in den Vorstädten die Sintflut über das Land. Die Böden der an die Behausungen grenzenden Felder waren zu ausgemergelt und spröde, um es mit den Wassermassen aufnehmen zu können, in der Stadt selbst zeigten sich die Kanalsysteme hoffnungslos überfordert. Binnen Minuten verwandelten sich Rinnsale in reißende Bäche, Flüsse in Bestien, die alles mit sich rissen, was sich ihnen in den Weg stellte. In der Provinz Tekirdağ erschlug der Blitz einen Vater beim Versuch, zusammen mit seinen beiden erwachsenen Söhnen den wertvollsten Besitz der Familie von einer Weide zu retten. Bei Bursa, so hieß es, riss plötzlich aus den Bergen herabstürzendes Wasser drei Wohnhäuser mit sich, die vor Jahren wider alle Vernunft am Rande eines ausgetrockneten Flussbettes errichtet worden waren.

Seit fünf Uhr morgens zog Ferry mit Eimern und Lappen gegen die Fluten zu Felde. Um sieben kam auch Melody in die Lobby. Sie fühlte sich gegenüber Ferry verpflichtet, da er darüber hinwegsah, dass sie ihre Nächte neuerdings im Inka verbrachte, ohne dafür zu zahlen. Insgeheim hielt Melody Ferry für den Besitzer des Hotels. An diesem Morgen beschloss sie, ihm eines ihrer nächsten Gedichte zu widmen.

Eine gute Stunde nach Melody tauchte Amitabh mit nackten Füßen und dem Pschyrembel in der Hand in der Lobby auf, zwanzig Minuten später klagte er über Halsschmerzen und verabschiedete sich unter dem Vorwand, Zitronen und Ingwer besorgen zu wollen.

Kishone bekam von alledem nichts mit. Als er um die Mittagszeit aus dem Aufzug trat, hatten Melody, Sven, Joan und Jamal, ein hübscher, scheuer Junge mit wachen Augen und Baumwollturnschuhen, den Sven am Vorabend in der Stadt aufgetan hatte, gerade ein englisches Frühstück beendet. Amitabh war mittlerweile mit seinen Einkäufen zurückgekehrt und mit einer Kanne Tee in das Zimmer verschwunden, das er offensichtlich inzwischen mit Melody bewohnte. Lediglich ein leicht muffiger Geruch, der Kishone an das Pushkarer Kamelfest erinnerte, kündete noch von dem Wassereinbruch. Kishone gesellte sich zu den Freunden, die ihm einen Kaffee einschenkten. Ohne Hast begann er, mit einem Stück Brot den letzten Rest Eierspeck aus der Pfanne zu kratzen. Als er Genaueres von den nächtlichen Unwettern erfuhr, war es mit seiner Ruhe vorbei. In Bursa, so erklärte er, wolle er einige Fotos von der Katastrophe schießen, um diese Reuters anzubieten – von der Agentur hatte er vor zwei Tagen bei der Unterhaltung zwischen Nathan Swordfish und Dörsch im Café Comercial gehört.

Bereits fünf Minuten nach seiner Ankündigung saß er auf der Bullet. Joan begleitete ihn wie selbstverständlich. Die Fahrt über die dampfenden Straßen gestaltete sich schwierig. Immer wieder mussten sie einen Umweg einschlagen, da umgestürzte Bäume, Militärpatrouillen oder abgerutschte Böschungen ihnen die geplante Route versperrten. Nach zwei Stunden hatten sie gerade einmal fünfzig Kilometer hinter sich gebracht. Bursa, so viel war klar, würden sie heute nicht mehr erreichen, zumal die Maschine in zunehmenden Maße Zündaussetzer hatte, da ihr die Feuchtigkeit zu schaffen machte. Sie hielten Kriegsrat und entschieden sich zur Umkehr. Joan zog ein Päckchen Drum-Tabak aus der Seitentasche der Camouflagehose, die sie heute trug, und drehte sich einen Joint. Kishones Frage, ob sie es nicht für gefährlich halte, in einem rigiden Land wie der Türkei Gras bei sich zu tragen, beantwortete sie mit einem Lächeln.

Joan entdeckte das Zigeunerlager zuerst. Mit der Hand wies sie in Richtung der kleinen Senke beim Fluss, nachdem Kishone die Maschine gestoppt hatte.

»Bei ihrem Standort werden sie ein hübsches Stück Unwetter abbekommen haben. Hier kriegst du deine Bilder für Reuters«, sagte Joan.

Kishone erzählte, dass er in Indien häufig Zigeuner fotografiert habe und dass er Joan die Aufnahmen gerne einmal zeigen könne.

Joan sagte: »Ja, lass uns das machen.«

Dann schwiegen sie einen Moment. Die Abzüge lagen verstaut in einem Schrank in Pushkar, fünftausend Kilometer entfernt, auf einem anderen Kontinent, in einer anderen Welt. Kishone wurde bewusst, wie absurd die Vorstellung war, mit Joan zusammen auf seinem alten Sofa im Luckystudio zu sitzen und Fotos zu betrachten – wie absurd und wie angenehm.

»Komm, wir besuchen die Zigeuner, ich möchte mit ihren Frauen rauchen«, sagte Joan schließlich.

»Jau«, antwortete Kishone.

Vor der einzigen Lücke in der bis an den Fluss heranreichenden Wagenburg aus Wohnanhängern und Zugmaschinen baten sie einen Mann, der dort auf einem Schemel saß und sich mit einem Schraubenzieher die Fingernägel säuberte, um Erlaubnis, im Lager fotografieren zu dürfen. Während er nachdachte, kaute der Zigeuner auf einer Getreideähre, die er immer wieder aus seinem Mund nahm, um sie zu betrachten, als erwarte er, dort einen Ratschlag zu finden.

»Yes«, sagte er schließlich leise, dann lächelte er.

Im Inneren des Kreises wurden sie von den älteren Zigeunern zunächst nicht beachtet. Dass Joan und Kishone ihren Wächter überzeugt hatten, genügte ihnen als Legitimation. In einiger Entfernung allerdings scharten sich ein paar Kinder zusammen und tuschelten. Zwei Jungen kamen aus der Gruppe hervor, liefen einige Schritte auf Joan und Kishone zu, blieben stehen und präsentierten ihre Vogelmuskeln. Kishone fotografierte ihre Posen, Joan spendete Applaus, und lachend rannten sie zu ihren Freunden zurück, die sie für ihren Mut feierten. Die Erwachsenen verrichteten Alltagsarbeiten. Männer schraubten an den Motoren ihrer alten schweren Limousinen, die Frauen beschäftigen sich mit der Wäsche, oder sie saßen in kleinen Grüppchen zusammen, schwatzten, lachten und putzten Gemüse. Eine Handvoll Halbwüchsiger versuchte, mit feuchtem Holz ein Feuer zu entfachen. Das Lager konnte erst vor wenigen Stunden, nach dem Rückgang der Flut an dieser Stelle, errichtet worden sein. Die Überschwemmungen der Nacht hätten ansonsten ihre Spuren hinterlassen.

Kishone verknipste zwei Filme. Für Reuters kamen die Motive nicht in Frage, da war er sich sicher. Die Erkenntnis nahm dem Tag seine Eile. Als das Feuer endlich brannte, interessierten sich die Halbwüchsigen für die Fremden. Ähnlich wie vorhin die Kinder gruppierten sie sich zusammen, um zu beratschlagen.

»Sie reden über uns«, sagte Joan.

»Gib ihnen Geld«, sagte Kishone.

»Wie?«, fragte Joan zurück.

»Gib ihnen Geld«, wiederholte Kishone. »In Indien habe ich den Zigeunern immer Geld gegeben und manchmal, ein paar Tage später, einige Abzüge meiner Aufnahmen.«

Joan war entsetzt. »Du gabst ihnen Geld, um sie zu fotografieren?«

»Ich gab ihnen Geld, nachdem ich sie fotografiert hatte!«

»Das ist dasselbe.«

»Ist es nicht. Ich habe sie mit dem Geld nicht gekauft, ich habe mich damit bei ihnen bedankt.«

»Für mich ist es dasselbe.«

»Du denkst nicht wie ein Zigeuner.« Kishone spannte seinen letzten Film in die Kamera.

»Dafür denkst du wie ein Nazi«, erwiderte Joan.

»Du spinnst«, antwortete Kishone. »Gib ihnen Geld.«

Später am Lagerfeuer rauchten die alten Frauen Pfeife, die jungen Männer übten lachend und fluchend ihr Geschick, indem sie zwischen ihren auf einem Holzblock gespreizten Fingern ein Messer tanzen ließen. Ein Mercedes brachte Zigeunerinnen aus der Stadt zurück. Mit triumphglühenden Augen schütteten sie Geldscheine und Münzen auf den Boden. Männer mit wilden Zöpfen kamen von ihren Wagen herüber, für heute hatten sie genug geschraubt. Einer von ihnen schmiss den schmierigen Lappen, mit dem er sich gerade noch gesäubert hatte, in den Staub und griff voller Bewunderung nach Joans leuchtendem Haar. Wie Sand rann es durch seine schwarzen Finger. Joan legte sich auf den Rücken, den Hinterkopf auf Kishones Schoß, und zog an ihrem Joint, jetzt gelangen ihr die perfekten Ringe aus Rauch, an denen sie gestern gescheitert war. Der Nachmittag roch nach Kontaktöl und Sommer, der Westwind wehte sanfte Kunde von gehaltenen Versprechen und erfüllten Wünschen herbei, in den Bäumen und Sträuchern tauschten Grillen ihre Neuigkeiten gegen die Geschichten der säuselnden Blätter, in der milchigsten Milchstraße aller Zeiten gab sich am unendlichen Firmament Gott mit den Göttern ein Stelldichein. Ein Kassettenrekorder machte das Beste aus seinen sterbenden Batterien, selbst leiernd und in Mono klangen die Stones noch wunderbar. *As tears go by.* »Die Stoooones«, flüsterte Joan leise kichernd in Kishones Ohr, der sich, um sie zu verstehen, zu ihr hinunterbeugen musste. Aus dem dampfenden Kessel über dem Feuer materialisierte sich ein Mick Jagger, klimperte mit falschen Wimpern und sang von Liebe, so echt wie das Gold in den lachenden Mündern um sie herum.

»Ich lese euch die Zukunft«, nuschelte eine alte Frau ohne Zähne auf Französisch.

Joan hauchte etwas, das sich anhörte wie ein »Ja«, zog Kishones Kopf ein weiteres Mal zu sich herunter und küsste ihn auf den Hals.

»Bon«, lächelte die Alte, das verstand auch Kishone. Eine andere Frau reichte der Zigeunerin eine kleine Kaffeetasse auf einem Teller. Die Wahrsagerin nahm die Tasse, hielt sie auf Höhe des Herzens vor ihre Brust, drehte sie dreimal im Kreis um ein imaginäres Zentrum und murmelte mit geschlossenen Augen Unverständliches. Danach kippte sie den noch feuchten Kaffeesatz auf den Teller und scharrte darin mit einem Finger.

»Sie rührt in unserer Zukunft herum«, flüsterte Joan.

Wieder sah sich Kishone mit ihr in Pushkar auf dem Sofa sitzen. Genau wie hier würde es sein, ihr Kopf auf seinem Schoß, nur eben zu Hause. Er würde sie seiner Familie vorstellen, er würde sich ein Stones-Album besorgen. Am Feuer war es still geworden. Die Zigeuner setzten oder stellten sich so, dass sie freie Sicht auf die Hände der Alten hatten. Das erste Bild, das die Wahrsagerin aus dem tiefbraunen Brei zu deuten vermochte, brachte frohe Kunde. Kishone sagte sie ein langes Leben voraus. »Quatre-vingt-dix-neuf«, wiederholte sie mehrfach hintereinander. Ein Aufatmen ging durch die Gruppe. Die Zigeuner hatten schon weitaus unangenehmeren Eröffnungen beigewohnt.

»Neunundneunzig«, sagte Joan, »sie meint, du wirst neunundneunzig Jahre alt.«

»Damit kann ich umgehen«, antwortete Kishone. Dann fragte er, ob vielleicht auch Hindi, Englisch oder Portugiesisch gesprochen werden könne. Sein Schicksal in einer Sprache verhandelt zu wissen, die er nicht verstand, das gefiel ihm nicht, schlimm genug, dass eine alte Frau mit Nasenschmuck ihre Finger darin hatte. Die Umherstehenden reagierten auf Kishones Bemerkung mit Unverständnis. Auch die Alte selbst brummte unzufrieden.

»No Hindi or other languages, only French and Rumanian«, sagte einer der Männer.

Entschuldigend hob Kishone die Hände.

»Du vermasselst noch alles«, kicherte Joan.

Ein Hündchen kam aus dem Dunkel außerhalb des Feuerkreises herbei, drückte seinen Kopf an Kishones Hüfte, leckte Joan, die gar nicht mehr mit dem Kichern aufhörte, das Gesicht und ließ sich von ihnen streicheln. Die Wahrsagerin betrachtete noch immer den Kaffeesatz und erging sich in Allgemeinplätzen, die Joan, so gut sie konnte, übersetzte: »Du wirst eine lange Straße befahren. Du wirst eine Frau finden. Du wirst zunächst umtriebig sein, um schließlich zur Ruhe zu gelangen.« Zu Joan sagte sei: »Du wirst lange rastlos gehen. Du wirst eine Tochter gebären. Du musst ein altes Zuhause für ein neues geben. Du wirst einen dunklen Mann heiraten.« Joan fand den Umstand, dass sie Mutter einer Tochter werden würde, spektakulär. Kishone freute insgeheim, dass ihr die Ehe mit einem dunklen Mann vorausgesagt wurde, gemeinsam waren sie sich allerdings einig, dass die Alte im Spiel mit den Wahrscheinlichkeiten allzu große Risiken vermied.

»Wie alt werde *ich?*«, fragte Joan die Zigeunerin eine Spur zu forsch, das Gras und die Schönheit des Moments machten sie übermütig. »Ich brauche Fakten. Etwas, das ich in siebzig Jahren auf seinen Wahrheitsgehalt überprüfen werde, um sie bei einer offensichtlichen Fehldiagnose zur Rechenschaft zu ziehen«, erklärte sie Kishone flüsternd.

»Begnüge dich damit, dass du eine Tochter haben wirst, das ist nachprüfbar genug. Beschwer dich bei ihr *darüber*, solltest du in siebzig Jahren noch kinderlos sein«, antwortete er.

Ihr Flüstern hatte Joan und Kishone einige Sekunden von der Zigeunerin abgelenkt, sie wandten sich ihr erst wieder zu, als der kleine Hund plötzlich begann, leise fiepende Laute von sich zu geben. Das Ende der Weissagung kündigte sich an. Sanft berührte die Alte Joan im Gesicht und hinterließ dabei eine feine Spur aus Kaffeesatz.

»Manches sehe ich, manches sehe ich nicht. Ich kann dir die Frage nach deiner Zeit nicht beantworten, mein Kind.«

Damit gab sich Joan nicht zufrieden. »Was ist mit ihm hier?« Joan deutete auf Kishone. »Er bereist die Straße bereits seit geraumer Zeit, wird er sein Ziel erreichen?«

»Auch das weiß ich nicht.« Das Gesicht der Wahrsagerin mit seinem eben noch im Schein der Flammen so lebendigen Mienenspiel wirkte jetzt seltsam unberührt. Der kleine Hund nahm Reißaus und flüchtete sich zu seinem im Dunkel der Wohnwagen verborgenen Herrchen, von dessen Anwesenheit lediglich die zwei muskulösen Arme zeugten, mit denen er beim Aufnehmen des Hundes die Schattenlinie des Feuers für einen Moment durchbrach.

»Ich verstehe«, sagte Joan enttäuscht. Sie nahm einen letzten Zug, noch einmal glühte der Joint wie aus eigener Kraft, bevor sie ihn ins Feuer warf.

»Nichts verstehst du«, flüsterte die Zigeunerin.

Später schoben einige Männer Kishone mit der Enfield über die Wiese. Bis die Maschine endlich zündete, vergingen Minuten. Ein kleines Mädchen bestand mit einem Gesichtsausdruck, der keinen Widerspruch duldete, darauf, von Joan auf den Arm genommen zu werden. In das Gesicht der Wahrsagerin war die Farbe zurückgekehrt. Wie eine Tante bei ihrem Neffen drückte sie Kishones Kopf in die goldenen Ketten zwischen ihren schweren Brüsten. Weder Neid noch Missgunst standen beim Abschied zwischen den Zigeunern und den Fremden. Sie hatten ein kleines Stück ihres Weges geteilt. Die Magie allerdings, die über den besten Minuten des Nachmittags geschwebt hatte, war verschwunden. Noch einige Kilometer beschäftigte Kishone das unbestimmte Gefühl, eine Chance vertan zu haben, dann war die Bullet endlich auf Temperatur, und er gab Gas. Er erinnerte sich daran, sich geschworen zu haben, von nun an dem Leben mit größter Lässigkeit begegnen zu wollen, aber welch lächerlich kurze Halbwertszeit besitzt doch die Sorge um eine vergebene Chance für einen, der einen Schwur geleistet hat, wenn er mit hundert Sachen den Lichtern der Stadt entgegenrauscht, während ihm seine Liebe wie ein Rucksack am Körper klebt.

* * *

Markttag in Anjuna. Die Russen kommen von Bagga mit Booten herüber. Vimala mag keine Markttage. Früher war das anders. Früher verkauften die interessanten Ausländer, die Franzosen, die Israelis, hier noch Kleidung und Taschen, die sie selbst gefertigt hatten, oder hübschen Kram, den sie zu Hause vermutlich nicht mehr brauchten, wenn sie nach langem Aufenthalt Goa wieder verließen. »Goa ist das Mallorca der Russen geworden«, sagt Vimala. Die neuen Annehmlichkeiten nimmt sie dennoch gerne in Kauf. Sax empfiehlt sie einen der weißgekleideten Masseure. Die winkt ab.

»Dreihundert Rupien für eine Massage sind ein fairer Preis«, wirbt Vimala. »Die Männer sind ausgebildet, sie beherrschen ihren Job. Viele von ihnen reisen zur Saison von weither an, um hier ihr Geld zu verdienen. Die Masseure aus Rajasthan erkennst du an ihren schweren Schnurrbärten.«

»Ich glaube nicht, dass es Männern aus einer Region, in der die Frauen Schleier tragen, gefällt, halbnackte Touristinnen mit Öl einzureiben.«

»Ich glaube, dass es ihnen sehr gut gefällt«, antwortet Vimala.

Sax deutet mit dem Kopf auf eine übergewichtige Touristin, auf deren Rücken der kleine Masseur hockt wie ein Frosch auf einem Nilpferd.

»Es gibt Ausnahmen,« sagt Vimala. »Ein bisschen hängt das wahrscheinlich von der Frau ab. Bei dir würde es ihnen gefallen.«

»Selbst wenn es ihnen gefällt, würden sie mich verachten. Außerdem hat die Überlegung, aus welchen Gründen es ihnen gefallen könnte, etwas Unappetitliches.«

»Du siehst die Sache zu eng«, sagt Vimala.

»Vielleicht liegt es daran, dass ich noch keine vierzig bin«, antwortet Sax.

»Wow«, sagt Vimala.

Sax bereut ihre Bemerkung sofort. Sie mag Vimala, sie mag sie wirklich, sie mag sie wegen ihrer phantastischen Attraktivität, wegen ihrer ironischen Sicht der Dinge, sie mag, wie sie und Kishone miteinander umgehen, sie mag sie wegen ihrer klirrenden Auftritte, neben denen sie sich so winzig vorkommt, sie mag sie, weil man mit ihr Hitler-Pizza essen und sich dabei großartig fühlen kann.

Vimala bestellt Cola-Old-Monk. Noch zwei Stunden bis Sonnenuntergang. Am Strand vor dem Curlies jonglieren schöne Menschen mit Bällen oder Bändern. Sie spielen Beachtennis, machen Yogaübungen oder proben den Tanz mit den Feuerlanzen, den sie später, zum nächtlichen Barbecue, zur Aufführung bringen wollen. Fischer ziehen ihre bunten Boote aus dem Wasser. In Körben tragen sie Langusten, Red Snapper, Barrakudas und Kingfish herbei, die Curlies-Leute empfangen sie lautstark mit Whisky, Bier und Witzen. Die alte Kokosnussfrau macht wie jeden Abend das Geschäft ihres Lebens, ihr Lachen wirkt, als könne es selbst eine Woche Regen nicht aus ihrem Gesicht vertreiben. Ich sitze im Paradies, zahle keinen Cent dafür und verhalte mich wie ein Arschloch, denkt Sax. Curlie bringt den Cola-Rum persönlich an den Tisch. Nachdem er ihn abgestellt hat, massiert er Vimala die Schultern. Curlie fragt nach Kishone.

»Panjim, kauft Wein, kommt später«, erklärt Vimala, dazwischen sagt sie »Ohh« und »Ahh« und »Mhh«, weil ihr das Massieren so gefällt. »Prost«, meint sie, nachdem Curlie wieder gegangen ist.

Sax hebt ihr Glas, trinkt aber nicht. »Ich muss noch fahren«, erklärt sie knapp.

»Wie bist du hergekommen?«, fragt Vimala.

Sax erzählt, dass sie sich eine Enfield geliehen hat. Eine Bullet 350 mit einem kleinen orangefarbenen Ganesha-Aufkleber als Glücksbringer auf dem vorderen Schutzblech. Ein echtes Motorrad, keinen Scooter wie die meisten Touristen. Der Vermieter an der Kreuzung zum Manali-Bookshop habe sie angeschaut wie ein Auto. Frauen fragten nie nach der Bullet, habe er gesagt, und Sax habe geantwortet, dass die Zeit reif sei, dies zu ändern. »Wow«, sagt Vimala wieder. »Ich würde mich niemals trauen, mir eine Enfield auszuleihen.«

Sax will wissen, ob sie schon jemals in ihrem Leben ein Motorrad gefahren sei.

»Nein, nicht selbst«, antwortet Vimala.

»Wieso solltest du dir dann auch eine Enfield ausleihen?«, fragt Sax kühl.

Vimala hebt eine Augenbraue in die Höhe, schaut auf das Meer hinaus. Vor dem Curlies landet ein Gleitschirmflieger. Die Hunde springen von ihren Plätzen unter den Tischen auf, hasten zum Strand und umstellen ihn bellend. Die Kokosnussfrau eilt dem Piloten mit einem Knüppel zu Hilfe. Das Rudel beruhigt sich, die Hunde trollen sich davon. Einige sehen aus, als würden sie lächeln.

»Sorry!«, sagt Sax.

Vimala schiebt das noch volle Glas näher an sie heran. »Welche Laus ist dir über die Leber gelaufen, Saxona?«, fragt Vimala.

»Ich war im Internetcafé.«

»Und?«

»Tom hat mir eine Mail geschickt. Er schreibt, dass er in einer Woche wahrscheinlich rauskommt. Jetzt ist sicher, dass er keinerlei bleibende Schäden behalten wird – zumindest keine physischen.«

»Das ist doch super.«

»Außerdem hat ihn Yvonne besucht.«

»Wer ist Yvonne?«

»Seine Ex. Mit ihr hat er auf Kreta eine Zeit lang eine Taverne betrieben.«

»Ich dachte, er sei Lehrer.«

»Auch. Und Rugbyspieler. Er hat schon viel gemacht. Zum Beispiel mit Yvonne einige Winter in Goa verbracht. Überhaupt ist er mit ihr weit herumgekommen. Ich wusste nicht, dass sie noch miteinander in Kontakt stehen.« Sax nimmt einen Schluck aus Vimalas Glas. »Ich gehe später mit euch zu Fuß zum Seaqueen zurück.«

»Das ist vernünftig.«

»Nachdem ich Toms Mail gelesen habe, habe ich mit Kathrin geskypt.«

»Deine Mitbewohnerin?«

»Ja. Sie hat in der Stadt Volker getroffen.«

»Deinen Ex?«

»Genau. Kathrin fragte mich, ob ich etwas dagegen hätte, wenn sie mit Volker essen ginge.«

»Oh, und?«

»Kathrin ist meine Freundin. Es ist das Allerletzte, dass sie mich fragt, ob sie mit Volker ausgehen könne. Ist sie nicht ganz dicht? Ebenso gut hätte sie mich fragen können, ob ich etwas dagegen hätte, wenn sie mit Volker ins Bett ginge. Genaugenommen, *hat* sie mich damit gefragt, ob ich etwas dagegen hätte, wenn sie mit ihm ins Bett ginge.«

»Was hast du ihr gesagt?«

»Ich habe gesagt, dass es okay sei, wenn sie miteinander ausgingen.«

»Ironisch?«

»Ich habe es echt klingen lassen. Sie hat sich darüber gefreut. Ich konnte förmlich sehen, wie sie sich darüber gefreut hat, dass sie endlich gefragt hat und ich mein Okay gegeben habe. Dass sie nicht im Zimmer umhergetanzt ist, war alles. Sie habe sich schon gedacht, dass es mich nicht stören würde, hat sie gesagt, und dass Volker es ihr ebenfalls prognostiziert habe.«

»Das macht die Sache nicht besser.«

»Nein. Dass sie mich der Form halber aber lieber doch fragen wollte, hat sie auch noch gesagt. Deutlich zu viel Information. Hätte sie nicht einfach ihren Mund halten und Volker vögeln können?«

Vimala räkelt sich lächelnd in ihrem Stuhl und blickt in den sich allmählich rosa färbenden Himmel. »Was bin ich froh, dass ich bereits über vierzig bin«, sagt sie schließlich.

* * *

Im Inka lagen die Nerven blank. Während Joan mit Kishone bei den Zigeunern saß, hatte sich Svens neuer Freund Jamal bei einem Stadtbummel abgesetzt und war bis jetzt nicht wiederaufgetaucht. Sven war am Boden zerstört. Um ihn zu trösten, leisteten Melody und Amitabh Schwerstarbeit. Zur akustischen Unterstützung legte Ferry Procol Harums ›A whiter shade of pale‹ auf. Als er bemerkte, dass die Musik leierte, begann er, panisch eine Platte nach der anderen aus ihrer Hülle zu ziehen und sie zu kontrollieren. Er befürchtete, dass bei dem unwetterbedingten Stromausfall die Hitze der vergangenen Nacht seiner kompletten Sammlung zu Leibe gerückt sein könnte.

Auch für Joan liefen die Dinge alles andere als rund. Karsten, der Spanien-Korrespondent des Time magazine, hatte sich in der New Yorker Zentrale darüber beschwert, dass anstelle Joans der ihm unbekannte Kishone in Madrid aus dem Flieger gestiegen war. Zur Klärung des Sachverhalts schaltete sich Alfred jetzt direkt aus dem achtzehnten Stock des Rockefeller Centers in die Lobby des Inka nach Istanbul, zumindest behauptete er das. Im Laufe des Nachmittags hatte er bereits fünfmal vergeblich versucht, Joan zu erreichen. Ferry gab den Hörer an sie weiter und wandte sich kopfschüttelnd wieder seinen Platten zu. Alfred redete so laut, dass er im ganzen Raum zu verstehen war.

»Es hat Ärger gegeben. Karsten ist außer sich. Er sagt, er habe sich sehr für dich eingesetzt. *Du* solltest nach Madrid kommen, nicht irgendein dahergelaufener Neger von sonst woher. Karsten ist so erbost, dass er sich bei Davidson beschweren will.«

»Bei Harley?«

»Bei Ralph P. Davidson. Ich brauche dir nicht zu erklären, wer das ist, und wenn doch, wirf mal einen Blick ins Impressum des Time magazine. Was ist mit dir los, Joan, bist du stoned, hast du wieder Drogen genommen?«

»Stoooned.«

»Einen beliebigen Fotografen hätten wir auch in Madrid finden können. Alain zum Beispiel, er war ohnehin vor Ort. Ja, genauso wird es laufen. Ich nehme für das Cover eine Aufnahme von Alain.«

»Jau, mach das!«

»Das meinst du nicht ernst! Joan, erzähl keinen Scheiß. Weißt du überhaupt, was es für eine Journalistenkarriere bedeutet, Coverfotograf beim Time magazine zu sein? Weißt du das?«

»Offensichtlich mehr als die Journalistenkarriere für das Coverfoto des Time magazine.«

Joan knallte den Hörer auf die Gabel. Sie fühlte sich schlagfertig und gewitzt. Ferry nickte beifällig, Melody, Sven und Kishone schwiegen.

»Deine letzte Antwort musst du mir erklären«, sagte Amitabh, erneut klingelte das Telefon.

* * *

»Noch am späten Abend desselben Tages kam Jamal zurück. Verquollen, blau, ohnmächtig und mit geschorenem Haar wurde er von der Pritsche eines Geländewagens vor dem Inka auf die Straße geworfen. Von Sven unbemerkt, hatten sie ihn am Nachmittag gekidnappt, in einen Keller verschleppt und dort zusammengeschlagen. Deine Mom und ich waren, als sie ihn zurückbrachten, nicht im Hotel. Wir erfuhren davon erst am nächsten Tag. Aus der Rückschau betrachtet, markiert die Sache mit Jamal vielleicht den Höhepunkt meiner Reise nach Agfa-Leverkusen. Die Stelle, von der an es unaufhaltsam nur noch bergab geht. Vielleicht wäre mit Joan alles anders verlaufen, wäre Jamal nicht entführt worden. Sicherlich ist es vor dem Hintergrund dessen, was Jamal widerfuhr, in gewisser Weise Ausdruck meiner Egozentrik, jetzt weiterhin von Joan und mir zu sprechen, doch wenn ich in den folgenden Jahren meine gemeinsamen Tage mit ihr Revue passieren ließ, bin ich immer wieder aufs Neue an diesem Punkt hängengeblieben wie die Nadel eines Plattenspielers, die sich an einer bestimmten Stelle eines Musikstücks verfängt, wenn das Vinyl einen Kratzer aufweist.«

»Wenn das Vinyl einen Kratzer aufweist …«

»Du weißt doch, was Vinyl ist, Sax?«

»Natürlich, ich habe selbst einen Plattenspieler. Ich hänge mich an deiner Formulierung auf – um im Bild zu bleiben.«

»Der Old Monk lässt mich so reden.«

»Und der Wein am Nachmittag und vielleicht auch Vimalas Joint … Seid ihr dahintergekommen, wer Jamal zusammengeschlagen hat?«

»Schwer zu sagen. Junge Türken, die einen wie Jamal nicht mit ihrem Weltverständnis in Einklang bringen konnten, biedere Familienväter, die sich in der Angst zusammenrotteten, dass ihre Söhne die Homosexualität wie eine Krankheit befallen könnte, vielleicht auch die Regierung, der Geheimdienst – ich weiß es nicht. Mittlerweile kannst du in einigen Vierteln Istanbuls deine Homosexualität leben, ohne offen dafür angefeindet zu werden, in Beyoğlu, dem Stadtteil, in dem wir damals wohnten, begegnen dir heute atemberaubend aussehende Transsexuelle, aber wehe, du verlässt die Grenzen der schützenden Stadt. Versuch mal, als schwules Konditorpaar in Anatolien ein Café zu eröffnen.«

»Als schwules Konditorpaar?«

»Nur so ein Beispiel – du weißt, was ich meine. Jamal

war seinerzeit sogar noch glimpflich davongekommen. Abgesehen von seinem Nasenbein, das sie ihm gleich in mehrere Stücke zerlegt hatten, war er von Knochenbrüchen verschont geblieben. Anderen erging es da schlimmer. Es gab Männer, die wegen ihrer sexuellen Ausrichtung Jahre im Gefängnis verbrachten oder sogar gesteinigt wurden. Heute ist das in Europa wahrscheinlich nicht mehr vorstellbar, aber schau dich auf anderen Kontinenten um. Selbst in den USA mit ihrem neu erwachenden religiösen Sendungsbewusstsein ist die Zeit der sexuellen Libertinage vorbei. Don't ask, don't tell – zumindest auf dem Land solltest du dich daran halten. Oder bei uns in Asien. Vor kurzer Zeit war Homosexualität in Indien noch ein Verbrechen. Ein Arzt, der einen Homosexuellen wegen HIV behandelte, machte sich strafbar …«

»Und schon sind wir bei Aids …«

»Liegt das denn nicht nahe? Für Männer, die Ende der Siebziger mit anderen Männern schliefen, wurde Aids kurz darauf zu einem Thema, mit dem sie sich auseinandersetzen mussten – ob sie wollten oder nicht. Sven zum Beispiel ist neunzehnhundertvierundachtzig daran gestorben.«

»Dein Sven?«

»Er war nicht mein Sven. Jamals Sven, wenn überhaupt.«

»Ist Jamal …?«

»Ich weiß nicht, ob er auch gestorben ist. Keine Ahnung. Von Svens Tod hat mir Melody erzählt, zu der ich später noch Kontakt hatte – noch immer habe.«

»Melody gibt es noch?«

»Was ist daran verwunderlich? Melody ist jünger als ich. Sie verkauft Schmuck in Lissabon. Sie hat eine eigene Kollektion, es geht ihr gut. Sie hat es geschafft. Die Einzige von uns, die es geschafft hat. Lissabon ist nicht San Francisco, aber auch dort fahren Straßenbahnen.«

»Wer mit einer Frau wie Vimala die Welt bereist, um Wein zu verkaufen, und ein Apartment in Mumbai besitzt, sollte sich nicht beschweren.«

»Ich beschwere mich nicht. Ja, wenn das die Kriterien sind, habe ich es vielleicht ebenfalls geschafft. Irgendwie. Dass ich zu deiner Mom keinen Kontakt mehr hatte, lag im Übrigen nicht an mir, das kannst du mir glauben, aber wie sagte dein Volker so passend, das ist eine andere Geschichte.«

»Tom.«

»Wie bitte?«

»Tom sagte das, als ich ihn über seine Ex aushorchen wollte. Volker ist der andere, der, mit dem ich zusammen war, du musst mir besser zuhören.«

»Entschuldige.«

»Geschenkt.«

»Indien befindet sich seit der Legalisierung der Homosexualität in einer schizophrenen Situation. In den großen Städten bilden sich die ersten Schwulenclubs, Treffen homosexueller Männer werden von der Regierung nicht mehr unterbunden, und die Zahl der Neuinfektionen steigt in einem Land, in dem es HIV offiziell lange nicht gab, ins Uferlose. Heute hat Indien bereits die höchste HIV-Rate weltweit, noch vor Südafrika. In der Bevölkerung werden Infizierte hüben wie drüben stigmatisert. Vimala hat einen HIV-positiven Neffen …«

»Oh.«

»Fast jeder Inder hat einen positiven Neffen, aber sag Vimala bloß nicht, dass ich dir das erzählt habe. Ihrer hat sich infiziert, obwohl er heterosexuell ist. Wahrscheinlich bei einer Prostituierten, aber was spielt das für eine Rolle? Vimala und ich sind die Einzigen aus seiner Familie, die von seiner Infektion wissen. Seine Ansteckung war überhaupt erst der Grund, weshalb er in Kontakt mit uns getreten ist. Selbst Vimala kannte ihn zuvor nicht persönlich. Er hat uns in Mumbai aufgesucht und eingeweiht, weil er sich von uns Hilfe versprach. Er befindet sich in einer verzweifelten Situation. Von dem Geld, das er als Taxifahrer verdient, ernährt er sechs Menschen. Nicht auszudenken, was passiert, wenn er erkrankt. Aus Angst vor Ausgrenzung verschweigt er seine Infektion auch vor seiner Frau …«

»Was für ein Arschloch. Und Vimala lässt ihm das durchgehen?«

»Bitte sprich etwas leiser, es sind genug Leute um uns herum, die Deutsch verstehen. Ich will nicht, dass Curlie oder ein anderer Bekannter Vimalas davon erfährt. Am Anfang habe ich ähnlich reagiert wie du. Unser Stillschweigen war die Grundvoraussetzung dafür, dass ihr Neffe uns alles erzählt hat. Vimala und ich hatten deswegen einen so heftigen Streit, dass wir uns beinahe getrennt hätten. Schließlich respektierte ich ihren Wunsch, die Familie, die ich übrigens ebenfalls nicht persönlich kenne, außen vor zu halten. Vimala sagt, dass ich die Dinge nicht mehr richtig einzuschätzen weiß, dass ich mittlerweile zu europäisch denke. Dass ich die Auswirkung, die ein Outing auch gegenüber seiner Frau hätte, nicht abschätzen könne. Sie wäre erledigt, die ganze Familie wäre es. Seine Frau käme mit dem Problem alleine nicht zurecht, sie würde vor die Hunde gehen. Ganz abgesehen von ihm. Sie würden ihn umbringen. Entweder direkt oder auf Raten. Schau dir nur an, wie die Inder auf dem Land heute noch mit den Vertretern der niedrigeren Kasten verfahren.«

»Ich kann das nicht glauben, Kishone, das ist finsterstes Mittelalter. Du degradierst die Frau zu einem unmündigen Anhängsel ihres Mannes. Wieso sollte gleich alles auffliegen, wenn sie es weiß? Sie hat ein Recht darauf, es zu erfahren. Alles andere ist kriminell. Es kann nicht sein, dass Vimala da mitspielt.«

»This is India. Finsterstes Mittelalter, obwohl das Land sich Wolkenkratzer und einen Formel-1-Rennstall leistet. Ich habe dir nichts Besseres anzubieten, Vimala hätte es, aber ich bitte dich noch einmal, sie nicht darauf anzusprechen. Wir besorgen ihrem Neffen Medikamente aus Deutschland. Das Virus ist in seinem Blut nicht nachweisbar. Es ist sehr unwahrscheinlich, dass er zur Zeit infektiös ist und das Virus weitergibt. Hätten wir uns nicht auf den Deal eingelassen, wäre das mit Sicherheit anders. Mit diesem Umstand versuche ich mein Gewissen zu beruhigen. Ein

Einzelner kann das Problem nicht lösen. Ganz Indien sitzt auf einer tickenden Bombe. Konzerne wie La Roche haben nach langen Prozessen die Rechte an den von ihnen entwickelten Medikamenten zurückgewonnen – du hättest in der FAZ darüber lesen können, auf Seite drei der Rubrik Finanzmarkt. Preiswerte Generika dürfen in den Entwicklungsländern nicht mehr ohne weiteres hergestellt werden. Therapien sind zunehmend weniger finanzierbar. Die Welt ist ein korrupter Scheißhaufen – eine Feststellung, die Dreifinger-Eddi schon vor über dreißig Jahren getroffen hat, und um das zu bemerken, musste es kein Aids geben. Da kommt Vimala zurück. Tu mir den Gefallen und lass das, was ich dir erzählt habe, auf sich beruhen – zumindest fürs Erste.«

* * *

Sie gingen zum Bosporus. Es war kühler geworden. Joan trug ein Tuch über ihrem Haar, dasselbe, das sie am Nachmittag auf dem Motorrad getragen hatte. Die Sonnenbrille auf ihrer Nase war eine andere. Kishone fragte sich, warum sie in der Nacht überhaupt eine trug.

Ein glatzköpfiger Ganove kreuzte ihren Weg, in jedem seiner Arme ein westlich gekleidetes Mädchen.

»Mach ein Foto«, bat der Ganove Kishone, als er dessen Kamera entdeckte. »Morgen ist meine Hochzeit. In Zukunft wird man mich nur noch selten so fröhlich sehen.«

»Wer von den beiden ist denn die Glückliche?«, fragte Kishone.

»Woher soll ich das jetzt schon wissen?«, gab der Ganove zurück, während die Drei sich im Schein einer Straßenlaterne in Position brachten. Mal drückte er den Kopf der einen, mal den der anderen sanft an das Revers seines Anzugs. »Sie sind beide sehr schön, findest du nicht? Vielleicht nehme ich sie alle zwei. Beide würden mich glücklich machen, beide würden mich ins Grab bringen. Oder ich geb dir eine ab. Was hältst du davon? Komm, sag, welche du willst! Na los, hilf mir bei meiner Entscheidung.«

»Danke, ich habe schon Probleme mit nur einer Frau.« Kishone begann zu fotografieren. Die Glatze des Ganoven glänzte im Blitzlicht.

»Ich tausche meine beiden gegen deine eine«, schlug der Ganove vor, die Mädchen küssten ihn dafür von beiden Seiten auf die Wangen.

»Ich würde dich schneller ins Grab bringen, als du dir vorstellen kannst«, mischte sich Joan ein, griff nach der geöffneten Sektflasche, die aus einer der Anzugtaschen des Ganoven lugte, und trank.

Nicht allzuweit entfernt schaltete ein schwerer Motor in einen höheren Gang. Zwei Scheinwerferkegel zogen einen LKW langsam um eine Ecke, ein dritter, höher montierter Scheinwerfer tastete sich an den Häuserwänden voran, mal links, mal rechts, als ginge es für den Fahrer darum, die Mitte der Fahrbahn zu taxieren.

»Eine Militärpatrouille!« Der Ganove erfasste die

Situation am schnellsten. Hastig drängte er sich und seine Mädchen in einen unbeleuchteten Hauseingang. Kishone und Joan folgten. Die Nische war so schmal, dass sie keine Möglichkeit ließ, einander nicht zu berühren. Kishone hörte Joans leisen angespannten Atem, spürte ihren Herzschlag. Die Patrouille passierte im Schneckentempo, die Motorisierung des Fahrzeugs ließ zu wünschen übrig. Wie wollte man damit Kriege gewinnen? Kurz vor ihrer Nische sprang das Licht des Suchscheinwerfers wie ein Frosch auf die gegenüberliegende Straßenseite und tauchte dort vorwitzig in ein offenes Fenster. In der Wohnung dahinter fluchte ein Mann. Gleichzeitig beraubte das Licht der Straßenlaterne, die Kishones Motiv ausleuchte, die Männer auf der Ladefläche des LKW für eine Sekunde ihrer Anonymität. Dann war es vorbei. Die Anspannung löste sich in Albernheit. Joan gab Kishone einen flüchtigen Kuss auf die Wange, die Mädchen giggelten wie Teenager, mit einem Taschentuch tupfte sich der Ganove den Schweiß von der Stirn.

Später, wieder auf der Straße, verteilte er filterlose Zigaretten. Französische, obwohl er dem Aussehen und Akzent nach Türke war.

»Gib mir deine Adresse. Ich schicke dir die Fotos, wenn ich sie entwickelt habe«, sagte Kishone zu ihm.

»Meine Adresse? Bist du verrückt? Die Mädchen könnten Wind davon bekommen, wo ich wohne. Gib mir die Bilder, wenn wir uns wiedersehen.«

Unterhalb des Hügels funkelte Istanbul, als habe Brahma aus einem Füllhorn Perlen über das Land gegossen. Kishone war begeistert. Der Anblick passte zu seinem Hochgefühl. Die Zigarettenmarke des Ganoven, die er aus einem Film kannte, erschien ihm wie ein Zeichen – wie viele französische Zigarettenmarken kannte er schon aus einem Film? Noch immer spürte er den Kuss Joans auf der Wange. Joan selbst stand wieder ganz unter dem Eindruck ihres Gesprächs mit Alfred, dessen Ausgang sie für sich als Erfolg verbuchte. Sie redete von Widerstand und Emanzipation und trank dabei in großen Schlucken Sekt aus der Flasche des Ganoven, die sie behalten hatte. Mit erstarktem Selbstvertrauen erläuterte sie ihre Ansichten zum Thema investigativer Journalismus. Von Watergate kam sie auf Vietnam, von Vietnam auf Nixon.

»Viel zu lange habe ich mich von den Männern verarschen lassen«, sagte sie.

Kishone fiel es schwer, ihren Ausführungen zu folgen. Das Wort investigativ verstand er nicht, ihn interessierte die Frau mehr als ihre Ideen. Er musste sich ablenken. Die Frage, ob eine F-8er-Blende bei einer Belichtungszeit von drei Sekunden ausreichte, dem Maximum dessen, was seiner Canon zur Verfügung stand, sofern man sie nicht mit einem mechanischen Fernauslöser bediente, um die flimmernde Nacht auf seinen Schwarzweißfilm zu bannen, war dazu geeignet. Vor einigen Jahren waren ihm mit Blende F-22 bei einer sechzehnsekündigen Belichtungszeit von den Mauern des hochgelegenen Meherangarh-Forts aus glasklare Aufnahmen der indigoblauen Stadt Jodhpur bei Vollmond gelungen. Jetzt bedauerte er, dass er, um Gewicht zu sparen, neben dem Fernauslöser auch das dreibeinige Stativ und seine lichtstarken Festbrennweiten-Objektive in Pushkar zurückgelassen hatte.

»Wusstest du, dass das Wort Canon auf eine buddhistische Gottheit zurückgeht? Der Name ist angelehnt an das japanische Wort Kannon, das wiederum eine Bodhisatva beschreibt, eine Frau, die den Weg der Erlösung geht.«

»Wie kommst du jetzt darauf?«

»Na, meine Kamera ist doch eine Canon. In einigen ostasiatischen Gegenden ist Kannon die meistverehrte Göttin überhaupt, der Archetyp einer Mutter.«

»Aha.«

Kishone unterfütterte den Fotoapparat, den er auf einer kleinen Mauer positioniert hatte, mit Steinen, um ihn so in den richtigen Winkel für seine Aufnahme zu bringen, danach aktivierte er den Selbstauslöser, um jede Erschütterung während der Belichtung zu vermeiden.

»Ohne den investigativen Journalismus würden Amerikaner heute noch Frauen in Kambodscha vergewaltigen«, sagte Joan.

Die Canon tickte wie eine Bombe. »Und mit dem investigativen Journalismus lassen sie es sein?«, fragte Kishone. »Wie nett von ihnen.«

»Hast du schon einmal eine Moschee von innen gesehen?«, fragte Joan vor einem riesigen, von strammen

Minaretten gesäumten Kuppelbau. Sie befanden sich inzwischen auf der anderen Seite des Goldenen Horns.

»Nicht solch eine große, in Indien kommt der Islam bescheidener daher.«

Joan lächelte. »Diese Moschee hier wurde ursprünglich als christliche Kirche gebaut.«

»In Indien kommen die Religionen generell bescheidener daher.«

»Sagt der Mann aus Pushkar, der Stadt der tausend Tempel. Woran misst du deine Bescheidenheit?«

Kishone überlegte. »Vielleicht an der Anzahl der Affen, die sich bei uns um alle Gotteshäuser tummeln. So ein kleines Äffchen schluckt einiges an Pomp und Wichtigtuerei, was meinst du? Vielleicht aber auch an der Zahl der Toten, die die jeweilige Religion in den letzten zweitausend Jahren auf dem Gewissen hat.«

»Diese Zeiten sind Gott sei Dank passé«, antwortete Joan, »wer stirbt heute noch an einer Religion? In den Siebzigern stirbt man an anderen Dingen. Mir gefällt die Erklärung mit den sich tummelnden Äffchen. Das kann ich akzeptieren!«

Der Versuch, in das Innere des Gebetshauses zu gelangen, scheiterte an der vorgerückten Zeit. Zum Trost besorgte Joan bei einem Straßenhändler ein aus zwölf Fotografien bestehendes Leporello. Die Moschee von innen, von außen, von oben, von rechts und von links. »So genau würde man das mit eigenen Augen überhaupt nicht sehen.« Kishone bemängelte die Qualität der Aufnahmen. Das Angebot des Verkäufers, ihn auf einen unverbindlichen Tee in ein nahe gelegenes Teppichgeschäft zu begleiten, lehnte Joan ab. Kishone wäre dabei gewesen.

Nicht allzuweit entfernt von der Moschee entdeckten sie auf einer Dachterrasse eine mit Lichterketten beleuchtete Bar. Durch ein enges, dunkles Treppenhaus ging es nach oben, an Wohnungen vorbei. In der Bar lag man auf Kissen, ein Gitarrenspieler bezupfte sein Instrument. Joan und Kishone tranken Cola mit Rum, saugten abwechselnd an dem Mundstück einer Shisha und beobachteten, wie sich ihre apfelduftenden Rauchringe im Firmament verloren. Kishone belastete, dass der Abend mit Joan nicht ewig währen würde. Wie ungeschickt sie sich noch vorgestern mit ihren Rauchringen abgemüht hatte, dachte er, und wie viel war seitdem geschehen.

»Es ist schön zu wissen, dass mir noch beinahe achtzig Jahre bleiben.«

»Nun übertreib mal nicht, Kishone.«

»Der Kaffeesatz hat es der Zigeunerin verraten, und bekanntlich sagen Kaffeesätze grundsätzlich die Wahrheit.«

»Vielleicht wirkt es nur so, als sagten sie die Wahrheit, da Kaffeesätze keine Nasen haben, die sie der Lüge überführen könnten.«

»Joan, jetzt bist du wieder albern.«

»Als Kind hat mir mein Großvater eine unheimliche Geschichte von einem jungen Mann vorgelesen, der ebenfalls davon ausging, 99 Jahre alt zu werden. Willst du sie hören?«

»Leg los!«

»Es ist keine angenehme Geschichte.«

»Dann hättest du sie nicht erwähnen sollen.«

»Okay. Unser junger Mann ist wirklich noch sehr jung. Eigentlich noch überhaupt kein richtiger Mann. Zu Beginn gerade mal achtzehn oder neunzehn, und er arbeitet als Zirkusartist. Eines Tages gelingt es ihm, einen Blick in das Buch des Lebens zu werfen.«

»Wow, das Buch des Lebens, wie kam er denn da ran?«

»Das habe ich vergessen, wahrscheinlich hat er es bei einer Wahrsagerin gefunden. Ja, jetzt erinnere ich mich wieder. Er entdeckt das Buch im Wagen der Wahrsagerin des Jahrmarkts, auf dem er arbeitet.«

»Ich dachte, er sei Zirkusartist.«

»Jahrmarkt, Zirkus, wo liegt da der Unterschied? Er verdient sein Geld in einer Motorradshow und auf dem Hochseil.«

»Wow, vielseitig! Standen in dem Buch der Wahrsagerin die Lebensdaten sämtlicher Menschen oder nur die deines Artisten?«

»Sämtliche, glaube ich. Stell es dir vor wie ein Telefonbuch, in dem anstelle der Nummern die Geburts- und Sterbedaten der ganzen Welt verzeichnet sind.«

»Das muss ein dickes Buch sein. Hättest du an seiner Stelle hineingeschaut?«

»Kishone, ich bin eine Frau. *Natürlich* hätte ich hineingeschaut. Aber willst du die Geschichte jetzt hören oder nicht?«

»Jau!«

»Gut, das dicke Buch verrät unserem Helden jedenfalls, dass er 99 Jahre alt werden würde, und die Gewissheit, ein langes Leben vor sich zu haben, treibt ihn fortan zu immer spektakuläreren Tricks. Salto Mortale auf dem Hochseil, Sprünge über Schluchten und so weiter. Zuerst geht auch alles gut. Innerhalb kürzester Zeit wird er durch seine Waghalsigkeit irre berühmt. Die allerschönsten Frauen umschwärmen ihn, die allerallerschönste unter ihnen heiratet er. Doch eines Tages übertreibt er es. Einer seiner Tricks, ein ziemlich übler, bei dem viel Feuer und eine große Höhe im Spiel sind, geht schief. Der Junge verunglückt schwer und fällt in Ohnmacht. Als er wieder aufwacht, findet er sich an allerlei Geräte und Schläuche angeschlossen. Herz-Lungen-Maschine, Infusionen. Außerdem ist er blind und liegt in einem Gipsbett. Während er seine Situation langsam begreift, hört er, wie der behandelnde Arzt seiner Frau erklärt, dass sich sein Zustand nie wieder bessern werde, da bei dem Unfall sein Gehirn mit all seinen Funktionen beschädigt und sämtliche Knochen zu Staub zermahlen worden seien, das Rückgrat, der Brustkorb, die Arme, die Beine – alles hinüber. Die Geschichte endet mit der mehrmaligen Wiederholung eines einzigen Gedankens: Noch achtzig Jahre, noch achtzig Jahre, noch achtzig Jahre …«

»Das war's?«

»Das war's!«

»Wirklich keine angenehme Geschichte.«

»Ich hatte dich gewarnt.«

»So etwas erzählte dir dein Großvater? In Indien erzählen die Großväter den Kindern die Abenteuer von Vishnu und dem kleinen Ganesha.«

»Mein Großvater hat mir diese Geschichte vorgelesen. Wahrscheinlich hatte er das Buch neu gekauft, so dass er es zuvor selbst nicht kannte, und nachdem er einmal zu lesen begonnen hatte, war es zu spät. Ich war ein forderndes Kind, dem ein Großvater kaum standhalten konnte.«

»Im Grunde war der Artist an seinem Schicksal nicht ganz unschuldig. Er hätte schlichtweg alle Eventualitäten einplanen müssen.«

»Eben, Kishone. Eben!«

Es ging bereits gegen eins. Mit Besen und langen Wasserschläuchen reinigten Männer die Straßen für den nächsten Tag. Die Männer lachten, wirkten trotz der schweren Arbeit gut gelaunt. Kishone war nicht zum Lachen zumute, er war still geworden. Joans Erzählung hatte seine finsteren Erinnerungen an Serge und die unerklärlichen Ereignisse nach dessen Tod zurückgebracht. Er dachte an Amitabh, er sollte sich wieder mehr mit ihm beschäftigen. In den letzten Tagen hatte er sich allzu sehr auf Melody und den Pschyrembel verlassen, es war bequem gewesen. Er hatte nicht bedacht, dass der Freund womöglich gerade jetzt einen Freund brauchte.

»Ich hätte an seiner Stelle das Gefühl, von mir fallengelassen worden zu sein. Ich fühle mich wie ein Mörder«, sagte Kishone und sprach damit den Gedanken aus, den er Amitabh mit aller Macht auszureden versucht hatte.

Obwohl er Amitabhs Namen nicht nannte, verstand Joan ihn sofort: »Kerouac ist stark. May kümmert sich gut um ihn, dabei handelt sie nicht einmal altruistisch. Sie ist das Beste, was ihm gerade passieren kann.« Joan griff nach Kishones Hand. Sie kannte sich im Viertel aus, war sogar bei Dunkelheit oder fahler Laternenbeleuchtung in der Lage, den Weg durch die kleinen Seitenstraßen zu finden. Vorbei an allerlei Geschäften ging es eine Steigung hinauf und hinter einem bestialisch stinkenden Haufen Fleischabfälle wieder bergab. Sie stoppten vor einem Haus, zu dessen schwerer, doppelflügliger Tür Joan einen Schlüssel besaß.

Hinter einem rustikalen Vorraum, der mit seinen Schwingtüren und den in Regalen lagernden rot-weiß karierten Tüchern an einen Westernsaloon erinnerte, erwartete sie eine halbrunde Halle. Beim Betreten schlug ihnen warme Feuchtigkeit entgegen, was Kishone verwirrte, glaubte er sich doch zunächst im Inneren einer Moschee zu befinden. Durch eine der Türen trat ihnen unvermittelt ein junger, weißgekleideter Mann mit dem Brustkorb eines Ochsen entgegen. Kishone erschrak. Auch Joans Gesicht verlor an Farbe, doch schnell gewann sie ihre Fassung zurück. Sie hoffte, dass Kishone ihre Verwirrung nicht bemerkte, doch der Mann aus Rajasthan begann langsam zu ahnen, zu welchem Ziel die Reise in dieser Nacht noch führen könnte. Eine solche Situation war ihm neu. Endlich geriet er mit einer Frau in eine prekäre Lage, und dazu auch noch genau mit der richtigen. Wie ein Jäger kam er sich vor, Adrenalin in jeder Faser, wie der junge Krieger eines archaischen Volkes, für den die Stammesweisen beschlossen hatten, dass jetzt die Prüfung bevorstünde, deren Bestehen ihn endgültig zum Mann machen würde.

»Hallo, Joan«, sagte der weißgekleidete Mann sachlich, als sei es das Selbstverständlichste auf der Welt, der Amerikanerin an diesem Ort zu nachtschlafender Zeit zu begegnen.

»Hi Kaan«, antwortete Joan, dabei schaute sie wie eine Teenagerin, die vom Lehrer beim Abschreiben erwischt worden war.

Kishone beobachtete, wie sie in ihrer Handtasche wühlte, einige Geldscheine hervorkramte und sie Kaan überreichte. Schweigegeld, dachte Kishone – Kaans Anwesenheit war ihr unangenehm, im Gegensatz zu ihm hatte sie offenbar nicht damit gerechnet, hier um diese Uhrzeit noch auf menschliches Leben zu treffen.

Kishone lieferte sie eine fadenscheinige Erklärung: »Hierher komme ich, wenn ich nachdenken will, wenn ich meine Ruhe suche.«

»Ruhe suche«, wiederholte Kaan, dann sagte er, dass er jetzt gehe und erst nach Sonnenaufgang zurückkehre. Zu der zotigen Bemerkung, die Kishone zum Abschied von ihm erwartet hatte, kam es nicht. Die Ausgangstür fiel leise hinter Kaan ins Schloss.

Plötzlich wirkte Joan jünger, als sie war. Ein Kind, ein Mädchen, dessen Jugend Kishones Gedanken etwas Schäbiges verliehen. Trotzdem folgte er Joan in eine weitere, weitaus größere Halle, deren Decke eine mit runden Glasbausteinen versehene Kuppel bildete. Eine einsame an einem einzigen Draht in der Mitte des Gewölbes baumelnde Glühbirne tauchte den Raum in ein diffuses gelbes Licht. An den Wänden und auf dem Boden kondensierte die Feuchtigkeit, binnen Sekunden klebte ihnen die Kleidung an den Körpern. Nichts wirkte so, als wolle Joan hier tatsächlich ihre Ruhe finden. Sie begann zu tanzen, sich sanft zu winden wie eine Kobra. »Im Kitschfilm jetzt die Streicher«, flüsterte sie Kishone ins Ohr. Er überlegte, ein Foto zu schießen. Aber selbst David Bailey hätte hier nicht ans Fotografieren gedacht. Der am allerwenigsten. Dicht rückte Joan an Kishone heran, so dicht wie in der Ganovennische oder noch dichter. Langsam sank sie vor ihm zu Boden, nein, nicht zu Boden, auf den großen, feuchten Marmortisch in der Mitte des Raums sank sie hin, ein achteckiger Monolith, der etwas von einem Opferaltar besaß, aber wahrscheinlich dazu gedacht war, sich auf ihm liegend von einem Masseur die Knochen durchwalken zu lassen. Immer noch oder schon wieder hielt Joan Kishones Hand, zog ihn zu sich hinunter. Sie machte sich daran, Realität werden zu lassen, was in den letzten Tagen in Kishones Phantasie vielfach Realität gewesen war. Beinahe zu schnell ging ihm die Sache, doch besser ein Zuschnell als ein Niemals. Und überhaupt, war es in seiner Phantasie nicht ebenfalls schnell gegangen? Jetzt endlich, endlich traute er sich, sie zu küssen, und Joan ließ es geschehen. *Im Kitschfilm nun die Streicher.*

* * *

»Weißt du eigentlich, wie Mom in den letzten Jahren aussah?«

»Ich habe keine Ahnung, Sax.«

»Hast du dir denn nie ein aktuelles Foto von ihr angeschaut? Du, der du dein ganzes Leben mit Fotografien zu tun hattest, nicht mal ein einziges Bild?«

»Ich kam nie auf die Idee. Woher hätte ich ein Bild von ihr nehmen sollen?«

»Aus dem Internet zum Beispiel. Wir leben im einundzwanzigsten Jahrhundert, Kishone. Alles bekommt man heute aus dem Internet. Kochrezepte, Filme, Musik, Gerüchte und eben auch Bilder. Du hättest Moms Namen googeln oder bei Facebook eingeben können. Allein bei Amnesty hättest du mehrere Bilder von ihr gefunden.«

»Ich habe versucht herauszufinden, was aus ihr geworden ist. Mich interessierte ihr Schicksal mehr als ihre Falten. Stundenlang war ich im Internet unterwegs, als ich ihren neuen Nachnamen noch nicht kannte. Du ahnst ja nicht, wie viele Joans es auf der Welt gibt, sogar auf einige Joan Stones bin ich gestoßen, aber hinter keiner verbarg sich deine Mutter. Ich wusste ja nicht einmal, dass sie inzwischen in Deutschland lebte. Nebenbei: Hast du den Red Snapper schon probiert? Oder einen kleinen Hai? Das Barbecue bei Curlies ist wirklich das beste.«

»Jetzt lenk nicht ab. Ich probiere den Fisch später. Wieso hast du Mom nicht gegoogelt, nachdem ich dir ihren vollen Namen genannt hatte?«

»Wieso hätte ich das tun sollen? Du hast mir erzählt, was aus ihr geworden ist. Mehr wollte ich nicht wissen. Im Grunde war auch das schon zu viel. Was für eine traurige Geschichte! Wieso hätte mich mehr interessieren sollen? Ich weiß noch, wie sie früher aussah, ich weiß noch, wie sie roch, ich weiß, wie sie schmeckte …«

»Kishone, bitte …«

»Ich weiß sogar noch ansatzweise, wie sie dachte, oder ich dachte zumindest bis vor kurzem, es zu wissen. Aus der Zeit, in der ich sie kannte, besitze ich Bilder. Ich mache dir Abzüge davon. Ich stelle dir ein Album zusammen. Das kann ich dir schicken, wenn ich wieder in Deutschland bin, oder ich gebe es dir, wenn du uns mal in Leutesdorf besuchst.«

»Ich fahre nachher noch am Manali-Bookshop vorbei und drucke dir ein paar Fotos von Mom aus, oder ich gehe in die Villa Anjuna. Dort sind sie die ganze Nacht online. Komm doch einfach mit. In der Villa Anjuna können wir uns Moms Bilder gemeinsam anschauen.«

»Um Himmels willen, Sax!«

»Los, Kishone, gib dir einen Ruck. Wir holen uns zwei Bier und verbringen eine halbe Stunde mit Mom am Bildschirm. Nur eine halbe Stunde!«

»Das klingt fast so, als hätten wir drei miteinander

gute alte Zeiten verbracht, in denen wir jetzt noch einmal schwelgen müssten. Versteh mich doch! Ich will keine Fotos von Joan sehen. Ich will sie exakt so in Erinnerung behalten, wie ich sie in Erinnerung habe.«

»Als Mädchen, Mitte zwanzig, makellos und schön?«

»So in etwa.«

»Das ist widerlich, Kishone, du bist ein Chauvi, wie er im Buche steht. Mom stand zu ihrem Alter, zu ihren Falten, sie stand zu ihren grauen Haaren. Sie war stolz darauf, sie hätte gewollt, dass du sie so siehst.«

»Ich bin mir sicher, dass deine Mom das *nicht* hätte. Wahrscheinlich hätte sie auch keinen Kontakt zu *mir* gewollt, wo wir gerade dabei sind. Im Gegensatz zu ihr wäre *ich* nämlich zu googeln gewesen, sogar mit Foto hätte sie mich haben können, wenn es denn unbedingt hätte sein müssen. Und ich bin auch nicht gleich ein Chauvinist, wenn ich mir das Recht herausnehme, deine Mom so für mich zu behalten, wie ich sie gekannt habe. In meiner Erinnerung kommt sie dabei nämlich verdammt gut weg, weißt du. Ich sehe nicht ein, warum ich an diesem Bild für mich auch nur die winzigste Kleinigkeit verändern müsste, und erst recht will mir nicht in den Kopf, aus welchem Grund ich für Joan daran etwas ändern sollte.«

»Deine Erinnerung klammert sich also vornehmlich an Moms Aussehen?«

»Nein, verdammt, deine Hartnäckigkeit ist ja unerträglich, meine Erinnerung klammert … – was ist das überhaupt für ein Ausdruck – klammert? Wieso willst du nicht verstehen, dass Joans Aussehen als junge Frau einen großen Teil meiner Erinnerung bestimmt? Wenn ich mit deiner Mom zusammen alt geworden wäre, wäre es etwas anderes. Ich bin mir sicher, dass ich in diesem Fall jede noch so kleine neue Falte an ihr begrüßt hätte. Aber wir hätten unsere Altersflecken und unsere grauen Haare gemeinsam erworben. Wir hätten sie sozusagen geteilt. Aber so …? Lass deine Mom ihre Alterserscheinungen ruhig vor mir verbergen. Und glaub mir, wenn du in diesem Moment die Möglichkeit hättest, einen Blick in die Ewigkeit zu werfen, könntest du sehen, wie deine Mom uns beobachtet, wie sie mir lächelnd recht gibt und anerkennend nickt.«

»Es ist nicht vernünftig, zu zweit mit dem Motorrad zurückzufahren, Sax.«

»Nein, ist es nicht.«

»Du hättest es stehen lassen sollen. Wir hätten zu Fuß zum Seaqueen zurückgehen sollen, wie wir es ursprünglich vorhatten.«

»Ja, hätten wir. Du hättest allerdings auch nicht mitfahren müssen.«

»Aber es macht Spaß!«

»Oh, ja, das macht es. Glaubst du, Kishone ist sauer?«

»Er schmollt. Aber er weiß, dass er eigentlich keinen Grund dazu hat. Er beruhigt sich schon wieder, der Fußweg zurück, am Meer entlang, ist genau das Richtige für ihn. – Ich hoffe übrigens, du fährst nicht allzu häufig betrunken Motorrad.«

»Ob du es glaubst oder nicht, Vimala, in Deutschland bin ich noch nie gefahren, wenn ich mehr als ein Bier oder einen Wein getrunken hatte. Noch nie. Auch nicht mit dem Auto. Zu Hause käme ich auch niemals auf die Idee, ohne Helm zu fahren … Siehst du die Maschinen da vorne?«

»Ja.«

»Das sind zwei der Franzosen, die eben noch bei Curlies rumgehangen haben, die schnappen wir uns.«

»Ja, du hast recht, der Kleine mit den langen Haaren ist ungeheuer sexy. Er ist am Nachmittag immer bei Curlies. Er kommt meistens gegen fünf. Seine Eltern waren Hippies. Sie sind zusammen mit ihm nach Goa ausgewandert, als er noch ein Kind war. Er ist wirklich sehr attraktiv.«

»Vimala, bitte, du könntest seine Mutter sein.«

»Könnte ich, bin ich aber nicht. Jetzt gib mal Gas, so kriegen wir die zwei ja nie.«

»Ich fahre schon siebzig. Es ist viel zu dunkel, zumal unser Scheinwerfer alles, nur nicht den Weg ausleuchtet. Dürfte ich dich daran erinnern, dass du nur ein T-Shirt trägst? Was meinst du, was bei einem Sturz von deiner Haut übrig bleibt?«

»Du hast auch nicht mehr an als ich.«

»Eben.«

»Für eine Betrunkene bist du ganz schön betrunken. Jetzt mach schon, gib Gas!«

»Was meinst du mit: für eine Betrunkene bin ich ganz schön betrunken?«

»Ganz schön vernünftig, meine ich. Jetzt rede nicht so viel, konzentriere dich auf die Aufholjagd.«

»Ah!«

»Was war das für ein Geräusch?«

»Ich habe mich verschaltet. Das kommt vor. Die Bullet hat elend lange Schaltwege und außerdem einen Leerlauf zwischen jedem einzelnen Gang. Ganz anders als bei europäischen Motorrädern. Dazu kommt, dass die Schaltung rechts sitzt und sich von oben nach unten schaltet. Ich bin so was vorher noch nie gefahren.«

»Kriegen wir die beiden jetzt oder nicht? Der Kleine heißt übrigens Jerome.«

»Ich weiß nicht, ob ich das so genau wissen will, Vimala.«

»Schau dir mal genau an, wie er aussieht, und du willst es wissen. Spiel mal Billard mit ihm. Er ist nicht nur schön, sondern auch noch geistreich.«

»Vimala?«

»Saxona.«

»Darf ich dich etwas fragen?«

»Frag!«

»War Kishone dein erster Mann?«

»Ja, leider war er das tatsächlich.«

»War er dein einziger?«

»Jetzt wirst du mir etwas zu neugierig.«

»Ich habe dich gefragt, ob ich dich fragen darf!«

»Er war der einzige, in den ich jemals richtig verliebt war. Einen besseren Mann als Kishone hätte ich nicht bekommen können.«

»Das wollte ich gar nicht wissen.«

»Das wollte ich dir aber erzählen, und eine andere Antwort auf deine Frage bekommst du nicht. Aber wenn es dich beruhigt: Ich habe keinen Liebhaber oder so was. Auch keine Affären.«

»Hattest du was mit Jerome?«

»Ich kann mich nicht daran erinnern. Wenn ich etwas mit ihm hatte, dann ist es zu lange her.«

»Jesus! Jerome ist bestenfalls achtzehn oder neunzehn!«

»JEEROOOME!«

»Mein Gott!«

»Soooo sexy!«

⋆ ⋆ ⋆

Am Morgen war Joans Seite des Bettes kalt, aber ihr Kissen roch noch nach ihrem Haar. Kishone zog es zu sich herüber und entdeckte darunter Geld. Fünfzig Scheine zu je hundert Lira, dazu ein Zettel: Ich melde mich. Es war schön. Kuss, Joan.

Zuerst freute sich Kishone über diese Nachricht. Am Tag danach grüßte sie ihn immer noch mit Kuss, wenn auch nur mit einem verknitterten, flüchtig auf einem Blatt Papier notierten. Die Erlebnisse der Nacht, die ihm jetzt in dem hellen, unaufgeräumten Zimmer vorkamen wie eine der Erzählungen Scheherazades, waren also mehr als bloß dem Alkohol geschuldet. Würde diese Tatsache später jemand bestreiten wollen, er, Kishone Kumar, der Mann aus der Stadt mit den tausend Tempeln, hatte es schriftlich. Und mehr noch, Joan fand es *schön*, auch das könnte er dann beweisen. Doch was bedeutete eigentlich *schön*? In Kishones Universum war das Geschehen der letzten Nacht kaum mit dieser kleinen Vokabel zu fassen. Einfach nur *schön*? Schwang in *schön* nicht schon der erste Anflug eines leisen Zweifels mit, eine Skepsis, eine Ahnung davon, dass *schön* eben gerade nicht unglaublich, phänomenal oder gigantisch meinte, sondern eben nur etwas, das kaum besser als *nett* war? Und aus welchem Grund schrieb sie, dass sie sich bei ihm melde? Lautete die Übersetzung hierfür: Von nun an bedeutest du mir so viel, dass ich all meine Schritte mit dir koordinieren werde, ab jetzt bist du mein Komplize, mein Partner, mein Vertrauter in allen wichtigen Fragen, die mein Dasein berühren? Oder hieß es: Ich bleibe lange fort, so lange, dass du dir Sorgen machen würdest, deshalb werde ich irgendwann (wann genau, kann ich in diesem Moment selbst unmöglich abschätzen) wieder von mir hören lassen, damit du vor Kummer nicht wahnsinnig wirst, damit du nicht an die Decke gehst oder dir die Nägel blutig kratzt an den Wänden deiner zukünftigen Behausung. Denn ich habe eine Ahnung davon, dass du es mit uns wichtiger nehmen könntest, als ich es geplant hatte, so wichtig, dass ich jetzt ein wenig für dich verantwortlich bin, zumindest für die ersten Tage, Wochen und Monate meines Fernbleibens. So lange bis der Liebeslack, den ich – unvernünftig, unbedacht, unabsichtlich, denn ich schwöre, unabsichtlich war es oder zumindest nicht mit einer bösen Absicht verbunden – bei unserem kleinen Stelldichein auf den Innenwänden deines Schädels verschmiert habe, endlich einmal brüchig wird oder zumindest von seinem schimmernden Glanz einbüßt. Und was, dachte Kishone, sollten die fünftausend Lira, die sie als Platzhalter hinterlassen hatte? Hatte sie ihn gekauft, benutzt wie eine Hijra? Hieß es: Hier hast du Geld für die Nacht, die schön war – jedoch keineswegs unglaublich, phänomenal oder gigantisch. Du machtest deine Sache okay! Was konnte ich mehr erwarten? Du warst kein Fachmann in diesen Dingen. Du hast dir die Belohnung verdient! Welchen Gegenwert besaßen überhaupt fünftausend Lira? Konnte er dafür einen Käse erwerben, ein Stück Brot und für den Rest noch einen süßen Tee, oder bedeuteten fünftausend Lira einen kleinen Reichtum? Eine Summe, die ihm im Nachhinein keine andere Möglichkeit ließ, als sich zu schämen? Einen Betrag, der annehmen ließ, dass er sich tatsächlich und im wahrsten Sinne des Wortes prostituiert hatte?

Ein Geräusch auf dem Gang veranlasste Kishones Gedanken, von ihm abzulassen. In der Hoffnung, Joan sei zurückgekehrt, trat er hinaus in den Flur und traf dort auf den verdutzten Amitabh, der sich in gebückter Haltung vor der Tür herumdrückte, als habe er gelauscht oder durch das Schlüsselloch spioniert. Doch obwohl Amitabh in den letzten Stunden weder etwas gesehen noch etwas gehört haben dürfte, was sein Interesse oder seine Phantasie auch nur im Geringsten befeuert haben könnte, grinste er so unverschämt, als sei er Mitwisser an einem unerhörten Skandal und hoffe, nun Kapital aus seinen unrechtmäßig erworbenen Informationen schlagen zu können. »Na«, sagte er mit Verschwörermiene.

»Was willst du, Amitabh, was bedeutet dieses albern in die Länge gezogene *Naa*?«

Anstatt zu antworten, schlug Amitabh mit der geöffneten rechten Hand mehrmals auf die nicht ganz geschlossene Faust seiner linken. Ein dumpfes Geräusch. Haut klatschte auf Haut. Am liebsten hätte Kishone dem Freund, um den er sich vor wenigen Stunden noch sorgte, für die obszöne Geste in die Fresse geschlagen. Im Frühstücksraum traf er auf Sven, Jamal und Melody. Bei einem Orangensaft erzählte Jamal seine Geschichte, und Kishone freute sich über deren in Anbetracht der Umstände glimpflichen Ausgang, obwohl ihn das permanente Geturtel zwischen den beiden Männern noch immer befremdete. Melody, die bereits um diese frühe Stunde wie beiläufig einen Joint als Accessoire ihrer Coolness zwischen den Lippen trug, fragte nach Joan, worauf Kishone brummend erklärte: »Ist unterwegs, meldet sich bei mir.«

Kishone beschloss, einen Spaziergang zu unternehmen. Westlich der Atatürkbrücke bestieg er ein Dampfschiff, das ihn für wenig Geld mit rauchendem Schlot nach Fatih brachte. Kishone überraschte die saubere, dörfliche Atmosphäre des Stadtteils, fast kam es ihm vor, als sei er in einem der kleinen Fischerörtchen direkt an der Küste unterwegs und die Großstadt Hunderte Meilen entfernt.

Ein alter Friseur forderte ihn mit Gesten auf, seinen Laden zu betreten. Er wolle ihn rasieren. Noch immer war die Zeit bis zum Abend, an dem er auf das Wiedersehen mit Joan spekulierte, lang, und so entschloss er sich, der Bitte des Einheimischen nachzukommen und sich in einen Stuhl vor den großen, durchgehenden Spiegel im Inneren des Ladens zu setzen. Welch eine Wohltat. Der Friseur behandelte Kishones Stoppeln mit einem Öl, um sie für die Rasur geschmeidig zu machen, bestellte im Café nebenan Tee und wartete geduldig, bis sein Kunde den letzten Schluck getrunken hatte, bevor er ihm das Kinn einschäumte. Während der gesamten Rasur ging er mit dem erstaunlichen Geschick eines Menschen zu Werke, der seinem Handwerk verfallen war. Jede einzelne Station der aufwendigen Prozedur war ein Beweis seiner Könnerschaft. Am Ende besprühte er Kishone mit einem Duft, der ihn an zu Hause erinnerte. Kishone wurde schwermütig und verabschiedete sich mit einem Trinkgeld, das den Preis für die Rasur um ein Vielfaches überstieg. Eine Stunde dauerte danach sein Weg zurück nach Beyoğlu.

Am frühen Abend motivierte ihn ein Filmplakat, das eine junge Frau auf einem Motorrad zeigte, das Saray-Kino zu besuchen. Von der erhofften Szene keine Spur. Stattdessen bekam Kishone ein haarsträubendes, mit infernalischer Musik unterlegtes Machwerk zu sehen, auf dessen Höhepunkt der Held im Anzug einer Horde Schurken das Fürchten lehrte, wodurch er letztendlich die Liebe eines Mädchens ohne Motorrad gewann.

Wieder auf der Straße, entdeckte Kishone einen schmalen goldenen Ring in der beleuchteten Auslage eines Juweliergeschäfts. Er malte sich aus, wie sich das Schmuckstück wohl an einem Finger Joans ausmachte. Während er in Gedanken versunken vor sich hinblickte, berührte ihn unvermittelt eine Hand an der Schulter. Kishone durchstrahlte ein Glücksgefühl, glaubte er doch, dass Joan es sei, die ihn gesucht, gefunden und sich an ihn herangeschlichen hatte, um ihn zu überraschen. Große Enttäuschung, als er herumfuhr und in das Gesicht eines zunächst fremd erscheinenden Mannes blickte, der sich allerdings durch das Lüpfen seines Hutes und dem damit verbundenen Freilegen der charakteristischen Glatze schnell als der Ganove des Vortags entpuppte.

»Herzlichen Glückwunsch!«, begrüßte ihn Kishone, als er ihn erkannte.

»Sie gratulieren mir? Wozu?«

»Na, zu Ihrer Hochzeit, erzählten Sie mir nicht gestern, dass Sie heute heiraten werden?«

»Der Tag ist lang, und Allah ist groß«, sagte der Ganove, »ich habe mich anders entschieden.«

Wie am Vortag zog er das Päckchen mit den Filterlosen aus der Innentasche seines Anzugs, diesmal lehnte Kishone das Angebot ab.

»Aus welchem Grund rauchen Sie französische Zigaretten? Sie müssen hier nur schwer zu bekommen sein.«

»Seni seviyorum – aus welchem Grund sagt die Welt ›Je t'aime‹, wenn sie meint ›Ich liebe dich‹? In Istanbul verhält es sich wie mit dem restlichen Orient – wer sich auskennt, bekommt die feinsten Waren zum kleinsten Preis. Da wir gerade am Fragen sind: Aus welchem Grund sind Sie allein unterwegs, wo steckt Ihre Begleitung der vergangenen Nacht, die charmante Amerikanerin?«

»Das Gleiche könnte ich Sie fragen.«

»Nein, nein, nein, nein, nein. Das ist der falsche Ansatz. Meine Mädchen sind wunderbar, mit weißen Zähnen, alabastener Haut und seidenem Haar, aber sie sind nicht real. Sie sind Produkte einer männlichen Phantasie, Geschöpfe einer durchfeierten Nacht. Sie werden am Abend geboren, und noch vor dem nächsten Morgen erlischt ihre Existenz ohne Hinterlassenschaft. Meine Mädchen tragen für gewöhnlich keine Namen, und sollten sie mir doch einmal einen nennen, so interessiert er mich so wenig, dass ich ihn im gleichen Augenblick schon wieder vergesse. Dutzenden dieser Mädchen versprach ich die Ehe, und niemals stand einer ihrer Väter vor meiner Tür, um von mir ein Kamel oder doch zumindest zwei Esel für seine Tochter einzufordern. Aber deine Amerikanerin … Oh là là, eine solche Frau belügt man nicht ungestraft, um solch eine Frau aufzuwiegen, erschuf Allah die Blumen, das Gold und die Diamanten.«

Mit dem Hut, den er noch immer in seiner Hand hielt, deutete der Ganove auf die Auslage des Juweliers. Abermals fiel Kishones Blick auf den Ring, was der Ganove bemerkte.

»Dir gefällt der Ring? Er ist nicht billig, aber für deine Amerikanerin, wie war doch gleich ihr Name, wäre jede Lira weniger eine Beleidigung.«

»Ich habe Geld.«

»Wie viel hast du?«

Kishone griff in die Tasche seiner Hose und brachte ein Bündel Scheine zum Vorschein.

»Nicht schlecht«, sagte der Ganove, »aber für den Ring reicht die Summe nicht. Geh rein und kauf ihn trotzdem, ich werde ihn dir bezahlen.«

Kishone zögerte, was der Ganove als Ablehnung interpretierte. In Zukunft werde ich schneller reagieren, dachte sich Kishone, und als der Ganove wenig später fragte, ob er ihn auf einen Rakı begleiten wolle, beeilte er sich mit seiner Antwort.

Der Ganove führte Kishone zu einem rauchgeschwängerten, durch Neonröhren hell erleuchteten Raum, in dem Männer bei Zigaretten und Tee grimmig vor ihren Tavla-Brettern hockten. Nichts als das Klackern der Würfel auf den hölzernen Tischen. Erst als der Wirt einen an der Decke montierten Fernseher einschaltete, konzentrierte sich die Aufmerksamkeit der Gäste auf das dort laufende Fußballspiel. Obwohl Kishone ein Cricketmatch mehr interessiert hätte, freute er sich über das Einfühlungsvermögen des Ganoven, glaubte er doch, dass dieser ihn mit der Sportübertragung von dem Ring und seinen damit verbundenen Problemen mit Joan ablenken wollte. Doch er hatte sich getäuscht. Der Ganove war ein Mann, der sich den Tatsachen mit Worten stellte. Schnell und ohne Umschweife brachte er Kishones Misere auf den Punkt: »Du hast Liebeskummer, mein Freund!« Eine Feststellung, von der er auch durch das heftigste Dementieren Kishones nicht abzubringen war.

»Liebeskummer und nichts anderes. Kein schönes Gefühl, und dennoch ist Istanbul dafür ein guter Ort. In der Stadt ist man mit seiner Melancholie nicht allein. Die namenlosen Versprengten, die der Zufall am späten Abend in den letzten Sammeltaxen am Taksim-Platz zusammenwürfelt, kennen sie ebenso, wie der Fischverkäufer sie kennt, der bei Sonnenaufgang bei der Arap Camii seinen Stand aufbaut. Die Istanbuler Melancholie spiegelt sich in den harten, abgenutzten Gesichtern der Lastenträger, denen die jahrelange Schufterei in der Nuruosmanie Caddesi ihre Träume noch schlimmer verkrüppelte als ihre Rücken. Sie macht den Angler auf der Brücke zum Bruder der Männer und Frauen, die wenige Meter entfernt auf den Anlegestellen Eminönüs auf ihre Fähren warten, und diese zu Geschwistern der Rummikub spielenden Jugendlichen am Flussufer bei Ortaköy. Im Sommer fällt die Istanbuler Melancholie mit den Strahlen der Sonne in die Stadt, um dort träge wie ein müder Dämon umherzukriechen, im Winter legt sie sich mit dem ersten Schnee auf die Straßen, Gassen und Plätze, und hast du dir keine Spikes unter die glatten Sohlen deiner Schuhe montiert, rutschst du auf ihr aus, ehe du dich versiehst. Eine ähnliche Melancholie findet sich nur noch in Lissabon, dem europäischen Antipoden Istanbuls. Dem westlichen Teil der Spange, die den Kontinent zusammenhält. Und ist es in Lissabon der Fado, in dem sich diese Melancholie manifestiert, so ist es hier der Gesang des Muezzins.«

Wäre er ein erfahrener Mann gewesen, ein nicht nur in Bezug auf die zurückgelegten Meilen Weitgereister, Kishone hätte die Sache gleich durchschaut. Nein danke, hätte er höflich aber bestimmt geantwortet und sich zum Abschiedsgruß, in Ermangelung eines Hutes, Zeige- und Ringfinger der rechten Hand direkt an die Stirn geführt. Wäre er ein Hasardeur gewesen, hätte er in dem Angebot, das der Ganove ihm nach drei weiteren Rakı machte, ein neues Spiel in der schier endlosen Kette jener Spiele gewittert, die es in einem Menschenleben zu gewinnen oder zu verlieren galt. Wäre er ein Schwerenöter oder ein Moralist gewesen, hätte er sich über die Angelegenheit womöglich erfreuen oder entrüsten können.

Kishone war nichts von alledem. Er folgte der Aufforderung des Ganoven, ihn zu begleiten, und war verloren.

Der Ganove brachte ihn zu einem in einer Seitenstraße versteckten Gebäude. Den Männern an der Tür war der Ganove kein Unbekannter. Sie begrüßten ihn mit Namen oder doch zumindest mit einem Spitznamen, den Kishone als *Luc* oder *Duc* verstand. Über eine steile Treppe brachte sie ein Angestellter in ein Kellergewölbe. Eine schlechtbeleuchtete, reichlich mit Plüsch ausgestattete Höhle, in deren hinterem Teil auf einem kleinen Podest ein nacktes Mädchen einen müden Tanz zum Besten gab. Der Ganove war begeistert. Der Istanbuler wisse, wie er seiner Melancholie zu Leibe rücken müsse, wenn er ihrer überdrüssig werde. Auch von dem ohne weitere Aufforderung servierten

Obst und Gemüse war er angetan. Während er den Service lobte, studierte Kishone die Getränkekarte. Just in dem Moment, in dem er begriff, dass ein einziges Glas Rakı hier einem Gegenwert von etwa zehn professionellen Rasuren entsprach, brüllte der Ganove nach einer Flasche Whisky. Whisky on the rocks, zwei cl = fünfundzwanzig Rasuren, rechnete Kishone, *Haircut inclusive*. Von vornehmer Zurückhaltung wollte der Ganove nichts wissen. Worum sich Kishone sorge, fragte er diesen, als der die Karte in den Schein der auf dem Tisch flackernden Kerze schob und mit dem Finger auf die Spalte mit den Preisen deutete, schließlich sei er doch eingeladen. Er, Luc, zahle die Zeche. »Wir brauchen Frauen«, sagte er danach, und da er das nicht allzu leise sagte, erhoben diese sich auch ohne weiteres Federlesen von ihren Plätzen an der Bar, um zu ihnen an den Tisch zu kommen. Luc war inzwischen so von sich berauscht, dass er nur noch in der dritten Person von sich sprach. »Luc weiß, was Mädchen wollen«, »Luc macht man nichts vor«, »Luc gehört die Welt«. Der Maître servierte Champagner. Mit Melancholie hatte das tatsächlich nichts mehr zu tun.

Eines der Mädchen setzte sich auf Kishones Schoß. Sie war hübsch, beinahe elegant, und sie hatte durchaus einen Namen, man musste sie nur danach fragen. Melitta, Rumänin, achtzehn Jahre. Im unzureichenden Licht glaubte Kishone ihr das jugendliche Alter. »Du bist noch ein Kind«, flüsterte er ihr ins Ohr.

»Aber ich habe Erfahrung für mehrere Leben«, flüsterte Melitta zurück.

Kishone merkte, wie sich sein Puls beschleunigte, wie er unruhig wurde, weil Melitta ihn an Joan erinnerte oder weil sie ihn gerade *nicht* an sie erinnerte.

Luc bejubelte die nächste Tänzerin auf der Bühne, begeistert pfiff er auf seinen dicken Fingern. Melitta hielt sich die Hände an die Ohren. Die Neue begann zu singen. Französisch. »Ein Chanson«, erklärte Luc, zückte seine Zigaretten und forderte neuen Champagner, dabei war die alte Flasche noch halb voll.

Als Melitta Kishone küssen wollte, wurde es ihm zu viel. Rüde stieß er sie von sich »Ich will gehen«, sagt er laut.

Luc lachte. »Wieso diese Eile?« Um ihn zu beruhigen, fasste er Kishone am Arm. Der schüttelte sich los und schlug Luc mit der flachen Hand vor die Stirn. Der Maître kam herbeigeeilt, beim Versuch zu beschwichtigen fing er sich ein Veilchen. Dem armen Luc, der noch gar nicht wusste, wie ihm geschah, schüttete Kishone den Champagner über die Glatze, die Mädchen bedachte er mit Beleidigungen, während er sie mit geschälten Karotten und Gurken bewarf. Fünf weiterer Angestellter, darunter der Koch und der Barkeeper, bedurfte es, um ihn zu überwältigen und schließlich der Polizei zu übergeben.

Auf der Polizeistation bekam Kishone erklärt, dass die Anstiftung zur Prostitution in der Türkei kein Kinderspiel sei – Kishone verstand kein Wort. Wie im Kriminalfilm wurden Fotos von ihm gemacht. Eins von vorne, eins von links, eins von rechts. Die Ohren mussten zu sehen sein. Man beschloss, ihn über Nacht dazubehalten. Die Abgabe seiner Geldbörse musste er quittieren, ein Beamter zählte mit ernster Miene die Scheine zweimal. Keine Lira fehlte.

In der Zelle war er nicht allein. Doch die abgerissene Gestalt, die in einer Ecke auf einer Zeitung hockte, die angezogenen Beine umschlungen hielt und apathisch mit dem Oberkörper wippte, zeigte an einer Unterhaltung zunächst kein Interesse. Erst nach einer halben Stunde meldete sie sich mit einer Frage zu Wort: »Beatnik?«

»Inder«, antwortete Kishone, was die Gestalt, ein Mann Mitte zwanzig, mit einem Nicken quittierte.

»Weißt du, ich hasse die Beatniks, ich hasse die langhaarigen Spinner mit ihrem Sendungsbewusstsein, die über die Welt herfallen wie die Termiten.«

Wecken bei Sonnenaufgang, die Zelle kahl im frühen Morgenlicht. Auch in Indien gab es solche Räume. Heimweh. Der Putz bröckelte von der Wand, eingeritzte Striche zu Fünferblöcken gebündelt, an der Decke Schimmel. Der Mitbewohner lag auf seiner Zeitung wie ein Embryo. Unmöglich zu erkennen, ob er noch atmete. In der Tür neben dem Wachhabenden stand Amitabh. Sein Gesicht ließ nichts Gutes vermuten, aber er war da. Melody hatte er mitgebracht. Sie zwinkerte Kishone aufmunternd zu. Auf ewig würde er sie fortan May nennen. Der Polizist packte ihn am Hemd und zerrte ihn durch die Dienststube. Die Geldbörse wurde wieder ausgehändigt. Welchen Betrag hatte er ihnen quittiert?

Auf der Straße warteten Sven und Jamal. »Sorry,

dass ich nicht mit reingekommen bin«, sagte Jamal. »Aber seit neuestem habe ich eine Aversion gegen geschlossene Räume.«

Kishone fuhr ihm mit einer Hand über die Stoppeln seines Kopfes, gemeinsam lachten sie über ihre verbeulten Gesichter. Sogar Ferry war gekommen. »Joan?«, fragte Kishone.

»Hat ihre Nummer hinterlassen«, sagte Ferry.

Die schöne May legte ihren Arm um den schluchzenden Kishone, weil kein anderer es tat. Noch am selben Tag wurde das Kapitel Istanbul geschlossen.

★ ★ ★

»Ah, was ist das für ein Lärm, Vimala?«

»Guten Morgen, Sax.«

»Oh, Kaffee, danke. Was ist das für ein Krach?«

»Gurudas hat einen Mobilfunksendemast auf dem Seaqueen installiert, der mit ausreichend Strom versorgt werden will. Dreimal am Tag läuft dafür der Generator. Heute Morgen um neun lief er schon einmal. Hast du verschlafen, kann ich verstehen, war ja spät genug gestern. Tata hat das eingefädelt. Einer der größten Konzerne in Indien. Die machen alles, eben auch Mobilfunk. Schätze, der Deal mit Tata bringt Gurudas um die zehntausend Rupien pro Monat.«

»Und wie viel verliert er durch die dadurch ausbleibenden Gäste?«

»Du kennst den Spruch mit dem Spatz in der Hand und der Krähe auf dem Dach?«

»Du meinst die Taube auf dem Dach?«

»Ich habe den Spruch den hiesigen Verhältnissen angepasst.«

»Wow. Wo steckt Kishone? Ist er schon unterwegs?«

»Schon lange, wir haben gleich Mittag. Mach dich mal fertig, ich will runter zum Strand.«

»Bin mir noch nicht ganz sicher, ob ich mitgehe. Vielleicht fahre ich ein bisschen mit dem Motorrad durch die Gegend. Ich würde gerne nach Mapsa auf den Markt. Ich komme später nach. Bist du im Curlies?«

»Wo sonst? Und heute Abend gehen wir ins Jannet & Jones. Ein blonder Schwede spielt da Gitarre, und dazu gibt es Seafood-Barbecue.«

»Wir hatten doch gestern erst Barbecue, und Schweden sind immer blond. Kein Wunder, dass Kishone dich mit seinen Geschichten beeindruckt hat.«

»Musst nicht hin, wenn du nicht willst. Ich jedenfalls werde gegen acht dort erscheinen. Kishone kommt eine Stunde später. Er ist heute in Old Goa unterwegs. Morgen besucht er Olencio in Panjim, vielleicht fahrt ihr ja zusammen.«

»Olencio, den alten Fotografen? Der, mit dem er Bailey herumgeführt hat? Den würde ich gern kennenlernen. Habe nicht gedacht, dass es den wirklich gibt.«

»Natürlich gibt es den. Wieso sollte es ihn nicht geben?«

»Hinterfragst du Kishones Geschichten nie?«

»Wieso sollte ich?«

»Na, weil er flunkert.«

»Tut er nicht.«

»Vimala, natürlich flunkert er. Seine ganzen Erzählungen! Denk nur daran, wie er gestern seinen letzten Abend in Istanbul geschildert hat. Das Ganze hörte sich an wie ein Comic. Eine Prügelei wie in einem Mickymausheft oder einem Wildwestfilm. Ständig setzt es Beulen, Schrammen oder sonstige Verletzungen, immer wird gesoffen. Ein Jungending. Aber die Geschichten passen nicht zu Kishone. Alles ist zu zweidimensional, zu glatt. Die Anekdote, dass er für das Time magazine das Titelfoto von Suárez geschossen hat …«

»Hing das Cover bei euch zu Hause an der Wand oder nicht?«

»Trotzdem! Auch dieser Ganove: eine Karikatur. Wenn ich die Augen schließe und mir einen frankophilen Ganoven vorstelle, dann heißt der Luc, ist ein bisschen schmierig, glatzköpfig und übergewichtig. Alle diese Figuren entsprechen einem Klischee. Der lederhäutige Fremdenlegionär, das schöne Hippiemädchen Melody, der Barkeeper, den die Angst um seine Plattensammlung umtreibt, der geschickte Friseur, sogar der Alibischwule – wie im Hollywoodfilm.«

»Ich glaube ihm, und ich will ihm glauben. Ich finde seine Geschichte interessant, und zumindest das mit der Sauferei passt doch perfekt zu ihm. Ganz falschliegen kann er ja auch nicht, denn wärest du sonst hier? Kishone ist Schwarzweiß-Fotograf, was erwartest du? Einen Philip Roth? Einen Salinger? Dass hinter jeder Person der große Abgrund lauert, würde das nicht viel mehr einem Klischee entsprechen? Für einen Weinhändler, der Fotograf war, macht Kishone seine Sache doch ganz ordentlich. Apropos Fotograf. Schau mal!«

»Was ist das?«

»Ein Artikel aus der Süddeutschen, die wir uns nach Indien nachschicken lassen.«

»Und?«

»Lies doch, ist deutsch.«

»Er gilt als der indische Mercedes, der Hindustan Ambassador. Das Auto wurde von den Briten in den achtziger Jahren ausgemustert. Es ist bis heute auf Kalkuttas Straßen zu sehen …«

»Mir geht es um das Foto, es wird im letzten Teil des Artikels beschrieben.«

»… wegen der Hitze in der Fabrik muss sich der indische Arbeiter auf dem Bild von 1989 vor die Ventilatoren stellen, um Kühlung zu bekommen. Die Serie der Süddeutschen Zeitung wird von den Bildern des brasilianischen Fotografen Sebastião Salgado begleitet, eines der bedeutendsten Foto-Dokumentaristen der Welt …«

»Ich glaube, die Aufnahme gefällt Kishone, ich reiß sie ihm raus. Er ist wieder mehr Fotograf, seit du auf der Bildfläche aufgetaucht bist. Du bist ein Jungbrunnen für ihn, du tust ihm gut.«

»Der Mann auf dem Bild, der Arbeiter, er erinnert mich an einen Typen aus Frankfurt …«

»Er sieht toll aus.«

»Er ist ein Arschloch, Türsteher in verschiedenen Clubs, er hat ständig drei, vier Frauen gleichzeitig am Start, man nennt ihn die Spanische Fliege. Immerhin aber ist er toll tätowiert und hat einen hübschen Hund.«

»Lieber ein gutaussehendes Arschloch mit Hund als ein hässliches.«

»Ansichtssache. Die Hässlichen kommen weniger gefährlich daher.«

»Eben.«

* * *

Kishone und das Gepäck reisten mit dem Zug nach Thessaloniki, Amitabh und der Frühling auf der Bullet. Am nächsten Tag ging es weiter nach Igoumenitsa, wo die großen Fähren abfuhren. Hier wartete Kishone lange vergeblich auf die beiden Freunde.

»Die Reise an einem Stück war für Melody zu beschwerlich …«, erklärte Amitabh später, »… deshalb Zwischenstopp in Ioannina. Der See dort erinnert übrigens an Pushkar.«

Igoumenitsa – Ancona, Ancona – Zadar. Für dreißig Dollar, zwei Halsketten und eine Handvoll gutes Karma überließ ihnen ein Pärchen seine Fährtickets. Ein Fahrschein zu wenig, doch sie kamen damit durch. Zu dritt auf der Enfield über die Rampe in den dunklen Walfischbauch des Schiffs. Keiner hielt sie auf. Touristen machten Fotos davon. Einer der Matrosen begrüßte sie freundlich mit Handschlag, auch beim Vertäuen des Motorrads war er behilflich. Ruhige See und Sonnendeck. Die jugoslawische Küste bereits in Sicht, fuhr eine Militärbarkasse längsseits. Die Passagiere beobachteten das Manöver interessiert. Soldaten kamen an Bord, prüften Ausweise und Schiffspapiere. Währenddessen angelten die Offiziere gelangweilt einige Dorsche, die sich zu weit nach Süden verirrt hatten. Bei fehlenden Visa halfen Dollar mehr als gute Worte, Beamtenfreundlichkeit inklusive. Praktisch, dass es von Ferry ohne große Erklärungen eine hübsche Summe Geld zum Abschied gegeben hatte. Ferry, welche Rolle spielte der eigentlich? Oder steckte am Ende doch noch einmal Joan dahinter?

Ein dürrer Tourist grantelte. Deckung lieferte ihm dabei der Rauch seiner Zigarre, der beim Sprechen seinen Mund verließ wie ein Flaschengeist. Mit dem Verhalten der Soldaten war er ebenso wenig einverstanden wie Melody und die Inder.

Im Hafen sandten sie ein Telegramm an Dreifinger nach Berlin. *Melde dich in Istanbul – Hotel Inka – brauchen Hilfe.* Eddis Antwort erreichte Ferry noch am selben Tag, und der gab sie beim nächsten Telefonat weiter an Melody: *Zagreb – Konsulat der Deutschen Demokratischen Republik – fragt nach Dieter Weber.*

Fünf Stunden später waren sie da. Der Sicherheitsdienst hatte nichts dagegen, dass sie die Enfield direkt vor die Tür stellten. Im Konsulat gab es keinen Weber, dafür aber einen Umschlag, mausgrau, überbracht von einem namenlosen Mitarbeiter. »Macht's gut, Genossin und Genossen, und denkt mal an uns, wenn der Wind von Westen weht.«

Zu spät, um die Stadt noch zu verlassen. Rotweinvollmondnacht in der Grünanlage, Romantik inklusive. Am folgenden Tag ging es von Zagreb zurück nach Italien, Kishone per Autostopp im Alfa Romeo Richtung Triest. Der Fahrer übersetzte die Marke seines Wagens mit *Erster Liebhaber.*

Im Zimmer der Absteige stank es nach Mottenkugeln und Urin. Melody kämpfte mit ihrem Parfümzerstäuber dagegen an. Das Inka in Istanbul wurde immer mehr zu ihrem Tower, Ferry ihr Lotse. *Kommt nach Gießen – fragt im Scarabée nach mir oder dem Israeli*, gab er einen Funkspruch von Dreifinger weiter. Das roch nach einem Plan. Was die knittrige Landkarte aus Amitabhs Auftragsbuch nicht hergab, verriet ein deutscher Drücker am Bahnhof Milano Centrale: »Gießen, Deutschland, Hessen, Scheiße!« Dazu schenkte er ihnen das Wort FRANKFURT in Großbuchstaben auf einem Pappschild.

Bereits die ersten Alpenanstiege machten der Enfield mit Amitabh und Melody schwer zu schaffen. Amitabh zeigte sich unzufrieden. »Im Himalaja habe ich mit einer Bullet problemlos den Kardung La überquert. 5600 Meter über Meereshöhe ohne einen einzigen Zündaussetzer. Irgendetwas stimmt nicht mit der europäischen Luft.« Notgedrungen kehrten sie nach Mailand zurück. Kishone erfuhr bei einem Telefonat mit Ferry von der neuen Situation. Der Münzfernsprecher in Bozen war gefräßig. Hundertliremünzen verzehrte er im Fünfsekundentakt. Um Ferry nicht aus der Leitung zu verlieren, musste Kishone sich mit der Fütterung ranhalten.

»Joan?«

»Wird schon noch anrufen! Aus und over!«

Nach einer weiteren Nacht in einem Mailänder Park verkündete Amitabh mit Lindbergh-Attitüde, die Alpenpassage erneut in Angriff nehmen zu wollen. »Nur die Maschine und ich!« Melody gab ihm für so viel Wagemut einen Kuss auf den Mund.

Sie machte sich als Heldenbraut ebenso gut wie mit dem FRANKFURT-Schild in ihren Händen am Straßenrand. Ein Lancia stoppte lautstark mit Gummiabrieb – wieder eines dieser italienischen Kraftfahrzeuge. »Bin völlig im Arsch, harte Nacht, zu viel gesoffen«, erklärte der Fahrer, ein Teutone. In unregelmäßigen Abständen öffnete er sein Seitenfenster und der kühle Fahrtwind strömte ins Innere. Die Tachonadel bei 180, aber sie überlebten. Maschinengewehrvorhaltekontrolle an der deutschen Grenze. Vom zerstörten Zustand des Fahrers – nur mit Mühe hielt er sich noch auf den Beinen – nahmen die Beamten nur beiläufig Notiz. Anscheinend überzeugte der Inhalt des mausgrauen Umschlags. Beim Öffnen des Kofferraums eine Überraschung: Brockhaus, Ledereinband, viele Bände, rot mit Goldschnitt.

»Was ist das Scarabée?«, fragte Kishone nach den ersten Kilometern deutscher Straßenfreiheit.

»Ein ägyptischer Käfer«, antwortete der Fahrer wie aus der Pistole geschossen, seinen Brockhaus brauchte er dafür nicht. Er drehte sich gerade eine Zigarette und hielt das Lenkrad zwischen den Knien. Schwarzer Krauser, München, Nürnberg.

»Holt euch ein Taxi zum nächsten Rasthof«, schlug

er am Dreieck Würzburg-West vor und drückte Melody zwanzig Mark in die Hand. Als er davonbrauste, winkten sie ihm hinterher. Auf dem Standstreifen gingen sie zurück zu dem Parkplatz, an dem sie vor fünf Minuten noch unbeschwert vorbeigerauscht waren. Zu Fuß brauchten sie dafür eine Ewigkeit. Auf dem Parkplatz selbst ging es wieder schnell. Während Kishone noch die Visagen auf einem rotumrandeten Plakat studierte – sie sahen alle gleich aus, die Deutschen –, machte Melody die nächste Passage klar, ein roter Citroën DS. Der Fahrer, ein Doktor der Medizin, übersetzte diesmal die Marke seines Autos mit *Göttin*. Obwohl er eigentlich nach Neuwied musste, erklärte er sich bereit, einen Umweg über Gießen zu machen. Sein Sohn studierte dort, er kannte sogar das Scarabée: »Nicht weit entfernt vom Elefantenklo, ein übler Laden, nehmt euch in Acht!«

Kishone fragte sich, was er sich unter einem Elefantenklo mitten in Deutschland wohl vorzustellen habe, Melody brachte den Pschyrembel ins Spiel. Von so viel Fachwissen zeigte sich der Doktor beeindruckt.

Das Scarabée öffnete erst um zehn. Den frühen Abend verbrachten Melody und Kishone am Fluss, steckten ihre Füße ins Wasser und schauten den Ruderern in ihren schmalen Booten zu. Vom Bootshaus aus telefonierte Melody nach Istanbul, der Wirt erließ ihr die Gebühr. Ihre Wirkung aufs andere Geschlecht war unheimlich. Männer aller Altersklassen legten sich für sie ins Zeug, vom pickligen Handwerksburschen bis hin zum bereits ergrauten Geschäftsmann. Besonders schlimm war es an den heißen Tagen, wenn Melody zu ihrer Jeans das lila gebatikte Unterhemd trug, in das sie dreimal gepasst hätte.

Das Scarabée war tatsächlich ein Schuppen der übleren Sorte. Melody gefiel es hier gerade deshalb, und den Männern hier gefiel Melody. Zu Jimmy Hendrix und Ton Steine Scherben servierten sie ihr Bier und gesalzene Nüsse. Dass sie die Hälfte an Kishone weitergab, nahmen sie in Kauf. Dreifinger-Eddi und den Israeli kannte zunächst keiner, dafür bestellte man reichlich Jägermeister und trank auf Arafat und ein freies Palästina.

Auf dem Männerklo, das Melody benutzte, weil die Frauentoilette verstopft war, übersetzte sie Kishone einige Sprüche. *An Jesus Christus kommt keiner vorbei – außer Jürgen Grabowski.*

»Ist das nicht respektlos?«, fragte Kishone seinen Pinkelnachbarn.

»Der Spruch?«

»Jau!«

»Respektlos gegenüber wem?«

»Gegenüber dem Wirt und gegenüber Gott.«

»Mach dir mal um den Wirt keine Sorgen, und Grabowski wird's verschmerzen.«

Der Pinkelnachbar stellte sich als Raimund vor. Auch bei der Affenhitze trug er Lederjacke. Nach Mitternacht, wieder an der Bar, fragten sie noch einmal nach Eddi und dem Israeli. Zur allgemeinen Überraschung kannte Raimund einen Eddi, auf den Kishones Beschreibung passte, noch aus alten Schultagen. Um der Bundeswehr zu entgehen, lebe Eddi heute in Berlin. Ab und an schaue er allerdings noch in seiner alten Heimat vorbei. Hier firmiere er wahlweise unter den Namen *Ede der Inder* oder *Pramana.* Die Bezeichnung *Dreifinger-Eddi* amüsierte Raimund. Wahrscheinlich hänge das irgendwie mit Edes Roth-Händle-Abusus zusammen, den er bereits seit seinem vierzehnten Geburtstag pflege. Zwei Jägermeister weiter machte Raimund auch als Heimatkenner eine gute Figur, indem er erzählte, wie das Scarabée vor Jahren, anlässlich einer Drogenrazzia, vom angrenzenden Bahndamm aus von einer Hundertschaft Polizisten erstürmt worden sei.

Kurz vor eins, man überlegte bereits, woanders weiterzufeiern, kamen die Berliner doch noch. Dreifinger-Eddi laut und polternd, wie man ihn in Asien und anscheinend auch in Europa kannte, der Israeli, den Eddi nur Alibi nannte, eher zurückhaltend. Eddi gab einen aus. Jägermeister fand er abgeschmackt, seinen intellektuellen Vorsprung auf die hessische Provinz bewies er mit seiner Bestellung: Ouzo-Pernod. Seine Rechtfertigung für die Verspätung: Personenkontrolle bei Kassel. Die Bullen hätten ihnen den Wagen, Eddis Ford Capri, auf links gedreht, sogar die Sitze und die Batterie hätten herausgemusst. Schluderei beim Wiedereinbau, zwei Muttern und drei Schrauben seien übrig geblieben. Das Auto fahre trotzdem, lediglich beim Bremsen verschiebe sich der Fahrersitz um wenige Zentimeter nach vorn. Aber wer denke schon ans Bremsen, in diesem Sommer der permanenten Beschleunigung?

Zu viert wurde es im Capri eng. Kishone und Melody drückten sich hinten auf den Notsitzen die Rücken krumm. Alles umsonst, der Wagen gab beim Starten keinen Ton von sich. Mit einem Satzfragment bewies Eddi ebenso Fachkenntnis wie Klassenkampfattitüde: »Kriechstrom – scheiß Bullen.«

»Für Kerouac wäre das kein Problem, weißt du, wo er steckt?«, fragte Melody. Sie löste sich aus dem Mikado der Extremitäten, um über den vorgeklappten Fahrersitz ins Freie zu krabbeln.

»Falls du Amitabh meinst, der kommt in die Schubertstraße, da gehen wir jetzt auch hin«, erklärte Eddi.

Melody entfuhr ein Jauchzer. Raimund zauberte ein Ladegerät aus seinem NSU Prinz hervor, der Wirt erklärte sich bereit, die Batterie über Nacht ans Netz zu hängen. Kishone folgte ihm mit dem Gerät zur Steckdose in den Nebenraum. In seinem Kopf spukte noch immer die Kloschmiererei herum:

»Darf ich Ihnen eine Frage stellen?«

»Was willste?«

»Es geht um den Spruch auf Ihrer Toilette.«

»Welchen?«

»Den mit Jesus.«

»Ist gut, ne? Hab ich selbst geschrieben!«

Zu Fuß zur Frankfurter Straße hoch. Zu Kishones Enttäuschung entpuppte sich das Elefantenklo als eine schnöde Straßenüberführung. Nach ungefähr einem Kilometer bogen sie in einen kleinen Weg. Im Vorgarten einer Villa hing eine Fahne wie ein nasser Lappen von einem Mast herunter. Nach kurzer Beratschlagung waren sich Eddi, Alibi und Raimund einig. Sie begannen, die Internationale zu singen. Melody bemühte sich zu erklären: »Ein Kampflied der vereinigten Linken …« Kishone kannte das Lied. In der Villa gingen die Lichter an. Nach der ersten Strophe wechselten die Interpreten das Programm.

»Das ist das Horst-Wessel-Lied, vor fünfunddreißig Jahren war es in Deutschland mal recht populär, jetzt sollte man es besser nicht mehr anstimmen, aber den Jungs in der Villa wird es gefallen …«, sagte Melody. Mitte der zweiten Strophe öffnete sich die Tür der Villa, und eine Handvoll Burschen kam zum Vorschein. Anstatt jedoch zu applaudieren, warfen sie mit Bierflaschen. Als immer mehr junge Männer, bewaffnet mit Dachlatten und Eisenstangen, auf die Straße drängten, wurde es brenzlig, doch die Flucht gelang.

Fünf Minuten später erreichten sie lachend und außer Atem die Schubertstraße. Die Wohngemeinschaft in einem Altbau mit kleinem Vorgarten lag direkt gegenüber der Uniklinik. Vor dem Haus parkte Amitabhs Black Bull, ihr Motor knackte vor Hitze. Melody geriet schier aus dem Häuschen. Polternd ging es nach oben. Im dritten Stock stellte sich ihnen eine Frau um die fünfzig im rosa Bademantel in den Weg. »Zum zweiten Mal so ein Lärm heute Nacht, was ist denn los?«

Raimund schien sie zu kennen. »Alles in Ordnung, Frau Kling, Besuch. Gerade erst aus Indien angekommen. Mit dem Motorrad. Wir werden noch ein bisschen feiern. Indien, so ein weiter Weg. Kommen Sie doch mit nach oben«, sagte er zuvorkommend.

Die Alte folgte ihnen tatsächlich. Großes Hallo im Flur. Die Mieter der Wohnung, Frank, Bernhard und Andrea, ließen Luftschlangen auf die Neuankömmlinge regnen, Sekt hatten sie ebenfalls besorgt. Amitabh umarmte Frau Kling. In der verqualmten Küche rutschte man auf der Eckbank zusammen, Melody und Amitabh teilten sich einen Stuhl. Nach fünfzehn Minuten verabschiedeten sie sich in ein Nachbarzimmer.

»Indien, wie interessant«, sagte Frau Kling und nahm eine Zigarette aus der Packung Roth-Händle, die ihr Eddi vor die Nase hielt. »Mein Mann und ich wollen auch mal dahin. Gar nicht mal unerschwinglich, Neckermann, schon mal gehört?«

»Neckermann is your husband?«, fragte Kishone.

»No, it's a travel-maker«, sagte Frau Kling.

Von dem Poster über der Tür blickte Che Guevara stoisch. Hasta la victoria siempre.

* * *

Istanbul. Endlich! Sie checkten im Grandhotel Londres ein. Ein Vorschlag Toms – ein Film, den er mochte, war dort gedreht worden. Die Herberge versprühte den Charme einer unwiederbringlich verlorenen Zeit. Im Eingangsbereich dominierten die Farben Rot und Gold. Der Concierge blieb auch dann noch freundlich, als Sax ihm ihre preislichen Vorstellungen für ein Doppelzimmer mitteilte. Mit dem Aufzug rauf in die dritte Etage, ihr Raum eine bessere Abstellkammer. Das einzige Fenster ging hinaus in einen Schacht, auf dessen Boden sich der Müll sammelte, im Bad wehte die Klimaanlage einen Hauch von Schimmel durch die Luft. Toms Begeisterung tat das keinen Abbruch. Ganz im Gegenteil, er fand das authentisch. Zum Erholen reiche das allemal, wer in einer Stadt wie Istanbul seine Zeit verschlafe, sei selbst schuld. Tatsächlich verschwand Tom, nachdem er seinen Rucksack in den Schrank geworfen hatte, auch gleich wieder nach draußen, um an einem der kleinen Tischchen vor dem Hotel ein Bier und einen Espresso zu trinken. Sax nahm eine Dusche. Danach masturbierte sie auf dem Bett. Das erste Mal seit dem Tod ihrer Mutter. Weder dauerte es besonders lange, noch kam es ihr nach all den Wochen außergewöhnlich vor. Sie wertete das als gutes Zeichen. Als sie sich später zu Tom setzte, war der bereits beim zweiten Bier. Im warmen Bosporuswind genoss sie ihr Gefühl der Sauberkeit. Tom philosophierte über den Wert des Reisens und darüber, wie richtig es sei, hier mit ihr unterwegs zu sein. An guten Tagen neigte er zu einer gewissen Euphorie. Sax mochte das. Vieles, was sie an Tom in den letzten Tagen beobachtet hatte, mochte sie. Sie fragte sich, ob sie sich in ihn verliebt hatte oder einfach in die Vorstellung, nicht alleine auf der Welt umhergondeln zu müssen.

»Ich könnte den ganzen Tag so sitzen, das Londres im Rücken, und mit einem Auge die Motorräder bewundern, mit dem anderen das Goldene Horn. Wie ein Chamäleon.«

»Meinst du das als Metapher?«, fragte Tom.

»Auf jeden Fall, ich weiß nur nicht genau, wofür.«

Sie trafen den Entschluss, nach Sultanahmet zu gehen. Sax trug die mit »K« unterschriebene Postkarte in der Gesäßtasche ihrer Jeans. Mehrfach griff sie danach, um sich zu vergewissern, dass sie noch da war. Sie hatte Angst, sie zu verlieren, und ärgerte sich darüber, ihre Handtasche im Hotel gelassen zu haben. »Ich muss die Karte mal fotokopieren!«

»Ich dachte, das hättest du längst getan. Der Bischof von Köln ist auch nicht mit den Knochen der Heiligen Drei Könige in der Soutane unterwegs.«

Bis nach Sultanahmet schafften sie es nicht. Auf der unteren Ebene der Galatabrücke ließ Tom sich in einem Lokal auf eines der bunten Sitzkissen fallen und bestellte, ohne Sax zu fragen, zwei weitere Bier. Gemeinsam blieben sie hier sitzen, beobachteten die Angelschnüre, die von der oberen Ebene herabhingen, und das geschickte Manövrieren der Fähren auf dem Bosporus, stellten Mutmaßungen an über das Leben der vorbeigehenden Menschen und diskutierten die qualitativen Unterschiede der elektronisch verstärkten Muezzingesänge, die von den Minaretten beider Ufer zu hören waren.

Den späteren Abend verbrachten sie mit Herumstreunen. In einem versifften Secondhandladen kaufte Tom sich eine Sonnenbrille mit grünen Gläsern aus den siebziger Jahren. Er fand, dass er damit aussah wie Peter Fonda in ›Easy Rider‹, die passenden Koteletten dazu hatte er sich in den letzten Wochen ebenfalls zugelegt. Seit sie ihm die Postkarte gezeigt habe, begreife er ihren Trip zunehmend als Zeitreise, erzählte er Sax.

Was genau er damit meinte, verstand sie nicht, aber sie ahnte die Richtung. Sein Enthusiasmus gefiel ihr.

Abendessen in einem kleinen Restaurant in der Nähe des Galataturms. Der Preis schluckte ihr Budget für drei Tage, trotzdem bestellten sie sich zum Nachtisch noch ein Glas Sekt. Danach in die İstiklal. »Die Zeil Istanbuls«, bemerkte Tom.

Sax gab ihm recht: »Nur, dass es mir hier gefällt.«

In einem Seitengässchen Gitarrenmusik vor einer Bar, die in ihrem Schild die Regenbogenfarben trug. Das Lied erinnerte an einen Fado, der Text türkisch. »Für die Istanbuler Traurigkeit gibt es einen eigenen Begriff: Hüzün«, erklärte Tom.

Sax küsste ihn dafür. »Du Lehrer!«

In der Bar des Londres tranken sie Jim Beam. Tom fragte Mert, den Barmann, nach dem Film, der hier gedreht worden war. Der erwiderte, dass im Londres eine ganze Handvoll Filme gedreht worden seien. In einigen spiele er sogar mit. In Toms Lieblingsfilm habe er beispielsweise eine Sprechrolle gehabt. Diese Information haute Tom fast um. Nicht viel, und er hätte Mert um ein Autogramm gebeten.

Anschließend bewunderten sie seine Sammlung alter Geldscheine, die er unter der Glasplatte des Tresens wie in einer Vitrine präsentierte.

»Ratet mal, woher der kommt, und der und der hier?« In den wenigsten Fällen kannten Tom und Sax die Antwort.

»Wow, hast du diese Länder alle besucht?«, fragte Sax.

»Ich habe die Türkei noch nie verlassen«, antwortete Mert.

Sax zeigte ihm die mittlerweile reichlich lädierte Postkarte und erklärte die theoretische Möglichkeit, dass hinter »K« ihr Vater verborgen sein könnte und sie selbst in einer Zisterne gezeugt. Während sie sprach, merkte sie, wie lächerlich sich ihre Geschichte ausnehmen musste. Mert jedoch nahm sie ernst, zumindest tat er so. Dennoch zeigte er sich skeptisch.

»Du bist doch keine Türkin. Und in der Zisterne, was meinst du, wie das gehallt hätte? Wenn die in den Siebzigern dabei erwischt worden wären, hätte man sie dafür ins Gefängnis gesteckt, aber ich hör mich trotzdem mal um, viel Hoffnung mache ich dir allerdings nicht.«

Vorbei an alten Radiatoren und handkolorierten Fotografien stiegen sie durch das Treppenhaus wieder nach oben. Ein halbes Museum, dieses Hotel. Im Dachgarten turnte Tom auf den Simsen umher. Nur eine gerade mal dreißig Zentimeter hohe Brüstung trennte ihn vom Abgrund. Er hatte seine Sonnenbrille wieder aufgesetzt. Sax fotografierte mit ihrem Handy. Zurück im Zimmer schliefen sie wie selbstverständlich miteinander. Während Toms Atem danach schnell gleichmäßig wurde, lag Sax noch wach. In einem der angrenzenden Räume kehrte ein Gast zurück, Wasserleitungen gluckten, die Klimaanlage rauschte. In der Decke des Zimmers bemerkte Sax einen breiten Riss. Wenn das Haus so viele Jahre überstanden hat, dachte sie, wird es wohl auch heute Nacht kaum einstürzen.

Sax wollte sich nicht damit abfinden, auf dem Foto für ihr Transitvisum durch den Iran ein Kopftuch tragen zu müssen. Im Internet glaubte sie herausgefunden zu haben, dass es sich bei dieser Vorgabe um eine »Kann-Bestimmung« handelte. »Kann-Bestimmung«, so sagte sie es dem Konsulatsmitarbeiter, »can-appointment – *can*, not must!«

Der Mann mit dem Schnurrbart und den Lachfältchen um die Augen, in denen seine Haut weniger gebräunt war als im Rest seines feingeschnittenen Gesichts, schüttelte lächelnd den Kopf. Ein solches Gespräch hatte er schon Dutzende Male geführt, der Begriff can-appointment war ihm dabei aber noch nie untergekommen. Das Wort amüsierte ihn.

»Das können Sie vergessen, das mache ich so nicht mit«, sagte Sax.

»Dir ist hoffentlich klar, dass es einzig und allein an ihm liegt, ob wir diese Visa erhalten«, sagte Tom, dabei bemühte er sich um einen neutralen Ton. Er ging davon aus, dass der Iraner kein Deutsch verstand.

Sax überzeugte Tom damit nicht. »Im pakistanischen Konsulat war die Fotogeschichte doch auch kein Thema«, antwortete sie und wandte sich wieder dem Iraner zu: »Sie haben doch sicherlich einen Vorgesetzten, wir leben im 21. Jahrhundert!«

»Ich habe viele Vorgesetzte.« Der Konsulatsangestellte war ein höflicher Mann. »Sie können sich gerne mit ihnen unterhalten! Bis zu unserem Präsidenten können Sie gehen, ich fürchte nur, er würde Ihnen wenig Gehör schenken. Mich brauchen Sie in dieser Sache nicht zu überzeugen. Bitte ich Sie in meinem Büro, das Haar zu bedecken? Es ist nicht meine Idee, dass Sie auf dem Foto ein Kopftuch tragen sollten …«

»Sollten – *should* –, jetzt sagen Sie es ja selbst«, sagte Sax.

»Jetzt halt endlich deine Klappe«, zischte Tom.

Sax zog ihr Portemonnaie aus der Handtasche und kramte einige Münzen hervor. Ohne weitere Worte verließ sie das Zimmer.

»Sie sollten nicht so mit Miss Gable sprechen«, sagte der Konsulatsbeamte, während Sax am Automaten in der Eingangshalle die Fotos besorgte.

»Sie verstehen Deutsch?«

»Ich verstehe Tonfälle – die sind international.«

In puncto Spurensuche entpuppte sich die Zisterne als Enttäuschung. Sax stand noch immer unter dem Eindruck des Konsulatbesuchs. Fahrig und unkonzentriert, war sie kaum in der Lage, den jungen Mitarbeitern an der Kasse ihr Problem auseinanderzusetzen. Für ihre in radebrechendem Englisch vorgetragene Geschichte erntete sie freundliches Schulterzucken.

»Lass uns später wiederkommen«, sagte Sax zu Tom, als sie realisierte, dass sie nicht verstanden wurde, »die Sache ist zu wichtig.«

Sie war inzwischen davon überzeugt, dass sich hinter der Initiale auf der Karte ihr Vater verbarg.

Tom, der ihr gerne geholfen hätte, gelangen von einem der in Stein gehauenen Medusenhäupter einige hübsche Aufnahmen.

Wieder auf der Straße, kaufte Tom bei einem Händler frischgepressten Granatapfelsaft. Sax schlug vor, sich für den Rest des Tages zu trennen und erst am Abend im Hotel wieder zusammenzutreffen. Tom war einverstanden. In den letzten Wochen hatte er gelernt, sich auf sie einzustellen. Er hielt sie für kompliziert. Vielleicht war es gerade das, was er an ihr mochte, ein Gegenentwurf zu den anderen Frauen in ihrem Alter, mit denen er bisher zu tun gehabt hatte. Die meisten von ihnen hielt Tom ebenfalls für kompliziert, aber auf eine andere, abgeklärtere, weniger interessante Weise. Sax war stärker und zugleich schwächer als ihre Altersgenossinnen. Da war kein Platz für einen Masterplan hinter der Postkarte mit der Initiale in der Hinterntasche ihrer Jeans. Trotz all dem Mist, der ihr in der letzten Zeit widerfahren war, war sie unverwundbar. Eine, die nicht in Drachenblut gebadet hatte, obwohl man ihr zutrauen würde, mit einem Drachen fertigzuwerden, dachte er. Außerdem sah sie rattenscharf aus, dachte er ebenfalls, auch wenn er es lieber nicht gedacht hätte.

Tom kündigte an, den Nachmittag in der Bar des Vortags auf der unteren Ebene der Galatabrücke verbringen zu wollen. Wenn Sax Sehnsucht nach ihm bekomme, finde sie ihn dort, außerdem habe sie seine Handynummer. Noch während er es sagte, ging er davon aus, dass sie ihn weder auf der Brücke suchen noch seine Nummer wählen würde.

Als er in Richtung Bosporus davontrottete, wäre sie ihm am liebsten hinterhergelaufen, um ihn an die

Hand zu nehmen, sich bei ihm einzuhaken, ihn zu fragen, ob er Lust habe, mit ihr raus zu den Prinzessinnen-Inseln zu fahren, um sich dort in die Sonne zu legen. Aber sie unternahm nichts. Vielleicht hatte sie den Vorschlag, sich für einige Stunden zu trennen, zu voreilig ausgesprochen. Aber gesagt war gesagt. In dieser Sache jetzt einen Rückzieher zu machen wäre ihr wie eine weitere Niederlage vorgekommen. Und von Niederlagen hatte sie an diesem Tag weiß Gott die Nase voll. Wie oft hatte sie sich während ihrer Reise den Augenblick ausgemalt, in dem sie in der Zisterne nach der Geschichte ihrer Karte forschte, und wie kläglich hatte sie diesen Augenblick aus der Hand gegeben. Sicherlich, morgen konnte sie einen neuen Angriff starten, aber das wäre nicht das Gleiche. Den Einstieg in das Finale ihres persönlichen Märchens hatte sie verbockt.

Eine Reihe staubiger Western kam ihr in den Sinn, die sie sich an zahllosen Wochenenden in einer Sprache, die nie ihre Muttersprache werden sollte, zusammen mit ihrem Großvater in New Milford ansehen musste. Wie wenig hatte sie sich dafür interessiert. Wie viel lieber wäre sie mit dem alten Mann zum Fluss spaziert, um dort mit den Nachbarskindern zu spielen, die ohne die Begleitung eines Erwachsenen hierherdurften. Großvater hatte sie zum Bleiben in der muffigen Wohnung überredet, mit dem Argument, dass sie das irgendwann einmal verstehen werde, und ihr so, gewollt oder ungewollt, die Trostphilosophie der vom Dasein Enttäuschten eingepflanzt. Die Hoffnung, dass sich alle Kreise, auch die kleinsten, im Leben schon irgendwann einmal schließen würden. Jetzt zumindest schloss sich ausnahmsweise einmal tatsächlich einer dieser Kreise. Sax gefiel die Vorstellung, sich wie die Helden am Ende dieser alten Hollywoodproduktionen auf ihr treues Pferd zu setzen und davonzureiten. Am liebsten in die untergehende Sonne. Aufrecht nach verlorenem Kampf. Geschlagen, aber nicht gebrochen. Nur dass es hier an der Sultanahmet Caddesi kein Pferd gab, geschweige denn ein treues, und auch die Sonne stand noch zu hoch am Himmel.

Sax löste einen Fahrschein. Mit der nächsten Straßenbahn durch die Altstadt von Stambul, bis hin zu den Landmauern von Topkapi und wieder zurück. Wie auf einer Leinwand zog das Touristenprogramm an ihr vorbei. Einige Male griff sie zu ihrem Handy, einmal tippte sie dabei einen kurzen Text, in dem sie Tom mitteilte, dass sie sich jetzt zur Brückenbar begebe, wo sie anschließend auf ihn warte. Sie sendete die Mitteilung ebenso wenig, wie sie sich tatsächlich zur Brücke aufmachte. Stattdessen aß sie ein Stück Kuchen im Café des Pierre Loti, das sie zufällig entdeckte. Von hier aus wählte sie Kathrins Nummer in Frankfurt. Nachdem sich nur die Mailbox gemeldet hatte, versuchte sie Volker zu erreichen und scheiterte auch hier.

Frustriert schlenderte sie zu Fuß zur Universität. Am Rande des großen Basars sah sie sich auf dem Büchermarkt um. Die schicken Einkaufstaschen einiger Touristinnen brachten sie auf die Idee, mit der Metro eine Shoppingmall anzusteuern. Hier geriet sie in ein Spielzeuggeschäft. Sie bemerkte, dass viele der angebotenen Puppen einen stark orientalischen Einschlag aufwiesen. Sie überlegte, für Tom ein politisch unkorrektes Schachspiel zu erwerben, in dem eine von Königin Condoleezza Rice geführte Westmacht – mit World Trade Center als Turm und Gorge W. Bush als Bauer – gegen eine von König Mahmud Ahmadinedschad geführte Achse des Bösen ins Feld zog – hier symbolisierten eine stilisierte American-Airlines-Maschine den Turm und Saddam Hussein den Bauern. Als ihr der Ladenbesitzer den Preis des Spiels nannte, verwarf sie den Gedanken. Letztendlich kaufte Sax für Tom eine kleine silberne Hagia Sophia – goldene führte der Laden keine.

Später bei der Galatabrücke war er da, der Westernhimmel. Das war nicht zu bestreiten, das fiel sogar Tom auf, der noch immer vor Ort war und seine Freude darüber, dass er Sax wiedersah, kaum verhehlen konnte.

»Selten habe ich die Sonne schöner untergehen sehen, ein Sonnenuntergang wie in Goa, wirst du ja bald selbst erleben.« Er orderte für Sax gleich ein Efes. Es gab bessere Möglichkeiten, eine trostbedürftige Frau zu begrüßen, die sich vor kurzem noch für einen Westernheld gehalten hatte, aber auch eine ganze Menge schlechtere.

Sax stellte ihre silberne Hagia Sophia auf den Tisch. Tom zog aus seiner Hosentasche das gleiche Modell in Gold hervor und platzierte es daneben. Sie verglichen die bezahlten Preise, wieder zog Sax den Kürzeren. »Einfach nicht mein Tag«, sagte sie.

Tom küsste sie auf die Wange. »Ein paar Stunden, um das zu ändern, bleiben dir doch noch.«

An einem Kiosk beim Tünel wollte Tom sich eine deutsche Zeitung besorgen. Auf dem Weg in die İstiklal hakte sich Sax bei ihm unter. Sie plapperte wie ein Wasserfall. Der Himmel und das Bier hatten ihre Wirkung nicht verfehlt. Die Depression des Nachmittags war einer manischen Phase gewichen, dem morgigen Tag plante sie mit diffusen Vorhaben zu begegnen. Zeugen der Geschichte zwischen K und ihrer Mutter wollte sie über Radioaufrufe suchen lassen, in Zeitungen und im Internet Annoncen schalten. »Wir zwei haben uns doch auch auf diese Weise gefunden«, sagte sie. Selbst Toms Vorschlag, Plakatwände zu mieten oder ein Flugzeug zu chartern, das mit einem Spruchband im Schlepp über der Stadt kreisen könnte, griff sie ernsthaft auf. Kurz vor dem Kiosk bemerkten sie einen älteren Mann mit Schnurrbart und Zylinder, der sich in Begleitung einer Lolita bemühte, die Aufmerksamkeit der Passanten auf sich zu ziehen. Die beiden verkauften Zukunftsaussichten, nur die allerbesten, und das für wenig Geld, wie der Alte immer wieder marktschreierisch in gebrochenem Deutsch, Englisch, Französisch und wohl auch Russisch und Türkisch wiederholte, wobei er vielsagend auf einen mitgeführten Einkaufswagen deutete, dessen Korb durch ein zerschlissenes rotes Laken abgedeckt wurde.

Sax war sofort Feuer und Flamme. Sie zog Tom zu dem merkwürdigen Pärchen, und da er ihrer neugewonnenen Energie ohnehin nichts entgegenzusetzen wusste, beobachtete er, bemüht um einen möglichst spöttischen Gesichtsausdruck, wie Sax nach kurzer Verhandlung der Kindfrau etwas in die Hand zählte. Die Lirascheine wanderten ins Dekolleté der Kindfrau, der Alte zog das Laken vom Einkaufswagen. Zum Vorschein kamen zwei hölzerne Kästen, von denen der eine mit seinen scheinbar willkürlich eingearbeiteten Türchen an einen Adventskalender erinnerte. Der zweiten Kiste entnahm das Mädchen ein weißes Karnickel, das sie vor den Kalender setzte.

»Eine Zukunft für dich …«, erklärte sie zu Sax gewandt, »… eine für den Onkel.« Sie deutete auf Tom, dem der Ausdruck Onkel missfiel.

Das Kaninchen kratzte mit seinen Pfoten an einem der Türchen, wofür es mit einem Stückchen Mohrrübe belohnt wurde. Nachdem es ein zweites Türchen auf gleiche Art markiert hatte, musste es ohne weitere Knabbereien zurück in seine Kiste. Am Abendlicht hatte es sich höchstens eine Minute erfreuen können. Die Kindfrau zog zwei Zettel aus den geöffneten Türchen und entfaltete sie, wobei sie ihr rotgeschminktes Mündchen spitzte.

»Zuerst der Junge.« Dabei schaute sie auf Sax und sagte: »Du wirst eine große Reise machen. Und jetzt der Onkel: Dein größter Wunsch geht in Erfüllung: Du wirst Beamter deines Landes.«

»Na prima«, sagte Tom. Die Vorstellung war beendet.

»Au revoir.« Der Alte zog seinen Zylinder. Bei einem

tiefen Bückling stellte er seine polierte Glatze zur Schau. Hinter ihm kletterte die Kindfrau in den Einkaufswagen, wo sie zusammen mit den Kisten unter dem Laken verschwand.

»Wieso sprach die Kleine von einem Jungen, als sie dir die Reise voraussagte?«, fragte Tom. Inzwischen waren sie einige Schritte weitergegangen. Sie standen jetzt direkt vor dem Tünel.

»Keine Ahnung, ich werde darüber nachdenken«, antwortete Sax. »Ist dir aufgefallen, wie schnell der arme Hase wieder in seine Kiste zurückmusste? Wie hungrig er an den Türchen herumknabberte? Sicherlich geben sie ihm zu wenig zu fressen. Was sollte ihn sonst auch motivieren, immer wieder aufs Neue klaglos seinen Job zu verrichten?« Während sie über das Schicksal des Tieres sinnierte, lächelte sie nachdenklich, was sie für einen kurzen Moment etwas einfältig erscheinen ließ.

»Das Kaninchen ist der eindeutige Verlierer in der Nummer«, sagte Tom ernst. Ihm war nicht nach Lächeln zumute. Seine Dreißiger lagen hinter ihm, die Sache mit dem Beamtentum hatte sich bereits erledigt, und der Kiosk mit den Zeitungen war auch schon geschlossen.

⋆ ⋆ ⋆

»Kishone kommt nicht mehr, Sax. Er rief an, als du auf Toilette warst. Er sagte, er sei müde. Er will jetzt duschen und sich dann nass unter den Ventilator legen.

Ihm macht die Hitze zu schaffen. Witzig, ein Inder, dem die Hitze zu schaffen macht!«

»Du bist gemein!«

»Ich bin seine Frau, das geht schon in Ordnung. Meine Gemeinheit gleiche ich mit anderen Vorzügen aus. Ich habe ihm übrigens gesagt, dass du ihn morgen zu Olencio begleitest. Er hat sich darüber sehr gefreut. Dass ihr mit dem Motorrad fahrt, habe ich ihm nicht verraten. Das hätte ihm nur die Nacht verdorben.«

»Hör mal ...«

»Was ist?«

»Der Tourist singt unglaublich! Wahnsinnig gut.«

»Was für ein Landsmann er wohl ist?«

»Schwer zu sagen. Wieso willst du das wissen? Engländer vielleicht? Ich glaube nicht, dass er Amerikaner ist. Er sieht nicht aus wie einer. Für einen Israeli oder einen Franzosen ist er nicht attraktiv genug – das habe ich von dir gelernt. Deutscher ist er auch nicht, obwohl er mit seiner Kastenbrille fast aus Frankfurt stammen könnte. Möglicherweise kommt er aus Norwegen. Norweger sprechen meist hervorragend Englisch. Den Schweden stellt er jedenfalls mühelos in den Schatten. Er wird sich ärgern, ihm seine Gitarre geliehen zu haben.«

»Der Schwede erschöpfte sich heute in einer einzigen Peinlichkeit. Er war deutlich schlechter als sonst. Keine Ahnung, wieso Jack ihn nicht von der Bühne geschmissen hat. Spätestens nachdem er die dritte Energiesparbirne mit seinem Gitarrenhals zerschlagen hat, wäre das überfällig gewesen.«

»Siehst du die Koksreste an seiner Nase?«

»Wahrscheinlich ein Tribut an seine Vorstellungen von Rock'n'Roll: koksen und Energiesparlampen zerschlagen. Dabei ist der Schwede nicht mehr der Jüngste. Dem Club der Siebenundzwanziger ist er jedenfalls nicht beigetreten, nicht einmal das ist ihm gelungen.«

»Du bist ein Abgrund!«

»Ich stehe dazu.«

»Auch wenn du nicht an einem Abgrund stehst.«

»Das klingt wie Shakespeare. Prost, Sax.«

»Hast du eine Ahnung, wie der Song heißt, den dieser Typ singt?«

»Ich glaube, im Original stammt er von Tom Waits. Ich schau mal nach. Mein iPhone kennt die Antwort. Ich besitze eine App für so was.«

»Wow, dass du so etwas hast.«

»Wieso sollte ich so etwas nicht haben?«

»Kishone ist Nostalgiker, ein echter Vintage-Guru. Wäre er hier, würde er versuchen, das Lied mit Hilfe einer Wachswalze aufzuzeichnen, um später nach dem Titel suchen zu können. Du bist Kishones Frau.«

»Umso wichtiger, dass ich mich auf der Höhe der Zeit bewege. Im Übrigen bin ich schon Europäerinnen mit emanzipierterem Gedankengut als dir begegnet, Saxona! Jetzt sei mal kurz still. Das Programm versucht, den Song zu erkennen ... Ah, voilà, ich hatte recht: ›Chocolate Jesus‹ von Tom Waits, 1999 erschienen auf dem Album ›Mule Variations‹.«

»Wow.«

»Hör mal, das Original … halt dir das iPhone näher ans Ohr.«

»Kräht da ein Hahn drauf?«

»Ja, ein Hahn. Dem Song steht die Gitarre gut. Die Version dieses Touristen gefällt mir beinahe besser als die von Tom Waits – das will was heißen.«

* * *

Am Tresen der Londres Bar berichtete Mert Erstaunliches: In den siebziger Jahren sei es in Istanbul vorgekommen, dass sich westliche Ausländer in öffentlichen Badehäusern einschließen ließen, um dort wilde Partys zu veranstalten. Solche Feiern habe es nicht häufig gegeben, doch immerhin habe es sie gegeben. Sie seien so populär gewesen, dass einheimische Kinder darüber getuschelt und versucht hätten, sich mit spektakulären, wenn auch meistens erfundenen Details über diese als sündig und verrucht geltenden Feste gegenseitig zu übertreffen. Als Sax ihm gestern ihre Theorie über die K-Karte erzählt habe, habe Mert gleich an jene Geschichten gedacht, die ihm in seiner Jugend mehr als einmal in seine Träume gefolgt seien, sagte er. Heute Morgen habe er herumtelefoniert. Nach einigem Hin und Her sei er schließlich an einen entfernten Bekannten seines älteren Bruders geraten, der sich tatsächlich an einen Vorfall erinnern konnte, bei dem ein Inder mit der Initiale K eine Rolle gespielt habe. Der Bekannte seines Bruders sei zwar nicht direkt an dieser Geschichte beteiligt gewesen, jedoch ein ehemaliger Freund von ihm, der inzwischen leider verstorben sei.

»Das klingt ziemlich kompliziert«, sagte Sax. Mert zog eine Augenbraue hoch.

»Das klingt großartig«, sagte Tom. »Was hast du erwartet? Dass du in der Zisterne über einen Stein stolperst, unter dem sich ein Umschlag findet, der dir die komplette Geschichte deines Lebens offenbart? Wir sind nicht bei den Fünf Freunden, und du bist nicht Georgina. Dass Mert einen kennt, der etwas mit der Geschichte anzufangen weiß, ist schier unglaublich, phantastisch, phänomenal, ein Sechser im Lotto.«

Zur Feier des Tages bestellte Tom Whisky. Er fragte nach einem Single Malt. Er gab sich Mühe, Mert mit seinem Wissen zu beeindrucken, er nannte die Namen Springbank, Rosebank und Ladyburn. Mert konnte keinen davon vorweisen, allerdings wusste er, dass die Ladyburn-Destille bereits seit fünfundsiebzig geschlossen war. Tom war das neu. Bis letztes Jahr habe immerhin ein Glenfiddich bei ihm im Regal gestanden, erklärte Mert, heute habe er leider keinen einzigen Single Malt mehr, die Zeiten seien schlechter geworden, stumpfer, wie die goldgerahmten Spiegel der Eingangshalle. Letztlich gab Mert Tom und Sax einen Black & White. Sich selbst schenkte er ebenfalls ein, nachdem ihn Tom darum gebeten hatte.

»Glaubst du, wir könnten uns einmal mit dem Bekannten deines Bruders unterhalten?«, fragte Sax.

»Klar«, antwortete Mert, »ich habe ihn gefragt, ob er morgen Mittag um eins Zeit habe, und er hat vorgeschlagen, sich mit euch im Café Ara zu treffen. Der Mann heißt übrigens Taifun.«

»Wow«, sagte Sax und fragte, ob Mert für den morgigen Tag nicht schon einmal ein Taxi vorbestellen könne. Wieso sie nicht die Motorräder benutzen wollte, blieb ihr Geheimnis, und außerdem lag das Ara gleich um die Ecke. Mert zog ein durch eine silberne Spange zusammengehaltenes Bündel Geldscheine aus seiner rechten Hosentasche. Auf dem oberen Zehnliraschein stand etwas notiert, dessen Entzifferung ihm jetzt Mühe bereitete.

»Ephraim Kishon«, sagte er schließlich. »Ihr erkennt Taifun daran, dass er ein Buch von Ephrahim Kishon bei sich trägt.«

»Ephraim Kishon?«, fragte Tom.

Vielleicht wurde das Leben nicht von Enid Blyton diktiert, aber sicher war das Schicksal ein Spielball der Barmänner dieser Welt.

Sax fand zunächst keinen Schlaf. Nervös wie ein Wetterfähnchen flatterte sie durch den Raum. Sie schraubte Colaflaschen auf, um sie gleich danach wieder zu verschließen. Sie monologisierte darüber, dass ihr Zimmer nicht mit einer Minibar ausgestattet war, was ihr missfiel. Sie aktivierte die Klimaanlage, nach fünf Minuten war ihr zu kalt, sie schaltete den Fernseher ein. Toms brummend geäußertes Missfallen bewog sie schließlich dazu, sich mit einem Buch – Philip Roth' ›Mein Leben als Sohn‹ – ins Badezimmer zurückzuziehen. Als sie nach einer halben Stunde feststellte, dass sie keine Seite vorangekommen war, kroch sie zu Tom ins Bett, und während auf den Fluren des Hotels schon langsam das Leben erwachte, hatte sie einen merkwürdigen Traum, den sie sich, obwohl er sie weit über das Frühstück hinaus verfolgte, nicht recht zu erklären wusste.

Sie befand sich in der Spielzeugabteilung eines Kaufhauses. Ihr wurde übel. Eine Freundin, vielleicht war es Kathrin, vielleicht die Kindfrau des Wahrsagers, teilte ihr mit, dass sie schwanger sei. Die Geburt ihres Kindes stand direkt bevor. Schon eilten Hebamme und Arzt herbei. Bevor sie sich versah, wurde ihr der Bauch aufgeschnitten. Dann ein Perspektivwechsel: Sie stand neben sich selbst und betrachtete die Prozedur von außen. Ein sauberer Eingriff, selbst als ihre Bauchlappen zur Seite geklappt wurden, floss kein Blut. In ihrem Oberkörper befanden sich drei akkurat in Kartons verpackte Babys. Um sie herum war es ungewöhnlich still. Keiner der Säuglinge schrie, auch das benutzte Operationsbesteck wanderte geräuschlos in eine Ablage. Der Arzt entnahm ihrer Bauchhöhle die verschleimten Babykartons und legte sie Sax einen nach dem anderen in die Arme. Tierisch umständlich, dachte sie. Die Kinder begannen, sich in ihren Kartons zu bewegen, sie beobachtete es emotionslos. Zufrieden verwies der Arzt auf das Kleingedruckte: Keine Quittung – Umtausch ausgeschlossen. Sax erhob sich von ihrer Liege, wobei sie sich fragte, wie sie dort eigentlich hingekommen war. Sie stellte fest, dass der Raum um sie herum sich in einer fahrenden Straßenbahn befand. Die Babys legte Sax auf einen Wühltisch mit Pullovern – ein Schild verwies auf ein Sonderangebot –, beim Ausstieg an der nächsten Haltestelle hatte sie die Kinder bereits vergessen.

»Ihr wunderts eich, dass i Kishon gelesen hob. Türken lesen koa Yahudis, denkts ihr, wos? San ja ois Islamisten, die Türken, gehn in die Kirch, die sie Moschee nenna, die Türken, beten an ihren Gott, der Allah hoaßt, was sollens do die Yahudis lesen? Wenns überhaupt lesen, dann lesens im Koran, die Türken, die dammischen. Gschichten über Allah, soanen Propheten und die Intifada lesens do, so denkts ihr doch! Und des Ganze macht sie dann narrisch, vielleicht nu ned die in Istanbul, die gebuideteren, die nur Halbwuiden, aber bestimmt die weiter im Osten, die dummen, die in Anatolien oder nu aweng dahinter, kam ja nu nie viel Guats aus dem Osten, denkts ihr doch! Der Dschingis Khan und der Atilla kamen doher und seit oan paar Johr a der Ousamma Bin Laden, des macht die Sach ned besser. Wollen immer nach Westen, die Türken, bis vor Wien hams gstanden, dann is der Prinz Eugen gkomma, der oalde Eunuch, und hod se zurückgeschlogn, bevor se sich zu breitgmacht hobn, die Türken, und die Wiener hobn aus lauter Freid den Halbmond gbacken und ufgfressa und darüber des Croissant erfunden, des iatz in Paris und überhaupt in ganz Frankreich dahoam is, was wiederum zeigt, dass er sich ausdehnt, der Türke, dass er sich festsetzt, wo er oanmal is, wie a Zeck, und dass er Kinder zeugt, weil er ja nix andres koann als Kinder zeugen. Madel mit Kopftuch und kloane wilde Buam, die besser Fußball spuiln als die Deitschen, aber nur so lange, wie sie in der Schul soan, danach, im Verein, könnens die Deitschen wieder besser, in der Nationalmannschaft allewei. Die Özils, die Taşçis sind ja ois Deitsche, die Brüder Altıntop sowieso, selbst wenns iatz wieder für die Türkei kicken. Ihr holtet des do für oanen Skandal, ihr glaubt do, dass sie abgeworben worden san, von der türkischen Regierung, vom Sultan oder von wem a immer. Was sollten sie sonst für die Türkei spuilen, der bestenfalls zwoatklassigen Nation, die es in ihrer gsamten Fußballgeschicht grad amoil in a Halbfinale und amoil in a Viertelfinale oaner Weltmeisterschaft gebracht hod und da wiederum ausgrechnet von den Deitschen gschlagen wurde. Was können die Türken scho, außer nach Westen dränga, den Aldi leerkaffa, a bissel Döner drahn und nach Büroschluss die Räum putza?

Aman, iatz seids doch ned gleich so empfindlich, iatz nehmts mi bittschön doch ned so ernst, i wollt halt mal probieren, ob i's noch kann, die deitsche Sproch. Ah, da schaust! Geh, da schaut da Madel. Hahaha. A bisserl provozieren wollt i. An kloanen Spaß macha, dass ihr immer gleich so humorlos seids. Die Deitschen beschäftigen sich zvui mit sich selber, des nimmt ihnen die Laune. Man lacht sich ja a ned kaputt, wenn man sich selber alwais im Spiegel aschaut; wenn man etwas zu fett gworden is und oanen die anderen ohnehin nie recht gmocht hom. Da hod si amoi wohl überhaupt nix dran geändert in den letzten dreißg Johr. Die Wiedervereinigung hod eich a ned lockerer gemocht. Als i des letzte Mal unten gwesen bin, gabs ja noch zwoa Länder, um darin eire ganze Humorlosigkeit und Egozentrik unterzubringa. In dem oanen davon hab i gschafft. Ingolstadt. Bei Audi am Band. Den Oanhundert hamma montiert und später a den Quattro. War a schönes Auto, der Quattro. A Revolution, allewei besser als die Renault 12, mit dems zu dieser Zeit alle dahoam in der Türkei rumgrollt san, grad so, als sei der Renault 12 des oanzge Auto auf derer Welt, als hättn wir hier a den real existierenden Sozialismus gehobt. Zehn Johr lang hob i bei Audi garbeitet, achtundsiebzig bin i nunnerganga. Vorher wor i in Istanbul Tellak in an Hamam. Ihr segts, iatz kimm i langsam zu dem Teil der Gschicht, der eich intressiert.

Türkische Bäder woarn damals nu vui verbreiteter als heid. Iatz, wo beinaha jeds Haus in Istanbul sein oagenes Bod hod, schaffens praktisch nur noch die großen wie Cağaloğlu oder Çemberlitas zu überleben. Touristen gehn do hi. Türken kemma nimma ins Bod. Ned amoi mehr, um Nachrichten auszutauscha. Is a z'teier gworden. Anfang der Siebzger war des anders. Da gingen alle noch ins Hamam, ganze Familien gingen dahi und manchmol, nach Geschäftsschluss, a die, die es ned so mit der Familie hatten. Gschäftsleit, Pezevenks – Zuhälter aus Beyoğlu, Prostituierte, später a Touristen. Als die Zeiten schlechter wurden, mussten sich die Tellaks nach anderen Verdienstmöglichkeiten umschaua. Ungbunden wie i wor, entschied i mi domols, nach Deitschland zu gehen, wo mi die starke D-Mark lockte. Mein Kollege, der Kaan, wor zu schlau oder zu sentimental, um sich auf an solchen Ortswechsel oanzulassa. Er blieb in Istanbul, bgann sich a Zubrot zu verdienen, indem der des Hamam nach den offiziellen Öffnungszeiten nu oanmal aufsperrte. Oanes Tages lernte er dabei die junge Amerikanerin kenna, die in eirer Gschicht a gwisse Rolle spuilt, sofern denn Kaans Gschicht eire Gschicht is. Zerscht is die Amerikanerin mit ihrane oidere Freund kemma, fesche Kerl um die fuchzig, Diplomaten, die sie aushielten, damit sie mit ihnen im Hamam feiert, später erschiens a mit hübsche junge Buam, die sich eher von ihr aushalten ließen. A Wuide muass des gwsen sein, a ganz wuide, Blumenmädchen. Und schee wars, wenn i den damaligen Aussagen Kaans glauben darf. Der Kaan hod wohl a mal was mit ihr ghobd, war ja a a scheener Kerl, der Kaan, hatte Schneid bei den Madeln, richtig erzählt hod er mir nie, was zwischen eam und der Amerikanerin war. Aber egal, wie weit sie wirklich ganga san, sie hod eam jedenfalls tüchtig den Kopf verdraht. Manchmal koms alloan, um im Bod nachts ihre Ruhe zhaben. A Katharsis wollts dadurch erreichen, hods gesogt, war nämlich ned nur hübsch, sondern a gebuidet. A richtge Intellektuelle. Mit Fremdwörtern hods manchmal nur so um sich gschmissa. *A Katharsis.* Der arme Kaan wusst gar ned, was des is: a Katharsis. Hods se eam dann erklärt, und er hod des Wort auswendig glernt. Anmol kam die Amerikanerin binnen oaner Woche mit zwei verschiedenen Kerlen, um sich mit eana oansperren zlassen. Ob se mit denne a a Katharsis haben woit, hod si ned gsagt, aber i bezweifels. Des hod den Kaan ganz schee mitgnomma. Da kimmt die, in die er sich verliabt hod, und bezahlt ihn dafür, dass er ihr des Bad öffnet …, waaß nu ganz gnau, wie er an oanem dieser Abende bei mia gklingelt hod. Heulend is er mir um den Hals gfallen, völlig fertig war er. Die ganze Nacht hamma gred, er hin und her grissen, sie zu beschimpfa, sie a Hur znennen, sie bei der Polizei anzeigen zu wollen oder ois auf a oanzge Karten zsetzen, ihr an Ring zkaufa und sie zbitten, sei Frau zwerden, i bemüht, gebetsmühlenartig zu wiederholen, dass sie nun oanmal so soan, die Madel aus dem Westen, die scheena bsonders und die hässlichen woi a. Den oane der beiden Buan aus dieser Wochen hods wohl noch ärger erwischt als den Kaan. Jahre später is a nuamoi im Bod auftaucht. Kaan fand des so spektakulär, dass er mi gleich ongruaffa hod in Ingolstadt, um mir de Gschicht zu erzählen. Der Bua, der mittlerweile an Mann wor, hod Kaan angsprocha und gemoint, dass er die Amerikanerin suche, weil er nämlich mit ihr verabredet sei, dammischerer Kerl.

A Karten? Na, a Ansichtkartn hod er ned erwähnt, zumindest hod mir Kaan ned davon erzählt. Nur dass er mittlerweile in Deitschland lebt und dass er Kishone hoaßt und eigentlich aus Indien stammt, was der Kaan eam ned gleich glabt hod, weil der nämlich gar ned ausgschaud hod wie a Inder. Was host?

Hob i doch grad gesogt: Kishone, wie Kishon, des is doch der Grund, wieso i den Kishon überhaupt dabei hob. I buchstabiers dir, oder na, besser, i schreibs dir auf, gib amal de Zedln her und den Stift.

Na, de Zedln. Verstehst mi ned? Red i türkisch für di? Reich mir mal bitte deinen Schreibblock, besser?

K I S H O N E – wie der Autor. Sag i doch die ganze Zeit. Deshalb hob i mi doch überhaupt bis heut an derer Namen erinnert, weil i oan Fan war vom Kishon, weil Kishone sich so anhört wie Kishon, nur eben mit oanem e am End. Hob i glei dro gdacht, als mir Kaan am Telefon vom Kishone erzählt hod, hört sie ja an wie Kishon, hob i gdacht, den i ja grad les. Wie Kishon, den mir mein Arkadaş vom Band, der Herbert aus Inzell, geliehen hod, weil er des Buach lustig fand, weil eam de Oide vom Kishon an sei eigene Oide erinnert hod – die beste Oide von allen. Wie Kishon, mit dessen Hilfe i mia Deitsch beigbracht hob, Kishone – Kishon, a Eselsbruckn, wie man bei eich sogt, hod si da aufgetan, ohne dass i sie selber gspannt hätt. Host mi, Saxona, a Eselsbrucken? Und de ganze Zeit gknipst hod er, der Kishone, mit am Fotoapparat, die unmöglichsten Sachan hod er gknipst. Verknitterte Hondtucherl auf ihra Hoken, den dampfenden Çay, der den Kunden noch dem Bod in der Vorhallen serviert wurde, a Wasserlacker – a Pfuitzen – aufm Boden. A Pfuitzen! Wer schaut se so was oo?

Den Nachnama? Na, wia da Kishone weiter hieß, woaß i ned. An den Nama der Frau kann i mi a ned erinnern. Erst recht ned an den Kerl mit dems in der Wochen kam, in ders a den Kishone angschleppt hod. Koa Esel wiehert do, und koa Brucken wird gschlogn.

Ob se später noch oamal im Hamam war, woiß i a net. Der Kaan, der könnt dir weiterhelfa, der wüsst die

Namen bestimmt no. Aber der is ja ned mehr, der Kaan, den hod sich 2007 der Krebs gholt. A Wunder, dass er mi verschont hod, der Krebs, wo i doch so lang in Deitschland glebt hob. Hod vielleicht a seinen Stoiz, so a Krebs.

Aman, iatz regst di ja scho wieda auf. Beruhig di. Na, war gar ned so schlimm in Ingolstadt, mach dir mal ned zvuil Gdanken um da Deitschland. War manchmoi sogar richtig schee do. So konn i mi zum Beispuil an zwoa Stunden an ahm Nachmittag im April dreierachtzig erinnern …

Ah geh, Schmarrn. Hahaha. Na, war schon okay in Deitschland. Manchmoi. Gibt hoid a dort solche und solche.

A Tagebuch? Der Kaan? Na, ganz bestimmt ned. Was ihr ois wissen woit.

Naa, bestimmt net! Weil der Kaan koaner war, der a Tagebuch schreibt. Hatte a so oane schlimme Schrift, dass er sie selber kaum lesen konnt. Und iatz is's genuag, mehr woaß i ned, hab eich ois erzählt. Kommts, bstellts mir nu a Suppen und an Çay. Weißbia gibt's ja im Ara koans, gibt ja überhaupt koa Bier im Ara, ned amoi a Efes homs, dammische Intellektuelle, dammische.«

* * *

»Mit Hilfe des Internets war es dann ein Leichtes, Kishone und dich ausfindig zu machen. Kishones sind in Deutschland rar. Kishone Mohr – Leutesdorf am

Rhein. Heißt du eigentlich auch Mohr mit Nachnamen? Merkwürdig, dass ich mir diese Frage bisher noch nicht gestellt habe.«

»Mohr klingt bescheuert, oder? Die Bedeutung des Wortes habe ich erst nach unserer Hochzeit erfahren. Lange dachte ich, Mohr heiße *mehr.* More is more, wie less is less, weißt du? Wobei: Mohr is Mohr ist eigentlich auch nicht schlecht.«

»Bitte erzähl Kishone nichts von dem, was ich dir erzählt habe, Vimala. Ich werde ihn auch nicht darauf ansprechen. Mir gefällt die Version, die ich mir seit dem Gespräch mit Taifun im Ara zurechtgerüttelt habe. Ich mag die damit verbundene Romantik. Ich mag den Gedanken, dass Kishone in das Hamam zurückgekehrt sein könnte, dass er Jahr für Jahr dorthin zurückgekehrt ist. *Next year … and if not, the year after and from then in every ten!* Ich stelle mir vor, dass Mom ebenfalls dort war, dass nur allerwinzigste Kleinigkeiten oder unglaubliche Zufälle ihr Zusammentreffen verhindert haben. Fragen nach Ungereimtheiten stelle ich mir nicht. Wieso hat es Mom nicht geschafft, Kishone zu googeln? Falls du eine Antwort hast, behalte sie für dich. Wahrscheinlich hat sie versucht ihn zu finden, jedoch lediglich nach seinem alten Nachnamen gesucht. Woher sollte sie wissen, dass Kishone adoptiert wurde und dann Mohr hieß? Kishone Mohr. Da muss man ja erst einmal drauf kommen. Mom war sowieso kein Internet-Fan. Nein, ich will, dass es so gewesen ist wie in meiner Vorstellung, und solange ich das Gegenteil nicht weiß, ist es so für mich gewesen.

Bitte entschuldige, Vimala, das hat nichts mit dir zu tun.«

»Nein, das hat es wohl nicht.«

»Ich finde den Gedanken furchtbar, dass am Ende Amitabh diese Karte geschrieben haben könnte, wobei ich das nach dem jetzigen Stand der Dinge kaum glaube.«

»Amitabh?«

»K für Kerouac! Welcher dunkle junge Mann sollte Mom ansonsten nachts ins Bad begleitet haben, bevor sie mit Kishone dort war?«

»Oh.«

»Ich will auch nicht, dass Mom gehofft haben könnte, dass Amitabh sich hinter der Initiale verbirgt. Nach allem, was Kishone erzählt hat, bin ich mir unsicher, wie sie zu Amitabh stand. Ich weiß nicht, ob sie überhaupt jemals von Amitabhs Tod erfahren hat. Sollte Mom, in der Hoffnung, Amitabh zu treffen, Jahre später nach Istanbul gereist sein, will ich auch das nicht wissen. Dieses Geheimnis ruht bei ihr im Grab, und da liegt es gut.«

»Wirklich einige K zu viel in deiner Geschichte.«

»Einige? Es kommen doch nur zwei in Frage.«

»Ich sehe mindestens mal drei.«

»Drei?«

»Kishone, Kerouac und Kaan.«

»Kaan? Der Bademeister? O Gott, an den habe ich überhaupt nicht gedacht. Du hast recht, auch Kaan könnte K gewesen sein. Seine unleserliche Handschrift – genau wie auf der Karte. Sag mir bloß nicht, dass du annimmst, dass er es war! Setz mir bloß keinen weiteren Floh ins Ohr! Das Om-Zeichen auf der Karte spricht immerhin extrem gegen einen Türken.«

»Vielleicht war er geschickt.«

»Bademeister sind nicht so geschickt!«

»Du bist ein wandelndes Vorurteil, Saxona! Also keinen Vaterschaftstest? Ich könnte dir ein Haar von Kishone besorgen, ich weiß, wo sein Kamm liegt. Alles eine Frage des Preises.«

»Nein! Natürlich keinen Vaterschaftstest!«

»Schade, ich hätte eine App dafür.«

* * *

»Gewöhn dir die chauvinistische Scheiße gleich ab«, sagte Elisabeth, die sich Tessi nannte, zu Kishone, als er ihr die Tür aufhalten wollte. Tessi liebte die starken Sprüche. Sie schoss schneller, als sie dachte, gegen sie war Lucky Luke eine Zeitlupe. Im Treppenhaus lief Tessi auf die schwerbepackten Männer auf, kurz vor der Wohnungstür drängte sie sich an ihnen vorbei. Amitabh und Melody warteten schon seit einer halben Stunde in der Wohnung, sie hatten die Strecke nach Berlin mitsamt den dazugehörigen Grenzkontrollen dank Dreifingers Papieren auf der Bullet schneller bewerkstelligt als Dreifinger mit den anderen im Capri.

Kantstraße / Ecke Schlüter. Altbau, fünfter Stock, so hoch wie in Gießen. Kommunarden wohnen nicht im Parterre. Die Wohnung teilten sich sechs oder sieben

Personen, ganz genau war das nicht auszumachen. Wer mit wem am Abend im Zimmer verschwand, entschieden die Launen des Tages. Hier wurde der größtmöglichen Freiheit gehuldigt. Zustände wie im Paradies – oder in der Hölle, je nach Betrachter. Den Besuchern aus dem Fernen Osten begegnete man nicht unvorbereitet, in allen Zimmern brannten Räucherstäbchen, im Salon lag eine Sitar bereit, noch rotierte Pink Floyd auf dem Plattenteller. Die großen Mahagoni-Boxen vertrugen sich ästhetisch nur schwer mit der ansonsten spärlichen Einrichtung – fünf umgedrehte Apfelsinenkisten als Ersatz für Tisch und Stühle, ein altes, grünes geflicktes Sofa. »Jaffa-Möbel«, sagte Melody. Alibi, der diese Bezeichnung doch schon Dutzende Male gehört haben dürfte, amüsierte sich darüber am meisten, da, wie er erklärte, sich in Jaffa – er sprach es Javo aus – ja tatsächlich ein Möbelgeschäft an das nächste reihe.

Auf dem Javo-Tisch hackten Rolf und Sigrun, die alle bloß Siggi nannten, mit einem Norman-Bates-Messer Gras. Tessi, der missfiel, dass ihnen dabei eine Bild als Unterlage diente, fragte, wie »diese Scheiße« überhaupt in die Wohnung gelangen konnte. Als Rolf ihr von seinem Gras anbot, griff Tessi mit spitzen Fingern danach. Diskussionen über die Bild und die RAF mit THC im Blut.

Inzwischen wusste Kishone, was sich hinter dem Kürzel RAF verbarg. So ungefähr jedenfalls.

»Die Propaganda der Bild ist der Faschismus der Siebziger, und Springer ist ihr Goebbels«, sagte

Tessi. Kishone kannte weder den einen noch den anderen.

Noch während im Mahagoni die letzten Takte Rio Reiser verhallten, verzog sich Amitabh mit seinem Pschyrembel aufs Sofa. Für neue Musik fühlte sich niemand verantwortlich. In ihrer Diskussion waren Siggi, Rolf, Tessi und Melody inzwischen bei Henry Ford angelangt. Rolf stellte die Frage, wie Alibi es mit sich vereinbaren könne, in einem »Wagen des erklärten Antisemiten« Deutschland zu erkunden, »ausgerechnet durch Deutschland«. Alibi lachte, zusammen mit Dreifinger lag er auf dem Boden des Salons, um sich hier, an die Decke starrend, von der langen Fahrt zu erholen und auf die Wirkung der Drogen zu warten. Von Dreifinger wollte Kishone wissen, wo er sich hinlegen könne. Dreifinger wies auf eine Tür. Das Zimmer dahinter besaß mit seinen bauchig von den Decken hängenden Tüchern und den darin umherschwebenden Raucharomen einen indischen Touch, auf dem Nachttisch ein Bild von Bhagwan, den Kishone bloß erkannte, weil er dessen Foto schon häufiger bei den Hippies in Pushkar und Goa gesehen hatte. In einem derart weichen Bett hatte Kishone lange nicht mehr gelegen. Wie ein Kind lauschte er den gedämpften Stimmen aus dem Nebenzimmer. In diesen Tagen begann er, die ersten Worte in der fremden Sprache zu verstehen. Apo, Bafög, Rantanplan. Auf der vierspurigen Kantstraße rauschte der Verkehr. Nach wenigen Minuten öffnete sich die Tür erneut. Im Salon hatte jemand begonnen, auf der Sitar zu klimpern. Leise, fast scheu, betrat

Tessi den Raum. Splitterfasernackt legte sie sich neben Kishone ins Bett. Ihm gefiel das durchaus.

* * *

Erstaunlich, wie schnell nach wenigen Tagen in Istanbul der Alltag durchschlug. Zwei Latte macchiato im Café auf der Galatabrücke hatte Sax bereits getrunken, ein dritter wäre definitiv zu viel. Sie fühlte sich bereits fahrig werden. Lieber noch eine Zigarette. Die sechste oder siebte an diesem Tag. Mehr als gewöhnlich – Sax hatte nachgedacht. Nach dem Anzünden entfernte sie sich ein Stückchen Tabak von der Lippe, das dort hängen geblieben war. Gerne hätte sie sich die Zeit damit vertrieben, ihren Roman weiterzulesen, doch es fehlte an der nötigen Konzentration.

Die Bedienung, ein gutaussehendes braungebranntes Mädchen mit unverschämter Figur, schaffte auf einem silberfarbenen Tablett ein Efes herbei. Unter den Trägern ihres schwarzen Tops arbeiteten ihre schlanken Muskeln. Sax' auf dem Tisch liegendes Handy vibrierte. Eine Nachricht von Tom. *Habe in der Rubrik: Was ich an Sax großartig finde, unter Nummer 439 folgenden Eintrag entdeckt: dass es für sie keine Tageszeit gibt, die ihr zu früh wäre, um mit dem Trinken zu beginnen.* Sax schmunzelte, dann stand Tom vor ihr.

»Du bist ein Kind, Tom, aber ich mag dich.«

Tom zog einen braunen Umschlag aus der Seitentasche seiner Militärhose, entnahm diesem einige Schriftstücke, legte sie vor Sax auf den Tisch und beschwerte sie mit ihrem Handy. Die leichte Brise, die vom Bosporus zu ihnen herüberwehte, sollte die Dokumente nicht davontragen.

»Hat alles geklappt?«, fragte Sax.

»Wie am Schnürchen. Gute Arbeit. Wir haben unser Geld in die richtigen Leute investiert.«

Sax verdrehte die Augen, nahm einen Schluck aus der Bierflasche, danach kramte sie in den Papieren herum, bis sie ihr Visum für den Iran gefunden hatte. Sie betrachtete das Papier von beiden Seiten, hielt es gegen die Sonne, wie man einen Geldschein gegen die Sonne hält, dessen Echtheit man bezweifelt.

»Das Kopftuch gefällt mir nicht.«

Tom zündete sich ebenfalls eine Zigarette an. Die Bedienung brachte ein weiteres Efes, ohne dass er oder Sax es bestellt hätte. »Do you need a glass, Sir?«

Tom schüttelte den Kopf.

»Hast du gehört, sie nennt dich *Sir*«, sagte Sax, als die Bedienung wieder verschwunden war.

Tom blies demonstrativ eine Wolke Zigarettenrauch in die von Frittenfett und Kaffeegeruch geschwängerte Luft. »Ja und?«

»Mich hat sie nicht *Madam* genannt!«

Seit einigen Wochen hatte Tom jetzt Gelegenheit, Sax zu studieren. Wenn sie sich verhielt wie in diesem Augenblick, mochte er sie am wenigsten. Er ahnte, was jetzt käme, gelänge es ihm nicht, sie abzulenken.

»Wir haben alles beisammen. Morgen können wir weiterreisen. Eine gute Nachricht. Wir sind im Soll. Wann bist du mit deinem Vater in Bombay verabredet?«

»In drei Wochen. Bombay heißt heute Mumbai, und ob er mein Vater ist, wird sich herausstellen.«

»Manchmal frage ich mich, wer von uns beiden eigentlich der Lehrer ist. Drei Wochen ist perfekt, das schaffen wir locker.«

»Wieso hat sie dich Sir genannt, mich allerdings nicht Madam?«

»Was weiß ich, Sax. Geh hin und frag sie: Entschuldigen Sie bitte, Madam, aber können Sie mir erklären, warum Sie mich nicht Madam nennen? Ich habe damit so ein emanzipatorisches Problem.« Tom versuchte Sax' Tonfall zu imitieren. Es gelang ihm leidlich. »Herrje. Sie wird dich nicht Madam genannt haben, weil sie kaum jünger ist als du. Du siehst aus wie eine Studentin, du siehst aus wie eine Rucksacktouristin. Du *bist* eine Rucksacktouristin. Du rauchst wie ein Schlot und trinkst Bier am frühen Morgen, warum sollte sie dich Madam nennen?«

»Dich *hat sie* Sir genannt!«

»Was vielleicht daran liegt, dass ich ihr Vater sein könnte.«

»Ich denke, sie ist kaum jünger als ich.«

»Weißt du was, Sax? Du gehst mir auf den Sack! Du gehst mir manchmal so auf den Sack, dass ich Lust hätte, dich allein hier sitzenzulassen mit deinen pubertären Ich-bin-eine-kleine-Diva-Aufführungen, mit deiner Aura aus Antistimmung, mit deiner ganzen antiquierten feministischen Attitüde.«

»Ich werde nicht als Frau durch den Iran reisen!«

»Aha! Feine Idee, Sax. Geschlechtsumwandlungen

sollen in Istanbul deutlich preiswerter sein als bei uns daheim. Manche Leute kommen extra deshalb hierher, um sich einer Geschlechtsumwandlung zu unterziehen. Hör dich heut Abend doch mal unter den Transen in Beyoğlu um, vielleicht kann dir eine von ihnen eine brauchbare Adresse vermitteln.«

»Sei nicht albern, Tom.«

»Ich albern? Ich? Albern ist einzig und allein, dass ich mir deinen Mist hier anhöre, anstatt schreiend das Weite zu suchen.«

»Seit wir in der iranischen Botschaft waren, um die Visa zu beantragen, weiß ich, dass ich so nicht weitermachen will. Ich kann das nicht, mir einfach so ein Kopftuch überziehen, als sei es das Normalste der Welt. Mom würde im Grab rotieren, wenn sie mich so sähe.«

»Nach allem, was du von deiner Mom erzählt hast, war sie eine coole Frau, die sich den Realitäten anzupassen wusste. Wie stellst du dir dein Leben als Mann eigentlich vor?«

»Ganz einfach, ich werde Männerklamotten tragen, mir mit schöner Regelmäßigkeit an die Eier fassen und mir einen Bart ankleben.«

Diverse Filmszenen schossen Tom durch den Kopf. Welche Frau hatte je eine gänzlich überzeugende Rolle als Mann abgeliefert? Cate Blanchett als Bob Dylan? Gwyneth Paltrow als Thomas Kent? Nicht einmal Hilary Swank war das in ›Boys don't cry‹ gelungen, und die wäre schon im richtigen Leben fast als Kerl durchgegangen. Als Sax den falschen Bart erwähnte, dachte Tom an die Steinigungsszene in ›Das Leben des Brian‹.

»Tolle Idee, Sax.«

»Okay, das mit dem Eierkraulen war ein Witz. Glaub mir, ich bekomme das hin, ich weiß, dass Mannsein nicht nur bedeutet, o-beinig durch die Gegend zu marschieren und auf die Straße zu spucken, während die Daumen die Hosenträger spannen. Ich werde differenziert vorgehen, ich will keine Karikatur abgeben.«

»Na dann«, sagte Tom. Im Aufstehen trank er einen Schluck Bier. Den Rest des Tages würde er ohne Sax verbringen. »Die Madam zahlt«, sagte er. Die schöne Bedienung nickte.

Toms Weg führte zunächst zurück ins Hotel. Nach einem Espresso setzte er sich auf sein Motorrad, um einige Kilometer hinaus in den Überseehafen zu fahren, wo die großen Schiffe lagen. Schon bei der Planung ihrer Route hatte Tom damit geliebäugelt, einen Teil des Weges mit dem Schiff zurückzulegen, letztendlich aber keine weiteren Schritte in diese Richtung unternommen. Jetzt konnte er hier leicht nach einer Passage fragen. Ein Mann, eine Frau, zwei Motorräder. Was würde das kosten, wenn man genügsam war und gesunde Hände hatte, die zupacken können? Ein etwas mulmiges Gefühl hatte er von Anfang an bei der Vorstellung gehabt, auch hinter der türkischen Grenze mit Saxona den Landweg nach Indien zu nehmen. Nachdem sie ihm verraten hatte, dass sie ihre Reise bärtig fortzusetzen gedachte, wuchs dieses Gefühl.

Nach einigem Herumfragen fand er mit der Milena und der Esperanza im Hafen tatsächlich zwei Schiffe, die in den nächsten Tagen in Richtung Indien auslaufen würden. An die Milena, einen Ozeanriesen, auf den bei seinem Eintreffen gerade die letzten Container verladen wurden, ließ man ihn erst gar nicht heran. Auf der Esperanza, einem abgehalfterten Tanker, der schon auf den Weltmeeren unterwegs gewesen sein mochte, als Dubai noch aus einem Wasserloch bestand, um das sich eine Handvoll Kamele scharte, brachte ihn der Lademeister zu einem kleinen Asiaten in schmutzig weißer Uniform. Dieser stellte sich mit einigem Stolz als Mister Orsin, seines Zeichens Zweiter Offizier der Esperanza vor. Tom nannte Orsin ebenfalls seinen Namen, beide Männer schüttelten sich die Hände, dann kam er zur Sache. In groben Zügen und noch gröberem Englisch skizzierte er dem Asiaten seine verfahrene Situation, wobei es ihm ratsam schien, seine Ausführungen um einige Details zu bereichern, von denen er hoffte, dass sie Männer, aus welchem Kulturkreis auch immer, schnell zu Verbündeten werden ließen – eine heimliche Hochzeit, eine tödlich endende Schlägerei, eine ungewollte Schwangerschaft und eine Menge Cousins, die das überhaupt nicht gerne sahen. Tom zeigte sich wild entschlossen, seine Chance zu nutzen. Nachdem er dem Offizier seine Geschichte aufgetischt hatte, stellte er ihm zehntausend in Aussicht, sofern dieser sich entschließen könne, Tom mitsamt Begleiterin und Motorrädern in den Hafen von Mumbai zu bringen. Tom unterstrich, dass es sich bei dem genannten Betrag mitnichten um Türkische Lira handele, sondern um harte Dollar,

Euro oder Englische Pfund. Im Falle einer Zusage würde er, sagte sich Tom, den Betrag schon auftreiben können. Er hatte einen Freund, der in Deutschland eine gutgehende Arztpraxis führte, er hatte ehemalige Kollegen, die es sich leisten könnten, ihm mit ein paar Tausendern aus der Patsche zu helfen.

Nachdem Tom seine Räuberpistole mitsamt dem dazugehörigen Angebot entfaltet hatte, nahm der Asiate seine Mütze vom Kopf, um sich den Schweiß von der Offiziersstirn zu wischen. Sein Haar klebte ihm am Schädel wie ein schwarzer Helm. Kurz schien er nachzudenken, dann überraschte er Tom mit der Frage, ob er mit ihm ein Glas Milch trinken wolle.

»Milch ist gut«, sagte Tom.

Orsin schenkte ihm ein. Während der Deutsche an seinem Glas nippte, begann der Asiate mit der Beantwortung von Toms Frage, die er mit einer Gegenfrage einleitete.

»Was sagt dir das Stichwort Piraterie?«

Tom nickte. Er wusste, auf was Orsin hinauswollte. In Frankfurt hatte er sich selbst bereits mit diesem Problem beschäftigt. Bis vor kurzem waren Piraten für ihn Wesen aus einer anderen Welt, nicht weit entfernt von Rittern, Cowboys oder schleimigen Aliens. Mit ihren prächtig bunten Schiffen waren sie in Bilderbüchern, Hollywood oder Disneyland zu Hause, bis man ihnen plötzlich in ihren grauen Schlauchbooten auf NTV begegnete, zusammengekauert, vermummt und mit Maschinenpistolen bewaffnet.

»Piraterie ist für mich ein Begriff, der in den letzten

Monaten stark an Romantik eingebüßt hat«, sagte Tom.

Orsin gönnte sich ein weiteres Glas Milch. »Romantik ist für mich vor allen Dingen ein Begriff, über den sich mit gefülltem Magen gut fabulieren lässt. Noch vor einem Jahr hätten wir dich und dein Mädchen von hier nach Indien, wieder zurück und darüber hinaus gebracht. Für die von dir angebotene Summe allemal. Heute, mit der Piraterie in den Gewässern Somalias, die man bei der Ausfahrt aus dem Suezkanal zwangsläufig passieren muss, hat sich die Gefahrenlage geändert. In einer Zeit, in der europäische Regierungen für entführte leichtsinnige Landsleute wie dich Millionen an die Piraten zahlen, ist das Risiko, selbst für einen alten philippinischen Haudegen wie meinen Kapitän, zu groß – sorry.«

Damit war das Thema vom Tisch. Ohne sein Glas ausgetrunken zu haben, folgte Tom Orsin aus der Kabine ins Freie. Die Sonne blendete.

»Deine blumige Geschichte von vorhin«, fragte Orsin.

»Was ist mit der?«

»Die war erfunden, oder?«

»Zumindest größere Teile davon.«

»Dann sei froh, und unterschätz mir in Zukunft die Asiaten nicht. Romeo und Julia sind auch in Hongkong keine Unbekannten.«

»Julia war meines Wissens nicht schwanger«, entgegnete Tom.

»Ist dein Mädchen schwanger?«, fragte Orsin. Beide

lachten. Der Asiate begleitete Tom aufs Unterdeck der Esperanza, von dem eine schmale Gangway zurück an Land führte. Wie bereits zur Begrüßung reichten sie sich auch zum Abschied die Hände. »Sei nicht zu wütend auf die Somalis. Was würdest du machen, wenn tagtäglich die Erste Welt in Containern an dir vorbeizöge, die weißen Luxusliner mit ihren Swimmingpools, während dein Vieh vor Durst brüllt und deine Felder verdorren?« Tom zuckte mit den Schultern.

»Ich zumindest wüsste, was ich zu tun hätte«, sagte Orsin. »Erst einmal ein Glas Milch trinken und dann …«

Zurück an Land führte Tom zwei Finger an seine Stirn, ein Stockwerk höher, von seinem Schiff aus, erwiderte Orsin den Gruß.

Kurz nach Sonnenuntergang kehrte Tom ins Londres zurück. Ohne dass es ihm Mert, bei dem er noch einen Whisky trank, oder der Portier sagte, wusste er, dass Saxona in ihrem Zimmer sein würde. In den letzten Tagen war sie für ihn berechenbarer geworden. Obwohl sie so wirkte, war sie kein Mensch, der einen schwelenden Streit gut auszuhalten vermochte. Um sich mit ihm auszusöhnen, war sie wahrscheinlich früh ins Hotel zurückgekehrt, darauf hoffend, dass es auch ihn nicht mehr allzu lange umhertriebe in der flirrenden Stadt, wo sie sogar ein eigenes Wort für Melancholie hatten.

Vorsichtig öffnete Tom die Tür. Lautlos flimmerte der Fernseher. Sax schlief. Vollständig bekleidet lag sie auf der Tagesdecke des Bettes. Nicht einmal die Schuhe hatte sie sich ausgezogen. Als Tom den Fernseher ausschaltete, entdeckte er darauf ein Ding, dass sich nach genauerer Untersuchung als aufklebbarer Schnurrbart entpuppte. Auf dem Boden vor dem Spiegel fand Tom wenig später auch eine kleine Plastikhülle, in der der Schnurrbart verpackt gewesen sein musste, sowie eine zerknüllte Gebrauchsanweisung – Sax hatte ihn also schon ausprobiert.

»Fahren wir morgen weiter?«, murmelte Sax.

»Alles, was du willst«, flüsterte Tom ihr ins Ohr. Alt wie ein Reptil kam er sich vor. Er fragte sich, ob er ihr sein Versprechen nicht zu schnell gegeben hatte oder ob es nicht, genau wie ihr albernes Verhalten oder überhaupt alles im Leben, nur der Angst vor der Einsamkeit geschuldet war.

* * *

Dreifinger klopfte zweimal kurz, dreimal lang. Ho, Ho, Ho Chi Minh. Das Mädchen, das ihm in die Küche folgte, trug Sari und einen roten Punkt auf der Stirn. Dreifinger nannte sie Shiva. Für Kishone sah Shiva aus wie ein Kind, noch immer bereitete es ihm Probleme, das Alter europäischer Frauen zu schätzen.

In der Küche waren die Spuren des vorigen Abends allgegenwärtig, es roch nach abgestandenem Bier und altem Rauch. Shiva öffnete ein Fenster. Dass sie sich dabei an einem hervorstehenden Nagel verletzte, war ihr peinlich. Sie verschwand im Bad, um die kleine Blutung zu stoppen.

»Wie alt ist sie?«, fragte Kishone.

Dreifinger zuckte mit den Schultern: »Sechzehn oder siebzehn, aber sie brüstet sich schon damit, Sex im Scheinwerferkegel der Grenzposten an der Oberbaumbrücke gehabt zu haben.«

»In Indien würden sie sie dafür erschießen«, sagte Kishone. »In Indien hätten sie sie schon längst verheiratet!«

Siggi erschien in der Küche, rauchte eine Zigarette und machte sich an der orangefarbenen Rancilio-Marco-Zamuso-Espressomaschine zu schaffen, die Dreifinger vor einigen Jahren von einem Rom-Aufenthalt mit nach Berlin gebracht hatte. Keine Spur von Alibi, Amitabh oder Melody. In einem der Zimmer wurde Led Zeppelin aufgelegt. Während Dreifinger sich hinter der Tageszeitung von gestern verschanzte, bombardierte Shiva Kishone mit Fragen. Von Tantrasex bis Yoga reichte das Spektrum ihrer Interessen. Sie selbst las Hermann Hesse. Kishone folgte ihren Ausführungen unkonzentriert und antwortete sporadisch. Nach kurzer Zeit begann Shiva, an der Sitar herumzuzupfen. Zu viel Folklore für einen Mittag in der Fremde.

Kishone erklärte, in die Stadt gehen zu wollen, er beabsichtige, sich eine Lederhose zu besorgen.

»Ich bin gut im Lederhosenaussuchen«, sagte Shiva. Obwohl Kishone davon überzeugt war, lehnte er ihr Angebot, ihn zu begleiten, ab.

»Heute Abend wartet eine Überraschung auf dich«, rief Dreifinger aus der Küche, bevor Shiva die WG-Tür hinter ihm schloss. Wann begann der Abend? Von nun an würde Kishone die Sekunden zählen.

Über Nacht war der Sommer nach Berlin gekommen. Ein Zwergensommer, gemessen an indischen Verhältnissen, aber ausreichend, um den Inder beim Verlassen des Hauses nicht frösteln zu lassen. Kishone blies die dünne Staubschicht von seiner Fototasche. Deutschland im Sucher der Canon. Was hielt das Land, das seine Bewohner *Bundesrepublik* nannten, für ihn bereit außer imposanten Autobahnen, noch imposanteren Grenzanlagen, zwei Wohngemeinschaften, einer Studentenverbindung und einem Musikclub in der Provinz?

Bei einem provisorischen Stand der kommunistischen Partei fotografierte Kishone praktizierten Volkszorn. Männer brüllten wie Offiziere, Frauen keiften wie Waschweiber. *Dann geht doch zum Iwan! Dann macht doch nach drüben! Terroristen! Mördertruppe!* Zum ersten Mal hörte Kishone die Bezeichnung Baader-Meinhof-Bande. Die Kommunisten scherten sich nicht darum. Lächelnd verteilten sie Blumen. Kurze Zeit später beendete jedoch die Besatzung eines Mannschaftswagens der Polizei die Aktion. Dem jungen Mann, der den behelmten Polizisten eine weiße Rose entgegenstreckte, hämmerten die Beamten einen Schlagstock auf den Schädel. Seine Genossen, die gerade erst zur Internationalen angesetzt hatten, verstummten. Die Menge klatschte Beifall, während die Polizisten den halb Bewusstlosen mitsamt seinem kommunistischen Biertisch und dem roten Sonnenschirm zu ihrem Transit schleiften. Ein kleiner Junge bückte sich nach den heruntergefallenen Flugblättern und erntete für seinen Versuch kindlicher Freundlichkeit einen satten Klaps auf den Hinterkopf. Einem älteren Mann fiel Kishones Kamera ins Auge. Das wiederum bemerkten zwei Mädchen mit Sonnenbrillen, deren Gläserform an übergroße Schmetterlinge erinnerte. Geistesgegenwärtig zogen sie Kishone weiter. »International Press?«

»Jau!« Kishone zeigte ihnen die Akkreditierung vom Suárez-Shooting, die sich noch in seiner Fototasche befand. Time magazine – der Westen war leicht zu beeindrucken! Die Mädchen verkündeten, ein Time magazine besorgen zu wollen. Zum Bahnhof Zoo waren es zu Fuß nur wenige Minuten. Hier gab es alles, auch am Kiosk. Schon blätterten die Mädchen in der neuesten Ausgabe. In Amerika kostete das Heft einen Dollar, hier wechselte es für fünf Mark den Besitzer. Auf dem Titel prangte Kishones Porträtaufnahme von Suárez in einer graphischen Bearbeitung: der neue Premier des Landes als letztes Glied einer Evolutionskette mit Franco und Juan Carlos.

Weder Kishones noch Joans Name war im Impressum zu entdecken.

Wer weiß, wofür es gut ist, wer weiß, ob Joan sonst heute nach Berlin käme, dachte Kishone.

Die Mädchen gaben sich Mühe, ihre Enttäuschung, Kishone nicht im Heft entdeckt zu haben, zu kaschieren, und fragten, ob er sie zum elterlichen Haus nach Marienfelde begleiten wolle. Kishone lehnte ab.

Zurück in der Wohngemeinschaft, waren die Kommunarden ausgeflogen. Auf dem Tisch des Salons ein Falkplan, daneben eine Nachricht von Dreifinger: Hey, Tramp, Treffen um 23 Uhr im Cri du Chat am Adenauerplatz, freu dich! 3FE. Shabbat Shalom, hatte Alibi dazugekritzelt. 23 Uhr – keine Ewigkeit bis dahin, aber ausreichend, um sich noch etwas hinzulegen. Wenn die Nacht lief, wie sie laufen sollte, würde sie lang. Kishone war nervös. An Schlaf war nicht zu denken. Unter der Dusche sang er einen Song aus einem farbigen Bollywoodfilm. Ein frisches schwarzes Hemd aus Dreifingers Kleiderschrank und, da er schon mal dabei war, auch noch dessen Leinenhose. Um Punkt elf am Cri du Chat, keine Minute zu früh, Joan und Dreifinger sollte die Überraschung nicht verdorben werden. Die ganze Bagage war gekommen: Alibi, Shiva, Tessi im kleinen Schwarzen, Siggi, Rolf und noch einige andere schillernde Vögel. Amitabh und Melody schauten etwas bedröppelt, aber auch in ihren Gläsern klirrten die Eiswürfel im Ouzo-Pernot.

»Amitabh weiß es schon, und dich will ich auch nicht lange auf die Folter spannen.« Dreifinger grinste wie ein Wolf. Aus der Brusttasche seines Hemdes zog er ein Schriftstück. Ein Firmenlogo mit stilisiertem Rind und Schwein. Der deutsche Freund aus Goa hatte den beiden Jungen aus Pushkar am See Arbeit in einer Berliner Fleischfabrik besorgt.

Eddis Utopie speiste sich im Wesentlichen aus dem Intro der Fernsehserie ›Raumpatrouille Orion‹. Er machte gar kein Hehl daraus. *Es gibt keine Nationalstaaten mehr, die Menschheit ist politisch vereinigt. Was heute noch wie ein Märchen klingt, kann morgen schon Wirklichkeit sein.* Seine aus dieser Prognose abgeleiteten Konsequenzen erklärte er bei einer Roth-Händle. Etwas abseits, in der Nähe der Toiletten, knutschte Melody mit Amitabh.

Nach seinem Besuch vergaß der Staatsanwalt seine Aktentasche. Eine brisante Sache, befand Dreifinger. Dreimal pendelte er im blauen Capri, um die ganze Mischpoke zur Laube zu bringen. Kriegsrat der Kommunarden auf sicherem Terrain. Beim Öffnen der Tasche fiel ihnen eine gelbe Thermoskanne entgegen. Es roch nach Bohnerwachs und gehobenem Beamtentum. Fünf zu zwei Stimmen bei der Ermittlung des Meinungsbildes. Shiva hielt sich raus. Auch Rolf verfolgte auf dem Fernseher lieber eine Wiederholung der Rappelkiste.

Am nächsten Tag trug Alibi die Tasche zum nächsten Polizeirevier. Von der Anzeige aus der Nachbarschaft, wegen der der Staatsanwalt sie aufgesucht hatte, hörten sie nie wieder.

Der Blaumann des Mannes ließ sich mit der Kleidung der anderen Besucher des Schwarzen Cafés vereinbaren, seine verschmutzten Hände nicht. Für diese Hände hätte es mehr als eines Waschens bedurft. Er repräsentierte eine Spezies, über die man hier gerne sprach. Man wollte sie wenigstens kennenlernen.

»Zwei Jägermeister«, sagte der Mann. Als der Wirt lieferte, schob er eines der Gläschen in Richtung Kishone. Der Mann begann auf Deutsch zu erzählen. Kishone fragte, ob er auch English oder Portugiesisch spreche. Der Mann verneinte. Er hieß Dimitri und stammte aus Russland. Einen weiteren Informationsaustausch verhinderte die Sprachbarriere. Kishone rief nach Melody.

»Dimitri ist Russe, wärest du so freundlich, mir zu übersetzen?«

»Ich kann kein Russisch.«

»Dimitri spricht deutsch.« Dimitri nickte. Drei weitere Jägermeister.

»Weißt du, was das erste Sprichwort war, das man mich in Deutschland lehrte?«

»Er fragt, ob du weißt, was das erste Sprichwort war, das man ihn in Deutschland lehrte.« Kishone schüttelte den Kopf.

»Das erste Sprichwort, das ich hier lernte, war das vom Haar in der Suppe. Kennst du das? Ein Türke hat es mir an meinem ersten Abend in Berlin erzählt. Die Deutschen finden immer ein Haar in der Suppe. Weißt du, was die Deutschen machen, wenn sie einmal eine Suppe vorgesetzt bekommen, in der sie kein Haar finden?« Dimitri bearbeitete mit beiden Händen seinen Schädel, als wolle er ein Shampoo in sein Haar massieren. »Sie beugen sich ganz nah über ihre Schüssel, raufen sich den Kopf und sagen immer wieder: Irgendwo muss das Haar doch sein, irgendwo muss es doch sein.«

Die Nachricht von der Ermordung Pontos machte die Runde. Dreifinger war geschockt. Mehrfach wiederholte er, dass er das nicht gewollt habe, gerade so, als hätte er Ponto persönlich auf dem Gewissen. Nach achtundvierzig Stunden war er wieder im Lot. »Ihr vervögelt noch die ganze Revolution«, rief er zu Melody und Amitabh durch die geschlossene Tür.

Vierzehn Tage später brauchte Dreifinger eine ganze Woche, um sich vom Tod Elvis' zu erholen.

Kishone telefonierte mit Joan. Sie befand sich in Kalifornien, berichtete von dort über die Wiedereinführung der Todesstrafe. Das Gespräch verlief schleppend. Es sprach sich nicht gut mit einem pampelmusengroßen Kloß im Hals.

»Ich komme bald«, sagte Joan. Es hörte sich an, als sage sie: »Ich kaufe dir ein Eis.«

In der Nacht rebellierte Kishones Magen. Ohne Rezept gab es in der Apotheke keine Antibiotika. Der Apotheker war da unerbittlich. Über die zwanzig Mark, die Kishone ihm über die Theke schob, empörte er sich.

Alibi bezog eine israelische Kunstzeitschrift, die ihm die Post vierteljährlich von Tel Aviv direkt in den Charlottenburger Briefkasten lieferte. Die aktuelle Ausgabe kommentierte eine Fotoserie der Beuys-Aktion ›I like America and America likes me‹. 1974 hatte sich Beuys zusammen mit einem Kojoten für fünf Tage in einen Käfig einschließen lassen, um mit dem Tier zusammenzuleben. Die veranstaltende Galerie des Beuys-Freundes René Block befand sich damals in der 409 West Broadway, in unmittelbarer Nähe des World Trade Centers. Bei der Performance repräsentierte Beuys Europa, der Kojote stand, ohne gefragt zu werden, für die Vereinigten Staaten von Amerika.

1972 hatte Alibis Zeitschrift eine Fotostrecke gebracht, die die Entstehung der berühmten Che-Guevara-Aufnahme von Alberto Korda im Jahr 1960 dokumentierte. Ein paar Momente, bevor Korda eine der weltweit am häufigsten reproduzierten Fotografien gelungen war, hatte er mit seiner Leica einige der Personen abgelichtet, die neben Che Guevara am Rednerpult standen: Jean-Paul Sartre, Simone de Beauvoir, Fidel Castro.

Alibi wertete den Vergleich der beiden Artikel als Progression in doppelter Hinsicht. Die von ihm abonnierte Zeitschrift sei heute deutlich aktueller als noch vor einigen Jahren, die Kampfzone habe sich auf das Feld der Kunst verlagert. Tessi und Shiva widersprachen heftig. Shiva verstieg sich zu der These, dass Che Guevara und Jesus Christus für zukünftige Generationen zu einer Person verschmelzen würden.

1981 wird Alibis Zeitschrift die 1979 von Pennie Smith gemachte Aufnahme drucken, die den The-Clash-Bassisten Paul Simonon beim Zertrümmern seines Instruments auf der Bühne des New York Palladium zeigt.

Auf der Bullet fuhren Joan und Kishone zum Ostberliner Fernsehturm. Der Berliner Verkehr machte ihm schon seit Wochen nicht mehr zu schaffen, und die Grenzer winkten sie einfach durch.

Von oben deutete er mit einem Arm auf den blauen See, das Luckystudio, das Haus seines Bruders und die Fleischfabrik mit der Bratstraße, in der er neuerdings sein Geld verdiente. Vor Amitabhs Werkstatt blitzte der Lack der frischpolierten Motorräder. Zufällig kam Bailey vorbei und fotografierte. Auch von Joan und Kishone machte er ein paar Aufnahmen. *Say Cheeeese!* Im Fernsehturm waren die Wände frisch gestrichen. An einigen Stellen zog die Farbe Nasen bis auf den Boden.

Dann wachte Kishone auf. Die Sonne schien. Er fror.

In Shivas Deutschunterricht stand Büchner auf dem Programm. Am Frühstückstisch las sie Woyzeck in der gelben Reclam-Ausgabe. Tessi gefiel das. Sie erklärte, dass ›Der Hessische Landbote‹ für sie in den letzten Jahren an Aktualität gewonnen habe. Dreifinger stellte einen Teller Eier auf den Tisch, die er mit einer kleinen Presse nach dem Kochen in eine Viereckform gebracht hatte. Das Gerät ein Prototyp, streng geheim. »Für den einen ist das Leben eine einzige Schwiele, für den anderen ein Yps-Heft mit dem Gimmick Klassenkampf«, kommentierte Tessi.

Der Bärtige Hans war offen für Innovationen. Seit einigen Wochen machte er in Pflanzen, in Hydrokultur, um genau zu sein. Das Geschäft lief bescheiden, dennoch plante er, demnächst in Berlin einen Shop zu eröffnen. Neulich war er in München gewesen, von wo er neben den neuesten Informationen über geblähtes Tonsubstrat auch einen kleinen Hydro-Ficus-Benjamin in einem zitonengelben Übertopf mitgebracht hatte, der jetzt im Flur neben dem Telefon stand. In seinen letzten WG-Tagen übte sich der Bärtige Hans in der Kunst, mit Hilfe eines Stäbchens kleine Kunstwerke in die Crema der Espressi zu zeichnen, die er mit Dreifingers Rancilio anfertigte. Besonders geschickt kopierte er den Schrei von Edward Munch. Als der Bärtige Hans am Morgen nach einer durchfeierten Nacht darüber klagte, dass das Kaffeepulver ausgegangen sei, packte ihn Dreifinger beim Kragen, schleifte ihn durch den Flur und warf ihn aus der Wohnung. »Einfach mal die Schnauze halten«, sagte er, zurück in der Küche, zu den erstaunten Kommunarden, anstatt sich ihnen zu erklären. Der Bärtige Hans ward nie wieder gesehen. Von seiner Existenz zeugte fortan nur noch der kleine Ficus Benjamin in seinem zitronengelben Gefäß.

Bei seinem Besuch stellte Dreifingers Vater zwei Flaschen Wein auf den Tisch. Roter aus Italien, die Eineinhalbliterflaschen zur Hälfte mit Korb ummantelt. Obwohl Dreifingers Vater im Krieg seinen rechten Arm verloren hatte, bestand er darauf, den Wein mit seinem Taschenmesser selbst zu öffnen. Geschickt klemmte er beide Flaschen nacheinander zwischen seine Beine und entkorkte sie, ohne einen Tropfen zu verschütten. Seinen feingeschnittenen Handschuh zog er nur aus, um den Korkenzieher seines Taschenmessers herauszuziehen.

»Wenn die Menschen wüssten, was so eine Hand wert ist, gingen sie nie mehr ohne Handschuhe aus dem Haus«, sagte er.

»Melody, seit drei Tagen hast du nicht mehr gekifft. Sogar um Alkohol und einfache Zigaretten machst du plötzlich einen Bogen. Nachtigall, ick hör dir trapsen.« Tessi sah Melody erwartungsvoll an.

Melody lächelte nicht, sie strahlte.

»Alice Schwarzer würde kotzen«, sagte Tessi, dann nahm sie Melody in den Arm, verdrückte mit ihr zusammen ein paar Tränchen und fragte, ob Amitabh es schon wisse. Sie nannte sie May.

Das erste Bild von Hanns Martin Schleyer in Gefangenschaft. Dreifinger warf die Zeitung mit der entsprechenden Meldung wie einen erlegten Hasen auf den Küchentisch.

»Eure Terroristen sind Graphiker, keine Fotografen«, kommentierte Kishone die Aufnahme.

An manchen Tagen reagierte Melody jetzt auf die kleinsten seismischen Schwingungen. Ein Motorrad, das mit blubberndem Motor mehrmals hintereinander langsam um den Häuserblock schlich, oder das unablässige Bellen eines Hündchens auf der Straße brachte sie an den Rand eines Nervenzusammenbruchs.

Nach einem vergleichsweise stabilen Tag gönnten sich Melody und Amitabh einen Abend vor dem Fernseher. Zu ›Sauerbruch – das war mein Leben‹ aßen sie Butterbrote mit Käse und Gürkchen, später scheiterten sie mit dem Versuch, aus dem Mais, den Amitabh am Morgen besorgt hatte, Popcorn zuzubereiten. In der Reihe ›Der phantastische Film‹ lief eine Wiederholung von ›Westworld‹. Die Voranzeige hatte Melody in der Hörzu unterstrichen. Yul Brynners glänzende Glatze fand sie sexy – eine der wenigen Auffassungen, die sie, wie sie behauptete, mit ihrer Mutter teilte. Zu Beginn des ›phantastischen Films‹ verließ Melody dennoch kurz den Raum, sie fürchtete, das psychedelische Intro schade dem Kind.

Am Olivaer Platz gab es das beste Haschisch der Stadt. Die Latzhose des Verkäufers zierte der gelbe Button mit dem roten Sonnengesicht. ›Atomkraft? Nej Tak!‹

»Nicht mehr lange, und der Kampf gegen die Atomkraft zieht von der Straße in die Plenarsäle«, prophezeite der Mann.

»Prima, da wird er nicht nass«, antwortete Alibi.

Den Verkäufer beeindruckte das wenig: »Endlager Asse, SS 20, Pershing II – alles Scheiße!«

Dreifinger unterstützte diese Thesen vorbehaltlos. Später glaubte er, vorschnell geurteilt zu haben. »Ohne Atomantrieb wird es der Menschheit niemals gelingen, in ferne Galaxien vorzudringen«, erklärte er melancholisch im Cri du Chat.

Um die Ausbeutung des Individuums in der Produktion anzuprangern, plante Rolf eine bebilderte Dokumentation über die Zustände in der Bratstraße. Noch war sein Plan in der Anfangsphase. Eine seiner unausgegorenen Ideen bestand darin, in mehreren Zeitungen Anzeigen zu schalten: Ausländer, kräftig, sucht Arbeit, egal was; auch Schwerst. u. Drecksarb. Auch für wenig Geld. Angebote unter Chiffre.

»Am besten auch in der Bild. Gerade in der Bild, vielleicht nur da. Wäre doch der Hammer, wenn sich darauf jemand meldet, das allein wäre doch Auskunft genug über diesen Nochimmernazistaat«, sagte er.

Kishone, den Rolf für die Fotoarbeiten auserkoren hatte, zeigte sich wenig begeistert, Amitabh reagierte geradezu ungehalten. Tatsächlich profitierte sein medizinisches Wissen von der Arbeit in der Fleischfabrik. »Ich glaube, es ist das Erbsenbein«, sagte er neulich ernst zu Siggi, während er ihre nach einem Fahrradsturz schmerzende Hand abtastete.

»Alles ist Kompensation. Dass dein Vater Nazi war, kompensierst du dadurch, dass du Kommunist bist«, sagte Kishone.

»Mein Vater war kein Nazi!«

»Melody kompensiert die fehlende Liebe ihrer Kindheit, indem sie sich Amitabh an den Hals wirft. Amitabh empfindet es als einen Makel, in einem Dritte-

Welt-Land als Motorradmechaniker gearbeitet zu haben, und kompensiert das, indem er hier vor euch Intellektuellen auf Arzt macht. Meinen Kummer mit Joan kompensiere ich mit meiner Fotografiererei.«

»Du fotografierst doch kaum mehr!«

»Euren kalten, mystisch uninspirierten Kontinent kompensiert ihr, indem ihr nach Indien reist und euch eine Sitar in die Ecke stellt. Kompensation, Kompensation. Das gesamte Dasein ein Kompensationsgeschäft!«

»Du bist voll, Kishone. Ihr Südostasiaten vertragt einfach keinen Alkohol. Euch fehlen dazu die Enzyme!«

»Ich bin kein Südostasiate!«

»Trotzdem noch ein Bier?«

»Jau!«

Seit Stunden schon kotzte sich Melody die Seele aus dem Leib. An Schlaf war für Amitabh in dieser Nacht kaum zu denken.

»Ich mag sie trotzdem!«, erklärte er den Mikado spielenden Kommunarden im Salon.

Seine Wochenenden verbrachte Amitabh jetzt häufig an der Spinnerbrücke bei den Motorradfahrern. Melody begleitete ihn immer. An der frischen Luft fühlte sie sich gut. Amitabhs Bullet war den schweren Maschinen aus Europa, Japan und Amerika an Leistung hoffnungslos unterlegen. Doch schon nach kurzer Zeit avancierte er zum heimlichen Star der Truppe. Die von ihm durchgeführten kleinen Reparaturen bezahlten die

Fahrer ihm in Pommes. Ein paarmal begleitete Kishone Amitabh mit seiner Kamera. Lachende, von Bärten umwucherte Münder, kettenfett-geschwärzte Hände, hübsche Mädchen im Bikini. Am letzten dieser Fototage nähte Amitabh eine kleine klaffende Wunde an Jochens Hand, nachdem der sich an einer Bierdose geschnitten hatte. Das Nähen von Fleisch hatte Amitabh heimlich in der Fabrik geübt. Nadel, Fäden und antiseptische Lösung vom selbstverdienten Geld gekauft.

»Joan kommt. Jetzt aber wirklich, versprochen ohne gekreuzte Finger. Kein Aufschub und keine Ausreden mehr.« Kishone lächelte wie ein Honigkuchenpferd, den Hörer hielt er noch in der Hand.

»Hast du ein Bildtelefon, oder woher weißt du das mit den Fingern?«, fragte Tessi.

»Am siebten Oktober gehen wir auf den Alex«, verkündete Dreifinger feierlich. Für seine kleine Ansprache hatte er sämtliche Kommunarden persönlich in die Küche bestellt. Zu ihrem Nationalfeiertag würden die Genossen in der DDR die Unterstützung aus dem Westen brauchen.

»Du wolltest doch immer schon zum Fernsehturm«, sagte er zum zögernden Kishone. »Du schaust von oben auf die Welt, und am Abend erzählst du deinem Mädchen davon.«

Wie häufig in letzter Zeit war Amitabh am schwersten zu überzeugen. »Ihr mit euren Kämpfen«, sagte er kopfschüttelnd, worauf Dreifinger wütend über internationale Solidarität, Spießertum und Klassenkampf zu faseln begann. »Wenn das mit dir so weitergeht«, warf er Amitabh vor, »besteht dein Ideal bald aus einem scheißigen Achteinhalbstundentag mit Reihenhäuschen.«

»Eine Villa Kunterbunt, mit Pferd, Äffchen und allem Drumherum?«, hielt Amitabh dagegen. Aus Solidarität versprach er Dreifinger, ihn zum Alex zu begleiten.

* * *

Auf der Hälfte ihres Weges nach Panjim kamen sie in einen heftigen Regenschauer.

»Wenn es lange nicht geregnet hat, wird die Straße glatt wie Seife«, sagte Kishone. Saxona drosselte die Geschwindigkeit. Kishone dachte, dass sie jetzt zumindest eine reelle Überlebenschance hätten, wenn sie stürzten. Auf der Brücke über den Mandori war er wieder so weit, dass er die Aussicht genießen konnte. Niederschläge dieser Art seien außerhalb des Monsuns absolut außergewöhnlich, würde Olencio später sagen. »Absolut außergewöhnlich.«

Das Hollywood Studio hatte sich Saxona imposanter vorgestellt. Größer, glitzernd, ein Touch mehr Amerika. Auf dem Weg durch das enge Treppenhaus stöhnte Kishone wie ein Möbelpacker. Saxona machte die Hitze nichts. »Ich bin ein Kind des Südens«, erklärte sie.

»Das ohne Zweifel«, antwortete Kishone. Ihn freute ihre Bemerkung.

Olencio öffnete die Tür persönlich. »Hey, wie schön.« Für einen Moment lag eine Umarmung der beiden Männer in der Luft, was blieb, war ein Seufzer.

»Du siehst gut aus, Olencio. Jedes Mal wenn ich dich sehe, wirkst du jünger.«

»Ich bin Benjamin Button, Kishone. Und Sie müssen Saxona sein, die berühmte Sax. Kishone hat mir viel von Ihnen erzählt.«

»Nur Gutes, will ich hoffen«

»Nur das Beste. Wobei, Ihre Schönheit hat er mir verschwiegen.«

»Sie sind ein Schmeichler, Olencio.«

»Trifft ein Lob auf die Wahrheit, so ist es keine Schmeichelei.«

»Lass dich nicht von ihm einwickeln, Sax. Olencio ist definitiv ein Schmeichler, er ist immer einer gewesen.«

Olencio wollte wissen, ob sie einen Tee tränken oder einen Limca-Fenny – »Nass, wie ihr seid«. Im Kocher dampfte bereits das Wasser. Kurz zischte es, als Olencio es über die Liptonite-Beutel goss.

»Coffee is what makes civilized life possible in these demanding times«, las Saxona auf ihrer Tasse.

»Mugg and Bean, Kloofstreet. Ich habe den Becher aus Kapstadt mitgebracht. Ich bin Kosmopolit, Saxona«, Olencio lächelte verschmitzt.

»Und welcher Inder kann das schon von sich behaupten?«, sagte Kishone. Olencio ignorierte die Bemerkung.

»Sie müssen dem alten Knaben einiges bedeuten,

dass er sich mir nichts, dir nichts zu Ihnen auf das Motorrad setzt.«

Vor dem Hollywoodstudio schob sich die Sonne durch die Wolken. Der Geruch des in der Hitze verdunstenden Wassers drang in den Raum. In den durch die Fenster hereinfallenden Strahlen glitzerten die in der Luft schwebenden Staubpartikel. Um den Deckenventilator zu aktivieren, begab sich Olencio zu dem Schalter bei der Tür. Beinahe andächtig verfolgte er die Beschleunigung der Rotorblätter. Auf der Verkaufstheke regten sich einige Papiere im Wind, eines segelte in weichen Schwüngen zu Boden. Als Olencio sah, dass der Luftstrom dem Chaos auf seinem Schreibtisch nichts anhaben konnte, kehrte er in die Mitte des Raums zurück.

Kishone begutachtete die Unordnung auf Olencios Tisch. Er entdeckte ein kleines elektrisches Gerät, das er nicht einordnen konnte. Fragend hielt er es in die Luft.

»Eine elektrische Zigarette, Palmira hat sie mir geschenkt. Ich habe das Rauchen aufgegeben – Feigheit vor dem Feind.«

»Und ich dachte schon, es ist etwas Sexuelles«, sagte Kishone.

»Ach, Kishone«, antwortete Olencio.

Kishone wandte sich einigen gelben Umschlägen zu.

»Kodachrome?«

»Kodak hat die Produktion der Filme eingestellt. Ich nehme an, du hast davon gehört.«

»Die Welt hat den Verstand verloren.«

»Wem sagst du das? In Lausanne gibt es einen Stichtag für die Entwicklung der letzten Filme. Dwayne's in Amerika nimmt Aufträge noch einige Monate länger an, aber ich habe immer mit Lausanne zusammengearbeitet. Kodachrome und Lausanne, das gehört für mich unbedingt zusammen. Ich will da auf meine alten Tage nicht mehr wechseln.«

»Sehr vernünftig. Ich hätte jetzt doch gerne eine Limca-Fenny«, sagte Kishone.

»Ich nehme auch eine, wie steht es mit Ihnen, Saxona?«

»Gerne.«

Aus einem der Nebenräume rief Olencio einen Jungen heran. Mit dem Auftrag, drei Flaschen Limca zu besorgen, drückte er ihm einige Rupien in die Hand. Der Junge verschwand. Die Fenny-Flasche, die Olencio aus einem Regal zog, um sie neben ein kleines Tablett mit Gläsern auf die Verkaufstheke zu stellen, hatte die Form einer Geige.

»Könnt ihr mich bezüglich der Filme aufklären?«, fragte Saxona.

»Kodachrome ist schlichtweg der beste Film, der jemals produziert wurde«, sagte Olencio. »Kodak hat ihn meines Wissens bereits in den dreißiger Jahren des letzten Jahrhunderts entwickelt, seine Blüte erlebte der Film allerdings erst gegen Ende der Sechziger, Anfang der Siebziger, als die Farbfotografie immer mehr in Mode kam und die Fotografen feststellten, dass die Farben der normalen Filme nicht ihren Ansprüchen genügten. Ich zeige Ihnen mal was, Saxona.« Olencio entnahm einer Schreibtischschublade eine gelbe Schachtel, aus der er wiederum eine Handvoll in gelbe Rahmen eingefasste Fotografien zum Vorschein brachte.

»Ein Eishockeyspiel?«, sagte Saxona.

»Sehen Sie, was ich meine?«

»Die Farben sind phantastisch.«

»Sie hat einen guten Blick, Kishone. Das muss man ihr lassen. Keine Ahnung, wieso sie sich mit dir abgibt, wo sie einen so guten Blick hat. Ja, phantastisch. Kein Film war jemals so scharf wie Kodachrome, und trotzdem haben die Bilder nicht diese merkwürdige Schärfe moderner Digitalfotografien. Der Kodachromefilm erzählt eine Geschichte, wie sie war, und wahrt dennoch ihre Tiefen und Geheimnisse. Besser kann man eine Geschichte nicht erzählen.«

Der Junge kehrte mit der Limca zurück. Olencio goss die Limonade in drei Gläser, versetzte sie mit Eis, das er einer kleinen Tiefkühltruhe hinter der Theke entnahm, dann fügte er den Schnaps hinzu.

»Wer hat diese Aufnahmen gemacht?«, fragte Saxona, nachdem sie getrunken hatte.

»Ich.«

»Ein Eishockeyspiel?«

»Nicht irgendein Eishockeyspiel. Die Bilder zeigen die Auseinandersetzung einer kanadischen Auswahl gegen eine indische Mannschaft.«

»In Indien wird Eishockey gespielt?«

»Im Himalaya schon. Zumindest im Winter, zwischen November und Februar, wenn die Seen zugefroren sind.« Olencio schüttelte sein Glas, die Eiswürfel klirrten. »Diese Aufnahmen schoss ich in Leh. Ein Bekannter hatte mich gebeten, einen kanadisch-indischen Eishockeyaustausch mit der Kamera zu begleiten. Ich tat ihm den Gefallen und bin hingeflogen. Ein schöner Auftrag, zumal die Kanadier Flug und Unterkunft bezahlten. Gerade letzte Woche sind die Fotos aus Lausanne gekommen.«

»Da musste ihr Freund aber lange auf seine Bilder warten«, sagte Sax.

»Die hier sind für mich.« Olencio lachte. »Kunstaufnahmen, wenn Sie so wollen. Die Aufnahmen für meinen Freund und die Mannschaften habe ich mit einer Digitalkamera gemacht. Der Himmel blau, als komme er aus einer Lackdose, der Schnee weiß wie gebleichtes Hochglanzpapier, die Berge, als seien sie mit der Schere ausgeschnitten. Die Kanadier waren begeistert. Künstlerisch waren die Bilder ein Dreck. Ich kann mit der Überschärfe digitaler Fotografien nichts anfangen. Wer braucht das, ein Bild in Überschärfe? Ein Bild, auf dem schon während des Fotografierens die Farben optimiert werden, bis sie einem gefallen. Das ist nichts für mich. Bei Kodachrome gab es so was nicht. Was für eine Spannung, wenn ich manchmal erst nach Wochen oder Monaten meine Aufnahmen aus Lausanne zurückerhielt, ich die Schachtel auspackte und dachte, ja, genau so war es beziehungsweise so wäre es gewesen, wenn es optimal gewesen wäre. Selbst wenn Kodachrome die Wirklichkeit genauso wenig realistisch wiedergegeben hat, wie moderne Digitalaufnahmen sie wiedergeben – so entsprachen die Bilder doch zumindest meiner Ästhetik. Der Film rückte jede Situation in das Licht, das ihr gebührte. Und in der Farbfotografie geht es nun einmal in erster Linie um das Licht und wie man das Licht sieht. Schauen Sie …« Olencio griff nach der Maus seines Rechners auf dem Schreibtisch. Auf dem Bildschirm öffnete sich eine Datei. »Das Mannschaftsfoto. Hier in Digital. Und hier in Kodachrome.«

»Wow. Was für ein Unterschied. Dieses Licht.«

»Sie sagen es, Sie sagen es! Sie sagt es, Kishone, was für eine wunderbare junge Frau hast du mir da ins Haus gebracht!«

»Das Digitalbild sieht neben der Kodachrome-Aufnahme total billig aus.«

»Sie sagen es! Da sind Welten dazwischen. Ach was, Galaxien. Und jetzt stellen sie einfach die Produktion ein. Weil die Menschen es nicht mehr ertragen können, einige Tage auf ihre Aufnahmen zu warten, stampft Kodak die Produktion, das Know-how und das Licht einfach ein.«

»Ich finde, du übertreibst, Olencio«, sagte Kishone.

»Ich finde, man merkt, dass ihr beide befreundet seid«, sagte Saxona.

»Um Gottes willen«, antwortete Kishone, Olencio schüttelte den Kopf.

»Würden Sie auf Ihrem Balkon eine Zigarette mit mir rauchen, Olencio?«, fragte Saxona, während sie die Kodachrome-Aufnahmen noch einmal begutachtete.

»Ich würde Sie heiraten, wenn Sie mich danach fragten, Saxona! Wenn ich zwanzig Jahre jünger wäre, würde ich Ihnen einen Antrag machen. Wir würden eine Hochzeit feiern, wie sie die Welt noch nicht gesehen hat. Würden Sie mich heiraten, wenn ich zwanzig Jahre jünger wäre? Würden Sie?«

»Ich weiß es nicht, Olencio – vermutlich ja.«

»Wollen Sie vorerst mit einem weiteren Limca-Fenny vorliebnehmen?«

»Ja.«

»Sie muss noch fahren«, sagte Kishone.

Auf dem Balkon kam Saxona noch einmal auf das Eishockeyspiel zu sprechen.

»Was ist damit?«

»Wer hat es gewonnen?«

»Da fragen Sie noch?«

»Ja.«

»Natürlich haben die Inder das Spiel gewonnen«, antwortete Olencio. Er zog ein letztes Mal an der Zigarette, dann schnippte er die Kippe über die Brüstung.

Durch das Treppenhaus begleitete er sie zurück auf die Straße. »Wenn Sie mich das nächste Mal besuchen, lassen Sie den alten Grantler zu Hause. Werden Sie mich ein weiteres Mal besuchen, schöne Saxona?«

»Das werde ich. Sie müssen mir noch einiges erzählen. Ich habe bereits so viele interessante Geschichten gehört. Über Sie, über Bailey, über Ihre Mutter Palmira.«

»Dabei war Kishone bei den interessantesten Geschichten nicht einmal dabei.«

»Das will ich hoffen, Olencio.«

»Oh, ich habe da noch einiges in petto. Wunderbare Geschichten. Sie müssen mich nur besuchen. Kommen Sie mich besuchen? Kommen Sie?«

»Unbedingt, Olencio.«

»Ich mache noch ein Bild von euch. Stellt euch mal vor das Motorrad. Kodachrome – eine Aufnahme für die Ewigkeit. Jetzt steh doch mal nicht so steif da, Kishone. Man könnte sonst noch meinen, du seiest Inder.«

»Ich bin Inder!«

»Also wirklich. Jetzt mach dich doch mal locker. Sei nicht so förmlich.«

»Ich mag diese Posiererei nicht.«

»Wenn ein Mensch weiß, dass er fotografiert wird, ist alles Pose, selbst die Unpose – die vielleicht am meisten.«

»Sie sind ein Philosoph, Olencio. Es steht völlig außer Frage, dass ich Sie heiraten würde.«

»Den Satz habe ich aus einem Comic. Say Cheeeese.« Saxona und Kishone grinsten wie die Haifische.

Wieder hatte es zu regnen begonnen.

»Niederschläge dieser Art sind außerhalb des Monsuns absolut außergewöhnlich«, sagte Olencio. »Absolut außergewöhnlich.«

* * *

Im Zickzackkurs ging es weiter nach Südosten. Izmit, Bursa, Adapazarı, die Landkarte wie ein Schnittmuster. In Ankara trafen sie unvermittelt auf einen Bekannten Toms. Mitten auf dem Basar stand er plötzlich vor ihnen. Nach dem ungläubigen Staunen die üblichen Sprüche: die Welt ein Dorf et cetera. Der Bekannte arbeitete als Regisseur. In Ankara drehten sie einen Spot für einen koreanischen Geländewagen, von dem Sax noch nie etwas gehört hatte. Zu dritt schlenderten sie weiter. Die Männer kamen auf gemeinsame Bekannte und alte Geschichten zu sprechen. Sax erfuhr, dass sie sich aus einem Frankfurter Ruderverein kannten. Sie hatte vergessen, dass Tom auch gerudert hatte. Die Harvard-Erzählungen ihrer Mutter schossen ihr durch den Kopf, aber sie kam zu keinem klaren Ergebnis. Durch Stefan war sie plötzlich abgemeldet. Das war ihr bei Tom noch nie passiert. Ihr gefiel die Rolle der stummen Beobachterin. Beide Männer redeten zu laut, schrien fast. Sax sah, wie Tom gerade dieses Zulaute genoss. Wahrscheinlich kam er sich wie Lawrence von Arabien vor, wie ein Araber selbst. Seine Augen strahlten im sonnenverbrannten Gesicht mit seinen Zähnen um die Wette. Immer wieder schüttelten beide Männer ihre Köpfe. Die Welt ein Dorf! Nie zuvor hatte sich Sax so zu Tom hingezogen gefühlt, nie hatte sie ihn mehr gemocht als in dieser Viertelstunde, die es bis zum Abschied brauchte, denn ausgerechnet an diesem Abend hatte Stefan keine Zeit für ein gemeinsames Essen. Nachtdreh. Und morgen schon, erklärte Tom, seien er und Sax in Kayseri. Abenteuer.

Die Männer umarmten sich. Sax wurde geküsst. »Jetzt aber bleiben wir in Kontakt.« »Natürlich!« Tom stand die Motorradkleidung. Die schwere staubige Jacke, die ausgetretenen Stiefel, das an seinen Rändern vom Fahrtwind ausgefranste, schmutzige Tuch, das er jetzt lässig gebunden um seinen Hals trug. Mel Gibson in ›Mad Max I‹, als er noch cool und kein Arschloch war. Immer diese Filmvergleiche, aber sie boten sich an.

Das Hotel in Batman bot türkischen Drei-Sterne-Komfort. Wurst, zweierlei Käse, Oliven, Gurken, Kaffee, diverse Säfte, wässriges, süßlich schmeckendes Rührei.

Tom gefiel es, an einem Ort zu sein, der hieß wie ein Superheld. Er glaubte, er sei der Erste, der das bemerkte. Seit ihrer Ankunft am gestrigen Abend kam er immer wieder darauf zu sprechen.

»Wusstest du, dass sie hier einen Vorort mit dem Namen Robin haben? Haha, so klein, dass er auf keiner offiziellen Karte eingezeichnet ist, der Stadtteil ›Grüner Kobold‹ ist da schon bekannter.«

»Der Grüne Kobold ist aus ›Spiderman‹.«

»Superheld ist Superheld.«

Tom ging noch einmal ans Buffet und kehrte mit zwei Gläsern Multivitaminsaft zurück.

»Warum definieren wir uns nicht als Paar?«

»?«

»Ich meine, wir reden zusammen, wir reisen zusammen, wir ficken zusammen.«

»Gegenfrage: Warum brauchst du für alles eine Schublade? Wir reden zusammen, wir reisen zusammen, wir ficken zusammen. Ist doch schön. Reicht doch. Wozu brauchen wir eine Definition?«

»Eine Definition würde Zukunft suggerieren.«

»Das ist intellektueller Quatsch. Reichst du mir noch einmal die Gurken? Wie sich das schon anhört: *Eine Definition würde Zukunft suggerieren.* Für mich riecht der Begriff Paar, oder noch schlimmer, Pärchen, nach Einschränkung. Händchenhalten, Zahnpastaflecken im Waschbecken, dümmliches gemeinsames Grinsen. Unterhaltungen finden nur noch in Andeutungen, Zisch- und Knacklauten statt, weil man sich so super versteht. Und später ein Haus, nein, ein Häuschen. Allein bei dem Gedanken daran fühle ich im Hals einen Kloß, groß wie ein …«

»Kloß?«

»Ja, genau, einen Kloß, groß wie ein Kloß.«

»Aha.«

»…«

»Muss ja nicht gleich ein Häuschen sein, ein Wohnungchen würde für den Anfang doch genügen.«

»Tom, ich kotz gleich. Würdest du bitte damit aufhören. Wenn dir der Tag lieb ist, solltest du unbedingt damit aufhören. Du hast vierzig Jahre nicht wie ein Spießer gelebt, da wirst du die paar Wochen, die wir noch miteinander unterwegs sind, auch noch schaffen. Ich glaub, ich brauch erst mal eine Zigarette.«

»Unterwegs kann man überhaupt nicht spießig unterwegs sein, das schließt sich gegenseitig aus.«

»O doch, man kann, man kann! Wo sind nur die scheiß Zigaretten?«

»Ich habe dich lediglich gefragt, wieso wir uns nicht als Paar definieren, und du machst gleich so eine Show daraus.«

»Tom, lass es einfach. Die Frage ist scheiße. Ich bin noch nicht so weit. In Ordnung? Können wir uns darauf einigen, dass ich noch nicht so weit bin?«

»Du bist noch nicht so weit? Das bedeutet, du gehst davon aus, einmal so weit zu kommen?«

»Das habe ich nicht gesagt.«

»Doch, vor zwei Sätzen sagtest du, du seiest *noch nicht* so weit. Für einen Germanisten ist das Beweis genug.«

»Du bist Deutschlehrer, kein Germanist.«

»Was, glaubst du, musste ich studieren, um Deutschlehrer zu werden? Sinologie?«

»Okay, Mister Klugscheißer. Sagen wir es so. Ich möchte uns nicht als Paar definieren. Hörst du ein *noch* in meinem Satz? Hörst du eines? Wahrscheinlich ist dir *möchte* noch zu schwach. Na gut, ändern wir es um. Ich *will* uns nicht als Paar definieren. Ich will nicht, will nicht, will nicht. Verstanden? Ich will weder mit einem Germanisten noch mit einem Deutschlehrer zusammen sein, und mit einem Sinologen möchte ich es auch nicht.«

»Noch nicht.«

»Genau …, nein, nicht zur Zeit nicht, überhaupt nicht!«

»Lehrer verdienen gut, zumindest in Deutschland.«

»Wenn sie einen Job haben.«

»Siehst du, ein Lehrer ist nur mit einem Job ein richtiger Lehrer, ansonsten ist er Germanist, zumindest wenn er Germanistik studiert hat.«

»Oh, Tom …«

»Wieso wehrst du dich so gegen das Glücklichsein?«

»Ich wehre mich nicht gegen das Glücklichsein, ich will eben nur keinen Freund, das ist alles. Ist ja nicht so, dass ich es nie versucht hätte, ist aber im Moment gerade nicht mein Ding.«

»Im Moment.«

»Tom, bitte, auf diesem Niveau unterhalte ich mich nicht weiter. Wieso rechtfertige ich mich eigentlich vor dir?«

»Wir schlafen miteinander.«

»Okay, wir hören damit auf.«

»Das will ich nicht.«

»Ich auch nicht, also halt die Klappe und verkompliziere die Dinge nicht unnötig.«

»Wenn wir kein Paar sind, bedeutet das, wir können mit jedem ins Bett wann immer und wo immer wir wollen?«

»So viele potentielle One-Night-Stands laufen uns hier in Anatolien ja nicht über den Weg.«

»Theoretisch, meine ich.«

»Ja, theoretisch könnten wir jederzeit und jederorts mit jedermann ins Bett. Mit jederfrau natürlich auch.«

»Wieso willst du das? Glaubst du, noch nicht genug erlebt zu haben, nicht genug Liebhaber, nicht genug Selbstverwirklichung und so weiter? Das ist eine ganz normale Phase bei Frauen deines Alters. Meist geht das zusammen mit einem gewissen Fatalismus, Sex ohne Verhütung und so weiter. Danach kommt zwangsläufig die Phase, in der du dir ein Kind wünschst, da kannst du überhaupt nichts gegen machen, das sind die Hormone.«

»Du kennst dich aus.«

»Ich habe das oft genug erlebt. Ich habe dir gesagt, dass ich ein gebrauchter Mann bin.«

»Herzlichen Glückwunsch. Dann solltest du allerdings auch wissen, dass man Frauen in meiner Phase nicht nerven sollte. Ich sag dir Bescheid, wenn ich das nächste Level erreiche, bis dahin verschone mich mit deinen Theorien.«

»Dir würde es also nichts ausmachen, wenn ich heute noch ein Mädchen kennenlernen und mit ihr in die Kiste gehen würde?«

»Probier's aus. Zieh los, stürz dich in den Trubel von Batman und schnapp dir eine. Du solltest danach aber für die ersten Tage ihren Brüdern aus dem Weg gehen, aber vielleicht ist das ja auch part of the adventure.«

»Dein Anglizismus passt nicht so ganz.«

»Du hast recht, ich nehm ihn zurück.«

»Ich sehe keinen Vorteil in diesem undefinierten Mist. Für mich ist deine Einstellung Feigheit.«

»Ich bin dir keine Rechenschaft schuldig, Tom. Ich will keinen Freund. Punkt. Für mich ist das Freiheit. Der bürgerliche Traum, der sich hier gerade bei dir offenbart, ist schon bedenklich, beinahe erschreckend. Da hätte ich dir mehr zugetraut.«

»Liebst du mich?«

»Liebe? Hast du sie noch alle? Wir kennen uns erst ein paar Wochen, und du fragst mich, ob ich dich liebe? Das ist nicht dein Ernst.«

»…«

»Meine Mutter habe ich geliebt, meine Großeltern …«

»Volker?«

»Ich glaube nicht, aber immerhin war die Sache mit Volker lang genug, um darüber nachzudenken, ob ich ihn geliebt habe. Wenn du mich nach so kurzer Zeit schon fragst, ob ich dich liebe, zeugt das von deinem pubertären und inflationären Umgang mit diesem Begriff.«

»Romeo und Julia haben sich bereits nach wenigen Stunden geliebt.«

»Romeo und Julia waren vierzehn, Tom, nicht vierzig. Sie haben in Versen gesprochen.«

»Okay, lassen wir das.«

»Besser so. Noch besser wäre gewesen, wir hätten nie damit angefangen.«

Toms Absicht, ein Ei zu köpfen, misslang. Er hatte das Messer zu weit in der Mitte platziert, Dotter spritzte auf sein T-Shirt. Trust me, I'm a flanker, stand darauf. Sax lachte.

»Eines weiß ich sicher, wenn ich jemals wieder zu einem Mann *Ich liebe dich* sagen sollte, wird es kein Mann sein, der ein Motto-Shirt trägt.«

»Jemals wieder?«

»Jesus!«

* * *

An einem Tag kann vieles passieren: In einer Stadt, in der er sich nicht auskennt, in der er sich lediglich befindet, da sein Zug mit einem Maschinenschaden ausgefallen ist, zu dessen Behebung es einiger Stunden bedürfen wird, biegt ein Mann auf der Suche nach etwas

Nahrhaftem – eine Portion Dhal, einige Samosas oder eine Thukpa-Suppe schweben ihm vor – in eine beliebige Straße, in der er vor einer Schneiderei von einem Tankwagen überfahren wird, dessen Eigentümer sich an diesem Morgen spontan überlegt hat, die jungen Burschen auf ihrem beschwerlichen Pilgermarsch von Hadiwar zurück in ihre Heimatdörfer auf eigene Kosten mit frischem Trinkwasser zu versorgen.

An einem Abend, an dem er sich bereits entschieden hatte, zu Hause zu bleiben, um noch einen Roman zu Ende zu lesen oder etwas Musik zu hören, entschließt sich ein Mann entgegen seinem ursprünglichen Plan, doch noch einmal auszugehen. In einer Bar trifft er einen anderen Mann, mit dem er die Nacht in dessen Hotelzimmer verbringt. Später sterben beide an einer Krankheit, die es zum Zeitpunkt ihres ersten Treffens offiziell noch nicht einmal gibt.

Ein Mädchen, gerade einmal sechzehn, aber alt genug für alles, wie ihre Mutter sagt, soll gegen ihren erklärten Willen mit einem ihr Unbekannten verheiratet werden. Am Tag der Brautschau will sie sich aus dem Fenster stürzen. Bereits auf der Fensterbank stehend, entscheidet sie sich, vielleicht aus verständlicher Feigheit, vielleicht aus dem Zweifel heraus, ob sie sich mit dem Sturz aus dem dritten Stock nicht womöglich eine Querschnittslähmung anstelle des beabsichtigten schnellen Todes einhandelt, anders. Sie lässt sich, zur Salzsäule erstarrt, von ihrer Mutter und ihren Schwestern herausputzen. Wenig später wird sie ihrem Bräutigam vorgestellt, in den sie sich auf der Stelle verliebt.

Bei Alwar vergewaltigen drei Männer eine junge Frau. Eine Angehörige einer niederen Kaste, die ihnen zufällig auf der Straße begegnet. Nach der Tat werfen sie ihr schwerverletztes Opfer auf den Müll. Einer der Vergewaltiger, ein fünfunddreißigjähriger Familienvater, besucht am selben Abend mit Frau und Kindern ein Kino. Als am Ende des Films Held und Heldin zusammenfinden, weint er vor Rührung.

An einem Strand bei Calangute eilt ein Moslem einem Hindu zu Hilfe, der sich zu weit in die Brandung hinausgewagt hat. Zurück an Land teilen sich die beiden erschöpften Männer die letzte, feucht gewordene Bidi des Hindu, der sie umständlich und mit zitternden Händen unsicher lachend entzündet. Einige Jahre danach erschlägt der Hindu in Delhi einen Sikh und entkommt unerkannt in der Menge.

Eine Frau erfährt, dass ihr Flug überbucht ist. Für den Gegenwert eines 5000-Flugmeilen-Tickets nach Wahl lässt sie sich überreden, die nächste Maschine zu nehmen. Der Flug, den sie dafür verpasst, erreicht planmäßig sein Ziel.

In seinen ersten Minuten bietet ein Tag ein ganzes Universum an Möglichkeiten, vierundzwanzig Stunden später sind sämtliche Entscheidungen unwiederbringlich gefallen. So ist der simple Gang der Dinge.

Ho, Ho, Ho Chi Min. Zehn Uhr am Morgen, heute hatte sich die Revolution den Wecker gestellt. Dreifingers Klopfen brachte Kishone und Amitabh auf die Beine. Vor der Toilette trafen sie aufeinander und beschlossen, da diese besetzt war, zunächst einen Kaffee zu trinken.

Im Nebel unzähliger Zigaretten wurden schon lautstark Diskussionen geführt, Stadtpläne studiert und Brote geschmiert. Zum Gurgeln der Kaffeemaschine spielte das Radio Tanzmusik. In unregelmäßigen Abständen lachte Shiva hysterisch. Ein Typ in Pelzjacke, den Kishone noch nie gesehen hatte, brachte frische Brötchen, eine Stange R6 und eine FAZ. Rolf deutete auf die Zeitung, bezeichnete den Fremden als reaktionäres Arschloch und küsste ihn auf die Stirn. Rolf erklärte Kishone, dass der Neuankömmling bei der Post arbeite und sich Urlaub genommen habe. Der nächste Fremde, ebenfalls in Pelzjacke, verkündete lautstark, dass er soeben hervorragend geschissen habe – dafür keine Zärtlichkeiten. Lediglich Shiva lachte erneut. »Geschissen«, wiederholte der Scheißer.

Ununterbrochen klingelte das Telefon. Immerhin hatte Dreifinger es leise gestellt. »Ja«, sagte er, wenn er abhob, oder »nein« oder »ja, am Alex«. »Hast du nicht dieses Knacken gehört? Da war doch so ein merkwürdiges Knacken in der Leitung«, sagte er einmal, danach legte er hastig auf und zog den Stecker aus der Buchse.

Dreifingers Vater belegte Brötchen mit Corned Beef, das er mit einem Messer aus einer zwischen den Beinen eingeklemmten Metalldose pulte. Seinen fehlenden Arm kompensierte er mit Fröhlichkeit. Er genoss die Aufmerksamkeit der Austauschschülerin, die von ihren Eltern mit besten Absichten aus North Dakota zu Shiva über den großen Teich geschickt worden war.

Dreifinger kam zur Einteilung der Autos. Ein Hanomag-Bus, ein Käfer sowie ein Peugeot 504, von dem er aus unerfindlichen Gründen Farbe – Metallicblau – und Sonderausstattung – Ledersitze schwarz, Automatikgetriebe – erwähnte, standen zur Verfügung, sein Capri war, seit der sich bei einem missglückten Startversuch vor zwei Tagen einen Kolbenfresser zugezogen hatte, außer Gefecht. »Insgesamt Platz für zwanzig Leute, wenn wir ein bisschen zusammenrücken.«

Amitabh unternahm einen letzten Versuch, aus der Nummer herauszukommen: »Ich bleibe hier. Ich hab's euch gesagt, Politik ist nichts für mich. Ich schau stattdessen mal nach deinem Wagen. May ist auch nicht dabei, heute Nacht hat sie wieder gekotzt.«

Kishone beeilte sich hinzuzufügen, dass mit ihm ebenfalls nicht zu rechnen sei, da schließlich heute Joan eintreffe. Die Kommunarden schüttelten missbilligend ihre Köpfe. Obwohl ihn das Angebot Amitabhs, den Capri zu reparieren oder doch zumindest mal nach ihm zu schauen, reizte, verschanzte sich Dreifinger dahinter, dass Amitabh ihm schließlich versprochen habe, ihn »am Alex zu unterstützen«, und verwies auf seine Enttäuschung angesichts seiner nun schon seit Wochen praktizierten Gastfreundschaft.

»An Leuten wie euch scheitert noch der real existierende Sozialismus«, sagte der, der eben die FAZ in die Wohnung gebracht hatte.

»Bin mir gar nicht so sicher, ob ich den real existierenden Sozialismus will«, konterte Amitabh. Zärtlich strich er Melody, die sich gerade einen Kaffee einschenkte, über den Bauch. Rolf schaltete sich ein: »Die Alternative ist der Schweinestaat.«

»Ich mag Schweine. Kleine Schweine sind rosa und kuschelig. Wegen Schweinen bin ich Vegetarierin geworden«, antwortete ihm Melody.

Rolf begann zu grunzen. »Achte du mal bloß auf deinen Eiweißhaushalt.«

Lediglich Tessi blieb pragmatisch, indem sie feststellte, dass sie mit drei Personen weniger schließlich auf den Käfer verzichten könnten. Letztendlich lieferte Dreifinger senior das Argument, das die Diskussion beendete: »Ihr reist durch die Welt und behandelt sie mit einem stinkenden Hochmut.« Das wollten sich weder die Inder noch Melody vorwerfen lassen. »Okay, dann aber zumindest im Peugeot«, sagte Amitabh.

Rolf hielt den Schlüssel mit dem Löwensymbol in die Höhe. Am noch früheren Morgen hatte er ihn aus der abgelegten Anzugshose seines Vaters geklaut.

Am Alex gab es ein Geschäft für Kunstgewerbe, genau vor der überdimensionierten Tafel, die für das Neue Deutschland warb. Exakt dort wollten sie sich um Viertel vor drei treffen. Die verbleibende Zeit hatte Dreifinger zur freien Verfügung gestellt. Jeder kenne dieses Geschäft, hatte er seiner Gruppe gesagt, als sie sich zu Fuß, zunächst noch gemeinsam, in Richtung Alex aufmachten. Um halb drei stellte Dreifinger erstmals fest, dass seine Einschätzung des Bekanntheitsgrades des von ihm vorgeschlagenen Treffpunkts zu optimistisch gewesen war, da er ihn selbst zunächst nicht zu finden vermochte. Dreifinger hoffte, dass die sonstigen Angaben seines Verbindungsmannes zutreffender waren.

Um zehn vor drei erreichte er als einer der Letzten den Treffpunkt. Trotz seiner Verspätung fühlte er sich entspannt. Im tiefsten Inneren war Dreifinger nämlich zuvor überzeugt gewesen, dass das ihm so wichtige Projekt in letzter Sekunde noch scheitern könne, am MAD, dem FBI, dem KGB, der Stasi, an wem auch immer.

Er schlenderte zu Amitabh, Kishone und Melody, die sich mit Shiva, ihrer Amerikanerin und Tessi zusammengefunden hatten. Links daneben unterhielten sich sein Vater, der Postmann und der Scheißer mit einem jungen Ostberliner. Mit ihren Pelzjacken wirkten der Postmann und der Scheißer wie verirrte Luden. Gerade erkundigte sich der Einheimische höflich bei ihnen, ob sie homosexuell seien. Als sie zum Spaß bejahten, lud er sie zur Schwulengruppe – »immer freitags um acht, außer vielleicht heute« – in die evangelische Kirchengemeinde ein und zog von dannen.

An der Bühne von Expreß Berlin näherte sich die Stimmung bereits dem Siedepunkt. Das Bier floss in Strömen, die Menge tanzte zum Gejaule der Rückkopplungen, das die Musik häufig für Sekunden verschluckte. Melody hakte sich bei Kishone unter: »Wie in Istanbul.« Gerade hatte er das Gleiche gedacht. Und am Abend Joan.

Kishone fotografierte, was ihm vor die Linse kam. Zu den feiernden Jugendlichen bildeten die Herren in

Plastikmänteln und Lederjacken an den Ausfransungen des Feierteppichs einen künstlerisch reizvollen Kontrast. Später würde keiner der Beteiligten den Zeitpunkt genau zu benennen wissen, an dem die Stimmung kippte. Auch ob zuerst die gebrüllte Parole »Scheiß Uniformen« oder ebenjene Uniformen selbst wahrzunehmen waren, blieb von der eigenen politischen Einstellung abhängig. Unumstritten war, dass plötzlich Uniformteile in die Hände derer gerieten, die sonst eher wenig mit so etwas am Hut hatten. Und da sie nichts Besseres damit zu tun wussten, begannen sie, diese Uniformteile anzuzünden. Das ließ die Herren an den Rändern aus ihrer Zuschauerrolle heraustreten. Einige hetzten Hunde in die Menge, andere begannen, mit ausfahrbaren Stöcken und bloßen Fäusten wahllos auf die jungen Leute um sie herum einzuprügeln.

Der Auftritt von Expreß Berlin war beendet, jetzt kämpften sich einige Rettungswagen mit eingeschaltetem Martinshorn in Richtung Bühne voran. Die Information, dass sich mehrere Menschen beim Sturz in einen Luftschacht verletzt hätten, machte die Runde. Mitten im Getümmel traf Kishone auf Amitabh und Melody, die er kurzzeitig verloren hatte. Während Amitabh ankündigte, schnellstmöglich verschwinden zu wollen, da ihm die Sache für Melody zu gefährlich werde, entschied Kishone, noch zu bleiben, um Fotos zu schießen, die er dann an Reuters verkaufen wollte. »Wir treffen uns bei den Autos oder in der Wohnung« war das Letzte, was er von Amitabh hörte, Melody warf ihm eine Kusshand zu, dann waren die beiden wieder verschwunden. Irgendwo bellte ein Hündchen. Die nächsten Bekannten, denen Kishone begegnete, waren Rolf, der Postmann und der Scheißer. Mit glühenden Gesichtern arbeiteten sie hektisch daran, Steine aus dem Pflaster zu lösen, um sie als Wurfgeschosse zu verwenden. Dass Rolf hierfür als Hilfsmittel den Peugeotschlüssel verwendete, würde seinem Vater nicht gefallen. Tessi, Shiva und deren Amerikanerin kamen in Kishones Blickfeld. Sie hatten einander an den Händen gefasst, und beinahe sah es so aus, als tanzten sie gemeinsam durch die schäumende Menge. Die Amerikanerin jauchzte vor Erregung, so spannend hatte sie sich Europa nicht vorgestellt. Kishone fotografierte, wie aus einigen Häusern dampfend heißes Wasser auf die Menge geschüttet wurde. Polizisten mit Schild und Knüppel gingen dazu über, kleinere Gruppen zu separieren und auf sie einzudreschen. Von außen schoben andere unter »Nazi-Nazi«-Rufen Mülltonnen in Richtung der Polizeiketten. Mit seinem Rücken stieß Kishone mit einem Mann in braunem Sportsakko zusammen, wie er ein Fotograf. Beide Männer lachten, als sie ihre Kameras entdeckten, dann machten sie gegenseitig im selben Moment ein Bild voneinander. »Un Canon aussi!«

»Jau, good camera, I love it. Eine schöne Scheiße ist das hier …«

»…?«

»Scheiße, shit, merda …«

»Oui, merde!«

Wieder bellte das Hündchen. Ein blutender Mann

torkelte Kishone vor die Füße, Kishone stapfte über ihn hinweg, bemüht, nicht auf ihn zu treten. Ein Junge und ein Mädchen, beide noch halbe Kinder, stolperten übereinander. Kishone packte das Mädchen am Arm, versuchte, sie wieder auf die Beine zu stellen. Ein Vopo drängte sich dazwischen. Kishone hört das Krachen wie ein Außenstehender, als der Knüppel des Polizisten auf seine Schulter heruntersauste, Sekundenbruchteile später kam der Schmerz wie eine Flamme von innen herangerast. Auf dem Boden lag eine Flasche, Kishone bückte sich. Der nächste Schlag des Polizisten traf ihn im Genick. Trotzdem kam er wieder hoch, die Flasche zerbrach am Schild des Polizisten, jetzt hielt Kishone eine scharfe Waffe in seiner Hand. Erneut holte der Polizist mit aufgerissenen Augen zu einem Hieb aus, er war kein junger Mann mehr, wahrscheinlich hatte er Kinder. Bevor sein Knüppel Kishone den Schädel spalten konnte, wurde der Inder am Arm gepackt und fortgerissen. Schnaufend schob Dreifinger ihn vor sich her. »Was machst du denn?«

»Kämpfen! Du hast recht, Eddi.« Das Überangebot an Adrenalin machte Kishones Rede laut und pathetisch. »In diesen Tagen kann man seine Augen nicht vor den Ereignissen verschließen. Heute unpolitisch sein, heißt den Dingen mit verschissenem Hochmut zu begegnen. Dein Vater hat recht. Joan hat recht. Joan …«

»Aha, neue Erkenntnisse, verstehe, das kann einen schon mal verwirren, aber wenn du schon Steinzeit spielen musst, sieh gefälligst zu, dass du auf der richtigen Seite stehst! Wir sind zum Alex gefahren, um unsere sozialistischen Brüder an ihrem Nationalfeiertag in ihrem pazifistischen Kampf zu unterstützen, nicht den Scheißschweineklassenfeind in seinen gewaltpropagandistischen Aktionen.«

»…«

»Wir sind hier, weil wir deeskalieren sollten«, schrie Dreifinger. »Wir hatten die Aufgabe, dafür zu sorgen, dass die Stimmung ruhig bleibt, und was machst du? Prügelst mit den Chaoten auf die Polizisten ein.«

»Die Bullen haben doch angefangen. Die Leute waren im Recht, wie sie nur im Recht sein konnten.«

»Du spinnst, Kishone. Die DDR ist ein funktionierendes kommunistisches System, und wer sich gegen dieses System stellt, ist ein Nazi, so einfach ist das. Und wenn er ein Nazi ist, bekämpfen wir ihn mit Argumenten, es ist nämlich nicht schwer, gegenüber einem Nazi die richtigen Argumente zu vertreten. In die Fresse haust du ihm erst, wenn nichts anderes mehr hilft. Hörst du? Nichts anderes mehr. Wir sind Linke, Kishone, intellektuelle Linke. Weißt du, was das heißt, Linker sein? Und weil wir Linke sind, unterstützen wir die internationale linke Sache.«

Auf dem Weg zum Parkplatz trafen sie Shiva mit ihrer Amerikanerin, die Amerikanerin mit einer dicken Beule auf der Stirn. Sie nahmen den Käfer, der Hanomag und der Peugeot standen noch auf ihren Plätzen. Am Grenzübergang wurden sie gefilzt. Dreifingers Papiere interessierten den verantwortlichen Grenzer nicht. »Sei froh, dass ich euch nicht zu Fußgängern mache, Bürger«, sagte er, als sich Kishone darüber beschwerte, dass die Canon eingezogen wurde.

⋆ ⋆ ⋆

Komme heute raus. Ivj packe schon meine Sachen. Noch eine Visite, und dann nix wie weg. Freue mich darauf, dich zu sehen :o) Tom. Saxona löscht die SMS und stellte ihr Handy aus. *Ivj packe.* Sie überlegte, wie der Tippfehler zustande gekommen sein könnte. Auf der Tastatur lag das v vom c meilenweit entfernt, das i trennte vom h immerhin eine Taste. Ivj – wie sprach man das aus? Betont man es ähnlich wie Ivy – Efeu? Was ja auch inhaltlich einen gewissen Sinn ergäbe.

Saxona mochte es nicht, wenn Männer in ihren SMS Smileys verwendeten. Verdammt unsexy fand sie das.

»Noch einen Cocktail vor Sonnenuntergang?«, sagte sie zu Vimala. Als die sich aufrichtete, blieb die kunststoffüberzogene Matratze der Strandliege an ihrem Rücken haften, so dass sie sie ein paar Zentimeter mit in die Höhe zog. Sax wunderte sich darüber, dass eine Frau wie Vimala überhaupt schwitzte. Aus einiger Entfernung winkte die Kokosnussfrau, aus dem Curlies wehte der Rauch der Kiffer zu ihnen herüber. »Wie würdest du die Buchstaben I, V und J als Wort zusammenhängend aussprechen?«, fragte sie Vimala.

»Wieso nur *einen* Cocktail?«, murmelte die.

⋆ ⋆ ⋆

Nachdem sie auf dem Parkplatz über eine Stunde auf Amitabh und Melody gewartet hatten, beschlossen Rolf und Alibi noch einmal, auf den Alex zurückzukehren, um nach den Vermissten zu suchen. Die anderen traten mit dem Hanomag die Fahrt in den Westteil der Stadt an. Gegen sieben waren sie zurück in der Kommune. Hier befand sich die Stimmung auf dem Nullpunkt. »Ich glaube, das war's«, sagte Dreifinger, als er ihnen die Tür öffnete. Niemand widersprach.

Die Tagesschau erwähnte die Vorfälle auf dem Alex mit keinem Wort. Dreifinger regte sich darüber auf, dass im Zuge der Ermittlungen in der Schleyer-Entführung Wohnungen durchsucht wurden. »Pure Willkür«, kommentierte er das Geschehen. Nach der Wettervorhersage fiel mit einfachem Mehrheitsbeschluss die Entscheidung, den weiteren Abend im Cri du Chat zu verbringen. Dreifingers Laune schwebte wie Helium in der Luft. Keiner rauchte.

»Ich bleibe hier, ich warte«, sagte Kishone. Er fragte sich, aus welchem Grund Joan sich noch nicht gemeldet hatte. Er war nervös, versuchte es sich aber nicht anmerken zu lassen. Seinen Kaffeebecher führte er mit beiden Händen zum Mund. Er sah Dreifingers unruhig suchende Augen fiebrig glänzen. Als Tessi ihm die Hand auf die Schulter legte, griff Dreifinger danach und drückte sie kurz und heftig. Kishone blieb am Tisch zurück wie ein Mann, der nach einer beunruhigenden Diagnose seinen endgültigen Befund erwartete.

Um zehn nach neun klingelte endlich das Telefon. Vor dem zweiten Klingeln hatte Kishone den Hörer bereits am Ohr.

»Joan!«

»Ja, Kishone. Ich bin's. Schön, dich zu hören.«

»An welchem Flughafen kommst du an? Du hast es gesagt, aber, verrückt, ich habe es vergessen. Ich war so aufgeregt, als du es mir sagtest.«

»Kishone?«

»Ich hole dich ab. Natürlich hole ich dich ab. Nicht mit der Bahn. Ich komme mit dem Taxi. Ich habe genug Geld. Sie zahlen gut in der Fleischfabrik.«

»In der Fleischfabrik?«

»Jau. Fleischfabrik, dachte, ich hätte davon erzählt. Ich erzähle dir später davon. Ich habe viel zu erzählen. Wann kommst du?«

»In acht Tagen. Der Flieger war überbucht. Ein früherer Flug nach Berlin war nicht zu bekommen.«

»...«

»Kishone?«

»...«

»... und versprich dir nicht zu viel davon. Ich freue mich auf dich. Aber versprich dir nicht zu viel davon.«

»Wovon soll ich mir nicht viel versprechen?«

»Du weißt, was ich meine.«

»Weiß ich das?«

»Ja.«

»Scheiße.«

»Es tut mir leid. Vielleicht ist es ja auch anders. Ich weiß es nicht.«

»Du hattest einen Platz in der Maschine. Wieso hast ihn wieder verloren? Was haben sie dir dafür gegeben? Geld? Flugmeilen?«

»Ich hatte keinen Platz … es spielt auch keine Rolle.«

»Du hast mir vor Wochen schon erzählt, dass du einen hättest. Ich habe mich gefreut.«

»Ich hatte keinen Platz, Kishone.«

»Sprich mit mir nicht wie mit einem Kind …«

»Dann verhalte dich nicht wie eines. Ich hatte keinen Platz. Du hast viel auf mich projiziert. Zu viel. Zu viel auf uns. Sicherlich habe ich auch Fehler gemacht, aber …«

Kishone legte auf.

Einen Augenblick überlegte er, dann erledigte er den Ficus Benjamin des Bärtigen Hans mit einem Schlag, dessen Heftigkeit ihn selbst überraschte. Wie Schrapnellgeschosse spritzten die Kügelchen aus geblähtem Ton und die Scherben des Übertopfes durch die Luft. Ein zitronengelber Splitter verletzte Kishone unter seinem linken Auge.

Wieder klingelte das Telefon. Kishone zog den Stecker und ging ins Bad. Als er sein Gesicht in den Spiegeltüren des Badezimmerschränkchens bluten sah, schlug er auch sie mit der bloßen Faust entzwei. Das Schränkchen riss aus seiner Verankerung, krachte ins Waschbecken und gab seinen Inhalt frei. Schminkutensilien, Wattestäbchen und Tampons verteilten sich auf dem weißgekachelten Boden, eine Flasche Old Spice explodierte, eine Dose Creme 21 schleuderte bis in die geöffnete Klosettschüssel. Zu seiner eigenen Verwunderung blieben Kishones Hände bei alledem völlig heil, dafür drang, als er das Bad verließ, eine Spiegelscherbe in seinen linken Fußballen. Shiva war inzwischen in den Flur gekommen und versuchte ihn zu beruhigen. Unter lautstarkem Protest schob er sie in Tessis Zimmer zurück und schmiss die Tür hinter ihr ins Schloss. Eigentlich müssten gleich die Bullen auf der Matte stehen, dachte Kishone, in Deutschland ging so etwas schnell. Er öffnete das Küchenfenster und schaute nach unten. Der Welt war seine Verzweiflung egal. Minutenlang stand er da, atmete, lauschte seinem Puls, versuchte zu erfassen, was eigentlich geschehen war. Es ist nichts mehr zu gewinnen, wenn das Paradies verloren ist!, dachte er. Er begann zu frieren, schloss das Fenster, klopfte an Tessis Tür und bat Shiva um die Sitar. Shiva überreichte sie ihm, wobei sie einen Versuch unternahm, ihn zu umarmen, was er sanft, aber bestimmt verhinderte. Das Instrument zertrat er in tausend Teile. Danach zog er sich, ohne seine Wunden zu versorgen, Schuhe und Jacke an, trank im Stehen noch einen Kaffee, verließ die Wohnung und ging zu den anderen ins Cri du Chat.

Gegen elf erhielt hier der Barkeeper einen Anruf. Das Cri du Chat war kein guter Ort für ein Telefonat. Mit der rechten Hand bedeckte der Barkeeper sein freies Ohr, um überhaupt etwas verstehen zu können. Mehrmals fragte er nach, dann hatte er begriffen. Der Barkeeper fand Dreifinger am Rande der Tanzfläche. Bevor er zu sprechen begann, legte er Dreifinger eine Hand auf die Schulter, ähnlich wie dieser es einige Stunden zuvor bei Tessi getan hatte. Kishone beobachtete die sich verändernde Mimik Dreifingers. *Gesichtszüge entgleisen*, dachte Kishone, in Deutschland war die Mimik auf Schienen unterwegs. Wortlos starrte Dreifinger ihn an, die Hände des Barkeepers ruhten noch immer auf seinen Schultern. Für Kishone war die Angelegenheit klar. Shiva hatte im Cri du Chat angerufen und gemeldet, dass er die Wohnung verwüstet hatte. Er würde Dreifingers Donnerwetter stoisch ertragen, er hatte es nicht anders verdient. Noch immer blickte Dreifinger zu ihm herüber, mehrmals führte er dabei Daumen und Zeigefinger an die Augen, als habe er dort Sand hinein bekommen. Kishone hörte, wie Dreifinger den Barkeeper nach seinem Vater fragte und wie dieser antwortete, ihn an diesem Abend noch nicht gesehen zu haben. Wieder schüttelte Dreifinger ungläubig den Kopf. Jetzt kamen auch Tessi und die beiden Luden herbei. Jetzt übertreiben sie es aber, dachte Kishone. Selbst in der Hitze des Cri du Chat trugen sie Pelzjacken. Und plötzlich standen auch Shiva und Rolf neben Kishone. Der Inder sah, wie Shiva Tessi etwas ins Ohr brüllte oder flüsterte, und als Tessi mit einer ruckartigen Bewegung ihre beiden Hände vor den Mund riss, ahnte er, dass es hier um mehr ging als um ein zertrümmertes Badezimmerschränkchen.

* * *

»So fahre ich nicht mit dir, Sax.«

»Wie?«

»So.«

»Du meinst wegen des Schnurrbarts?«

»Ja.«

»Ich habe ihn gestern auch schon getragen.«

»Gestern war gestern, aber heute ist Schluss. Heute fahren wir über die Grenze. Europa ade. Zivilisation ade. Es ist ein Wunder, dass wir gestern nicht aufgeflogen sind. Den ganzen Tag hatte ich Angst, dass dich jemand als das erkennt, was du bist.«

»Als das erkenne, was ich bin?«

»Als Frau.«

»Ich finde, du intellektualisierst die Sache unnötig, Tom. *Als das erkennt, was ich bin …*«

»Lenk nicht ab. Ich habe jedenfalls Angst, dass du auffliegst und wir gesteinigt werden.«

»Von deinen Geschlechtsgenossen …«

»Du redest eine Scheiße, Sax. Das ist ja unerträglich. Du und dein Gender-Mist. Es sind auch schon Frauen von Frauen gesteinigt worden.«

»Woher weißt du, dass schon Frauen von Frauen gesteinigt wurden.«

»Aus ›Das wilde Leben der Uschi Obermeier‹.«

»Dem Film?«

»Ja.«

»Jesus.«

»Wahnsinnsbrüste, aber zurück zum Thema: Steinigen liegt einfach mehr in der Natur der Frau als in der des Mannes, und es spielt auch überhaupt keine Rolle. Egal, wer mich zu steinigen versucht, mir würde es auf keinen Fall gefallen. Ich habe jedenfalls Angst. Gestern hatte ich die ganze Zeit Angst, dass dir das

Ding von der Lippe weht oder dass es dir jemand abreißt, und als wir endlich in unserem Zimmer waren, hatte ich noch mehr Angst. Ständig bin ich aufgewacht, weil ich dachte, die Polizei pocht gleich an unsere Tür, um uns zu verhaften.«

»Vor einer Verhaftung fürchtest du dich also auch.«

»Ja.«

»Deine Ängste sind recht breitgefächert.«

»Mag sein. Jedenfalls habe ich in der Nacht kaum ein Auge zugetan. Ich bin völlig hinüber.«

»Ich habe wunderbar geschlafen und werde den Bart auf keinen Fall ablegen. Gerade im Iran werde ich ihn dranbehalten. Wenn sie uns erwischen, zeig dich einfach erstaunt. Tu so, als fielst du aus allen Wolken. Behaupte, ich hätte auch dich arglistig getäuscht.«

»Man würde mich für schwul halten. In hiesigen Gefilden ähnlich problematisch. Außerdem kannst du mit deiner Verkleidung ja kaum einen blinden Hirten täuschen. Dein Schnurrbart rückt das Weibliche an dir ja gerade erst in den Fokus. Genauso gut könntest du dir einen zusätzlichen Scheinwerfer am Lenker deines Motorrads montieren und dich während der Fahrt selbst anstrahlen. Es ist, als ob du eine Bluse falsch herum trägst, und man könnte plötzlich alles lesen, was auf dem Etikett steht.«

»Dein Metaphernreichtum haut mich um. Wann hast du dir das alles nur ausgedacht? Heute Nacht, als du vor Angst nicht schlafen konntest?«

»Möglich. Außerdem handelt es sich nicht um Metaphern, sondern um Vergleiche.«

»Lehrer.«

»Nenn mich nicht Lehrer.«

»Herr Lehrer, der Schnurrbart bleibt.«

»Dein letztes Wort?«

»Ja.«

»Dann steige ich aus.«

»Gut.«

»Du kannst alleine weiterfahren.«

»Geht klar.«

»Ich habe deine Pässe noch in meinem Hemd, ich geb sie dir einfach nicht wieder.«

»In Ordnung.«

»Ich mach's. Ich mach's wirklich.«

»Okay!«

* * *

Im Nebenraum des Cri du Chat erzählte Shiva Amitabhs Geschichte. Erst vor einer halben Stunde war der Peugeot nach Charlottenburg zurückgekehrt, und Shiva hatte die Nachricht, die sie zu überbringen hatte, selbst noch nicht begriffen.

Nachdem Polizei und Stasi ihre Zurückhaltung am Rande der aus dem Ruder gelaufenen Nationalfeiertags-Veranstaltung aufgegeben hatten, hatte Amitabh Melody vorgeschlagen, zu den Autos zurückzukehren, um außerhalb der Gefahrenzone auf die anderen zu warten. Melody, die ohnehin nie restlos von Dreifingers Solidaritätsgehabe bezüglich der Deutschen Demokratischen Republik überzeugt gewesen sei, habe zugestimmt, und gemeinsam habe man sich auf den Weg in Richtung Parkplatz gemacht. Während ihres Rückzugs seien sie zunächst auf Dreifingers Vater und wenig später auf Kishone getroffen.

Bereits etwas außerhalb sei Amitabh dann von einem großen, hageren Mann angesprochen worden, mit dem er sich auf ein Gespräch eingelassen habe, wobei vornehmlich der Mann, der sein Gesicht unter der Kapuze eines schwarzen Pullovers verdeckt gehalten habe, gesprochen habe. Eindringlich und gestikulierend habe er auf Amitabh eingeredet, und offensichtlich habe Amitabh das Erscheinen des Fremden aufgewühlt. Einige Male habe er energisch seinen Kopf geschüttelt, als würde er ihm widersprechen, einmal habe er sogar nach dem Mann geschlagen. Über den Inhalt des Gesprächs habe Melody nichts sagen können, da die Männer ihre Konversation nicht so laut geführt hätten, dass sie in dem um sie herum herrschenden Tumult zu verstehen gewesen wäre. Lediglich einmal habe sie Amitabh die Worte »But please« rufen hören, worauf der Fremde gelacht und ihn mit einer gewissen Theatralik bei den Schultern gepackt habe. Er müsse, habe Amitabh Melody daraufhin erklärt, noch einmal auf den Alex. Er habe ihr einen flüchtigen Kuss gegeben, sie gebeten, sich keine Sorgen zu machen, und sie aufgefordert, ihm nicht zu folgen, was sie verwunderte, da er sie noch niemals irgendwo alleine habe stehenlassen, erst recht nicht in einem solchen Durcheinander. Da habe es sie nicht beruhigt, dass er sie mit der Aussage, »er mache das schon«, zu trösten versucht habe. Entgegen seiner Bitte sei Melody ihm und dem Fremden dann aber doch gefolgt. Sie habe die Männer allerdings aus den Augen verloren, als ein in die Menge preschendes Fahrzeug der Volkspolizei die Gruppe der Demonstranten in zwei Hälften geteilt habe. Wütend und laut hätten die Demonstranten darauf reagiert, so dass die unmittelbar danach einsetzende Ruhe sofort bedrohlich auf sie gewirkt habe. In diesem Moment der unnatürlichen Ruhe habe Melody sofort gewusst, dass Amitabh etwas zugestoßen sei. Wie eine Schwimmerin habe sie sich durch die Leute bewegt. Als die ersten Rufe nach einem Arzt laut wurden und die Menschen zu schreien begannen wie in einem Romero-Film, habe sich ihr Wissen nur noch bestätigt. Ob das denn sein könne?, habe Melody Rolf gefragt, während sie ihm die Vorgänge schilderte, ob es denn sein könne, dass sich Wissen erhärte, wo doch Wissen schon Wissen sei und nicht etwa Ahnen oder Glauben. Über was die nachdenkt, habe Rolf gedacht, sich die Sache aber sofort damit erklärt, dass es sich bei Melodys Überlegung um eine Art Übersprungshandlung handeln müsse. Das Einsatzfahrzeug, so habe sie Rolf nach ihrem kurzen Innehalten erklärt, sei Amitabh direkt über den Kopf gefahren. Wenigstens musste er nicht leiden, habe sie gedacht und sich zugleich für das Profane dieses Gedankens geschämt. Völlig irreal sei es gewesen, wie die Polizisten sich bemüht hätten, ihre Hunde davon abzuhalten, den Toten zu beschnüffeln – wie in einem langsamen Traum, wie auf einem Gemälde. Sie habe sich neben die Leiche gekniet, um den orangefarbenen Pschyrembel aufzuheben, den Amitabh in einer der Taschen seines Parkas gehabt haben musste und der jetzt neben der praktisch kopflosen Leiche, ja, »kopflose Leiche« habe sie gesagt, auf dem nassen Pflaster gelegen habe.

Als einige Polizisten sie schließlich von dem Toten weggezogen hätten, habe sie sich das gefallen lassen, ohne sich zu wehren. Danach sei sie mit dem Pschyrembel vor der Brust durch die Gegend geirrt, bis sie schließlich Alibi und Rolf getroffen habe.

An dieser Stelle unterbrach Shiva ihre Schilderungen. Sie fragte Rolf, ob er fortfahren wolle. Rolf sah sich dazu außerstande. Auf Dreifingers Zwischenfrage, ob Alibi zu Hause geblieben sei, um sich um Melody zu kümmern, nickte Shiva. Tessi nahm sie kurz in den Arm und küsste sie auf die Stirn. Du machst das gut, sagte einer der Luden.

Alles sei ganz anders gewesen, als sie es in einer solchen Situation erwartet hätte, habe Melody als Erstes zu Rolf und Alibi gesagt, nachdem sie diese getroffen hatte, und sich gleich darauf selbst korrigiert. Nein, eigentlich sei alles exakt so gewesen, wie sie es sich seit ihrer Kindheit immer vorgestellt hätte. Tatsächlich habe nämlich erst diese völlige Verschmelzung von Vorstellung und Realität die Situation derart irreal erscheinen lassen. Rolf und Alibi hätten zunächst überhaupt nicht gewusst, von was sie eigentlich redete. Als sie schließlich aus ihr herausbekamen, was geschehen war, seien sie gemeinsam wieder zur Unfallstelle geeilt. Dort hätten sie gerade noch gesehen, wie Amitabh auf einer Trage in einen Krankenwagen verladen worden sei. Ein Arzt sei eingestiegen, und geschlagene zwanzig Minuten habe der Krankenwagen vor seiner Abfahrt noch auf der Stelle verharrt. Bei Rolf und Alibi, die die Leiche ja selbst nicht zu Gesicht bekommen hatten, habe diese Tatsache anfänglich zu einem gewissen Optimismus geführt. Einen Toten muss man doch nicht versorgen, hätten sie zu Melody gesagt, worauf diese wortlos den Kopf geschüttelt habe. Letztendlich habe ein Polizist ihnen erklärt, dass Amitabh in die Charité gebracht werde. Mit dem Peugeot seien sie ebenfalls in die Klinik gefahren, und erst nach zwei quälenden Stunden habe ihnen ein Arzt mitgeteilt, dass ihr Freund an den Folgen eines Sturzes gestorben sei. An den Folgen eines Sturzes?, habe Alibi nachgehakt, was der Arzt bejahte. Ihrer Bitte, Amitabh noch einmal sehen zu dürfen, sei nicht entsprochen worden.

»Bleibt so lange hier drin, wie ihr wollt.« Auf einem Tablett brachte der Barkeeper Gläser und eine Flasche Malteser Aquavit.

»Ich gehe zu May«, sagte Tessi, »vielleicht braucht sie eine Frau zum Reden.«

Dreifinger und die Luden äußerten, ebenfalls zur Wohnung zurückkehren zu wollen. Kishones Ankündigung, noch im Cri du Chat zu bleiben, um zu tanzen, erhitzte die Gemüter. Einer der Luden packte ihn sogar am Revers, um ihn mit Gewalt dazu zu bringen, ihnen zu folgen. Dreifinger zog die beiden auseinander. »Jeder nach seiner Fasson.« Auf Rolfs Ergänzung, dass man das Leben ja irgendwie aushalten müsse, erwiderte der Lude, dass es hier nicht darum gehe, *das Leben* auszuhalten. Kishones Verhalten empfand er als respekt- und pietätlos, als »absolut zum Kotzen«.

Kishone ging auf die Tanzfläche. Er bewegte sich zu Liedern, die er nicht kannte, und zu anderen, die er in den letzten Wochen zusammen mit Amitabh gehört hatte. Er tanzte alleine, er tanzte mit Shiva. Er blickte ihr in die Augen. Verstand sie ihn, dachte Kishone. War das alles überhaupt zu verstehen? Wann würde die Trauer einsetzen, wann würde sie ihn packen, wann ihn zu Boden schmeißen? Wann würde ihm bewusst werden, was hier eigentlich geschah? Rolf brachte drei Ouzo-Pernot. Gemeinsam tranken sie auf Amitabh, wie man auf einen Lebenden trank. Kishone mochte die Vorstellung, dass Amitabh es genauso gemacht hätte, wenn er selbst gestorben wäre.

»Verrückt, aber ich finde es gerade schön, mit euch zu tanzen«, sagte er zu Shiva und Rolf, »danke, dass ihr geblieben seid.«

»Es ist, als sei er mit uns gemeinsam hier«, sagte Rolf.

Als sie um sechs Uhr am Morgen in die WG zurückkehrten, hatte Melody ihr Kind bereits verloren. Die Kommunarden waren in ihre Zimmer zurückgekehrt. Unter ihren Türen schimmerte trübes Licht auf den unbeleuchteten Flur. In der Küche unterhielt sich Dreifinger mit dem Arzt, einem älteren Herrn, der mit seinem Schnauzer, dem dunklen Anzug und dem an den Armen hochgekrempelten Hemd wie der Vertreter eines besseren Jahrhunderts wirkte. Gerade erklärte er Dreifinger die Wirkungsweise der Medikamente, die er für Melody zurückgelassen hatte. Immer wenn ihm etwas wichtig erschien, notierte er es mit einem Bleistift auf einem Blatt. Dreifinger bot ihm einen Espresso an. Der Arzt fragte nach Milch. Das gleichmäßige Klimpern des Löffels, mit dem er den Zucker in der kleinen Tasse verrührte, hatte etwas Meditatives. Nachdem der Arzt an der Tasse genippt hatte, ließen ihn die Nacht, seine Müdigkeit und die Schrecken der letzten Stunden persönlich werden. Er erzählte von seiner Frau, seinem Glück mit drei erwachsenen Kindern, von denen die zwei Söhne in Berlin Architektur und die Tochter an der Sorbonne in Paris Kunst studierten. Für ein paar Minuten gelang es seiner ruhigen Stimme beinahe, die Welt nicht wie ein einziges schwarzes Loch erscheinen zu lassen.

* * *

»Was ist das nur für ein Wind? Wie plötzlich der kam! Wie heftig! Als würde jemand einen Sandstrahler auf uns richten. Ein Wunder, dass es die Maschinen noch tun. Ich habe keine Ahnung, wo wir uns befinden. Siehst du die Straße noch? Kannst du sie erkennen? Ich seh nix! Die Grenze. Liegt die Grenze noch vor oder bereits hinter uns? Die letzte Ortschaft hieß doch Uludere? Hieß sie doch? Halt mal die Karte fest, Sax! Jetzt halt sie doch! Pass auf, sie fliegt ja weg! Das ist ja sinnlos. Ich wollte ja ein GPS-Gerät kaufen. Nur Idioten fahren ohne GPS auf dreißig Jahre alten Motorrädern durch die Welt. Wieso hab ich kein GPS-Gerät gekauft? Wir haben an der falschen Stelle gespart! Wie kann es hier nur derart stürmen? Man sieht ja die Hand vor Augen nicht. Die Brille hilft kein bisschen. Ich frage mich, wie Peter Fonda es mit so einer Brille bis nach New Orleans geschafft hat.«

»Dann zieh halt deinen Helm an und schließ das Visier!«

»Das sieht doch scheiße aus.«

* * *

Sie trafen sich draußen vor der Halle. Sie rauchten, sie flüsterten, einige lachten sogar. Erstaunlich viele waren gekommen. Die Kollegen aus ihrer Abteilung der Fleischfabik – in ihren schwarzen Anzügen sahen sie aus wie verkleidet –, die Motorradfahrer von der Spinnerbrücke, die Kommunarden und einige, die Kishone keiner Gruppe zuordnen konnte. Ein warmer Tag, an dem die Birken und alten Pappeln träge rauschten, ein Tag wie gemalt für ein Picknick. Als der Trauerredner in die Kapelle bat, wollte keiner der Erste sein. Schließlich machte Jochen den Anfang, der Motorradfahrer, dem Amitabh einmal die Hand genäht hatte, nachdem er sie sich an einer Bierdose verletzt hatte. Vierundzwanzig Stunden zuvor war Amitabhs Körper zu dem verwandelt worden, was jetzt, umrahmt von einigen Kränzen und Blumengestecken, in einer bronzefarbenen Urne vor ihnen stand.

In den frühen Morgenstunden des Vortags war Amitabhs Leichnam in den Westen geschafft worden. Dreifinger hatte ihn ein weiteres Mal identifiziert. Der letzte Beweis seiner Existenz in einer achtzig mal zweihundert Zentimeter großen Kiste aus Thüringer Fichte. Während die Krematoriumsangestellten den Sarg für die Einäscherung vorbereiteten, überlegte Kishone einen Augenblick, ob er sie aufhalten solle. Als er sie etwas später darum bat, sich etwas Asche nehmen zu dürfen, hatten sie nichts dagegen. Kishone füllte den Freund in eine Tabakdose – Halfzware Shag. Bevor sie gingen, gab Dreifinger jedem der Männer vom Krematorium zehn Mark.

Kishone, Dreifinger und Shiva zwängten sich in die erste Reihe der Trauerhalle, in der bereits Melody mit ihren Eltern saß. Melodys Vater nickte zur Begrüßung. Kishone grüßte nicht zurück. Er betrachtete das große, zwischen den Kränzen stehende Bild Amitabhs. Er wunderte sich darüber, dass er die Fotografie – offensichtlich aufgenommen für ein amtliches Dokument, denn Amitabh trug darauf ein weißes Hemd, war gekämmt und rasiert – nicht kannte.

Der Trauerredner sprach mit norddeutschem Akzent. Amitabhs Namen bemühte er sich englisch auszusprechen und so, als befinde sich ein gelispeltes »th« in dessen Mitte – *Amisap*. Wider Erwarten war seine Rede gut. Amitabhs Liebe zu Motorrädern kam zur Sprache, sein Wunsch, in Deutschland Arzt zu werden, sein großes handwerkliches Geschick.

»Alibi hat sich gestern länger mit ihm unterhalten«,

flüsterte Dreifinger zu Kishone, »ich hoffe, das geht für dich in Ordnung.«

Beatles aus dem Recorder, ›Yesterday‹, das hätte Amitabh nicht gefallen. Danach ›Dust in the Wind‹, das schon eher.

»Progressiv«, flüsterte einer aus den Reihen der Fleischjungen. Nachdem die Musik verklungen war, begab sich Melody an das Rednerpult. Endlich brachte Kishone den Mut auf, sie anzuschauen. Sie wirkte noch schlanker als sonst, noch zarter. Fast durchscheinend. Das Sphärenmädchen drohte sich in Goldstaub aufzulösen. Während der Trauerredner das Mikrophon für sie einrichtete, kam es zu einer Rückkopplung, danach trug Melody, ohne abzulesen, mit blasser Stimme ein Gedicht vor:

Nachdem der Sommer gewesen ist

Ein Mädchen mit Blumen im Haar regiert das Land,
William Burroughs raucht Dope im Völkerpalast der Vereinten Nationen –
Du bist nicht da, um mit mir zu staunen.

Raketen rosten, verrotten und zünden nicht mehr,
in ihren Spitzen bauen Schwalben ihre Nester –
Du bist nicht da, um dich mit mir zu freun.

Menschen fliegen zum Mars. Sie steigen aus ihren glitzernden Kugeln. Sie hüpfen dort oben herum wie vermummte Pinguine –
Du bist nicht da, um mit mir zu tanzen.

Der Abend eines Sommertages, die Würstchen zischen auf dem Grill – für Dich hätte ich Fleisch gegessen –
Im Garten tollen die Kinder – es werden niemals die Deinen sein.

Ein kalter Wind – Du wärmst mich nicht mehr
Eine schlimme Nachricht – Du tröstest mich nicht
Ein Lächeln ohne Neid – Du schenkst es nie wieder

Das Leben ist nicht fair, Kerouac, aber einen Sommer lang hat es fast so gewirkt.

⋆ ⋆ ⋆

»Es wird einfach nicht besser. Es hört einfach nicht auf. Im Gegenteil, ich habe den Eindruck, der Sturm verschlimmert sich sekündlich. Ich könnte kotzen.«

»Schließ endlich dein Visier, Tom!«

»Ich habe mein Visier geschlossen, verdammt nochmal.«

»Oh.«

»Ich bin begeistert von der Robustheit der Maschinen.«

»Was?«

»Die Motorräder.«

»Was ist mit den Motorrädern? Ich kann dich nicht verstehen. Der Wind ist wirklich unglaublich.«

»Ich bin von ihnen begeistert, Sax.«

»Von den Motorrädern?«

»Ja.«

»Das hast du vorhin schon gesagt.«

»Die XT ist wie geschaffen für die Endzeitkämpfe. In Frankfurt werde ich mir eine der Maschinen einmotten, und wenn die Endzeitkämpfe beginnen, hole ich sie wieder hervor.«

»Geschaffen für was? Ich verstehe dich nicht, Tom.«

»Die Endzeitkämpfe!«

»Was?«

»Hast du ›Mad Max‹ gesehen?«

»Hä?«

»Vergiss es, Sax!«

»Wann sind wir eigentlich dem letzten Fahrzeug begegnet?«

»Vor einer halben Stunde?«

»Dem letzten Menschen zu Fuß?«

»Keine Ahnung. Wieso ist hier niemand, Sax? Wo sind die alle?«

»Bei dem Sturm werden sie sich in ihre Häuser verkrochen haben.«

»Welche Häuser? Siehst du hier irgendwo Häuser?«

»Wenn ich irgendetwas sehen könnte, würde ich vielleicht auch Häuser sehen. Mist, jetzt hab ich Sand im Auge!«

»Klapp dein Visier hoch, ich schau mal nach.«

»Witzig, Tom!«

»Was ist das da vorne?«

»Meine Augen!«

»Jetzt hör doch mal auf, Sax. Was ist das? Da stehen doch welche.«

»Ich seh nix.«

»Doch, bestimmt. Da sind welche.«

»Stimmt. Uh, sie haben Waffen.«

»Mist, sie tragen Uniformen.«

»Sag ich doch, Militär.«

»Das sind keine Türken. Das sind Taliban oder so was. Schnell, nimm deinen Schnurrbart ab.«

»D N'T MVE!«

»Wieso abnehmen? Für genau solche Situationen habe ich ihn mir doch besorgt.«

»Jetzt nimm ihn ab, verdammt nochmal. Du siehst aus wie Barbra Streisand in ›Yentl‹. Wenn sie rauskriegen, dass du eine Frau bist, werden sie uns lynchen!«

»DON'T MVE!!!«

»Wenn sie nicht rauskriegen sollen, dass ich eine Frau bin, lasse ich den Bart ja wohl besser dran. Du bist unlogisch, Tom. Wir hatten das doch alles besprochen.«

»DON'T MOVE! STAY CALM!«

»Die reden amerikanisch, Sax! Das sind unsere. Das sind Amerikaner. Verdammt, wir sind gerettet!«

»SHOW ME YOUR HANDS! DON'T MOVE! STAY CALM!«

»Ich zeig ihnen unsere Pässe. Ich zeig ihnen deinen Pass, den amerikanischen.«

»Tom! Hör auf an deinem Hemd herumzufummeln! Zeig ihnen deine Hände!«

»DOOONNNN'T MOOOOOVE!!!«

⋆ ⋆ ⋆

»Wir hatten im Dreiländereck im türkischen Südosten die irakische Grenze überschritten und waren dort auf eine amerikanische Militärpatrouille gestoßen. Die Soldaten eröffneten sofort das Feuer. Tom wurde dreimal getroffen. Es sah fürchterlich aus, war aber, obwohl ein Schuss einen Lungenflügel verletzt hatte, nicht unmittelbar lebensbedrohlich. Mit einem Hubschrauber brachten sie uns zu einem Army-Lager. Dort wurde Tom operiert und in ein künstliches Koma versetzt. Einige Tage später, nachdem Tom sich wieder etwas stabilisiert hatte, flogen sie uns nach Hakkari in die Türkei aus. Von dort aus übernahm der ADAC den Rücktransport nach Frankfurt. Offiziell hat es den Vorfall nie gegeben. Vielleicht findet sich etwas darüber bei Wikileaks, ich habe nicht danach gesucht. Der Anwalt von Toms Vater steht in Kontakt mit dem US-Außenministerium – ich glaube, es ist das Außenministerium. Es wird auf eine außergerichtliche Einigung hinauslaufen, so weit sind die Verhandlungen bereits gediehen. Der Anwalt meint, eine Klage würde außer einer Menge Ärger nichts bringen. Am Ende könnte es sogar darauf hinauslaufen, dass Tom wegen irgendwelcher Grenzverletzungen eine Strafe aufgebrummt bekäme und den Hubschraubereinsatz zahlen müsste.

›Für wie alt hältst du Homer Simpson?‹, fragte mich Tom als Erstes, nachdem sie ihn aus dem künstlichen Koma zurückgeholt hatten. Kennst du Homer Simpson, Vimala?«

»Ich lebe im 21. Jahrhundert, ich bewohne den Planeten Erde.«

»Achtundvierzig Stunden am Krankenbett meines … Freundes, das sein Sterbebett hätte sein können. Ich war völlig fertig, weil ich mir die Schuld an allem gab. Zwei Tage im Koma mit einer Kugel in der Brust. *Für wie alt hältst du Homer Simpson?* Ich habe mir diese Frage früher nie gestellt. Ich hielt ihn einfach selbstverständlich für deutlich älter als mich, heute bin ich mir da nicht mehr so sicher.«

⋆ ⋆ ⋆

Um vier in der Frühe stahl sich Kishone aus der Wohnung, die Kommune in tiefem Schlaf. Die zurückliegende Nacht war lang und schwer gewesen. Obwohl Shiva noch am Abend seines Wutausbruchs hinter ihm aufgeräumt hatte, knackten vier Tage danach noch immer vereinzelt Kügelchen aus geblähtem Tonsubstrat unter seinen Füßen.

Kein Wort zu den anderen, keine Andeutung, kein Zettel auf dem Tisch. Nur Melody tat ihm leid, ihretwegen schämte er sich. Er hätte sich um sie kümmern müssen. Zu gefangen in seiner eigenen Trauer, hatte ihm die Kraft dazu gefehlt. Ihre Eltern übernachteten in einem Hotel um die Ecke. Am Nachmittag würden sie ihre Tochter mitnehmen nach Dachau, München. Vertraute Umgebung – Melody war keine Französin, niemals in Montpellier gewesen, wo die Franzosen angeblich am amerikanischsten waren, am nordwestamerikanischsten. Ihr Kinderzimmer mit ihren Platten, der Schreibmaschine mit der eingespannten Papierrolle, dem Bravo-Starschnitt. Winnetou und Nscho-tschi, vielleicht half das. *Nachdem der Sommer gewesen ist.* Den Pschyrembel, etwas Wäsche, zwei Hemden und seine Hose packte Kishone in Dreifingers Rucksack, dazu einen Laib Brot, ein Stück Käse, eine Tüte Milch und die Dose mit Amitabhs Asche. Keine Canon, keine Hoffnung.

Beim Anschieben der Enfield unterstützten ihn zwei Bäckergesellen. Eine warme Schrippe gab es obendrein. Amitabhs Maschine bockte. Jolly Jumper ließ keinen Dalton auf ihren Rücken – ohne Rolfs Comics auf dem Klo hätte Kishone niemals Deutsch gelernt.

Raus aus Berlin ging es rasch. Den Grenzer überzeugten Kishones indischer Pass und die Akkreditierung vom Suárez-Shooting, die er noch immer besaß. Größere Probleme hatte er ein paar Meter weiter bei der Einreise in den Staat, der Dreifinger bis vor kurzem noch so gefallen hatte. »Wohin? Warum? Aha.« Der Beamte blickte in den Tank. Noch vor einigen Monaten wäre die Reise hier zu Ende gewesen, aber heute schwammen keine Dollars im Benzin. Unzählige Telefonate. »Nach Leverkusen? Inder? Ich hab hier was … Kumar? Soll er!«

»Transit über Leipzig, Erfurt und Eisenach bis zur

Grenze der BRD. Nur die vorgeschriebenen Straßen. Keine Übernachtung, kein Aufenthalt. Hier deine Papiere, wir behalten dich im Auge, und grüß uns den Herrn Dreisinger.«

»Dreisinger?«

»Eduard Dreisinger, kennste doch!«

Aus Deutschland durch Deutschland nach Deutschland, und alles nannte sich Republik – das sollte einer verstehen. Auf den Straßen der Demokraten herrschte jedenfalls wenig Verkehr. Meistens kleine Trabants, denen die Enfield an Beschleunigung und Geschwindigkeit deutlich überlegen war. Auf den angrenzenden Feldern machten sie Heu. Große Quader, die aussahen wie die süßen Kuchenstücke, die Dreifingers Vater manchmal mittwochs mit in die Wohnung brachte, weil der Bäcker sie an diesem Tag als Angebot der Woche um zwei Groschen ermäßigt verkaufte.

»Wir haben dich schon erwartet, Genosse, du hast lange gebraucht«, sagte der Grenzer bei der Ausreise. Kishone fragte sich, ob es möglich sei, dass es sich bei dem Uniformierten um denselben Mann handelte, der ihn einige Stunden zuvor bei der Einreise abgefertigt hatte. Hase und Igel.

Die Schützer der Bundesgrenze wirkten nervös. Sie trugen ihre Waffen mit dem Finger am Abzug. Auf Mallorca hatten Terroristen ein Flugzeug entführt, oder hieß es in oder über Mallorca? Die Landshut, Lufthansa jedenfalls. Rote Arme Fraktion, sagte der Grenzer. »Fraktion? Klingt, als säßen die im Parlament«, sagte Kishone. Ein Witz sollte das nicht sein – es lachte auch keiner. Leibesvisitation, Durchsuchung des Gepäcks. Als der Beamte die Tabakdose entdeckte, hielt er sie in die Luft wie Inspektor Columbo einen Beweis, doch seiner Erregung folgte schnelle Ernüchterung. Er hatte Haschisch zu finden gehofft, Kokain oder wenigstens eine Bombe. Aus seiner Enttäuschung machte er kein Hehl: »Was um alles in der Welt ist das? Asche?«

»Asche!« Erneute Telefonate. Asche in Tabakdosen war in der BRD nicht ausdrücklich verboten. Formulare. Das kannte Kishone aus Indien, dem Grenzer war der Typ der indischen Maschine unbekannt. »Buchstabieren Sie Enfield!«

Ein weiteres Telefonat: »Das Motorrad bleibt hier!«

»Wieso?«

»Befehl, ich kann da nix machen. Morgen können Sie es holen. Ein Kollege fährt noch nach Fulda, er kann Sie mitnehmen, dort finden Sie ein Hotel. Wir sind ja keine Unmenschen.«

Die Fahrt nach Fulda dauerte ewig. An einer Tankstelle studierte Kishone eine Straßenkarte, bis der Tankwart ihn rausschmiss. Er war zu weit südlich gelandet. Wieso hatten sie ihn nicht über Magdeburg geschickt? Auf dem Weg zum Bahnhof pochte der bei seinem Wutanfall verletzte Fuß im Rhythmus seines Herzschlags.

Der Zug, in den er stieg, hatte cremefarbene Waggons, die mit ihren farbigen Banderolen wie Kuchenschachteln aussahen. Im Speisewagen nahm Kishone ein Herrengedeck, der Alkohol stieg ihm sofort in den Kopf. Nach einem Ticket wurde er nicht gefragt.

Endstation Frankfurt am Main. Kopfbahnhof. 20.30 Uhr. Draußen roch Kishone den Fluss, jeder Junge aus Pushkar konnte das Wasser riechen. Einige Fixer kochten direkt vor dem Bahnhof ihren Schuss. Nicht weit von ihnen legte er sich zum Schlafen in ein Gebüsch.

Am nächsten Tag schien die Sonne. Kishone folgte dem kleinen Fluss zu Fuß, bis nach einem Tagesmarsch dieser in einen größeren mündete, dem er an einer unbeobachteten Stelle am Ufer Amitabhs Asche übergab. Der auf den Wellen beinahe fröhlich schaukelnden Tabakdose schaute er nach, bis die Strömung sie aus seinem Sichtfeld getragen hatte. *Das Leben ist nicht fair, Kerouac.*

Von einer Telefonzelle aus versuchte er zu telefonieren. Nach etlichen vergeblichen Anläufen erreichte er Indien. Fünf Mark reichten für etwas mehr als sechs Sätze: »Naresh. Gut, dass ich dich endlich erreiche. Du musst jetzt stark sein. Dein Bruder ist tot. Sein Leichnam wurde verbrannt. Ich habe einen Teil seiner Asche in einen großen Strom gestreut. Es ist nicht der Ganges, aber auch er fließt ins Meer. Bring es deiner Mutter schonend bei, und sag meinen Eltern, mir gehe es gut.«

Weiter, der Strömung hinterher. Noch immer steckten Splitter des zerbrochenen Badezimmerspiegels in seinem Fuß. Bei einem Versuch, sie mit Hilfe eines Nagels zu entfernen, hatte sich die Wunde entzündet. Mit den Tagen gewöhnte er sich an den Schmerz, bis er nur noch spürbar war, wenn er an ihn dachte. Manchmal begleiteten Joan oder Amitabh ihn ein Stück seines Weges. Wenn er gar nicht mit ihnen rechnete, waren sie plötzlich da, gingen einige Minuten, manchmal auch Stunden neben ihm, um ihn, ebenso unversehens wie sie gekommen waren, wieder zu verlassen, wenn er sich kurz von ihnen abwandte, um eine am Wegesrand weggeworfene Konservendose auf einen Rest Nahrung zu untersuchen oder Pilze zu sammeln.

Er beobachtete, wie am gegenüberliegenden Ufer Ruderer ihre Boote klarmachten. Kishone dachte an Melody, an ihre Ankunft in Gießen. Wieder schämte er sich dafür, sie einfach im Stich gelassen zu haben. Ich werde mich bei ihr melden, sobald ich … sobald ich.

An einem regnerischen Abend hielten ihn Männer in einer Kneipe für einen Italiener. Sie riefen ihn Luigi, spendierten ihm Schnaps, machten ihre Späße.

Eine Frau schenkte ihm mitten auf der Straße einen olivgrünen Parka mit Kapuze. Schwarz-rot-goldene Fähnchen auf den Ärmeln. Sie hatte ihn kurz zuvor für ihren Sohn, einen Oberprimaner, besorgt.

An mit Wein bewachsenen Hängen ging es vorbei, an schroffen Klippen, an Burgen und Schlössern. Unter anderen Umständen hätte ihn das zum Staunen gebracht, unter anderen Umständen hätte er fotografiert. Die winzigen an den Rebstöcken verbliebenen Trauben schmeckten sauer.

Gerne legte er ein Stück Strecke auf den Schienen zurück, die den Fluss flankierten. Wenn er sich auf nichts weiteres konzentrierte als auf den nächsten Schritt von Schwelle zu Schwelle, erinnerte ihn das an Indien.

RATATAT RATATAT RATATAT. In einem Tunnel jagte ein Zug an ihm vorbei. Hier hätte er sich besser nicht hineingewagt. RATATAT RATATAT RATATAT.

Joan? Hatte sie es sich überlegt? Wartete sie vielleicht in Berlin auf ihn? Zwei Groschen kostete ein Anruf aus der Telefonzelle. »Falsch verbunden? Unmöglich, ich habe mir die Nummer notiert!«

»Wo der Strom seine Fluten zwischen rebenbegrünten Hügeln wälzt, zeigte sich ein Weib von berückender Schönheit. Ich weiß nicht, was soll es bedeuten.« Ein Obdachloser erzählte ihm die Geschichte der männermordenden Nixe auf ihrem Fels bei einer Flasche Federweißer. In Kishones Kopf wurde die Erzählung eins mit den anderen Geschichten, über die sich die Menschen hier in diesen Tagen unterhielten. Den Geschichten von Verbrechen und Jugend, von Ungerechtigkeit und Kampf, von Dummheit und Tod.

Vor den Geiseln: Pilot erschossen. Blutend auf die Rollbahn geworfen. Deutsche: Stürmt!

Die Nächte waren jetzt empfindlich kalt, fast schon frostig. Kishone fing sich eine Erkältung ein, er wurde fiebrig, an den Leisten schwollen ihm die Knoten. Beeren, Abfall und letzte Pilze bildeten seine Nahrung. Der Fuß schmerzte so heftig, das es ihm unmöglich wurde, ihn zu ignorieren.

Das Foto des toten Piloten auf dem Titelblatt einer Zeitung. Die Entführer trugen Alberto Kordas Che Guevara in Schwarzweiß auf dem Rot ihrer T-Shirts.

Die Leiche des erschossenen Flugkapitäns Jürgen Schu-

mann war von den Entführern aufrecht stehend im hinteren Garderobenschrank des Flugzeuges verstaut worden. Mit Lavex-Tüchern wischten sie das Blut ab. Auf einer Kehrschaufel hatten sie Gehirnmasse, die auf dem Teppichboden im Gang lag, zusammengekratzt und vor dem Start aus dem geöffneten Cockpit-Fenster geworfen.

Wer musste so viel wissen?

Und wie sie stürmten, die Deutschen. RATATAT RATATAT RATATAT. Dem Commandante durch die revolutionäre Fresse geschossen. »Recht so«, sagte der Verkäufer am Kiosk.

Den, der einst die Nazis befehligte, fanden sie in einem Kofferraum. Kommst du, um darüber zu schreiben, Joan? Erhängt, erschossen. Ich habe die Fotos nicht gemacht, doch eine Kamera war immer dabei. Wo kämen sonst all die Bilder her? Ich glühe. Anscheinend stirbt es sich schnell in Deutschland in diesem Herbst. All die Toten. Die Schiffer, was hatten sie denn verbrochen, außer sich die Hälse zu verrenken nach dem schönsten Mädchen, das sie je erblickten? Ein Fluss fließt in den nächsten, und auch der führt irgendwohin. Eine orangefarbene Festung. Jodhpur? Bin ich zurück? Geht das so einfach? Wie der Fuß pulsiert!

Eine weitere Stadt. Eine neue Brücke wird gebaut, ein zweibeiniger kopfloser Riese hält die Fahrbahn mit Trossen, gedreht aus rotem Gold. Gab die Zigeunerin mir nicht neunundneunzig Jahre? Ein langes Leben! Ich zittere, ich verbrenne, ich.

Vishnu, Brahma und Ganesha. Wie finster ist das

Land der Barbaren. Wo sind die Farben, die zu finden ich erhofft, wo der Freund, den ich verlor, wo die Frau, die mit mir ihren Schweiß vergoss? Ein paar letzte Trauben will ich essen, hier auf diesem Hang, wie trocken und süß sie sind. Noch immer sehe ich den Riesen, noch immer den nicht enden wollenden Himmel, noch immer den Ganges bei Varanasi.

* * *

Am Nebentisch unterhalten sich ein junger Deutscher und ein Inder. Nach dem Allgemeinen: Name, Heimatstadt, Beruf – der Inder arbeitet bei einer Versicherung, der Deutsche hatte im letzten Jahr in Deutschland auf Goa-Trance-Festivals gejobbt – kommen sie zum Speziellen: Frauen. Austausch kulturübergreifender Männerphantasien, ihr Englisch so flüssig wie der Honey-Bee-Whisky in ihren Gläsern. Sie sind nicht ungebildet, sie haben andere Defizite.

»Betrachte diese dort, welch ein Körper.«

»Ja, ich bin ihr schon des Öfteren in Anjuna begegnet, sie hat Kinder.«

»Diesen Umstand habe ich ebenfalls bereits bemerkt, aber dieser Körper …«

»Ich wundere mich, dass sie niemals von einem Mann begleitet wird …«

»Was nicht bedeutet, dass sie keinen Mann hat …«

»Nein … aber dieser Körper …«

Beide lachen.

»Würde dich ein Mann abhalten?«

»Weißt du, ich will keine Beziehung zerstören, … aber dieser Körper, …ficken würde ich sie schon.«

Beide lachen laut.

»Wie hältst du es im Allgemeinen mit Frauen?«

»Weißt du, für mich sind sie wie die Wellen eines Strandes. Sie kommen und gehen. An einem Tag sind sie da, an einem anderen nicht.«

Beide Männer nicken.

Resignierend hebt Kishone die Schultern. Saxona zwinkert ihm zu.

Sie beobachten Vimala, die mit einigen Franzosen Billard spielt. Curlies kommt mit einem langen, flachen, in Zeitungspapier eingeschlagenen Gegenstand zu ihnen an den Tresen. Nachdem Kishone auf ihn aufmerksam geworden ist, entfernt er das Papier.

»Was ist das, Curlies?«

»Eine gerahmte Fotografie von Amit Pasricha.«

»Das sehe ich.«

»Was fragst du dann?«

»Ich will wissen, warum du sie mir unter die Nase hältst.«

»Ich dachte, das freut dich.«

»Wieso sollte mich die Fotografie freuen? Willst du sie mir schenken?«

»Um Gottes willen, nein.«

»Wieso dann?«

»Weil du Fotografien magst, weil du selbst Fotograf bist, weil einer der bekanntesten Fotografen im Land mir diese geschenkt hat. Mit Widmung. Hier unten, siehst du, für meinen Freund Curlie, Amit Pasricha.«

»Ich nehme an, du nennst ihn Amit.«

»Natürlich.«

»Das habe ich mir gedacht.«

»Ich habe bei einer seiner Ausstellungen in Bombay aufgelegt, deshalb hat er mir das Bild geschenkt.«

»Aha.«

»Du könntest etwas begeisterter sein, Kishone. Das Bild ist gut und gern fünftausend Dollar wert. Ich überlege, ob ich es bei der Küche unter Glas in die Wand einlassen soll.«

»Jau, mach mal.«

»Das Bild gefällt dir nicht?«

»Doch, es ist okay.«

»Das sagst du jetzt aus Freundlichkeit. Das sagst du, weil du mich magst und mich nicht enttäuschen willst.«

»Ich mag dich nicht.«

»Noch einen Whisky aufs Haus?«

»Ich mag dich.«

»Jetzt sag schon, was stört dich an dem Bild?«

»Es ist eine Panoramaaufnahme.«

»Amit macht praktisch ausschließlich Panoramaaufnahmen. Phantastisch, wie viel darauf zu sehen ist. All diese Details, nichts bleibt verborgen.«

»Genau damit habe ich meine Probleme. Was gibt's, Vimala?«

»Ich bin müde. Jerome fährt mich zum Seaqueen. Bleibt ihr zwei ruhig, solange ihr wollt, aber tu mir einen Gefallen, Sax, und geh später nicht allein am Strand zurück. Goa ist kein sicherer Ort für eine Frau ohne Begleitung. Ganz Indien ist es nicht. In der Nacht ist er es dreimal nicht.«

»Wieso sollte ich alleine zurückgehen? Kishone ist doch auch noch hier.«

»Manchmal, wenn er sich jung fühlt, spielt Kishone Billard bis zum frühen Morgen. Heute könnte so eine Nacht sein. Pass einfach auf dich auf.« Vimala küsst Saxona auf die Stirn. »So sexy«, flüstert sie.

Nachdem Vimala gegangen ist, umarmt Sax Kishone, der noch immer die Fotografie betrachtet, von hinten. Sie legt ihren Kopf zwischen seine Schulterblätter und fragt sich, ob sie diesen Geruch von den Gerüchen anderer Männer unterscheiden könnte. Ob Kishone wegen Vimala eifersüchtig ist, fragt sie sich auch. Curlie bringt den Whisky.

⋆ ⋆ ⋆

Die Geschichte Kishone Kumars, oder besser gesagt, die Geschichte, die Saxona gerne erzählte, wenn sie auf ihn angesprochen wurde, setzte sich aus Schnipseln zusammen, von denen viele zu sehr Klischees waren, um vollständig der Wahrheit entsprechen zu können.

Geboren wurde Kishone in den fünfziger Jahren des zwanzigsten Jahrhunderts als drittes von insgesamt sieben Kindern – drei Schwestern, drei Brüder – des Schneiders Karan Kumar und seiner Frau Mohini in Pushkar, der Stadt am blauen See, über die spätestens ab den frühen Siebzigern die Hippies und Sinnsuchenden herfielen wie Fliegen. Die Einheimischen riefen Kishone Glückskind, denn die Inder liebten die Drei und also den Drittgeborenen. Offiziell gab Karan seinem zweitältesten Sohn den Namen Kishore, da er den damals im Land recht populären Filmsänger Kishore Kumar sehr verehrte. Um Verwechslungen mit dem gleichnamigen Nachbarsjungen – der Sänger Kishore erfreute sich seinerzeit tatsächlich einer sehr, sehr großen Popularität –, einer kleinen Kröte mit Engelsblick, der die Mädchen der Umgebung an den Haaren und die dürren Katzen an ihren Schwänzen zog, zu vermeiden, und vielleicht auch dank der fortwährenden Interventionen Mohinis, die den Filmsänger ungleich weniger verehrte als ihr Mann, wurde, kaum konnte er laufen, aus Kishore, dem Schneidersohn, Kishone.

Trotz schwieriger Zeiten während der Nehru-Dynastie verlief Kishones Kindheit behütet und in bescheidenem Wohlstand. Mit elf träumte er davon, ein berühmter Filmemacher zu werden, zu seinem zwölften Geburtstag schenkte ihm ein Bruder seines Vaters eine alte Reid-Kamera, und Kishone beschloss, Fotograf zu werden. Mit dem Segen seiner Eltern ging er nach Panjim, um im Studio der ersten indischen Berufsfotografin Palmira Coutinho sein Handwerk zu lernen. Während seines Aufenthalts in Goa verbrachte Kishone einige Tage an der Seite des Leadgitarristen der zeitgenössischen Fotografie, David Bailey – eine Begegnung, die in Kishone den Wunsch weckte, Großes zu leisten. Ausgerüstet mit zwei modernen Kameras und einigen Kartons gebrauchter Fotoutensilien, kehrte er nach Pushkar zurück und eröffnete dort mit dem Luckystudio sein eigenes Geschäft. Sein Gewerbe, das vor allen Dingen daraus bestand, auf Familienfeiern zu fotografieren, die Bilder schnell zu entwickeln und zu verkaufen, gedieh prächtig, bis gegen Ende der ersten Regentschaft Indira Gandhis und ihrer Notstandsgesetze die Farbe zurück nach Indien kam – und mit ihr der Wunsch, diese Farbigkeit nicht wieder herzugeben. Da Kishone für die schnelle Entwicklung farbiger Abzüge sowohl die Gerätschaften als auch das Know-how fehlten, beschloss er, sich zu verändern. Zusammen mit seinem Freund Amitabh, einem jungen Motorradmechaniker, fasste er den Entschluss, auf Motorrädern zu den Agfa-Werken nach Leverkusen zu reisen, um sich hier beim Produzenten des vermeintlich besten Farbfilms der Welt in einen modernen Fotografen zu verwandeln. Dass Kishone in Europa Mom, die er einige Wochen zuvor in Pushkar kennengelernt hatte, wiederzutreffen hoffte, spielte bei seiner Entscheidung womöglich ebenfalls eine Rolle.

Kishones und Amitabhs Fahrt verläuft turbulent und nicht immer erfreulich. Der unerfahrene Motorradfahrer Kishone stürzt mehrmals, sie verlieren erst ihre Ersparnisse und später eines der Motorräder. Serge, ein vom Dasein erschöpfter ehemaliger Fremdenlegionär, nimmt sich vor ihren Augen das Leben, worauf Amitabh, der sich eine Mitschuld am Tod des Franzosen gibt, schwermütig wird. Die Reise scheint vor ihrem Aus zu stehen, doch in Istanbul wendet sich das Blatt. Sie treffen Mom wieder, der es zusammen mit dem

Hippiemädchen Melody gelingt, Amitabh aus seiner Lethargie zu befreien und Kishone einen aberwitzigen Auftrag in Spanien zu verschaffen: Im Namen ihres Arbeitgebers, des US-amerikanischen Time magazine, fliegt er für einen Tag nach Madrid, um dort den Nachfolger Francos, Premier Suárez, für das Titelblatt zu fotografieren. Nach einigen weiteren Tagen Aufenthalt in Istanbul setzen Kishone und der wiedererstarkte Amitabh zusammen mit Melody ihre Reise nach Deutschland fort. Schließlich landen sie in Berlin, wo sie in der Kommune des Westentaschen-Che-Guevaras und RAF-Sympathisanten Eduard Dreisinger, genannt Dreifinger-Eddi, Unterschlupf finden. Eddi verschafft ihnen Arbeit in einer Fleischfabrik und versucht, sie im Gegenzug für seine politischen Ziele zu begeistern. Bei einer seiner Aktionen – ursprünglich ging es wohl darum, als westliche Linke das DDR-Regime bei den Feierlichkeiten zum Jahrestag der Gründung ihrer Republik zu unterstützen – kommt Amitabh, von dem Melody inzwischen ein Kind erwartet, bei einer Straßenschlacht ums Leben. Für Kishone ist dieser Schlag zu viel, zumal Melody kurz darauf ihr Kind verliert und abermals ein Wiedersehen mit Mom platzt. Verwirrt verlässt er in der Nacht nach Amitabhs Beisetzung mit dem Motorrad die Stadt. Als ihm an der innerdeutschen Grenze auch noch das Motorrad genommen wird, wandert er am Ende völlig mittellos zu Fuß weiter in Richtung Leverkusen. Im Rhein bei Mainz verstreut er die in einer Tabakdose mitgeführte Asche des Freundes, dann beginnt er infolge einer eitrigen Entzündung seines Fußes, die zu einer Blutvergiftung führt, zu delirieren. Bei Leutesdorf, hoch über dem Rhein und mit Blick auf eine im Bau befindliche Hängebrücke, die er in seinem fiebrigen Zustand für einen Riesen hält, verlassen Kishone an einem lauen Abend im Deutschen Herbst die letzten Kräfte. In einem Weinberg legt er sich zum Sterben nieder, wo ihn das trotz langjähriger Bemühungen noch immer kinderlose Ehepaar Gudrun und Stefan Mohr bei der frühmorgendlichen Kontrolle der siebenundsiebziger Eiswein-Reben schließlich findet. Die Mohrs packen den nach der kalten Nacht erbärmlich zitternden Kishone in ihr Auto und bringen ihn in ein Neuwieder Krankenhaus. »Einen halben Tag später, und wir hätten ihn nicht mehr retten können«, sagt der Arzt. Nach seiner Entlassung findet Kishone bei den Mohrs Unterschlupf. Man versteht sich, und nach einigen Monaten des Kennen- und Schätzenlernens beschließt das Ehepaar, ihn zu adoptieren. Im ersten Winter nach Abschluss des Verfahrens fliegen sie zu dritt nach Pushkar. Die Reise kostet Gudrun und Stefan mehr als einen Monatsverdienst. Bereits Wochen vor dem Abflug schläft Kishone schlecht. Die Begegnung zwischen seinen leiblichen und neuen Eltern verläuft verkrampft. Als Mohini lächelt, kommen Kishone die Tränen. Sein Vater bleibt ernst und undurchdringlich. Bei dieser ersten Rückkehr nach Pushkar findet Kishone nicht den Mut, Amitabhs Eltern unter die Augen zu treten. Als er das Versäumnis bei seinem nächsten Indienbesuch nachholt, behandeln sie ihn wie einen Sohn.

In Deutschland arbeitet Kishone im Betrieb seiner neuen Eltern. Er entwickelt sich zum Weinexperten, er ist begabt. Er lernt Scheurebe von Müller-Thurgau zu unterscheiden, Merlot von Cabernet Sauvignon. Nach einigen Jahren versagen seine Nieren. Wahrscheinlich sind seine Organe dem Pestizideinsatz im Weinberg auf Dauer nicht gewachsen. Nach einer Transplantation bewirbt er sich erfolgreich bei einer Maschinenfabrik als Fotograf. Das Verhältnis zu seinem leiblichen Vater normalisiert sich, als Kishone die von Karan ausgesuchte Braut akzeptiert. Einen Tag vor ihrer Hochzeit feiert Vimala mit Freundinnen ihren achtzehnten Geburtstag.

Wegen einer Durchfallerkrankung während eines Indienbesuchs kommt es zu einer unregelmäßigen Einnahme seiner Medikamente. Abermals braucht Kishone eine neue Niere. Dem Spender, einem Mann aus Pushkar, den Karan ausfindig macht, baut Kishone ein Haus. Danach ist er ein halbes Jahr auf Antidepressiva und die Hilfe eines Psychologen angewiesen. Der Fachmann spricht von einer postoperativen depressiven Episode – das klingt für Kishone nach Star Wars. Die Kosten für die Behandlung übernimmt die Krankenkasse. Sehr zum Verdruss aller Beteiligten bleibt auch Kishones Ehe mit Vimala kinderlos. Eine Untersuchung bestätigt Vimala uneingeschränkte Fertilität, Kishone lehnt eine solche Kontrolle stets ab.

Abgesehen von seiner Tätigkeit für die Maschinenfabrik arbeitet er noch ein weiteres Mal als Fotograf. Ein Auftrag für die Firma Playmobil. Ihm gefällt, dass die bunten Figuren ausnahmslos lächeln. Nach einigen Jahren ziehen sich Gudrun und Stefan aus dem Berufsleben zurück. Kishone übernimmt das Weingut. Er erweist sich geschickt im Export europäischer Weine, besonders nach Vorderasien. Er macht sein Geld. Gemeinsam mit Vimala, die einige Jahre als Model für Neckermann gebucht wird, kaufen sie sich eine Eigentumswohnung in Mumbai. Heute pendeln sie zwischen den Welten, die sich nach Kishones Auffassung nicht mischen, aber sehr gut vereinen lassen. Während ihrer Abwesenheit aus Leutesdorf logiert ihr Kater Oskar bei Gudrun und Stefan.

Nach Leverkusen kommt Kishone zum ersten und einzigen Mal, als er bereits einige Jahre verheiratet ist. Im Anschluss an ein Fußballländerspiel lässt er sich von Vimala auf einen Burger bei McDonald's einladen. Die Fotografie hat für Kishone zunehmend an Bedeutung verloren.

Eines Tages klopft unerwartet Saxona an seine Tür. Von ihr erfährt er, dass Joan jahrelang nur wenige Kilometer weiter in Frankfurt gelebt hat, die Frau, für die er als junger Mann getötet hätte.

»Deine Mutter war die Liebe meines Lebens!«

»Und was ist mit Vimala?«

»Die natürlich erst recht!«

Ich habe den Sinn von Grenzen nie verstanden, sagt Kishone einmal. Er sagt manchmal Dinge ohne erkennbaren Zusammenhang. Wie er den Spruch verstanden haben will, lässt er offen. Sax findet, dass er zu viel trinkt. Sie weiß nicht, ob sein Blut in ihren Adern fließt. In den allermeisten Augenblicken wünscht sie nichts mehr, als dass dem so wäre.

⋆ ⋆ ⋆

»Wünschtest du manchmal, deine Reise niemals angetreten zu haben? Amitabh würde wahrscheinlich noch leben. Serge hätte euch niemals verfolgt. Vielleicht wäre es Mom besser ergangen, Melody hätte in ihrem Leben weniger Leid erfahren, und du hättest noch all deine Nieren. Du lebtest in Pushkar, wärest gesund. Ein gemachter Mann. Vielleicht hättest du einen Stall voller Kinder. Vimala hättest du dennoch geheiratet. Das Leben hätte dich weniger enttäuscht. Du arbeitetest als Fotograf. Am Ende wärest du glücklich.«

»Du willst wissen, ob ich den Entschluss, alles aufzugeben, um nach Deutschland zu gehen, jemals verflucht habe?

»Ja.«

»Vermutlich habe ich das. Mehr als einmal werde ich das getan haben. Aber eines Tages, auf meinem Totenbett, wird der Tag, an dem ich mich zu dieser Reise entschlossen habe, wieder in mein Bewusstsein zurückkehren, und ich werde meine Augen schließen und lächeln.«

»Deine Antwort gefällt mir, doch ich habe getrunken, draußen ist es dunkel, und das Meer rauscht.«

»Die Antwort sollte dir auch morgen noch gefallen. Zumindest habe ich lange genug daran gefeilt.«

»Du hast gewusst, dass ich diese Frage stellen würde?«

»Was meinst du, wie oft ich mir diese Frage selbst gestellt habe?«

Danach sitzen sie noch einige Minuten wortlos an der Theke. Sie sind die letzten Gäste, sie trinken jeder noch einen Whisky. Die Angestellten beginnen, die Stühle auf die Tische zu stellen, Saxona raucht einen Joint. »Hast du etwas dagegen, wenn ich noch ein paar Tage länger in Indien bleibe?«, fragt sie schließlich. »Ich würde gerne einmal nachts mit den Fischern raus aufs Meer.«

»Was sollte ich dagegen haben?«, antwortet Kishone. »Bleib, solange du willst. Aber was ist mit Tom? Haben sie ihn nicht inzwischen aus dem Krankenhaus entlassen? Vielleicht hat er ebenfalls Lust zu kommen. Frag ihn, ich bezahle den Flug.«

Später gehen sie im Schein der Taschenlampe, die Curlies ihnen geliehen hat, zum Parkplatz. »Achte auf Schlangen«, sagt Kishone.

Saxona startet die Enfield ohne Schwierigkeiten. Kishone steigt hinter ihr auf den Sattel. Gemeinsam fahren sie hinaus in die Nacht. Die hohen Kokospalmen rechts und links nehmen sie nicht einmal als Schatten war. Bis zum Sonnenaufgang ist es noch etwas hin. Licht gibt es keines mehr. Hunde bellen.

Frankfurt – Istanbul – Anjuna
2008 – 2013

Die Handlung des Romans ist erfunden, einige Figuren hingegen gibt es tatsächlich, die ihnen in diesem Roman unterstellten Handlungen und Reden sind jedoch rein fiktiv und entspringen ausschließlich der Phantasie des Autors.

Die Ausgangsidee für meinen Roman lieferte mir Khan Zeus, ein Arbeitskollege meines Vaters. Einige Anekdoten über David Bailey erfuhr ich von Olencio Coutinho, der in Panjim genau wie im Buch das Fotostudio seiner Mutter weiterführt. Palmira Coutinho ziert im Übrigen auch tatsächlich das Cover von Baileys großem Bildband »Locations – The 1970s Archive«. In seinem Nachruf auf den Kodachrome-Film bezieht sich Olencio im Roman teilweise auf einen Artikel von David Burnett: »Au revoir Kodachrome«, Süddeutsche Zeitung, 11. 1. 2011.

Bei den geschilderten geschichtlichen Ereignissen des Jahres 1977 habe ich die exakte chronologische Reihenfolge beibehalten, bei den Begebenheiten um 2009 beuge ich die korrekte Chronologie bei einigen wenigen Kleinigkeiten so, dass sie sich in den Kontext des Romans einfügen. Das Cover des Time magazine ist in Wirklichkeit von Daniel Maffia – zumindest ist mir nichts anderes bekannt.

Bei der einleitenden Erklärung des indischen Seiltricks habe ich mich an den Artikeln »Der berühmte Indische Seiltrick« von Walter Vogt, erschienen in der Zeitschrift »Wegbegleiter« Nr. 1/2005 und »Der magische Geheimdienstchef« von Markus Kompa vom 16. 9. 2007 (veröffentlicht auf www.heise.de) orientiert.

Der kursive Text auf Seite 429/430 stammt aus Stefan Austs »Baader-Meinhof-Komplex«, erschienen im Goldmann Verlag, München 1998. Die Schlagzeile »Pilot erschossen …« lieferte die Bild-Zeitung am 18. 10. 1977.

Der Autor dankt:

Khan Zeus, Shankar Nath, Gurudas Moraskar, Arun Raj. Olencio Coutinho, Gustavo Prado und Rolf Hillen – die Kishone erst zum Fotografen machten. Margit Hillen, Ursula Hillen, Mirko Gregor. Willy Praml und der Naxoshalle. Kaan Erkinay für die türkischen Elemente der Taifun-Szene, Herbert Starzer für Taifuns bayerischen Dialekt. Ella Shitrit, Magdalena Milenkovska, Richard Wales, Johannes Gamurar, Johan Lerche Schulz, Matteo Tognoli, Nicholle Lekas, Matthias Hülle, Steffen Wittig, Thomas Hci Krauskopf, Stefan Nowak, Stefan Heutmann, Jessica Ziegenhagen, Wolf Groß, Jamal Tuschick. Sigrun Merkle für Berlin 77. Gudi Sobotka, Vera Kern, Doc S, Tobias O. Meißner, Martin Schray, Tilman Zens, Nurcan Dursun, Karin Hechler, Konrad Gruß, Dan Negrea, Oliver Palme, Marko Seeber, Gaby Gerster, Daniel Henschel, Jürgen Hosemann, Oliver Vogel, Petra Wittrock, Jörg Bong, Wolfgang Schopf. Boris Koch und Kathleen Weise für ihren unerschütterlichen Optimismus. Besonders in der letzten Phase – Leo Wörner und natürlich Raffa, Natalie und Helena.